洪放作品

追魂

洪　放，中国作协会员，安徽省作协副主席。出版有长篇小说《秘书长》《挂职》《撕裂》《百花井》等，发表中短篇小说近百万字，部分作品被《小说月报》《小说选刊》《新华文摘》等转载。曾获安徽省政府文学奖、首届鲁彦周文学奖提名奖、首届浩然文学奖中篇小说奖、安徽省第二届小说对抗大奖赛金奖《安徽文学》奖《广西文学》奖等。作品入选《2015中国年度中篇小说》《2016中国好小说》等。

追

ZHUIFENG

洪放 著

图书在版编目（ＣＩＰ）数据

追风/洪放著.--合肥：安徽文艺出版社,2021.12
ISBN 978-7-5396-7133-8

Ⅰ．①追… Ⅱ．①洪… Ⅲ．①长篇小说－中国－当代
Ⅳ．①I247.5

中国版本图书馆 CIP 数据核字(2021)第 005191 号

出 版 人：姚 巍		策 划：朱寒冬	
责任编辑：韩 露		装帧设计：马德龙	

出版发行：时代出版传媒股份有限公司　www.press-mart.com
　　　　　安徽文艺出版社　www.awpub.com
地　　址：合肥市翡翠路1118号　　邮政编码：230071
营 销 部：(0551)63533889
印　　制：安徽新华印刷股份有限公司　　(0551)65859551

开本：710×1010　1/16　印张：19.25　字数：300千字
版次：2021年12月第1版
印次：2021年12月第1次印刷
定价：68.00元

(如发现印装质量问题，影响阅读，请与出版社联系调换)
版权所有，侵权必究

楔　子

　　杜光辉没有选择乘坐飞机,而是选择了乘坐高铁。他喜欢高铁揳入无限时间与巨大空间的激情与坚韧。

　　高铁奔驰。杜光辉看着窗外,大片的平原逶迤而去。平原之上,偶尔会生长着一两棵树,仿佛平原的旗语,诠释着平原的沧桑与广袤。坐在对面的是位四十岁左右看上去十分干练的女记者,刚上车时他们有过交谈。她叫陆颖,也是到南州的,而且就是新华社驻江南分社的记者。此刻,她正从一直翻阅着的书中抬起头,问杜光辉,看什么呢?

　　看平原。坐高铁的好处就在:总能看见这些田啊,树啊,乡村。

　　有时,还能看见炊烟。当然,更多地看见的是城市。她道。

　　说到城市,你到南州有些年头了,你感觉那是个什么样的城市?杜光辉问。

　　陆颖想了想,她即使在思考时,大大的眼睛也盯着你,这大概是记者的职业习惯使然吧。她卖了个关子,说,你去了就知道了。你不是马上就要成为这个城市的副市长了吗?

　　那倒是。

　　陆颖将书合上,身子向前凑了下,说,请原谅,我的职业病又犯了。我想问问:一个有影响的宏观经济学家,为什么要来当副市长?而且还在南州?镀金?实现抱负,学以致用?还是被……陆颖狡黠一笑。

杜光辉沉吟着,笑了下,说,尖锐,但是没法回答。至少现在。

为什么?

我以后在南州的工作,可能就是给你的最好的答案!

陆颖笑了笑,她的手机响了起来。她没有丝毫犹豫,一开口就问,有事了?

对方似乎给了肯定的回答。

那你快说。

陆颖接了电话,眉头拧着。她下意识地站起来,说,我正在火车上,下车后我直接赶过去。有什么情况,及时联系我。

放下电话,杜光辉问,出什么事了?

南州东区一汽配企业发生了锅炉爆炸。

有人员伤亡吗?

目前不清楚。

两个人都陷入了沉默。高铁依然在奔驰,南州,越来越近了。

一

眼下正是秋天。杜光辉赶上南州最好的季节,来到南州,他站在政务大楼前,望着天空,长长地舒了口气。大楼前,宽阔的广场与周边的绿植连成一片,再远处,并不太多的几座高楼,形成了绿植之外的天际线。这是政务区,在来之前,杜光辉已经做了大量的功课。南州政务区是相对年轻的新城区,是在新世纪初南州第一轮扩城运动中建立起来的。南州是一座历史文化名城,素有"淮右襟喉,江南唇齿"之称,历史上这里是兵家必争之地。南州城外不远,浩渺的大湖,曾是樯橹林立,千帆竞发;西佘山上,曾是战旗猎猎,战歌嘹亮。也正因为处在如此兵家必争之地,南州现在虽然是江南省的省会,但相对于全国的其他省会来说,体量较小。连年战争,使南州这座古城,几毁几建,到新中国成立时,南州也仅仅是个只有五万人口的小县城。但因为它居江南省之中,所以被确定为江南省省会。杜光辉站在南州市委大楼前,南州此时在全国的省会城市中,是一个近乎被忽略的城市,也是一个在中国影响力最小,或者说最不被人看好的城市。

一个城市,在现代化的今天,走着如此被忽略了的步伐,这多少让杜光辉这个学经济的人感到好奇,并引起思考。来南州前,他向南州市委书记唐铭汇报:他得迟一点到南州报到。唐铭沉默了下,他接着说想趁这机会去发达地区看看，主要是看其他省会城市的发展。带着对这些发达省会城市发展的印象，再来南州，或许就能找到参照物。

参照物？唐铭问了句，显然很感兴趣。

杜光辉说，是的，我必须找到参照物。一个城市，处在中国现在这样大发展的大环境中，它绝不能孤立地来看，更不能孤立地求发展。必须与周边参照，与大环境参照，甚至与中国之外的城市发展参照。我跑了杭州，杭州作为历史厚重的文化名城，其新生的蓬勃气息，一下就感染到了我。到处都是创业者，都是现代化的气息。同样，在广东，现代化的气息无孔不入。当然，这些气息又都浸染在老牌的岭南文化之中。

说得好。光辉，这是一个新视角，你把南州放在大的视域中来观照，这对南州发展的思路，一定会有所开拓。等你过来，我们再好好探讨。唐铭问他跑一圈大概多长时间，等来了，总得欢迎一下。

杜光辉说，书记，欢迎仪式就不必搞了。我来南州，是来工作的。等到了，我再向您汇报。

昨天，在高铁上，因为陆颖接到的电话，他因此知道南州东区一汽配企业发生了锅炉爆炸。一下高铁，陆颖就赶往事发现场。他没有急着到市委报到，他想：东区汽配厂锅炉炸了，这是大事。市里领导一定都在处理这事。他不能在这个时间过去添乱。但南州市委秘书长李杰的电话还是打来了，问杜市长什么时候动身到南州，他好安排人去接站。杜光辉说不必了，我已经到了南州。李杰似乎有些惊讶，说怎么不事先告诉我呢？你看这……杜光辉说我习惯了一个人跑来跑去，而且我听说东区有个企业锅炉爆炸了，想想你们都在忙，更不想打扰了。李杰说是有这事，正在处理。是家早已要被关停的汽配厂，瞒着上面偷偷摸摸地生产，结果，出了这事。杜光辉赶紧问，伤亡怎样？李杰说目前清查了下，一个工人死亡。另有两个工人受伤，但伤得不重。杜光辉说那就好，你们先去忙吧，我想到南州老城区转转。明天上午到市委报到。

李杰说我让人过来陪您。杜光辉谢绝了。

这些年,杜光辉也不是第一次来南州,但每次都是因公,大都住在政务区的天喜酒店。忙忙碌碌,从来没有认真地贴地气地接触过南州。当然,除了当年在南州读书的那四年。那四年,他可是跑遍了南州城里的大大小小的街巷。那时候,正是二十世纪八十年代初,他从天津考到科大,一下子从一个繁华的大都市跑到了只有五十万人口的"大县城"。科大处在半城半郊的市区南边,学生们没事时,就沿着当时南州三条路之一的金水路进城,然后到城隍庙、春水津公园。南州给他留下最深刻印象的,除了人之外,就是小吃。贡鹅、米饺、青团,个个有特色,吃了四年,也没腻味。杜光辉赶到城隍庙。城市还是有了较大的变化。高楼多了,道路宽了,街巷更丰富了。而且,经过二十一世纪初的扩城运动,南州城市的格局基本拉开了。原来的四个老城区之外,新增加了政务区、试验区和滨湖新区。城隍庙依然在,而且明显得到了修缮。当年一座孤立的城隍庙,现在变成了一大片建筑体,都是白墙灰瓦,古朴典雅。一进入城隍庙,他心中埋藏了二十多年的感觉便泛活了。那些熟悉的小吃气味,一阵阵地扑过来。各种小食摊子,比以前更多了。他选择了一家门店,一进门,穿着白大褂的老板便喊道远客吧?来碗老鸡汤?

这南州方言,亲切、温和,一下子让杜光辉回到了从前。而且,在他心底,这方言还含着独特的牵挂与怀念。他鼻子竟然有点发酸。一个人,一生中,总有一些地方,不需要想起,也从不会忘记。南州,对于杜光辉来说,就是这样的一个地方。这不仅仅因为他在这里度过了四年的大学时光,更重要的是,在这里,有他的初恋,有他的痛苦,有他的欢乐。

好,来一碗。杜光辉答道。

小店店面不大,但干净整洁。虽然远在京城上班,但作为研究经济的学者,杜光辉自然会关注到"南州老鸡汤"。可以说,近十年来,南州经济发展中一个很大的亮点,就是"南州老鸡汤"。老鸡汤本是南州一道著名的小吃。如果往上追溯,其实这老鸡汤中也还透着辛酸。过去,南州人好客,但苦于"无米",只好以家养的老鸡待客。但老鸡鸡肉毕竟有限,便反复清炖,得鸡汤一锅,佐以炒米,喷香可口,回味无穷。这道民间小吃,却在二十一世纪初,经当地企业开发,成了一个全国知名的餐饮品牌。有人说,南州在二十一世纪头十年,有三大新品牌。一个是南州牌洗衣机,一个是大湖牌冰箱,另外一个,就是南州老鸡汤。一道小吃,能成为南州经济的一大亮点,这里面其实大有文章。杜光辉一边喝着鸡汤,一边吃着炒米,问老板:生意还不错吧?一年能挣多少?

生意还行。至于一年挣多少,那就难说了。好的时候,十来二十万;差的时候,七八万也有。老板憨厚地笑着,说,您是外地人吧?第一次来南州?

是外地人,但不是第一次来。来过多次了。以前,我记得这里的小吃都是直接挑着担子在外面的。现在都进了店,看起来,整齐多了。杜光辉说,我看人也不算太多,是不是时候还早?

摊子进店都好几年了。人嘛,不知怎么的,这两年真的不比前些年了。我估摸着,我们这小店,虽然搞的是小吃,但也跟老百姓的收入相关。您说是吧?

老板攥着手,给杜光辉又加了一勺鸡汤,说,我们做这生意,一靠外来的人,二靠本地人。现在,本地人少了。我听说很多工厂都搞不下去了。身上没钱,他们怎么来吃?唉!

小摊点最能反映一个地方的经济发展,当然,杜光辉没说。他喝着鸡汤,突然脑子里闪出一个画面。那是田忆。

二十一岁的田忆,像朵太阳花般地站在秋天的春水津公园前,笑望着他。而他,正青涩地站在一树紫藤花下。田忆说,那花真繁复啊!他是第一次听见人说花繁复,而在他从小生活的北方,如此繁复的花朵,确实少见。田忆说,我从七岁时就开始看着这花了,一年年的,开着,开着,永不见老……

如今,春水津公园里的紫藤花还在吗?杜光辉心里感到一丝疼痛。一晃都二十四年了,田忆,你在另外一个世界,依然安好吗?

吃完鸡汤、炒米,杜光辉又在城隍庙转了一圈。路上,陆颖打来电话,说了锅炉爆炸的事情。情况和李杰秘书长说的差不多，只是陆颖一再强调南州的老工业区的隐患很多，必须大力整治，否则就不是一个锅炉爆炸的事情了。杜光辉说这事你要好好调查。陆颖说当然要调查，本来，我就是个调查记者嘛。杜光辉说那好，我等着看你的调查报告。

　　从城隍庙出来，杜光辉转到了科大。科大这么些年没变的，估计只有它的大门了。不高不矮，正好。既有科学的庄严，又有大学的崇高。这是当年同学们总结科大校门时所用的两句话。现在看来，依然适用。校园里大体格局没变，当年的教学楼、实验楼、图书馆还在原来的位置。只是有些已改作他用。科大这些年发展很快，但聪明的科大人，没有在老校区过分动土建设，而是新建了科大校区。这样，这所历史并不长的著名大学，就相对保留了当初筚路蓝缕的艰难印迹。而这些印迹，对于每一个回到科大的学子来说，那是一种朝夕相伴的亲切，是一种濡染进血液的精神与气质。在老图书馆前，杜光辉坐了下来。来来往往的学生们也许并不知道也不懂得一个毕业二十多年的老学生的心情。他想起自己当年，与田忆坐在图书馆前，田忆问，你毕业后去哪？他说，去读研。田忆说，我也想考研。要是……他说，那就考吧，我们一道。田忆却沉默了。当时，他还为田忆一直欲言又止的样子而难过，直到后来，田忆去世后，他才懂得了她沉默的原因。她是不想让他陷得太深，而因此将来思念更重。或许，田忆在冥冥中早已有所预知。真的，世间所有的懂得，都是需要时间的；而有些懂得，是无法回头和无法挽留的懂得。那是让人心疼，让人心碎一辈子的念想啊！

　　一阵秋风吹来，站在政务大楼前的杜光辉收回目光。他给唐铭书记打电话，说，书记，我来报到了。

　　在哪？我让人去接。

　　不必了。我已经到了政务大楼。

　　那好。我让李杰秘书长下去迎你。

　　不到五分钟，李杰就带着一班人下来了。握了手，李杰道杜所长，啊，不,杜市长应该早说,你这可是微服上任啊!

秘书长可不能这么说。我这算不得上任,只是换了个地方。昨天就到了,四处转了转,南州的变化还是很大的。以往每次来,都是看高大上的。昨晚去了城隍庙,那鸡汤的味道比以前更浓了。

你这是深入民间啦,果然是学者出身。李杰说,书记在等着,先上去吧!

唐铭正站在办公室里的中国地图前。他办公室的正墙上,就挂着两幅地图,一幅中国地图,一幅世界地图。侧墙上,是一幅书法,上面写着:长风破浪会有时,直挂云帆济沧海。笔力遒劲,刚健沉稳。十分钟前,他将有关部门提交的发展规划扔到了茶几上,他觉得那是一个隔靴搔痒的规划,既没拿捏到南州的痛点,也没规划到南州的亮点。大半年前,省委让他来南州任职,省委书记找他谈话时就说了两句话:将南州经济搞上去,让省会真正成为江南省的龙头。应该说,他到南州,是做了充分的思想准备的。但来了后,他还是感到处处掣肘。他总觉得这个城市在发展的同时,存在着一股股暗流。但暗流到底是什么?他现在还难以说清楚。他也一直在思考,在寻求。因此,当他在北京与经济所的副所长杜光辉一席长谈后,他忽然心生一念:力邀杜光辉来南州挂职。南州需要更多的新鲜的思想,需要更多的开阔的视野,需要更多的反思与碰撞……

杜光辉一进门,唐铭就道终于来了。好啊!一大堆事等着你呢。

我来就是做事的。杜光辉说,请书记安排吧!

北京那边都安排好了吧?唐铭问。

都安排好了。

你知道了吧?昨天东市区发生了一起锅炉爆炸事件。当然,这事已经由政府那边处理了。这是个警示啊!我跟他们说,不仅仅要处理事故,更要处理人,并且举一反三,思考事故背后的真正原因。

杜光辉点了点头。

另外,明天上午召开人大常委会。唐铭说,今天先请李秘书长给你安排好。唐铭转头问李杰:住的地方,都落实了吧?

落实了。考虑到天喜酒店嘈杂,特地安排到了警备区那边,住宿都方便。李杰说,等一会儿,我先陪光辉市长去看看。

不用看了。我一个人,只要有个地方住就行。

那怎么行?你到南州来,是要安心在这儿干事业的,后勤问题不解决好哪行?唐铭说,我把你从社科院要到这儿来,条件比不得京城,但总得创造条件。等人大会后,再做分工。

好的。服从安排。

李杰陪着杜光辉到警备区看了房子,一室一厅,条件不错。中午,李杰就陪着杜光辉,跟警备区的江政委一道吃了简餐。李杰向江政委介绍说,这是杜光辉,挂职任南州市委常委、提名副市长。社科院经济所副所长、博导。是唐铭书记特地从北京要过来的,是来支援咱们南州建设的啊!

杜光辉说,支援谈不上,是来学习的。我在南州上了四年大学,对这地方有感情。

江政委说,有感情就好。一有感情,什么事就好办了。

三个人都笑着。杜光辉说,其实我也是很有压力的。以前,研究经济,那是宏观研究,现在到南州来,那是微观地解决问题。思路不一样,方法也肯定不一样。压力很大啊!

李杰说,都是工作。唐铭书记看人是很准的。不然,他也不会下这么大功夫把你要过来。

南州确实需要一批思想解放、真抓实干的干部,江政委说,我来南州虽然才一年多,但感到南州与先进地区的差距还是很大的。并不是说工作没做好,而是思路可能有问题。一个地区的发展,思路最重要。就像治军,道理都一样。

确实。我昨天晚上到城隍庙,做小吃的老板也反映:吃小吃的人少了。别看小吃摊小,但它是社会整体的一个细胞。它的兴盛与衰败,能反映出社会的大体风貌。我来之前也搜集了些资料,最近五年,南州的经济增速明显放缓,在省会城市中,处于下游位置。

李杰望着杜光辉,等他说完,才道光辉市长是做研究的,就把南州经济发展当作一个课题来做吧。事实上,南州这十几年来,也有过多次突围。包括扩城运动,也是一种突围,希望通过城市扩张,推动经济转型升级;后来的轻工业质量提升行动,对一些老牌轻工产品进行了升级改造。成效应该说还是明显的。但随着全国经济形势的变化,现在……唉。光辉市长,这个,慢慢了解,慢慢来吧。

警备区离政务大楼不远,走起路来也就十分钟。晚饭后,杜光辉又一个人散步到了政务大楼前的广场。他绕着广场走了一圈,才发现这广场直接通到明月湖边。明月湖是南州政务区建设时特意建造的人工湖,湖分南北两部分,就像两只明眸,紧紧地依在绿轴大道这眉睫之下。沿着绿轴大道,他走了近一个小时,才又转到了政务广场。广场上,人来人往,有跳广场舞的,有唱卡拉OK的,有坐在湖边台阶上谈情说爱的,也有像他这样的外地人,在人群中东张西望的。从古至今,广场都是一个城市的标志。广场,既是重大事件的发生地,也是普通民众的聚集地。当然,现在,广场的意义已经完全在后者。孩子们在广场上穿梭跑动,靠东边,还专门有一个区域被红线围着,里面坐着许多戴头盔的小家伙。他走上前,原来这是一块专门用于练习滑板的场地。有小家伙正飞速滑着,并巧妙地绕开了设置的障碍物。那身姿,像一头小鹿,欢快而明亮;又像一只小鸟,灵巧而自由。他看着,就觉得那小家伙就是自己的女儿可心。可心七八岁的时候,她妈妈茹亚正在国外读博。杜光辉一个人带着女儿,一边做学问,带学生,一边给她做饭,送她上幼儿园,陪她玩。杜光辉觉得他这一生最能够安静下来的事情就两件:一件是读书,一件就是陪可心。读书那是他的事业,从父亲当年把他送到小学开始,他就注定了一生与书为伴。读书,写书,研究书。而可心,这是上帝赐予他的最美的礼物。七八岁的可心,刚刚学会滑板,每天黄昏,都要让爸爸陪她到小区内的小广场上练习。练着练着,可心在整个小区孩子中,滑得最漂亮、最吸引人,很多大人看着,笑着,夸奖说,就像一只燕子,这是哪家的娃啊,这么漂亮,这么灵巧!杜光辉站在边上,也笑。他笑得像秋天里的向日葵,那笑里有自豪,有骄傲,甚至有几分得意。虽说人生要低调,但面对女儿,杜光辉将他的爱和喜悦放得特别高调。

想着,杜光辉越发地思念起女儿来了。他打开手机视频,此刻,女儿正应该在外婆家中。果然,视频一通,女儿就跑了过来,喊道爸,老爸!

我才不老呢,我是爸,不是老爸!杜光辉道。

你就是老爸,你不老,怎么能显示可心小呢?可心调皮道。

与七八岁时相比,可心现在在人前文静多了。可是,在家里,特别是在杜光辉面前,她依然那么调皮可爱、精灵古怪。十五岁,正是蓓蕾初绽的年龄。明年,她就要升入高中了。她问道南州好玩吧?是不是有许多女同学来迎接当年的白马王子?

净瞎说。你见过像你爸这样苍老而且丑的白马王子吗?

见过。《西游记》里盘丝洞的白马王子就是。哈哈……

你这孩子!外婆外公都好吧?

都好。

你妈联系没?

没有。听外婆说她正在美国。

是的。她忙,听外婆话,好好学习。

是!天天向上!

视频挂了,杜光辉发现他竟然流泪了。可心出生这十几年,杜光辉也不是一次两次地出差,有时,出长差有两三个月之久。可心十岁的时候,他到哈佛进修,一待就是一年。那个想啊!想得很时,他只好将可心的照片亲了又亲。这次,当他决定要来南州时,他第一个征求的就是可心的意见。可心倒是痛快,小手一挥,说,好男儿志在四方!他拍了下女儿的脸蛋,问,那爸爸可不能一直在家陪你了?其实,爸爸不想缺席你人生成长的每一个阶段。可心小眉毛一拧,刮着他的鼻子道大丈夫,要有报国志。不要总想着女儿嘛!女儿我自然会成长的,老爸就是到了南州,一样能参与我的成长。何况南州与北京也就七八小时的火车,两小时的飞机,简直就是咫尺之间嘛!老杜同志,不要再儿女情长了,放心地去南州,干你的事业去吧!杜光辉那一刻,想笑,又想哭。他拍拍女儿的肩膀,说,可心,你长大了。爸爸高兴!

杜光辉来南州挂职,其实也并非一念之举。这里面,一方面是因为江南省委常委、南州市委书记唐铭的邀请;另一方面,作为一个研究了二十多年宏观经济学的学者,经济所的副所长,他近年来有一种学术困境之感。他总觉得他辛苦思考得来的学术成果,似乎是建立在沙地之上的。对于他来说,那是心血的结晶;而对于国家,对于经济发展,他却很难看出它们开花、结果。一个研究者的困境,纠缠着他,他必须突破。要么,沉入书斋,在冥想的世界里高蹈;要么,放下身段,到现实的土地上耕耘。他觉得他应该是后者,一个教师的儿子,从小父亲就教会他踏实做人做事的道理。他想做事,也能做成事。可是,到头来,做成的事呢?所里人浮于事,学术的氛围越来越淡薄。他怕自己浸染久了,也会沉沦。虽然,所里也一直传着他有望接任所长,但那是将来之事。如果能到地方去干一番事业,对将来也是有益的。所以,当唐铭提出请他到南州挂职时,他只想了半天就答应了。他这一生这么干脆地答应的事情不多。在大学时,他干脆利落地答应过田忆:一道去考研;博士毕业时,他毫不犹豫地答应了导师:留在他身边,从事经济学研究;这次是第三次他答应了唐铭,平日浮躁的心,却一下子静了下来。他用将近一周的时间,好好地梳理了这些年在经济所的所作所为、所思所想。最后,他得出了两个字:无愧。这就够了。他对得起已经作古的导师了。

杜光辉想着要不要给茹亚打个电话,他计算了一下,此刻美国正是清晨。清晨,对于一个访问者来说,也许正是最匆忙的时候。他想想还是作罢。何况茹亚态度鲜明:她不支持杜光辉来南州任职。他和茹亚的婚姻,是师母牵的红线。茹亚的父亲曾是导师的学生,后来改行搞了行政,官至副部级。茹亚是北方人,身材比杜光辉还略高一点,五官分明,大气,第一次在导师家见面,杜光辉就在心里拿她与田忆做了比较。他喜欢田忆那种典型的南方女子的温婉与灵气。他本想拒绝,但师母说,先处处吧,处处再说。这一处就真的处出了感情。茹亚的大气、率真,渐渐迷住了杜光辉。两年后,他们结婚成家。很快,他们有了可心。茹亚为了可心,放弃了读博。一直到可心六岁时,她才出国读博。后来茹亚回国,进入了外企。一入外企深似海,她慢慢地成了家中的一个影子,飘来飘去,忙得像只陀螺。如今,她已是某世界五百强企业在中国大区的总代理。当她听说杜光辉要去南州挂职时,她态度鲜明,说,我不同意!杜光辉说,我也快五十岁了,到了知天命的年龄,我得干点真正有意义的事业了。她问,难道你以前干的没意义?他说,有意义,但我将要干的事更有意义。她撇着嘴,近乎轻蔑道有什么意义?都没意义。我觉得你最大的意义就是回家好好地陪可心。另外,杜光辉,我问你,你选择到南州是不是为了那个田忆?那个你梦中也不忘叫唤的女孩?杜光辉有些生气,但他忍住了。他不想与茹亚争吵,这些年,他总是忍着。茹亚再一次表明态度:不同意。杜光辉说,事情已经定了,没有回旋的余地了。

茹亚出国前又撂给杜光辉一句话:放弃去南州的打算,或者辞职回家。

杜光辉当时没有回答。

杜光辉后来用行动回答了茹亚,他迅速地办好了所里的手续,唐铭这边也很快协调好了一切。挂职调令刚到达所里,他就收拾行李跑到了江浙。一周后,他就出现在南州政务广场上。他抬头看看天空,上午看见的那些白云,正掩藏进一望无际的湛蓝里。他正要走上绿轴大道,却看见旁边的水池里,一个十五六岁的男孩正在垒沙雕。他好奇地走了过去,蹲下来,他看见男孩专注地垒着,在男孩面前,竟然是一座现代化的都市景象——宽阔的大道、高耸的楼房、绿色的公园,而且这些之间,还立着许许多多奇形怪状的建筑。杜光辉忍不住问男孩:这些是啥?

飞船。量子城堡。机器人学校……

那这呢?杜光辉指着一大片空地。

未来城市。那是留给未来城市的。男孩抬起头,他脸色白净,眼神明亮,正专注地看着杜光辉,说,你能认出这就是未来的南州吗?

能,能认出。未来的南州一定比这更好。杜光辉语气恳切。

男孩笑了,说,我爸爸也这么说。为了这,他从国外回到了南州。

你爸爸是干什么的?

研究高科技的。男孩说。

啊!杜光辉看着男孩垒的未来的南州,若有所思。良久,男孩问,叔叔是到南州来旅游的吗?

不,我是来工作的。以后会长期待在这里。

啊,那您同我爸爸一样!都是来建设这座城市的。

二

人大常委会全票通过,杜光辉任南州市副市长。市长刘振兴在提名时特意提道杜光辉有多年宏观经济学研究的经历,在中国城市发展经济学研究层面上,他是一位实打实的专家。事实上,参加会议的人大常委当中有不少人见过杜光辉。十年前,杜光辉曾跟着他的博士导师一道来南州主持过南州城市发展规划的编制。那正是南州第一次扩城运动之后,被拉大了一倍多的南州,稀松得像一只发酵的面团,到处都是孔洞。导师带着杜光辉跑了一圈下来,挥着手问杜光辉:你看见了什么?

似乎每个学者都有自己特定的习惯。导师的习惯就是挥手。他的手一旦挥起来,那就是问题的发轫。你看见了什么?这句话,导师不止在一个场合问过杜光辉。导师这是在提醒他:要用自己的眼光来看,看自己能看到的。导师一直教导他:任何事物,要自己看见,而不是通过别人看见。

杜光辉说,我看见空白、虚弱与期待。像一群成千上万的蜜蜂,在这里倾吐了无数的蜜,却没来得及修建精致的巢。

导师将挥着的手伸出来,挥了下,说,很好。蜜与精致的巢。很好。还有呢?

还有就是,我特地去看了老旧小区,它们与新拉开的城市格局之间形成了对立。要发展城市,不是发展城市中的某一部分,而是整体。杜光辉的脑子里回映着南州的老工业区。

　　导师又挥起手,点点头。导师对杜光辉的器重,甚于对他的严格。导师说,其实,作为一个学者,我们只能把我们所看到的,所想到的,提供给这个城市的决策者。而真正要改变这个城市,只有靠决策者与建设者。

　　现在,杜光辉从人大常委会主任手里接过任命书,他感到自己成了当年导师所说的南州城市发展的决策者或者是建设者了。角色变了,杜光辉心里感到一丝沉重。这一段时间以来,他不止一次地想象过到南州工作的情形。从一个学者,变身为一个副市长,他到底该从哪里着手?就像一篇论文,杜光辉从来写作论文都有一个习惯:不急于写。往往是,思考得很成熟了,很多观点、思想就像熟透的葡萄,一串串地突噜噜地要往葡萄架外挤时,他才允许自己做好动笔的准备。然后,某一个清晨,或者黄昏,甚至是深夜,一行突如其来的句子会出现在他脑海里。那往往是这篇论文的开头一句。那是整篇论文的灵魂,决定着整篇论文的走向、气质与质量。那么,作为南州的副市长,他如何开这个头?他的第一句应该是什么?他清楚地知道做一个城市的副市长,与做经济所的副所长,那是截然不同的。副市长面向的更多的是这个城市的烟火气息;而副所长可以躲进书斋,在书香中思考。副市长要深入这个城市的纹理,副所长更多的是放眼天下倾心书生意气。他曾将副市长与副所长的异同,用十个词写在纸上。最后,他得出的结论是:整合,借鉴,放下和立起来。说到底,杜光辉觉得自己是一个一直向上的人,但骨子里是一个带有悲剧色彩的人。一切带有悲剧色彩的人,都是勇往直前的人,都是追求极致的人,都是严格约束着自己的内心而成全大众的人,他觉得自己是。他的导师也说过:杜光辉的性格里甚至有些堂吉诃德式的理想主义成分。导师说,一个宏观经济学家需要这种理想。但一个城市,南州,需不需要呢?

　　杜光辉觉得需要。当然不是那种盲目的理想冲动,而是在宏观上理想化,微观上奋斗之。

　　下午,杜光辉就陪唐铭书记一道去南州试验区。

南州试验区位于南州的西南部,在第一次扩城运动后,试验区应运而生。那时候,全国各地各种名头的开发区、产业园区、试验区像雨后春笋,层出不穷。南州当然也不能落后,南州试验区现在是国家级试验开发区。其实,它已经同政务区相连。车子一出二环,就进入了前进大道。那是试验区的主干道。杜光辉以前来南州时,曾到过试验区。这条主干道长约十千米,是全国城市中少有的一条横贯型主干道。它像一条彩虹,将试验区串联起来。沿着主干道,已经兴建起密集的支路,一些不同类型的园区正如棋子般一枚枚地落下。快到试验区时,杜光辉问,还是宗一林主任?

李杰说,是。

啊,也不少年了。杜光辉感叹。十年前,他到南州时,宗一林是试验区副主任;五年前,他来时,宗一林是主任。试验区的党委书记是由市委副书记兼任的,所以主任就是实质上的一把手。宗一林这人长得有特点,因此,杜光辉印象很深。他个子高,壮硕,五官也粗大,而且眼神凌厉。杜光辉第一次见到他,就想到老鹰。尤其是那眼神,小时候,有一回,父亲带他到动物园看动物。那些诸如大象、大猩猩、海狮等等,他一概都不喜欢,却喜欢在禽鸟园区,听那些鸟儿的叫声,那是多声部的合唱,奇妙无比。他想分辨出哪种声音出自哪一只鸟儿,结果,整整一上午,他站在巨大的纱幕之外,却没分辨出一只来。父亲对他说,只有到森林中去,才能单独地听到每只鸟儿的鸣叫,才能分辨出它们叫的规律与特点。而就在父亲说话时,一只巨大的鸟儿出现在他面前,那高大的身躯,盯着人的锐利的眼神,让才十来岁的他发怵。父亲说,那是鹰,天底下最强大的鸟儿。他说,瞧那眼神,像两把剑。父亲吃惊地看着他,说,你怎么想到那是剑?他说,太锐利了,太强大了。

现在,有着鹰一般目光的宗一林站在办公楼下,车门一开,他稍稍弯着腰便迎了上来。在同杜光辉握手时,宗一林用了把劲,一边晃着手一边道杜市长是试验区的老熟人了,欢迎您来指导!

杜光辉避开了他的眼神,笑着说,还得多向试验区学习,向一林主任学习。

宗一林摸着头笑道老哪,老朽哪!

杜光辉这才注意到:宗一林秃顶了。五年前,杜光辉来南州试验区时,宗一林似乎还是一头黑发。现在却光闪闪的一个秃头。唉,时光真是无情。他不禁摸了摸自己的头发。也是在两年前的某一天早晨,他在镜子前梳头,突然就落下了一大绺头发。他吃惊,心慌,连续多日后,他反而淡定了。人到中年,正在进入秋天。秋天,正是收获与落叶并存的季节。一方面,收获着收获;另一方面,也无法制止地走向了衰老。也就在短短的半年之内,他的头顶出现了近乎真空状态。好在后来这种趋势有所缓和,否则他也很可能是"地方支援中央"了。

大家并没在办公室停留,而是直接驱车沿着主干道,然后又深入毛细血管,进入了一家家企业。这些年,试验区号称招商了千家企业,形成了三个重点园区,即化工园区、建材园区和汽配园区。在建材园区里,宗一林拉过一位福建老板,介绍道,这是林总,他这家企业前几年刚从福建搬过来,主要生产大理石板材,年产值四亿,是我们的重点企业。

林先生是典型的南方人,精瘦,戴着一副大墨镜,用闽南话夹杂着普通话说,我计划用三年的时间,使产值达到十亿,让企业成为江南省最大的板材加工企业。

那就是龙头了。唐铭道。

我就是想当龙头啦!林先生一点也不谦虚。

杜光辉问,板材的来源呢?

大别山里。我为什么来南州?就是因为这里有原料啦。我来三年,现在年纳税……他望着宗一林,宗一林说,七千万。

唐铭只是望着眼前的工厂,空气中飘着粉尘。工人们也没见戴防护,在厂区里扛着、推着各种石材。有几辆大卡车正在装车,这正是建筑业飞速发展的年头,板材市场确实看好。但杜光辉注意到:唐铭一直皱着眉,也不说话。倒是林先生把话匣子打开了,滔滔不绝。他恨不得从当年在福建白手起家说起,说着说着,唾沫横飞。说到高兴处,他拖着长腔道现在,江南省板材的三分之一,是我的企业和挂在我名下的企业所生产的啦,等我做到十亿,那整个江南市场就是我的啦!到时……他又望着宗一林,说,宗主任,那我的税收可就快两亿啦!

宗一林显然已经注意到唐铭的脸色,他忙支开话头道书记,咱们去化工园?那里又新上了两家企业,都是年产值过亿的。

怎么又新上了?唐铭问。

他们找过来的。这就是园区发展的效应吧。宗一林有点尴尬地笑道。

杜光辉从刚才唐铭的问话中,感觉得到唐铭书记对化工园区新上的项目,似乎并不是太高兴。按理说,现在招商为大,各地都在为招商而奔走、兴奋,而两家过亿的化工企业落户化工园区,作为南州市的书记,却态度平静,甚至有些冷淡。这倒是让杜光辉不得不思考。其实,在此之前,作为一个经济学者,他不可能也绝不会不关注到涌动全国的招商热潮。各地为此成立了名目繁多的机构,有招商局,有经发局,有驻某某地办,有联络局……不管什么名字,目标只有一个:将外地的企业与能人以及资本招回本地。为着招商,各种手段,各种花样,十八般武艺都使出来了。这里面的名堂,杜光辉觉得可以用一本书来专门论述。前不久,他就曾在北京的一个饭局上遇到一位当年走红的官场小说作家,谈到当年的官场小说,这个作家很是感慨。作家说,文学跑不过现实,现实永远精彩于文学。就拿招商引资,里面的故事,要是写出来,那简直就是包罗万象,是新时代的官场画图。杜光辉笑着鼓励作家将其写出来,作家说,不能写。有些事,只可意会,不可言传。尤其招商引资,更是只可意会的事情。现在想来,确实如此。而且,杜光辉还发现:只要是商,尽管招来。结果,严重的产能重复,造成了全国性的产能浪费。这后果,到底谁来负呢?

谁都负不了,谁也没办法负责。招商时代,能不招吗?

招商就是产值,就是产能,就是 GDP,就是政绩啊!

想远了,杜光辉打开车窗,一股强烈的呛人气味顿时钻进车内。他赶紧将窗子关了。李杰说,光辉市长可能还不清楚,马上要到化工园区了。

杜光辉道以前来过一次。但似乎没有这样浓烈的气味。

唉！

车子停在化工园区的办公楼前。唐铭一下车就问道不是在治理吗？怎么气味还这么重？

宗一林耸耸肩膀，眼神好像矮了一分，但语气依然直得像根树杈，说，化工企业，再治也还有气味。我们正在加紧二期工程，争取将气味降到最低。

最低是什么概念？唐铭问。

就是人到了园区，几乎闻不到呛人的味道。宗一林说得有些心虚，秃顶上冒出了细微的汗珠。

可能吗？唐铭走了几步，转身问杜光辉：你说，可能吗？你是学者。

我觉得不太可能。虽然我研究的是经济学。杜光辉道。

我就说嘛，怎么可能？这么大的化工园区，要彻底解决问题，只有一条路：关、停、并、转。

那可不行！书记，化工园区可是试验区的首批产业园区，为试验区和南州经济的发展做出过巨大贡献。就现在，一年的税收还有十几亿。要是真的关停并转，那这么多企业往哪里去？还有这税收的缺口，怎么补？宗一林虽然手空着，但杜光辉感觉到他正拿着一把"税收"的宝剑，在向着唐铭边舞边说。甚至，宗一林让人感觉这语言中有种要挟的成分。税收，这么多企业的出路……这确实都是问题，他拿出任一个来，都具有极强的杀伤力。

唐铭没有回话，而是突然转了话题，问李杰：与东方电子的联系怎么样了？

一直在联系。对方还没回复。

要追。做这些事，就要有追的精神。唐铭对正在抽烟的宗一林道化工园区终究是要关停并转的。从现在开始，就要有这个打算。不仅仅是关停并转，更要寻找新的产业来替代。我们现在的试验区，说是试验，其实试验了什么呢？新的产业没有，新的产品没有。我们都还是低端的产业、粗放的产品。这怎么行？光辉啊，你来南州后，要好好在这方面做深度调研。

杜光辉说,我先思考下,等成熟了,再向书记汇报。

大家在呛人的气味笼罩的会议室坐定,化工园区的负责同志开始汇报。刚汇报了一段,杜光辉的手机就震动了。他拿出来看看,是大学同学李敬。这家伙,又怎么了?李敬是他们大学同学中最有名的消息灵通人士,他就在南州物质院当院长,是中科院的直属单位。这次,杜光辉到南州来,并没有提前跟他说过。那这电话……杜光辉出了会议室,李敬一开口就责怪道来南州了,也不给我说声?

果然,李敬不愧是个消息灵通人士。杜光辉道刚来。你这大院长太忙,怕打扰啊。不是想等安定了,再给你汇报嘛。

李敬问晚上有空不,他想找几个同学聚下,为杜光辉接风。

今天恐怕不行。正在试验区呢。

啊。刚来就下基层啦,还是学者的作风。也好,你这几天有空再联系,几位同学听说你来南州了,也都很高兴。

好啊,肯定是要联系的。到了南州,是你们的地盘嘛。

现在不是我们的地盘啊,我们是中直单位。现在你是市长,是你的地盘了。哈哈……

杜光辉说,都一样。还真有很多想法要跟你聊聊。

那好啊,等着你。李敬说。

李敬跟杜光辉是大学同学,但不同系。李敬学的是物理,号称科大最牛的专业。而杜光辉最初学的是数学。他考研时才决定学经济学。一个学物理,一个学数学,但两个人成了朋友。原因在于他们都喜欢泡图书馆。因为占位子,他们成了朋友。科大图书馆占位子也是一景。每天,稍有迟滞,便没了座位。大三之前,杜光辉的位子大多是田忆替他占的。大三后,换成了李敬。他们约好了:每天,谁先到图书馆,就得为另一个占个位置。大学毕业,杜光辉考到了北京,李敬在本校读研,后来出国。再后来,回国,现在是南州物质院的院长。本来,杜光辉也准备好了,等安顿好了,请在南州的老同学聚一聚。这些同学,大都在科研部门,有的也进入了各级机关。有些,杜光辉平时有联系;有些,却多年未见了。既然来了南州,他岂有不见之理?

光辉市长,宗一林站在走廊上,一边点烟一边喊道。

宗一林烟瘾大,这是人所共知的。关于宗一林的烟瘾,南州还流传着个笑话:说宗一林几乎每年要戒烟一次。每戒一次,抽烟量不减反增。以至于后来,宗一林自己都不敢再戒烟了。

现在一天多少?

三包。

太多了,要节制。

节制不了啊,人到这个年龄,除了这烟,也没什么爱好了。看来,是得抽着烟去见阎王了。

今年试验区总体还行吧?

不太好啊,不瞒您说,整体都不太好。你刚才也听见了,书记让我关了化工园区,我现在主要的财政收入就在那里。怎么能关啦!南州去年财政收入两百四十亿,其中试验区就占了六十多亿。六十多亿,四分之一啊。你说,我压力多大?

现在不仅仅是试验区有压力,整个南州都有压力。我来之前也看了些资料,整体经济形势不容乐观。宗主任是试验区的老主任了,应该对这方面有思考。

没思考。真的,没思考!我现在是一门心思想着税收。何况再干三年,我就得退了。时间不等人啦!宗一林叹道,就像这烟,我也是抽一支少一支了。抽着烟,讨着税,试验区净干这个了。哈哈……

您还年轻,试验区还得大发展呢。

宗一林笑笑,狠劲吸了一口,又掐灭了烟头,转过头眯着鹰眼问,怎么想着来南州了?北京多好。何况现在正是南州艰难的时候。

原因很多。关键是自己想试试。杜光辉应道。

正说着,杜光辉就听见宗一林正在跟谁打招呼:陆记者,你怎么又回来了?

宗主任，我进不去啊。陆颖见了杜光辉，说，杜市长好啊。

陆记者好。杜光辉问，什么进不去？

化工园区。

宗一林赶紧上来，对陆颖道那里正在生产。生产重地有他们自己的规定，回头我让人陪陆记者过去。

从试验区回到市委，政府秘书长王也斯告诉杜光辉说办公室已经安置好了。杜光辉先去看了看，办公室窗子朝向东南，正好能看见政务广场和明月湖。他很喜欢。然后，他到唐铭办公室，汇报说准备近期先做一些调研，可能要到各区和底下县里跑跑。

当然要跑。要掌握第一手情况。唐铭让杜光辉在沙发上坐下，又从柜子里拿出一袋茶叶，说，这是瓜片，你先拿回去喝着。

杜光辉说，我不懂茶的，不过这茶我得喝。

唐铭也坐下，问，光辉啊，你也知道，我请你到南州来，是要让你做大事的。现在，南州的经济发展正处于低谷。越是这个时候，越需要人才，需要真正的思考。你来，就是担着这个责任的。我对你寄予厚望哪！

谢谢书记。既然来了南州，就得服从市委安排，尽力做好应该做的工作。

我跟振兴同志商量过了，你具体分管工业，科技；你是常委，又是副市长，这样有利于工作。我一直在想：南州这样一个省会城市，工业基础相对薄弱，资源优势也几乎没有。这样的城市到底怎么发展？以前，历届市委也做了大量的工作，从二十世纪五十年代工业起步。那时，南州才从一个五万人口的小县城一转身成了省会，工业可以说是一张白纸。六十年代后，中央给了江南特别是南州特殊政策，将上海的一大批企业迁移到了南州，这便是南州工业经济的基础。这些企业，大部分都在南州东区，也就是老工业区。除了钢铁厂等几家企业外，大部分都早已关停，而且问题重重。刚刚才发生了锅炉爆炸。还有更多的隐患，令人着急啊！唐铭蹙着眉，说，幸好二十世纪九十年代,当时的南州市委抓住了全国轻工业发展的机遇,以轻工业发展为主导,推进了南州工业经济改造。

杜光辉说,这个我清楚。我曾经专门调查过南州的轻工业发展,像南州洗衣机、包河电冰箱这两个当时的拳头企业,我都去过。

唐铭道那时正是这两家企业辉煌的时候。两家企业的年产值都达到了百亿,全市财政收入的半壁江山就靠它们支撑着。

而现在,杜光辉说,我查了下,两家企业都处在破产的边缘,十分不景气。这一方面固然是因为整体市场大环境,产能过剩,竞争太强。另一方面,也和产业升级太慢有关。

对!你说得对,就是产业升级太慢。唐铭站起来,看了眼地图,说,现在,南州周边都在崛起,南州作为省会城市,却成了锅底。我把你请到南州来,也是想借你这外来的和尚,来南州念这难念的经。

我一定尽力。杜光辉说,从书记您要调我来南州开始,我就在考虑:南州到底怎么发展?我们要找出适合南州的路子。当年,发展轻工业,是南州思想的一次大解放。结果,解放成功了,南州提升了一个层级。这几年,国内经济结构发生了根本性的改变,南州现在必须赶上这次经济结构改革的快车。否则,再过五年十年,南州的发展将更加滞后。

确实是这样。我到南州来也快一年了,应该说,对全盘的情况和一些重点产业的情况都比较了解。南州上上下下,也都知道要改革,要寻找,但是突破口在哪?没有突破口,不能盲目地来。现在要讲科学,只有科学决策,才能真正产生效益。唐铭给杜光辉续了水,继续道常委班子也为此做过多次研究。结果还是因为缺乏方向。没有方向,研究来研究去那只能是务虚。

是啊!书记其实比我更清楚南州的现状,也更迫切地在寻找南州未来发展的突破口。我相信在书记的领导下,大家一道努力,一定会破解南州发展的难题。

好!唐铭上前拍了拍杜光辉的肩膀,说,我就知道请你来是对的。

杜光辉笑道争取不负书记厚望。

唐铭方面大耳，眼神清澈，虽然在行政上干了多年，但是，南州人都知道唐书记是一个典型的文化人，而且是一个敢想敢做的文化人。省委将他从临江调到南州来任书记，其实也有受命于危难之时的意味。省委主要领导送他到南州的大会上，就直接给他下达了目标：五年内，南州成为全省经济的龙头；十年内，在全国省会城市中成为排头兵。这个目标宏观而艰巨，唐铭知道省委是要让他在南州大干一场，要干得风生水起，干得卓有成效才行。老子在《道德经》中说，治大国如烹小鲜。但其实那仅仅是战略上的，战术上却是完全不同。落实到南州这样的一个省会城市，这道菜绝不是"小鲜"那么简单，而是一桌满汉全席。省委领导一开始找他谈话时，他甚至想建议省委另换他人。算起来，他也是五十多岁的人了，依他的资历和任职，他最多也只能在南州干个五六年，长一点不过七八年。然后还是得到人大、政协。如其在南州折腾一番，甚至会丢掉几十年建立起来的政声，还不如继续待在临江，安安稳稳地等着过渡。但他没将这想法说出口，他的个性决定了他说不出口。而且即使说了，省委领导也不会同意。省委主要领导送他到南州临走时说，你尽管干，省委全力支持你，全力支持南州。大半年来，唐铭主要的精力就花在南州的发展思路探索上。渐渐地，他的脑子里有了一点眉目。这个时候，他最需要的是理解、懂得和能执行他的思路的人。这便是他看上杜光辉的理由。他需要杜光辉，南州需要杜光辉。杜光辉虽然远在京城担任经济所的副所长，但事实上，唐铭很多年前就关注到这样一个年轻的经济学家。特别是在京城长谈后，他认定了就是这个人，这个看起来斯斯文文却暗暗透着坚定的人。他觉得杜光辉同他一样，心里蕴藏着理想主义的光辉。想到这，他仿佛看到老子当年说治大国如烹小鲜时的诗意。无论是大国，还是小鲜，其实都是理想主义的杰作。杜光辉有多年的学者背景，他的一系列关于宏观经济发展的论文，也契合了唐铭的想法。杜光辉坚持城市发展必须寻找合适的产业，城市经济其实就是产业经济的观点，一直也是唐铭心里反复思考的问题。南州必须尽快破局，而他希望杜光辉就是这个破局之人。

杜光辉问,刚才李杰秘书长提到东方电子,那是……?

啊,我正要跟你说这事。唐铭从办公桌上拿来一摞材料,说,这是东方电子的相关材料。东方电子你也知道,现在是国内排名靠前的电子企业,它的液晶显示生产正处于上升势头。而且,它的研发能力在国内一流,能与韩国、日本抗衡。东方电子正在谋求扩张,想要在国内寻找合适的地方,建立新一代的生产线。我也是上次在北京听国家发改委的同志说的,我就留了心。回来后,就找来相关材料,进行了认真分析。我觉得南州可以承接东方电子。如果东方电子能来,那将是对南州经济格局的一次革命性改变。我已经安排秘书长去专门负责此事,请人与东方电子对接。但可惜,到目前为止,尚未能与东方电子高层接洽上。你来了,这事我看就请你来具体负责。相关工作,我明天让秘书长给你再详细介绍。

杜光辉在大脑里用近乎计算机的速度,迅速地逡巡了一遍。他很快就找出了三个与东方电子有关联的选项。他对唐铭道东方电子我以前去考察过。跟他们的一个常务副总有过交流。现在,应该还有他的联系方式。另外,我的一个大学同学现在是东方电子的一个部门的经理,去年我们在北京见过面。还有一个人,曾经在我们所进修过,不过,现在不一定还在东方电子了。

那太好了。特别是那个常务副总。唐铭现出兴奋神色,说,东方电子的7代线如果能落户南州,那将是百亿产业,甚至千亿产业。光辉啊,加把劲,争取拿下来。如果需要什么政策,只要南州能够提供,就全力支持。

我先跟他们的常务副总联系试试。企业人事变化快。东方电子如果能来,那当然太好了。这样的龙头企业,不仅仅自身来了,还会带来上下游的产业,形成巨大的产业链。

当天晚上,杜光辉先给这位常务副总打了电话,结果真的如他所料,这位副总已经离开了东方电子。但他给杜光辉提供了另外一个还在东方电子的陈副总的电话。杜光辉又给他的大学同学联系,同学说,巧了,我刚刚离职出国了。杜光辉叹道你是知道我要找你吧,所以才提前离职出国。同学说,那怎么会？只是企业你知道,人走茶凉。杜光辉说,我清楚。

秋夜沁凉,窗外,秋风中有丝丝蛩鸣。杜光辉关了灯,坐在桌前,秋月之光洒到桌上,明澈清净。从小,他就喜欢秋天,喜欢月亮。秋天,高远、清爽,又是成熟的季节,万物丰收而不骄矜。月亮,温和、典雅,令人怀想而不矫情。他把手伸到月光之中,马上就有一层水从他手上流过。甚至,他感到了那水流过了他的肌肤,流进了他中年的心里。他起身,拿过手机,拨通了茹亚的电话。

重洋之外,正是白天。他听见茹亚道有事吗？

他心里仿佛被冰了下,说,没事。

没事打什么电话？我正在忙呢。茹亚声音生硬,沙哑,像是一块冰坨砸过来,显然没休息好。

我是想告诉你:我到南州上班了。

知道。可心都跟我说了。

啊！杜光辉迟疑了下,问,你那都好吧？

都好。我还有事,挂了。茹亚也没等杜光辉答应,就挂了。

杜光辉觉得刚才流进心里的月光,此刻都被冰坨给砸得粉碎,变得冰冷。他想:茹亚也许一直还在生他的气,怪他不该来南州。事实上,这些年,一回头他才发现:他和茹亚生活在一起,最初,他们就像两条溪流,总是欢快地往一条渠道里挤着,互相碰撞,浪花四溅。再后来,随着彼此的忙,或许是人到中年了吧,两条溪流各自归位,但也还经常彼此张望,相互激励。可是再往后,具体从哪年开始的呢？杜光辉也说不准了。只是觉得这两条溪流越来越远了,不仅仅是平行流过,而且是背道而驰了。谁也再看不见谁的浪花,谁也再激不起谁的波浪……说的话越来越少,更谈不上有多少深层次地交流。而且,茹亚自从听见他在梦中叫唤田忆开始,就总是拿这话题刺他。这回,他来南州挂职,茹亚就直接说,是去奔赴爱的约会了。一条曾经那么清亮的溪流,为什么会纠缠于此？杜光辉也曾尝试着解释,但没有机会。唉！有一次,他和茹亚因此争吵,茹亚竟然当着女儿的面说,离吧,离了省事。他当时就愣住了。而细想起来,从那以后,他便再也没听到过茹亚快乐得犹如小河淌水的笑声了。

三

用了半个月时间,杜光辉先是跑完了三个县和一个县级市,然后再回头来跑市区。真正当了副市长后他才发现,这和他想象中的工作方式还是有很大的不同。会议多,协调多,能自主支配用到调研上的时间并不是很多。但他刚上任,有理由把调研放在第一位。所以,除非重要会议,否则他一概谢绝;带着相关部门和办公室秘书小王,一竿子到底。原则上,他不听汇报,只留材料。主要是看。他直接到点上,而且点最好是随机抽出来的。当然,事实上,这随机也不是由自己做主的。县市区知道新来的副市长要来看工业和科技,事先都做了充分的准备。他们拿出的都是最能看、最值得看的企业。不过,杜光辉却直截了当:到每地,他必须要看一到两家问题企业。

一圈子看下来,杜光辉的心口似乎压着块大石头,十分沉重。

他跟小王打了招呼,要一个人待在办公室里,好好归纳总结,没有特殊情况,就不要再打扰他。小王虽然年龄不大,但经历不少。他大学毕业后当了两年村主任,然后进入公务员队伍。先在湖东县,后来被李杰下乡调研时看上,就调到政府办公厅来当秘书了。他个子不高,清清亮亮,一看就是个会来事的年轻人。话不多,这也恰好是当秘书必须具备的特点。他将杜市长的茶泡好后,就关门出去了。

或许是秋天更深了的缘故,明月湖仿佛更向远处逶迤了。绿轴大道的绿色,也稀薄了些。短短半个月,杜光辉就感觉到了季节的变化。其实,他自己也知道,每天连着转地下去调研,最容易忽略四季与时光。一个缠在行政事务中的人,倘若还能敏捷地感知到时光的变幻,那么,他的心就还是鲜活的、灵动的。杜光辉希望自己永远是这样。他开了窗,秋风如同薄凉的云絮漫向他。他感到脸上、身上都被"云絮"给清洗了一遍。他先是给东方电子的那位姓陈的副总打电话。电话很快通了,却被告知正在国外。他说,那就等陈总您回国后再联系吧。陈总说,你有什么事,也可以给我发邮件。

不到一分钟,短信来了,陈总发来了邮箱。

杜光辉觉得就凭这点,这个陈总应该是个干事利落的人。也许是做学问做得太久了,他见过的人群中,很多人都像棉花一样,如果不弹,就一直保持原样,既不动荡,也不松软。那是一种很让人讨厌也很让人无奈的方式。有两年,杜光辉在茹亚身上看到了一个学者与一个外企高层管理者的不同。茹亚每天都有做不完的事情,接不完的电话,处理不完的问题,但是,再多,她都朝气蓬勃地出现在她必须出现的场合,那就是一种一以贯之的精神与作风,杜光辉感到,相比起来,这种精神与作风,在制度越严密的大企业,越明显,越突出。

有人敲门。杜光辉说了声:请进。市委政研室的简主任就笑着,拿着一堆材料进来了。

杜市长,我搜集了下,这是一些国外关于电子产业方面的资料。还有这个,是我们政研室今年年初按照唐书记要求搞的一个调研报告。简主任说着将材料放到桌上,又问,都跑完了?

简主任的年龄应该比杜光辉略大,因为长期搞政策研究,额头上的皱纹比同龄人明显要深要多,皮肤也有些浮肿,一看就是长期开夜车的结果。他掏出烟,问,能抽吧?

可以。杜光辉事实上偶尔也抽点烟,只是在人前他很少抽。在经济所时,他经常一个人坐在空旷的会议室里抽上一支烟,思路往往就一下子开阔了。但他在家从不抽烟。而且,他不反对别人抽烟,只是提倡少抽为好。

简主任点了烟,又突然像忘记什么似的,拿出烟盒,弹出根烟,问道市长也来一根?

这……来一根吧,我一般是不抽的。

那就来一根吧,一根没事。

点上烟,两个人说话就自然多了。烟成了润滑剂。杜光辉说,我正想跟简主任交流交流。我最近下去看了看,情况不容乐观。我觉得根本上是南州的工业经济,原有的秩序正因为激烈的市场竞争与变革而被打破、消失,一大批早些年风生水起的企业,现在举步维艰,濒临破产。好的企业不多,部分有效益的企业,大多是建材、加工等,附加值也不高。有些近年来引进的企业,其实是发达地区梯度转移的产品。高污染,高能耗,不具备可持续性。更重要的,我觉得还是有企业,没产业。没有产业,就很难形成真正的产业集群。

确实是这样。简主任说,杜市长一来,就掐中了脉搏。南州不比十年前了。十年前,南州是全国响当当的轻工业城市,南州洗衣机、电冰箱在全国市场占有的份额,最高峰时达到了百分之四十以上。南州也因此被称为中国轻工第一城。但这两年你放眼一望,各种轻工产品鱼贯而出,尤其是洗衣机、电冰箱等家电产品,出了很多著名的品牌。相反,我们的企业与产品,不进则退,逐年萎缩。从最初以一线城市市场为主,到退到二三线城市,再到四线城市及县城,后来干脆退到乡村,现在,连乡村都没有市场了。

这里面到底是什么原因呢?机制?体制?

人。思想。理念。

正说着,小王叩门进来,说洗衣机厂又来人了。

简主任摇着头,说,正说着洗衣机厂呢。他们就来了。已经来了好几次了吧?

五次以上了。他们每次来一批人,也不太多,四五十人,就在政府门前站着,也不闹事。他们的问题也都是明摆着的,可是,怎么解决呢?信访局接访了多次,解决不了啊。

洗衣机厂是接下来杜光辉准备去调研的企业,他问道怎么解决不了?

洗衣机厂其实有一年多没有生产了,前几年生产的产品,也都还积压在仓库里。没有市场,他们怎么生产?工人工资已经有半年多没发了,他们提出来,一要政府给他们找市场;二要政府投资增加产能,提高市场竞争力。这两点显然都难做到。

政府怎么给它找市场?简主任说,只有尽早破产,实现重组,才能甩掉包袱,轻装上阵。

破产也不能一破了之。关键还有两千多名工人。小王小声道。

杜光辉想了想,说,我去见见他们吧。

这……小王有些为难,说,杜市长,我怕他们……这样,我向王秘书长请示下。

杜光辉虽然心里不悦,但还是等小王去请示了王秘书长,然后到楼下信访局会议室。除了信访局工作人员外,还有三个穿着南州洗衣机厂工作服的工人。他们盯着杜光辉,直接道政府说要让我们破产,那不就是撂挑子?我们辛辛苦苦干了十几年,为南州做了巨大贡献。到头来,企业不行了,就破产,这说得过去吗?

慢慢讲。杜光辉说,我今天就是来听你们讲的,不急。

三个人中,刚才开门见山的那个人叫齐航行。他戴着副眼镜,说话慢条斯理:市长,我听说您是从北京下来的,搞宏观经济研究的学者?我想提两条建议:一是像我们这样的企业,在南州并非仅此一家,还有很多,包括冰箱厂,也差不多了。政府能不能重视起来,好好研究研究,拿出一个切实可行的方案?政府能不能不搪塞我们?我们又不是泥,糊一天是一天。我们要求的是解决问题啊!

好。很好。政府就是给企业和老百姓解决问题的。正如你刚才所说,政府要解决问题,也得好好研究研究。不研究,问题怎么解决?我最近正在带队进行调研,很快就会到你们厂。

有杜市长这话,我们看到了希望。齐航行接着道我们还有一个想法,那就是外面的洗衣机厂有的搞得红红火火,为什么我们这样老牌的厂子却半死不活?还是改革不够。天天都喊着改革,可改到自己头上,没动静了。老厂、老人、老班底,导致老技术、老产品、老市场……一老到底,哪有新鲜血液?杜市长,你要去我们厂,建议不要听那些领导的话,他们都巴望着早一天破产了事。我们工人不这样想,我们不想破产。我们觉得我们厂还有救。大家说,是吧?

当然是。你到厂里随便问问哪一个工人,保不住都会说,洗衣机厂能干事的没事干,不能干事的搞破产。今天我们来的五六十号人,都是厂里搞技术的。已经有四五年了,我们每次提的技术革新,研发的新产品、新工艺,从来都上不了马。结果,外面的厂很快出来了。人家占了先,你再追,就落后了一大步。何况厂里连追也不追。说这话的是三个人中的一个年轻人,看样子也才三十多点。听口音他似乎不是南州人,他继续道厂子不革新,技术都还是十年前的。杜市长,你说这哪行?技术落后,就是最致命的落后。搞得厂子开不了门,工人没工资。不怕市长笑话,我现在穷得连婚都结不起了。

齐航行解释道大进说的是真话。这两年厂子不景气,拿不着钱,他没办法买房子,所以婚事就一直拖着。像他这样的还有不少,但大部分都走了。近五年来,厂子里流失的技术人员超过了三分之二。

我想现在就到你们厂去看看,怎么样?杜光辉问。

齐航行一愣,说,好啊。我们热烈欢迎。

小王没料到杜市长会突然要去洗衣机厂,他望着杜光辉,说,这就去,杜市长?

这就去。正好上午没事。我先去看看。

那要不要通知相关部门,还有厂里?

不必了。我只是去看看。任何部门都不要通知,也不要通知厂里。我直接过去。杜光辉说着对齐航行道你们三个跟我一道,让其他人都回去吧。另外,打个招呼,不要提我去厂里的事。

齐航行大概没想到一个副市长也会说走就走,他觉得这个研究经济学出身的副市长,与其他人有所不同。他出门跟其他人知会了一声,其他人也就都散了。他在坐上杜光辉的车子的那一瞬间,突然感觉到洗衣机厂这次是有希望了。至于什么样的希望,他也不清楚。他只是有这种感觉。有了这种感觉,他这个在洗衣机厂待了十几年的老技术员,禁不住鼻子酸了一下。

路上,杜光辉让齐航行把洗衣机厂的情况简单说了下,齐航行又说到自己:他是世纪之初从工大毕业的。那时,洗衣机厂正红火。厂子里到工大招人,牛得很。一般成绩的学生还进不了。他本来是准备考研的,但家里父母说在南州,能进洗衣机厂已经相当好,就是研究生毕业了,也不一定能找个更好的单位。他想想也是,便进了厂子。头七八年,厂子虽然开始走下坡路,但到底还能支撑。这四五年,便彻底现出了颓相。他半笑不笑地说,市长你可能不信,像我这样的工大的毕业生,到厂子里十几年了,竟然没有一项专利。难道是我没有搞科研?我搞了,厂子里最后都锁进了档案柜。可惜啊。我们的很多成果,后来都给外面的企业用上了。

那你怎么没跳槽?

我是南州人,而且我这人生来就恋旧。我总想着厂子会有好转的一天。

我能理解。杜光辉说,这种想法是对的。洗衣机厂一定会有重新兴旺的一天。市里的主要领导其实也一直很重视。市委唐铭书记就曾跟我提起过,让我准备调研。这不,我就调研来了。大家一起研究,拿出办法,破解难题。

车子到了洗衣机厂,洗衣机厂处在最繁华的南州大道上。说起南州大道,南州人都清楚,那是南州二十世纪九十年代最辉煌的一条大道。在它之前,南州就三条路:长江路,金水路,江南路。洗衣机厂和冰箱厂业绩最好的那几年,南州城里大大小小的旅馆里,住着的多半是各地来南州要洗衣机和电冰箱的销售商。每天,大量的洗衣机和电冰箱发往各地,利润源源不断地汇聚到南州。市里一高兴,就动员两家企业拿出了一部分利润,新建了著名的南州大道。整条大道长五千米,从长江路往南延伸,现在已经成了南州最重要的南北向道路。洗衣机厂和冰箱厂都在这条路上,一个在东,一个在西,相距不远。因为两家企业人员众多,带动了周边的第三产业,因此,这里也是南州最繁华的地段之一。但现如今,洗衣机厂的大门前冷冷清清,连保安也懒洋洋地站在秋风里望天。齐航行下去跟保安简单地说了几句,车子就进了门。齐航行说,一直往里开,到家属区。

到家属区?小王问。

只有在那里,才能让市长看到真实的洗衣机厂。

进去吧。杜光辉道。

家属区就在工厂区的后面,车子开了一千来米,就看见一幢幢的家属楼了。这从厂门到家属区的一千来米,让杜光辉想到了当年厂子的兴旺。下了车,齐航行引导着杜光辉,到了家属楼的第二幢,然后进了一楼一户人家。这是两室一厅的小户型,一进门就见一张床。齐航行喊道老总工,老总工!

哎。答应的声音从床上发出,杜光辉这才看见床上正坐着个老人,白发白须,清瘦得很。齐航行介绍说,这是市里边的杜市长,这是我们的老总工,中风了,后遗症。

总工好。杜光辉打了招呼,说,我是来厂子里看看的。转头他又问齐航行:厂子里的家属区都是这样?

都是这样,还是二十世纪厂子兴旺时建的。后来想建,没钱了。我来时,正好有人调走,算是捡了一套。就在后头。

老人眯着眼,看着杜光辉。杜光辉觉得老人的目光半信半疑。他问,总工,一直在这厂子里?

总工没回答。

齐航行说,一直在,他是洗衣机厂最权威的见证人。从厂子开办之初,他就是元老。据说当初还是他向市里提出来要建洗衣机厂。总工,是这回事吧?

嗯,嗯。老人这才全睁开了眼,说话有些含混,但能听得清楚。他细瘦的手在空中比画着,伴随着手势,他说到了当初提议建厂,生产出第一台洗衣机时的狂欢,全国各地络绎不绝的客商,他还多次得到市政府的嘉奖,被评为全国劳模……齐航行给老人倒了杯水,他喝了一口,语调却突然黯淡下来了。他摇摇头,说,你看现在这样子,简直,简直……我虽然下不了床,但是孩子们都告诉我了。我们家三个孩子都在厂里,现在都下岗了。两个儿子到外地打工去了,女儿在家里照顾我,日子过得紧巴巴的。他们哪能想到洗衣机厂会是现在这样子啊！

所以我们得想办法来解决这个问题。老总工，你看解决这问题，要从哪里入手啊？

技术。我是搞技术的，搞了一辈子技术，我就认技术。当初，洗衣机厂建设，也是因为我们掌握了当时国内最先进的技术，产品一下子就打开了销路，占领了市场。后来，外面的技术也加强了，而我们对技术重视不够，加上企业搞得不像企业，像个机关，那哪行呢？老总工说着，咳了声，杜光辉说，您的意思我都懂了。

齐航行道用机关的形式搞企业，又不重视技术，企业不倒才怪！

杜光辉说，有道理。这对我启发很大。我们一定来好好研究。

离开洗衣机厂时，杜光辉特意跟齐航行互留了电话号码，小王在边上一直皱眉头，直到上了车，小王才说，杜市长，您把电话号码留给他了，怕不太合适吧？这些人，说不定会天天缠着您。

合适。杜光辉说，天天缠着，说明你没给他解决问题。洗衣机厂就是个突破口，也是破解南州工业经济的一个出口。别小看这些技术人员，他们了解厂子的所有利弊，未来厂子要振兴，还得靠他们。

不过，小王轻声说，一般情况下，建议市长还是……总之，电话是不能留的。

下午，常委会学习前，杜光辉接到陆颖电话，她竹筒倒豆子似的说，杜市长去化工园，看见什么了吗？

看了……杜光辉觉得陆颖这话里有话，便停了。

陆颖说，其实看不看都不重要，只要闻着那刺鼻的气味就知道了。

啊，那天后来因为有事，也忘了问了。宗主任陪你进园区了吗？

进了。园区正在休整。而且我每次去都赶上休整。杜市长，您觉得这正常吗？

杜光辉没回答。对于化工园区，陆颖盯着，一定有陆颖的理由。但对于他来说,他看见的还是抱着琵琶的化工园,就像一个古装仕女,他只是闻到了她的气味,而没有深入她的内心。所以,他想了想说,或许是真的休整了吧。

陆颖笑了下,隔着电话,也能听见她的笑里有轻微的讽刺,她接着道您去看了洗衣机厂,感觉如何,杜市长?

杜光辉说,不愧是记者,消息灵通啦。哪儿都有你。感觉挺复杂,问题很严重,破解很艰难。

陆颖说,我正准备为洗衣机厂写篇内参,等出来了,再送杜市长审阅。

好,一定得让我先拜读。杜光辉放下电话,李杰走过来道听说去洗衣机厂了?

正好他们上访,便一道去看了下。秘书长这么快就知道了?

我就是给常委们服务的,这点消息要不掌握,那不是失职?李杰笑着说,不过,光辉市长哪,以后要去下面,还是得给两边办公室说声。您既是副市长,又是常委。特别是唐书记要是问起来,我们不掌握,那就不太好办。

今天也是临时决定的。杜光辉说,不过,也正因为临时决定去,才能看见真实,听见真话。我是做研究出身的,讲究真实。来源于虚假的素材,得出的结论也必然是虚空的,不可行的。

光辉市长这是在批评我?哈哈。李杰笑着,那笑声如同浮冰,轻飘飘的,说,洗衣机厂如果能在光辉市长手上起死回生,那可是南州最大的喜事啊。

我觉得还有戏。杜光辉道。

周末,杜光辉和李敬等几个同学小聚。李敬特地从家里摸了两瓶好酒带着。说是小聚,其实是一大桌子人。有的同学毕业后一直没见着,这次相见,格外亲切。大家坐着自然先是回忆起大学时光,说着说着,就有人提到了田忆。

杜光辉转过头,装作喝茶。他想:要是田忆还在,他们到底会是什么结局？二十多年后这种聚会，又将是什么情形？他脑子里闪着田忆或笑或跳或静或动的一幅幅生动画面。二十多年了，他所经历的许多事、许多人，都渐渐被岁月磨蚀殆尽，关于田忆，却一直鲜活。仿佛他内心世界里有一块天地，这块天地只为田忆留着。他一直小心翼翼，不愿意轻易去触碰。所以，当同学们都在议论时，他有意识地岔开了话题。他问李敬：你们研究院人才济济，有没有什么办法给南州洗衣机厂把把脉？

那是两码事。李敬说，我们搞的都是尖端的。而洗衣机行业，也不能说不尖端，但至少跟我们不太连得起来。

杜光辉道这就是观念问题。你们总是高高在上，而像南州洗衣机厂这样的企业，又困境重重。我觉得这是眼光向上与向下的问题。

哈，当市长了，说话就不一样。来南州不到一个月吧？

快了。

大家一边喝着酒，一边聊着南州。李敬感叹道南州应该说是中国最没有影响力的省会城市。也难怪，当初它就是个小县城。九十年代轻工业火了一把，后劲却不足，很快就被广东、福建超越了。汽车工业也不景气。城市发展虽然经过了第一轮造城运动，但现在看明显缺乏活力。我们物质院在这，虽然是中直单位，但一样能感受得到。有时候，到外面出差，人家看到我们中科院的大牌子，就问在北京哪里，我回答说在南州，他们便没了声，或者思考一下才问，哪个南州？

确实不假。南州的发展总让人感到不温不火，没有亮点，没有兴奋点。而且，这几年南州越发地低迷了。别的不说，每天早晨去菜市场，就很有感触。菜篮子越来越单薄了，说明了什么？购买力下降了。而这背后是整个城市的问题。

我觉得根本原因还是思路问题。思路对了，一切好办。思路不对，万事都难办。

杜光辉听着，觉得这些同学虽然处在不同的单位，但总还是都生活在南州。他们对南州的体会，都是切身的、真实的。他端起酒杯，站起来敬了一杯,说,我来到南州工作,以后全靠各位同学的帮助。特别是我现在分管工业与科技,与各位可能多有交接,还请大家多批评,多指教,多出点子啊。

李敬笑着喝了酒,说,这杜光辉可不像当年读书时了啊,也学会说套话了。咱们同学,谁还不帮着谁?不过,说到南州发展,我倒是觉得可以在思路上更开放些,不要局限在南州的小圈子里谈发展,要跳出南州看南州。首先要找出南州发展与全国其他地方不同的而且其他地方不具备的优势。抓住优势,乘势而为,必有所成。

抓住优势,乘势而为,杜光辉重复着,说,你这话,一下子让我思路开阔了。南州有没有优势?有,又怎么抓住?我得好好思考。

晚上,杜光辉半夜酒醒,却怎么也睡不着了。他老是回想着李敬的那两句话:抓住优势,乘势而为。那么,南州的优势到底在哪?

睡不着,他想给茹亚打个电话。但想起茹亚说她在忙,他又没了心情。他起床,打开电脑,把上午到洗衣机厂的情况做了个简单的笔记。这是他多年做经济学研究形成的良好习惯。记着记着,他就感到老总工还有齐航行他们其实也在心底里呼唤着、寻求着,他们要解开洗衣机厂困境的结;而李敬他们,作为工作、生活在南州的中直单位的科学家,也在注视着南州,甚至也在思考着南州的未来。他觉得,或许南州并不是一座被忽略了的城市,而是一座期待着崛起的城市。现在,需要的是钥匙,是打开城市发展之径的钥匙。那就是李敬所说的抓住优势、乘势而为吗?

越想越兴奋,越兴奋越想,直到外面传来了鸟鸣。

南州新的一天又开始了。

四

手机弹出通知:有邮件。杜光辉打开邮箱,东方电子的陈总在邮件里说道看了南州市的相关材料,可以进一步谈。

虽然只有短短的十几个字,但这些字,就像一根根燃烧的小火柴一样,让杜光辉的心里热乎乎的。这个陈总,素未谋面,还是以前认识的那个东方电子的副总推荐的。这人看起来是个实诚人，邮件写得直接、明白。不像有些人，说话办事总是绕着弯子。等你沿着他的弯子走了一圈下来，却发现他人早就走了。他自己绕的弯子，只不过是浪费别人的精力或者说是虚与委蛇一把而已。杜光辉最怕这样，所以他很快给陈总回了封邮件：请陈总回国后告诉我一声，我将前去拜访。

杜光辉推开唐铭书记办公室的外门，大概是因为高兴，他竟然没敲门，唐铭的秘书小江朝他望了眼，也没说话，只是朝里面指了指。这意思很明显：里面有人。也难怪，一个省会城市的一把手，每天面对着整个城市，事情多，见的人多，获得和要处理的信息多。他就坐下来，问小江：多大了？哪个大学毕业的？一直在南州工作？

明年就三十了。复旦毕业的。毕业后在上海待了两年，然后考到南州市委办公室工作。

挺好。杜光辉说，现在这么年轻的机关干部不多。事实上，这些年，虽然国家加大了对年轻人才的培养力度，但是，人往高处走，培养出来的人才大都集中在北上广深，像南州这样的内地中部欠发达省会城市，其实也成了人才的锅底。杜光辉在经济所时带的研究生中，有好几个是江南省人，但是，他们毕业后，没有一个回到江南。所以，眼前这个复旦的学生考到了南州，让他在刚才的兴奋点上又增加了一分兴奋。他看着小江，想起自己这么大的时候，那时，他刚刚博士毕业，风华正茂，有着远大的志向，甚至想当一个问鼎诺贝尔奖的大经济学家。虽然离诺奖十万八千里，可是，这些年，他也在一步步地尽力地往经济学研究的高峰迈进。他对小江道政务大楼内，像你这样的年轻人有多少？

不太多吧？我也没统计，估计不太多。

你是江南人？

江苏人。

江苏？苏南？苏北？

苏州。

那怎么考到这了?

当年报考的时候,我突然有个奇怪的想法:越是南州这样的地方,越是需要人才,越是会重视人才,而且这样的城市,将来可能会更具有后发优势。所以,就来了。而且,南州当时吸引我的另一个原因是:这里有很多大学,比如科大、工大,还有许多国家的科研机构。结果,小江有些腼腆地笑笑,说,结果来了一看,根本上是两码事。城市归城市,大学归大学,研究所归研究所,各归各的,就像几只披着皮的舞狮,各舞各的,互不相干。

你这发现倒很有意思。杜光辉说,各自舞着的狮子!形象生动。怎么就舞不到一块来呢?你看到了别人没看到的南州的一种现象。很重要,很有启发性。

我也只是随便说说,杜市长见笑了。

那现在不懊悔吧?我是说考到南州来。

懊悔?都成家了,不懊悔了。成了新南州人,就只希望南州能发展得更好。小江说,刚来头两年,材料任务多,压力大,还真动过要走的念头。后来,慢慢就适应了,而且有了女朋友,再后来结婚成家,马上孩子就要出生了。看来……他脸上漾着幸福的光晕,说,这辈子就在南州了。

南州好啊,适合生活。

那杜市长是说这里适合慢生活?

确实。但我希望能看到南州的快生活、快节奏。

里面的人出来了。因为才到南州不久,杜光辉能认识的南州干部少之又少。何况他这人天生有个毛病:读书看过一遍就记得,见人看过多遍却记不得。或许他这就是传说中的脸盲症吧?反正他很少能记得住人。有时,在街头或者一些场合遇上别人跟他打招呼,朝他笑,找他说话,讲了半天,他极力在脑子里搜索,却总想不起来。他只好含糊其词,应付着。茹亚说他的大脑是选择性记忆,他有时觉得茹亚说得对:人的大脑记忆存量也是有限的,倘若所有经过的事物都记住,那或许是场灾难。那些被存储在大脑中的事物会不会互相纠缠、争论,甚至打架?

有时候,杜光辉会被自己的突发奇想所打动。他是一个容易被打动的人,他曾同女儿可心很认真地交流过这个关于大脑的问题。可心说,没想到老爸会像孩子一样想问题。他说,用孩子的思维想问题,问题往往会简单化。而简单化,很可能是解决问题的途径。可心问,那大人看问题的方法呢?他回答说,太复杂化了。其实很多问题本来就是简单的问题,结果研究来研究去,往复杂里研究。最后回过头来一看,无非是一层窗户纸,却绕了几十年。

可心喜欢和爸爸聊天,特别喜欢爸爸的奇思妙想。不像妈妈。妈妈整天挂着一张严肃的脸,似乎全世界只有她一个人在干重要的事情,全世界也只有她一个人是正确的。

杜光辉进了里间,唐铭问,最近一直在跑嘛,感受如何啊?

除了市直单位,其余都跑了。下周准备跑市直。看到很多,听到很多,也想了不少。等调研完再向您汇报吧。

好。

东方电子那边,我联系上了一位陈总。他目前正在国外,可能很快就会回国。他看了我们提供的南州方面的材料,说可以谈。

好啊,可以谈就是有希望嘛!唐铭也有些高兴,他轻轻转着手中的铅笔,说,那抓紧谈。这事我看还是你定,怎么谈,谈什么,要先沟通。东方电子现在是香饽饽,很多人在抢。你要考虑一下:南州到底能有什么优势,能够抢得到这个香饽饽。

我也一直在考虑。我们的优势在哪?论资源,没有;论财力,一般;论政策,有限。那论什么呢?

我觉得要辩证地看。比如说到政策,政策是人定的,可以适时适地出台新政策。东方电子如果要来,政策上可以专门针对它来制订。南州等不起了啊,光辉同志,你跑了一圈估计也应该知道南州的经济整体正在下滑。我很焦急。可是,急有什么用?省委主要领导也很焦急,一直要我们拿出方法,寻求突破。怎么突破?路径在哪?我觉得东方电子也许就是一个突破。

书记,我理解您啊,南州现在的情况,确实不容乐观。我到县区去看,企业不景气的多,高质量高效益的少。特别是那种顶尖的企业,更是没有。一个省会城市,没有世界五百强的工业企业进入,这是不正常的。至少国内大型的头部企业应该能到南州来发展,但是,我们事实上也没有。前几天,我和物质院的李敬院长等几个南州的大学同学聚会,他们也说到南州现在的问题。可见,不仅仅我们在焦急,在关注;像李敬他们,虽然是中直单位,他们身处南州,也在关注,在焦急。

我想搞一次"南州向何处去"大讨论,在全市上下开展"找差距,寻突破,解难题"活动。

"找差距,寻突破,解难题?"

对,一是要找差距,我们跟江浙等发达地区到底有多大差距?许多人不清楚,就连我们的很多领导干部都不清楚,还在沾沾自喜于过去的成就。二是寻突破,让大家都来思考,南州下一步应该怎么走,集思广益。在此基础上,根本的问题是要解难题。什么难题?南州发展的难题。我已经让政研室在搞文件,等研究后再正式启动。

唐铭说这些话时,眉头一直是皱着的。他的川字形的眉宇间,一直凝结着发自内心的焦虑与期待。杜光辉心想:一个市委书记,特别是面对南州的现状,用"食不甘味,上下求索"来形容,一点也不过分。

唐铭走到地图前,指着长三角,用手画一圈,说,现在,不仅仅是北上广深,这一片地区将成为中国经济发展最强劲的三角之一。南州正处在长三角的泛区域之内,相比于长三角其他城市,南州的经济地位与影响力多年来一直被边缘化和弱化。关键还是经济实力不强,我们去年的GDP才两千多亿,财政收入两百多亿。比不上苏南一个一般的城市,更谈不上与苏州、杭州这样的城市相比。苏州是六千亿,杭州是七千亿,眼看着它们很快会达到万亿。你看这差距,太大了嘛!

两千亿,相当于昆山。而昆山是个县级市。

就是。说起来脸上无光。唐铭说,不过焦急也没用啊,还是一步步地来吧。你尽快去东方电子谈,到时叫经信委的李明同志一块过去。他情况熟悉。还有科技局的梁大才同志,他是清华的博士,是国家百人博士计划下来的。你们可以一道去谈。只要是不违纪违规,都可以谈。先谈,回来再研究。

好。杜光辉说,我跟李明同志和梁大才同志先碰一下。

唐铭问,上次那瓜片喝得习惯吧?

这个……杜光辉说,一开始还真不习惯。书记您知道我是北方人,没有喝茶的习惯。以前喝一点茶,也几乎是普洱类的云南茶。方便。这次这个瓜片,第一次喝就差点给喝醉了,又浓,又酽,又苦。说实话,第一杯我是皱着眉头喝下去的。结果很快我发现:苦尽甘来。

那就对了,喝茶讲究的就是微甘而小苦。既有甘,又有苦,才是好茶。

是的,慢慢喝着,就喜欢上了。现在,每天都得喝这茶。小王说我的茶越喝越浓了,我发现是的。我就想:这么喝下去,没了茶怎么办?

哈,你这担心是没必要的。我负责嘛!我既然把你引上了喝瓜片的路子,我就保证你有茶喝。就像我把你从经济所要过来,就得保证你在南州有所作为。说着,唐铭从柜子里又拿出两盒瓜片,说,我以前在大别山区工作过多年,那里有一些老朋友。他们来南州,我跟他们说来了有饭吃,但你们什么东西都别带;如果客气,就带点瓜片过来。这一说,好了啊,来的人都带瓜片。我成了名副其实专门收瓜片的了。当然,我是照价付款的,不能占他们便宜。哈哈,你说我还供不了你喝茶?

那当然够了。以后我可就跟着书记后面学喝茶了。

最近,杜光辉发现在政务食堂吃了晚饭后,正好可以在政务广场上走一圈,然后再走回警备区。前前后后,走的时间差不多一个半小时,正好解决了锻炼问题。大概是多年读书养成的习惯,他不太喜欢锻炼。为这个,他受过茹亚的多次批评。茹亚近乎是个锻炼狂。工作再忙,她总得去健身中心,现在当然有了私教。像个菩萨似的,整天坐着,苦思冥想,这是他多年以来的经常性状态。有时,他会想起哲学家金岳霖教授。传说中这老先生到了晚年,有十几年时间足不出户,对着书房里的一面墙壁想啊,想啊,也不知老先生到底想了些什么,反正他想了十几年,然后去见先贤大哲去了。杜光辉自然达不到这种境界,而且,他苦思冥想的成果是十几本专著。书越写越多,身体也随之被一点点地掏空了。人到中年,特别是已近五十的人,是该适度锻炼了。边走边看边思考,这种既锻炼又休闲还接地气的做法,让他慢慢地热爱上了。

政务广场连接着明月湖,两边绿轴护卫。杜光辉在一个小型乐队前停住了脚步。这个乐队的成员都是老人,年龄最长的看起来应该有八十岁了,但是,他脸色红润,穿着背带裤,里面扎着格子衬衫,这是典型的文艺范啦。他应该是指挥,他正在一个个看着乐队成员校音。乐队其实也不全,顶多是个自娱自乐型乐队。有二胡,有笛子,有簧管,有小提琴,有小铃铛,边上甚至还放着台电子琴,可谓中西结合。演奏小提琴的是位相对年轻的老奶奶,她穿着湖蓝色的连衣裙,白头发上还扎着蝴蝶结,她看着指挥,说,能开始了吧?

指挥环视了一圈,完全是大指挥家的做派。然后,他手挥上来,又停在空中,突然,他的手一顿,音乐声流淌而出。这是杜光辉最喜欢听的一首交响乐《梁祝》。从前,他刚刚知道这个故事时,学会的是其中的歌曲《化蝶》。相比较,他更喜欢"化蝶"这个名字,多么浪漫,多么富有诗意。后来,他同田忆一道无数次听过《梁祝》。听着听着,田忆就哭了。田忆问他:你是梁兄吗?

他说,我是梁兄,你就是我的英台!

梁兄,田忆唤道。

你这是答应我了?杜光辉问。

田忆用清澈的眼神望着他,然后摇摇头,说,我感觉到我们是不可能的,就像梁山伯与祝英台。

杜光辉问,为啥?

田忆却流着泪,说,我也不知道,只是感觉。

……可是,可是,都二十多年了。当年,离开南州前,他专门到南州陵园寻找田忆的墓。可是,他没找着。他只好在陵园的空地上,给她献上一束鲜花。他当时以为:他与南州,与初恋之忆,是永别了,至少是不可能再回来生活在南州。没想到,二十多年后,他又回来了,而且成了这个城市的副市长。他稍稍站远些,生怕自己的泪水被路人看见。

当最后一个音符落下时,乐队一下子安静了。杜光辉也没想到,这么一支混合型的乐队,居然能奏出如此美妙和深情的交响曲来。他听见拉提琴的老人抚摸着提琴,说,要是老叶还在,有两把提琴,那多好啊!她的眼神里,分明也漾着泪花。杜光辉不想去揣测那泪花之后的故事,他默默走开,一直走到湖边。

深秋的湖水,一天比一天深邃。初秋,湖水是安静而清澈的,如同一个人的思想。一个人,能安静下来,那是他真正开始有了思想之时。初秋正是思想收获之时。而到了中秋,湖水变得深厚,犹如人的思想,开始驳杂、沉重,甚至有无形的取舍与斗争。进入深秋,尘缘皆定,思想也更加深邃,湖水一如隧道,深不可测。再往下,杜光辉知道到了冬天,白雪覆盖下的湖水,其实是透明的。最伟大的思想,最了然的人生,就是透明的、可视的。它过滤了所有的渣滓,沉淀了所有的风云,清澈见底,却意味无穷。

杜光辉从湖边往回走,他又看见那个垒沙雕的小男孩了。

男孩子垒的依然是城市,不过,今天,他看见城市里竖起了许多发射塔。在发射塔的周边,有许多雷达样的装备。男孩正将沙子小心地连接成一条横贯沙雕的线路,线路垒好后,男孩站起来,看着自己垒成的城市,然后朝杜光辉看看。杜光辉向他点了点头,又竖起大拇指,说,好样的,更丰富了。这城市越来越好看了。

我就是要让它一天天地长,每天都长一点点。天天长,就长成了我们希望的样子了。

那这线路是……?

那是高速通信线路。或许是风速,或许是电速,也或许是光速。

光速?那太厉害了。这些,是发射塔吧?

是的。这说明你懂得一些科学。男孩肯定道。

我也只是懂一点点。杜光辉笑着,觉得这男孩子越发可爱了。他想起自己十五六岁的时候,正在校园里跟一帮小伙伴疯狂地踢足球。他这人就是怪,那几年爱足球爱到了骨子里。可一进大学,他就不踢了。他开始喜欢唱歌、看电影。然后,他就碰上了田忆。

男孩子蹲下身,对着线路又修饰了一番。杜光辉看到那条线开始穿过一系列的发射塔。他问,为什么要改?

太明显了。不安全。

杜光辉没想到,一个垒沙雕的小男孩居然脑子里都有了安全意识,可见他平时所掌握的知识,不仅仅超越了同龄孩子的知识,而且全面。他说,你应该在这城市中增加一些人。

这里到处都是人!

人呢?

你看不见,他们到处都是。

杜光辉先是有些蒙,但随即他明白了。确实,到处都是人。只是自己看不见罢了。人都在这城市的后面,没有人,哪会有这城市?他看着小男孩,问,读几年级了?

明年中考。

你长大后想学什么?

物理。

了不起。杜光辉说,我也有个跟你差不多大的女儿,她想学音乐。

我也喜欢音乐,但我更喜欢科学。我跟我爸爸一样。男孩子说到他爸爸,显露出崇拜。

那你爸爸一定是个了不起的人,是吧?

他确实很了不起。我爸爸在美国读过书,现在回到了南州,他有自己的工厂。而且,他还有好几项专利。

那真的了不起。能告诉我你爸爸是谁吗?

那……不能。男孩想了想,说,我可以告诉你,他姓蒋。别的,我不能说了。

那好。不说是对的。杜光辉说,你爸爸在你这沙雕里吗?

在。就在这。男孩子指着一座发射塔说,就在这。他们搞的就是无人机。你知道吧?就是无人飞机。

那可真是高科技。了不起。有机会一定见见他。

好啊。你见了他,一定会崇拜他的。小男孩很自信。

杜光辉喜欢这小男孩的自信,更重要的是为他的爸爸高兴。如果他爸爸知道他儿子是如此地崇拜他,那是一种何等的幸福啊!

周一,杜光辉让小王通知李明和梁大才过来,大家一起商量东方电子的事。一见面,梁大才就说,杜市长,我听过您的课。有一年,在中央党校经济发展培训班上,您那课讲得好啊,既有实际,又有高度。我们听了后都说,这才是中国真正的经济学家,不像有些经济学家,完全是玩花架子,搞虚的;还有些又太实了,没有理论高度。您关键是对基层了解,又有思考。

谢谢,过奖了。

杜市长是顶尖的经济学家,您来南州,是南州之幸哪。

话不能这么说,我也是来学习的。杜光辉请他们坐下,让小王沏了茶,然后便开门见山道今天请你们来,是按照唐铭书记的意见,主要碰一下我们一直在做的东方电子的事。

啊!李明说,这项目我也知道,搞了很久了。可是……

梁大才望着杜光辉,沉默了会儿,才说,的确是个好项目,而且南州真的需要这样的企业进来。可是,据我所知,难度大啊!

怎么个难法?杜光辉问。

这个,具体的我也说不好。但我们从其他渠道对东方电子此次扩张做了些了解,有一点可以肯定:他们要动手的项目规模很大,并且绝大部分投资都得依赖落地方。

多大规模?

听说上百亿。

啊!李明倒吸了口气。

杜光辉说,这消息可靠?

应该有一定依据。梁大才说得很谨慎。

杜光辉用手中的铅笔,在面前的空白纸上写下了两个数字,一个是100,另一个是240。

梁大才问,杜市长,这是……?

杜光辉没解释,这两个数字只有他自己清楚。他问李明:南州有没有直接与东方电子接触过?

接触不上哪。李明说,我们倒也想直接接触,可是人家不理我们。我们也找不着路子。何况现在这项目还有其他更有实力的城市在争呢。

现在有路子了。杜光辉就将陈总的事情说了下,梁大才和李明都很高兴,但并不乐观,他们也都认为要去试一试。总之,是次机会嘛。机会稍纵即逝,到了眼前,岂能不抓住?

三个人商定:由经信委和科技局拿出具体详细的招商材料,包括我们能提供给东方电子的所有优惠。一旦陈总回国与杜光辉联系,就即刻启程,与东方电子面谈。

不到一周,陈总发来消息,说回来了,正在北京开会,如果杜光辉方便,可以先到北京谈谈。杜光辉说当然可以,我下午就飞过去。他也不敢耽误,下午就带着李明和梁大才直飞北京。到了陈总开会的宾馆,陈总也很惊讶,说没想到你们效率这么高。在我印象中,中部省份的工作效率还是比较低下的。看来要换眼光了。

杜光辉说,那是从前,现在变了。欢迎陈总去南州考察。

晚上,就五个人,杜光辉这边三个,陈总和一个助手,大家找了家僻静的地方,边喝茶边聊。陈总听了南州方面的介绍,谈了下东方电子这次的布局。东方电子这次扩张,战略重点就着眼在中部省份。但是,作为高科技企业,每年投入的研发资金占到了企业利润的百分之三十以上,而且还在不断增长,这就很大程度上影响了企业的扩张性实体投资。所以,东方电子这次在全国布局,有一个根本的要求,就是落地方必须承担项目的主要投资。说穿了就是可以合作,以股份制形式共同建厂。他同时还不经意地透露,有三个城市进入了与东方电子合作的视野。

这个我们也有所了解。李明问,不知陈总能否透露一下,项目合作的预算?

一百亿。

梁大才惊了下,他心里也在计算着,南州一年的财政收入才两百多亿。他回想起那天三个人碰头时,杜光辉在纸上写下的两个数字,现在他明白了。在杜光辉的心里,早就在算这笔账了。既然他早就开始算了,那么,这意味着他肯定也将这个情况报告给了唐铭书记。既然报告了,还来与陈总谈,说明南州还是想争取这个项目的。沿着这个思路,他对陈总道南州的诚心是明明白白的。只是一次性投资一百亿,这……东方电子能否通过社会融资,承担项目的大头?

那不可能。如果我们通过社会融资来解决,那我们就可以选择任何一个地方,甚至就在现在的基础上再扩大再生产。但是,这不可能。我们也搞社会融资,但资金都用在研发上。将来,我们的方向就是,我们重点搞研发,生产企业所在地重点负责生产,形成研发、生产与市场一体化格局。我们有不少技术骨干,就来自坐落于南州的科大,所以,我同意跟你们谈,这也是个原因。

啊!杜光辉说,东方电子这几年能在全国电子科技,尤其是显示器产业上处于领先地位,强大的研发力量是重要支撑。我们南州对东方电子的最大兴趣也就在这。另外,杜光辉听到刚才陈总提到科大,突然想起李敬的话:南州要抓住优势,乘势而为。科技,对,科技,不就是南州的优势吗?南州有科大,还有工大,还有中科院的许多研究所,这强大的科技优势,全国有几个城市能比?这时候他突然感到南州就像一个寻宝的人,明明他怀里揣着宝贝,却到处寻找。科大,科研院所,工大,不都是宝贝吗?

想到这,他觉得自己更有了底气。他马上道陈总,其实我们早就在合作了。刚才您说很多技术骨干都来自南州的科大,这不就是合作吗?南州不仅有科大,还有工大和物质院等,科研实力强大,正好给东方电子的研发提供资源。我们要是真能合作,那就是典型的优势互补了。陈总,是吧?

这倒是。陈总说,不过项目重大,我们还得认真考虑。但有一点可以肯定的是,落地投资必须由落地方承担。这是前提!

梁大才想插话,被杜光辉使眼色制止了。杜光辉道行。我们回去后再好好研究。我希望我们能合作成功,互利双赢。

晚上,杜光辉将相关情况打电话报告给唐铭。唐铭说,先稳住。回来后再研究。

夜里十一点,杜光辉赶到岳母家。岳母说可心已经休息了,晚上还问到她爸爸什么时候回来。他不忍打扰,只是到她房里看了眼。可心抱着布娃娃,侧着身,眼角上竟然挂着泪珠。他心一疼。想上前替她擦去,却更不忍。出了房,岳母问,最近看你和茹亚有点……是不是出什么问题了?他心又一疼,只好含糊着说,没问题,没问题,只是都忙。岳母叹了口气,说,唉,你们都忙,到头来,可别把什么都给忙丢了啊。

五

找差距,寻突破,解难题,整个南州上下都聚集在此主题下,一场声势浩大的思想大讨论正在进行。这场大讨论,总使人想起十年前南州的第一轮造城运动。那时,从共青团系统下来的市委书记,刚上任一脚踏上南州的土地,就发出了感叹:南州太老了。其实,南州真的太老了。它的历史可以一直追溯到秦汉之前,作为一县之地,后来又作为一府之地,这里人杰地灵,英雄辈出。当然,也曾是刀光剑影、连年战火的兵家必争之地。但是,如果从一座城市的发展史来看,南州确实还很年轻,甚至还是童年。五十多年前,江南省省会并不在南州,而在沿江的临江市。当年,伟大领袖来江南视察,经过南州,提笔写道居江南之中,可作省会也。于是,这里成了省会。一个当时才五万人的小县城,开始一点点发展起来。新世纪初第一轮造城运动前,南州人口不到一百万。新到的市委书记瞅准了这点,从大拆违大建设入手。随着他的手一挥,金水路上那幢丑陋的建筑被炸毁,南州扩城运动正式启动。现如今,南州人说到当年的情景,还时常感慨:那是何等的魄力啊!一座城市就这么被抻抖开了,政务区、试验区,包括后来的滨湖区,都一寸寸开始生长,终于成了今天的三百万人口的大城市。回想起来,那次扩城运动也是在一场声势浩大的大讨论中拉开的——南州向何处去?六个字,问得所有南州人惊心动魄。各种思考,各种意见,各种讨论,源源汇聚,最后,凝聚成了力量。正是这力量推动了扩城运动的势如破竹,一往无前。

杜光辉从北京回来后,心里一直有个念头。这个念头悄然地萌动着,一点点的,像春笋,但还是泥土里的春笋,没法让他看出真正的端倪;又像荷尖,却没在水里,无法辨识出荷的清雅与明丽。他感到有什么正在走来,那是一种启示,或者说是一把钥匙,只要拿到了,读懂了,就能破解南州目前所面临的发展难题。大讨论聚集于此,市级领导干部也下到基层参与大讨论,听取大讨论中各方面的意见。按照唐铭书记的要求,那就是"在所有的意见中抽丝剥茧"。只有细细地抽,方能得到真正的好丝。杜光辉参加了几个基层场合的讨论,但他心里萦绕的还是那个刚刚冒出来的念头。

陈总提到东方电子的许多技术人员都来自科大,这如同行走在隧洞中的人突然看见了一线光芒。陈总一定是无意中说起,可对杜光辉来说,如醍醐灌顶。他下午在试验区的会场上,又一遍遍地想到这句话。散会后,他就打电话给唐铭,问书记晚上有没有接待任务,如果没有,他想请书记小坐。就两个人。书记和我。

唐铭竟然很爽快地答应了。

杜光辉立即让小王在政务食堂顶层订了个小包厢,并特别强调要能看到政务广场。小王迟疑了下,问,几个人?

就两个。你晚上不需参加,忙你的去吧。

小王说好,那我先订了。

杜光辉要离开试验区,不在区里吃饭,宗一林不高兴了。他用鹰眼盯着杜光辉,弹着烟灰,问,是书记还是市长?

宗一林的意思很明显,能够让杜光辉赶回去的,南州应该只有书记和市长。杜光辉边拿包边笑了笑,说,都不是。是我请别人吃饭。

那就让人过来!我派人去接。

那可不行。我今天晚上请的只有一个人。他来试验区不太适合。何况我们还有重要的事情要谈。

那……哎呀,到了饭点嘛。光辉市长,你来南州快两个月了吧?可是没深入过试验区的食堂啊!你不来检查指导,我们怎么干?宗一林脸色酡红,像是被烫着一般,说,试验区什么都不长进,可我们的食堂还是很好的。我们的红烧肉可是正宗的毛家红烧肉。

好,那下次我一定过来尝尝。

宗一林摸着秃头道那看来我真的留不住杜市长了。好吧!说着,他狠狠抽了口烟,似乎要用烟气来表达他的不满一般。

杜光辉回到政务中心时,已是六点。小江打电话来,说唐铭书记下午参加了省里的一个会,正在回政务中心的路上。大概六点半吧,食堂见。

到了食堂,杜光辉让服务员准备了两杯瓜片,一杯冲上水,另一杯放着。他站到窗前,果然能看见政务广场与不远处的明月湖。就在这时,手机响了。是茹亚。

听说你回北京了?

不是听说,是真实的。出差。只在北京住了一晚上,因为时间太紧,就没回去。

是吧?我可听说去看了可心。

是去看了下。晚上十一点去的。她已经睡了。我只待了半小时。杜光辉没讲可心眼角的泪珠,他想到时心里还轻轻一颤。

是啊!那是……我算了下,那几天我可是在北京的,在家里,知道吗?在——家——里——

我不知道。我以为你又出去了。

……算了吧,不说了。没别的事了。

你……茹亚,我刚到南州来,确实很忙。可能下个月还要回去,到时……

到时再说吧。我挂了。

手机一下子静默下来。杜光辉拿着手机的手悬在耳朵边,他有点懊悔当天晚上怎么没给茹亚打个电话联系下。他真的以为茹亚还在国外。也许是两个人都太忙,正如岳母所说,把很多东西给忙丢了。现在,他就感到他和茹亚之间有个沙漏。从前所有的美好与理想,正在一滴滴地往下漏去。他想伸出双手去接,可是,根本接不住啊!

本来围绕着那个念头的心情,因为茹亚的电话,一下子偏离了方向,杜光辉的情绪有点消极,但很快便回过来了。他喝着茶,静静坐着。他让自己沉入悠远,又从悠远中再回来。这个方法,他自己称为悠远调节法。少年时,有一回,他因为贪玩,考砸了。回家后,父亲看了试卷,也没有责怪他,只是朝他看了好久,然后叹了口气。就是那一口叹气,让他少年的心思一下子乱了。那天晚上,他人生第一次尝到了失眠的滋味。到下半夜,他只好起床,坐在桌前,很快,他发现自己闭上眼睛后,就沉入了一种无限遥远和空旷的境地,他正在那里慢慢行走,渐渐地,他的心定了。他看清了遥远与空旷之间,有一条大路,那正是他应该往下走的。目标定了,心才安宁。从那以后,他屡试不爽。现在,他虽然从悠远中回来了,但他看到的其实是一团乱麻。他再次想起岳母的话:把很多东西忙丢了。真的,丢了,丢了,而且可怕的是,他和茹亚这两个丢东西的大人,居然都没有太多的信心和努力,去寻回那些丢了的东西。任凭这一切,在沙漏中漏去,然后远离。

光辉啊,一定是有什么新想法了,是吧?唐铭一进来就道。

书记一下子就看出来了。杜光辉给唐铭冲了茶,先请他看了看窗外,说,我最喜欢这政务广场和绿轴,如同一幅山水,生动、鲜活,而且时时变化。

唐铭说,你也注意到了。这是一幅我们天天都能看见也最让人回味无穷的山水啊!

最近脑子里一直有个念头,一直往上冒,但又看不准,所以请书记您来把把脉。

有念头好。一个经济学家要时常有念头,有念头就有盼头。

书记言重了。是这样,杜光辉让服务员上菜,边吃边道东方电子的陈总给了我一个提示,他说到东方电子里有很多技术人员都来自南州的科大。我就想,是啊,南州看起来没有优势,可是我们有人呀。我们有科大,有工大,有中科院十几个所在这,多少人才啊!而且都是尖端人才。这是不是就是南州最大的优势?

肯定是。光辉啊,我们想到一块儿了。我来南州后,比较了南州与其他城市,比来比去,南州比很多城市多的是什么?我们人口不多,资源不多,产业不多,政策不多,什么多?高校多,科研机构多,中直科研单位多……这可不得了啊!中国的很多高精尖设备,其实都来自南州。我让人统计了下,仅仅现在,南州高级职称以上的人员,就有五万人左右。这是笔巨大的资源啊,我们得挖,深挖!

下午到试验区去参加大讨论,我就一直想这问题。能不能确定我们的科技优势?

当然可以。但是,怎么运用?又如何上升到全市发展战略?

这还要研究、调研、思考。科技不能停留在科研层面上,要产业化,要让科技成为产业。

对!产业!

唐铭若有所思,望着杜光辉,说,其实这个道理,估计不仅仅我们,还有南州很多干部都懂。但是,这么些年,南州没有提出这样的一个概念,你觉得是为什么?

还是观念问题。观念没有上升到一个层次。

对！唐铭道，就像一男一女谈恋爱，一男一女是现成的，是存在的，为什么一直没走到一块？这就需要一个机制，那就是促使两个人融合的机制。南州有科大，有工大，有诸多的研究机构，多年来，与市里就像一男一女，虽然他们肯定般配，却一直对不上眼。是互相不看，还是看了无动于衷？都是，又都不是。有客观因素，这一男一女还没到对上眼的时候。男女对上眼，总得要到一定年龄吧？总得有一定条件。早些年，南州的工业基础是从上海来的三线工业，后来到二十世纪八九十年代，以洗衣机、冰箱等为代表的轻工业异军突起。然后是现在全国经济发展的整体转型，南州没有跟上来。这看起来是劣势，其实也是优势。它让我们看清了自己，明白了家底，进而会找到方向。科技就是其一。科技产业化，就是这一男一女对上眼的媒人。

书记这比喻形象生动。我刚才还只是个念头，现在这念头发芽了。

还要开花！最后要结果。唐铭用茶杯与杜光辉碰了下，说，最近很忙，哪天等周末，我们小范围地聚一下。我请你喝酒。我可藏了几瓶好酒，有的还是八十年代的，金黄金黄，看着就诱人。

好啊，我听着喉咙里就像生出了小虫似的，想喝啊。

唐铭说，这陈总，你估计下一步他们会怎样？

陈总态度很诚恳。他回去后肯定会争取。现在问题是有三个地方也在争。所以，关键还是那一百多亿，再加上我们的优势到底在哪。

确实太大了。南州现在是头小马，身上没膘啊！光辉，你也知道，我们去年的财政收入才两百四十亿。一百亿，就是拿去了将近一半。日子怎么过啊？那么多人。我们的财政，现在说实话，还是吃饭财政。甚至吃饭都困难，都紧巴巴的。还有许多事必须要做，要花钱。一百亿，唐铭放下筷子，说，这盘子有点大。南州怎么扛？

我当时听了，也觉得太大了。电子产业的投资，确实都是比较大的。但是，要建成了，回报也应该是相当丰厚的。投资一百亿，五年后，生产线建成,整体达产后年产值可以过千亿,而且还能带动上下游产业。

这账我也会算。事实上,不仅仅是来了一个巨大的电子产业,关键是改变了南州工业经济的格局。你觉得我会怎么想?

杜光辉看着唐铭,唐铭目光锐利,直视着他。他知道回避不了,干脆道我觉得书记应该是倾向于请东方电子进来。

唐铭霍地站起来,有些激动,说,就是。我肯定想。必须要想啊!南州必须有千亿产业,而且还不止一个。东方电子这个机会不能丢,不能丢啊!一定不能丢。说着,唐铭走到窗前。其实,他也清楚:请东方电子进来,既是机遇,又是挑战,更是风险。以他这个年龄和位置,他也可以平稳一些,以期平安落地。可是,他骨子里不是这样的人,他能干、实干,而且要干出轰轰烈烈的大事来。

杜光辉道,书记这样说,我就清楚了方向。我会做好前期的所有准备。材料方面,早就有了。政策方面,我再跟相关部门研究一下。还有,就是,假如它们真的进来了,那么大的企业,那么长的产业链,到底放在哪?试验区?还是其他地方?

试验区。一定得在试验区。然后逐步淘汰化工产业园那一块,建设新的电子产业园。唐铭说,你保持跟陈总的联系,同时可以告诉他,我准备去东方电子看看,我们对东方电子进入南州是充满诚意的。

唐铭又跟杜光辉说到临江市。临江是江南第二大城市,因为得长江水运之优势,历史上这里就是典型的商业集散地。到二十世纪八九十年代以后,因为陆路交通的不断便捷,水运衰落。临江一度面临着经济大幅滑落的局面。整体经济最差时跌到了江南省的后三位。但现在,临江上来了,稳居江南第二,且势头强健。为什么?因为临江引进了两个大的产业链,一个是汽车制造,而且是自主品牌,走国内中低端市场。

奇强?

对。奇强。现在是国产汽车的中坚,国家重点扶持。还有一个就是水泥产业。他们瞄准了长三角,为长三角建筑市场提供水泥。这个瞄准点瞄得好,一下子把市场给打开了。可以说,现在,长三角一半的水泥都出自临江。这两大产业,带动了上下游相关产业,形成了比较完善的产业链,形成了良性的市场循环,竞争力越来越强。我离开临江时,临江的财政收入即将达到两百亿,直追南州。

临江我也去过。确实让人感到正在崛起的蓬勃。我来南州上班前,曾去城隍庙喝老鸡汤。我跟做小吃的老板聊天。只有跟最基层的老百姓聊,才能真正看出我们城市的经济到底如何。老百姓有些吃紧啊,尤其是一些破产企业和濒临破产企业的工人,难哪。所以,如果能够引进像东方电子这样的大产业过来,就能一下子解决 GDP、LFR、就业,甚至外贸等一系列的问题。

如果南州是条龙,这就是点睛之笔。光辉,加把劲,把这个拿下来。

晚上回到警备区后,杜光辉上网重点查了东方电子近期的股市行情,看了他们的年度财报。他觉得东方电子布局中部,这本身就是个大手笔。可见东方电子智囊团具备一定的高度。研究经济学二十多年,他也或被动或主动地挂过很多上市公司的董事。对企业财报,他一眼就能看穿财报背后的企业实况。东方电子发展的势头正盛,而且,杜光辉很欣赏他们用重点力量抓研发的主导思想。看看国内这些年很多产业的下滑与跌落,拼不赢,其实都是输在科技上。人有我无,人优我劣,你怎么能在市场上拼过人家?东方电子的五代目前是亚洲最好的,超过了三星和索尼。这就很了不起了,他们新上的是七代线,如果七代线真能落户南州,那下一步还将有十点五代线……杜光辉很是激动,他在当天的工作日志中记道:

产业链是一个地方城市工业的基础,而注入科技的产业链,则更具有活力和竞争力。

睡觉前,可心打来视频电话。可心瘦了,这让杜光辉又一下子心疼起来。他忙着问,怎么了?病了?

没有啊!可心说,老爸,你是不是看我瘦了?

就是。瘦多了。

也没瘦多,只是轻了一斤。离目标还有四斤。

什么目标?

减肥啊!

瞎胡闹。你这么大孩子减什么肥?别减了,你瞧你那脸,都跟猴子一样尖了。再减,下次回去都认不出你了。

认不出好啊,那就说明我减肥成功了。

杜光辉又好气又好笑。可心说,老爸,我正在看《目送》。我突然就想:书里是写母亲目送儿子,我现在也是目送啊!

怎么,你也目送?

是啊,目送你和老妈啊,你们都渐行渐远了。小时候,我天天看见你们;再大些,三两天看见一回你们;后来,有时,一周能见上一回你们。现在呢,一个月也见不着一次你们。这不是目送吗?

对不起,可心,爸爸和妈妈都有自己的工作,而且都忙。确实太……元旦前我一定赶回去,陪你跨年!

好。一言为定。可心在视频里伸出了小手指,杜光辉也伸出手指,远远的,隔着时空,钩到了一起。杜光辉转过头,他怕可心看见他要哭的样子。茹亚就曾说过:杜光辉性子倔,除了女儿,谁都治不了他。

第二天,杜光辉带着李明和梁大才,专门到试验区转了一圈。他们没跟宗一林打招呼,准备就跑一圈,看看哪里适合东方电子落户。东方电子项目如果真来了,土地少说也得五百亩。试验区空地不是没有,但五百亩这么大的空地还真没见着。他们沿着前进大道,转了大概一个小时,也没看中合适的地块。正在他们准备回程时,宗一林赶过来了。

杜市长啊,来试验区私访了?宗一林鹰眼锐利,一边点烟一边道。

哪有私访?我是怕你们忙,不想打扰宗主任您。我们就是来转转的。李主任、梁局长,是吧?

是啊,是啊!李明和梁大才都附和着。

宗一林哈哈一笑,他的笑声,明白地显示出他的身份,就像一只狼在用嗥叫表明它的领地。但他很快收住了笑容,说,杜市长,你来是为东方电子的事吧?

这……杜光辉想,世上真的没有不透风的墙,他也笑道,就算是吧,也只是来看看。宗主任,你看看,如果东方电子真的来了,放哪一块合适?

到处都合适。试验区有的是地。别看那些小企业、小厂房,可以拆掉嘛!不过,杜市长哪,我可不太看好东方电子。那么大的投资,猴年马月能收回来?收不回来,南州财政可是给自己挖了个大坑哪!谁来填?

也是。李明道。

梁大才说,也不能说是坑。总体上看,我觉得东方电子能来,对南州将来绝对是个机遇。只是暂时,可能……

杜光辉知道梁大才想说什么,他有个估计:全市上下,大概除了他和唐铭外,不会有多少人会同意从财政一次拿出上百亿的钱来搞一个前途还不甚明了的企业。这宝押得太大了。可是,不押这么大的宝,哪来千亿的大产业?他对宗一林道,宗主任的顾虑,其实是很多人的顾虑。所以我们也还在研究,在评估。全市上下的大讨论,这也是个主题。

讨论?不都明摆着的嘛。不说了,不说了,杜市长,找个地方,我好好给你汇报汇报。宗一林显然记得上次杜光辉来没吃饭的事,但杜光辉说振兴市长还在等着他。所以,这回显然也不行了,以后吧。宗一林说,那李主任和梁局长在这吧,你们到试验区来,虽然没打招呼,但我知道了,就得留下来啊。

李明看着杜光辉,杜光辉说,那好吧,你们在这,我先回去。

刘振兴市长的确是找杜光辉,最近,他身体不好,刚刚从医院回来。一回来,就有很多人告诉他:市里准备从财政拿一百亿,来引进东方电子。他听到一百亿这个数字,热血差一点又涌上来。他心想:你们难道不知道南州一年财政收入就两百多亿吗?那一张张嘴,一个个项目,还有每年二三十个民生工程,哪样不要钱?一张口就是一百亿,一百亿是什么概念?我这个市长可拿不出来,要拿,谁有本事谁去拿!

生气归生气,刘振兴市长还是缓下了情绪,先找杜光辉了解情况。杜光辉一进办公室,他便眯着眼,伸了伸胳膊,道,最近辛苦了。我身体不好,很多事都压到了你们头上。

市长辛苦。杜光辉说的是实话,一市之长,实在不好当。

刘振兴抹抹鼻子,似乎他鼻子上还插着氧气管子,他尴尬地笑道,插了几天管子,习惯了。我听说东方电子的事有了点眉目。具体情况是……

我正要向市长汇报呢。这个项目目前的进展是这样的:我跟他们的一个副总陈总联系上了,也在北京见了一面。他们有合作意向,但是目前竞争也大,他们明确表示主要负责研发,希望落地方能彻底解决建厂和后期生产方面的问题,当然,主要是资金、土地等。

要多少钱?还有地?

资金上他们有个估算,大概一百亿。杜光辉特别强调了下:建成后投产,达产后年产值可以达到千亿。那将是南州最大的企业,而且还能带动上下游相关产业。至于用地,五百亩左右。这个,我下午跟李明、梁大才一道去试验区看了下,真还没有现成的合适的地块。

啊!刘振兴眉头凝结,喝了口茶,然后呸的一声,虽然极力克制着,但还是能清晰地听见,他是将喝到嘴里的茶叶又呸了回去。他不高的个子,有些狭长的脸,此刻表现出一种极其无奈的神情。他说道,项目是好项目啊,真的是好项目。蓝图画得好啊!很令人向往,很是醉人。可是,杜市长,南州的财政情况和家底子,你估计还不太清楚吧?

清楚。我都了解过了。确实有很大的困难。

不是很大的困难,而是天大的困难。现在,所有的事,都喊着要钱。很多人只管做,只管喊,却不问钱从哪里来。一年二百四十亿,一个项目拿走近一半,还怎么活?让城市瘫了?让正在修的路停了?让那些正在改造的教室别改造了?都不行嘛,每件事都有上面的要求,都有考核;每件事都得用钱,都得做好。到头来,还不是政府在兜着?

杜光辉其实听第一句话,就明白了刘振兴的意思,但他不能说出来。东方电子项目的事,目前还仅仅处在联络阶段,没有进入实质性的操作环节。所以,说一切都为时过早。何况刘振兴说得也在理。当家的得说当家的话,当家的总有当家的难处。让当家的人摆摆难处,那是无话可说的,也是无可厚非的。因此,杜光辉一直笑着看着刘振兴。刘振兴大概觉得自己的话说得冲了点,便道,我也只是这么说说罢了。其实,谁都希望有大项目能落户于南州。这事,走一步看一步吧!

我也是这么想。反正现在八字还不见一撇,早得很呢。

杜光辉回到办公室,站在窗前,他发现绿轴大道两旁的树林似乎稀疏了。真的是一个季节一个景。秋天已经结束,初冬已经来临,就是处在江淮分水岭上的南州,也在眉睫上挂上了初霜。明月湖的湖水更加幽深,远看,正散发出幽蓝的湖光。他收近目光,想看看广场上沙地那儿。当然,他没有看见那个小男孩。但是,他似乎看见了小男孩垒的沙雕。那是个聪明的孩子,他的城市到底建设得怎样了呢?

哪天黄昏,一定要再去看看。杜光辉想。

六

陆颖一进杜光辉的办公室,就道,杜市长,关于老工业区改造的内参出来了。我特地送份给您看看。

杜光辉觉得陆颖说话,轻盈中有沉稳。他便道,真快啊。我得好好学习。不过,内参这个……我知道各级党委政府都很看重。上了内参,有压力啊!

是有压力。我们倒希望更多的是动力。陆颖将内参放在杜光辉桌上,又递过一份材料,说,关于化工园的内参稿子。

杜光辉拿过来,大概看了看,没说话。

陆颖说,杜市长怀疑材料的真实性?

啊,这个,我对化工园还是不太了解。虽然市里有拆转并的想法,但毕竟还有个过程。

当然。

看来问题确实很多。杜光辉说,书记一直要解决化工园的拆迁问题,确实有道理。不过,你这里写的污染,还有涉黑,是不是太……

都是事实,只是大部分都潜藏在表象背后罢了。

啊,杜光辉说,我再研究研究。暂时请不要发,好吧?

陆颖笑着说,研究研究?经济学家也学会官话了。我答应你。十天时间。

杜光辉有些尴尬。陆颖显然也注意到了,便道,我说话直。市长原谅。我是记者,喜欢打破砂锅问到底。除了化工园外,关于南州老工业企业,杜市长可去看了?凄惨得很。这问题,确实需要正视。

我刚去调研过了,正在拿意见。

看来我是多说了。如果南州能解决好这问题,也算是给其他城市提供了范本。我会一直关注的。陆颖朝窗外看了看,说,风景真好!

陆颖临走时从包里拿出一本书,是杜光辉的《宏观经济与中国未来》。这是杜光辉三年前出的一本专著,当时在经济学界引起很大反响。现在看来,他的很多观点都得到了证实。陆颖将书打开到扉页,说,杜市长,能题个字吗?好鞭策我认真学习。

老书了。杜光辉说,行。接着便签上:陆颖批评!

陆颖接了书,道了谢,正要离开,又转身问道,杜市长一切都安顿下来了吧?还习惯不?

我本来就是个到处跑的人。到哪里都一样!

市长真的四海为家了。好男儿。陆颖说,市长哪天有空,请市长喝茶。南州有几处茶社,还是很有意境和情趣的。

杜光辉说,我也很想,只是太忙啦。以后再说吧。

陆颖走后,杜光辉又认真地看了遍这两个内参稿,确实犀利、到位,调查得也很充分,提出的观点一针见血。他觉得陆颖这女记者挺有个性,挺有特色,一个女孩子身上有着男人的刚直,有见地,有锋芒。在这些年的经济学研究中,他也经常跟各路记者打交道。他向记者叙述现象与思考,记者又将来自五湖四海的现实反馈给他。他从来不认为记者是挑刺,就像陆颖,她对化工园写的内参,以及对南州老工业企业的关注,其实就是对这个城市的热爱与关注。只有形成了良性互动,他们就会是这个城市真正的参与者与建设者。

明月湖的湖水,同冬日的天空互相凝视。从窗子看过去,仿佛是两块巨大的明月形的翡翠,一个在天上,一个在地上,却被充溢在天地之间的阳光所镶嵌。它们彼此沉浸在对方的幽蓝里……

周末,政府务虚会刚刚结束,杜光辉就被李敬接走了。

找了一个清静的地方,也让你好好地休息休息。李敬说得很神秘,似乎那个地方真的是世外桃源一样。

不会是初极狭,才通人的那地吧?杜光辉问。

那倒不是。不过,也还真有点像。

车子出了城,往西南方向开。分水岭的地貌,呈现出由脊背往下缓行的态势。道路似乎也在往下倾斜,路两边的植被很好。大部分是樟树,初冬,樟树的叶子依旧茂密、葱绿。而且,打开车窗,还能闻见樟树浓郁的香味。同时,这清香之中,又有一些腐烂的果实的气味。李敬说,现在山野里的果子很少有人去捡了,不像我们小时候,一到秋天,孩子们就钻到山里,捡野栗子,捡山里红,捡山楂。漫山遍野地跑,有时,跑着跑着,就找不到回家的路了,急得在山林里哭泣。好在四野山里都有捡果子的孩子和大人,你大声哭,山那边往往就传来一声叫唤:在哪呢?这边有人呢!

李敬学着这叫唤声,好像一下子沉入了往昔。杜光辉真诚地说,院长了不起,从农村考到科大,而且那么优秀。

也是被逼的。家里人说,要是考不上大学,将来就得窝在这山野里一辈子。想想多可怕!便发狠。不过,现在好了,虽然老家没有了家人,但我每两年回去转一圈。变化也真不小。公路通了,大部分是小楼房。虽然那房子质量堪忧,但总算垒起来了。如果下次有空,我请你到我老家去。

好啊。前几年,有一次到秦岭山里转了转,发现传统意义上的山乡正在消失。虽然山还是那个山,水还是那个水,但格局已不是那个格局,人也不是那个人了。

说得好。确实是这样。整个传统的农村农业都在消失。记得有个学者写了篇文章,叫《农耕的黄昏》。现在正是农耕文明的黄昏。城市文明的崛起必然会导致农耕文明的衰落,这是规律。

只要是规律,就不必哀叹!杜光辉引用了一句西哲的话。

李敬说,当然。何况哀叹也无益。

道路两边的树林越来越茂密,而且,看起来,道路是越走越窄。事实上,路还是那样宽,只是因为植被和两边的山势,所以看起来就像一条隧道,越来越深。山风吹拂,风里似乎还有流泉之声。再细听,也许还能听见山中万物的动静。

快到了。随着李敬这一句话,杜光辉看见车子转过了山角。车子速度也慢下来,一条简易的木栅栏渐渐地伸出来。从车子里看,先是像山上长出来的一只手臂,接着,车子往前,手臂变成了前臂,再接着,是同样简易的两根木柱子和门头上盖着的稻草。车子停下,一排倚山而建的茅草房正安静地立着,房子西边有一棵大樟树,要四五人合抱。一个看起来四十岁左右的男人迎上来,说,院长,亚先生刚才上山去了,要过一会儿才能回来。

李敬拉过杜光辉,介绍道,杜光辉。别的我就不介绍了,想必你也知道。

知道。中科院经济所副所长,研究宏观经济学,现任南州市委常委、副市长。杜市长,您好,我是蒋峰。搞无人机的。

无人机?杜光辉问李敬:就是你上次说的那个学生吧?

是的。你记性还跟大学时一样好。不过,我上次可没说他搞无人机。他在南州试验区有个企业,三个人合伙的。是吧,蒋峰?

是的。蒋峰说。

回来之前,蒋峰在美国,另外两个都在欧洲。三个海归,搞无人机。现在快飞上天了吧?李敬问。

快了,快了。当然,其实不仅仅是上天的问题,是上得好、用得好的问题。

三个人站着,一看门楣,上面有三个题字:青山居。

杜光辉道,青山居,这名字好。一读就有云外之居的意思。

这是亚先生的农庄。亚先生退休前,也是科大的教授。不过,我们在科大时,他正在海外。

他怎么想起建这农庄?

为心而建吧。李敬说。

院里出来一个少年,拱着手,说,亚先生临走时交代,先请各位喝茶。

进了院子,再过了一排茅屋,往里,又是一个小院。院子中间有一棵偌大的树,树冠遮蔽着大半个院子。树下,正放着一张古旧的木桌子,周围散落着几张小木凳。一切看似随意,但耐看,自然、朴实。少年提了开水,开始冲茶。边冲边说,这是前三年的野茶。先生自己做的。做好后,就放在后山的山洞里。

茶色先是清淡,接着慢慢变得橙黄。

茶气先是若有若无,接着便开始浓郁。茶香也越来越沁人了。

喝第一口,茶无味。

喝第二口,茶味苦。

喝第三口,茶味甘。

喝第四口,苦而甘。

喝第五口,复无味。

少年说,日将午,先生该回来了。

果然,先生就在门外喊着:都来啦!贤心,茶喝了吗?

喝了。先生。少年答道。

李敬和杜光辉都站起来,大家迎着亚先生。听刚才的声音,亚先生应该有六七十岁,现在一看相貌,却明显是八九十岁,再一问,居然差一岁整一百。李敬说,先生,听说今年山庄百草兴旺,特地来看看啦。

果然兴旺。天天都有人来呢。

那先生的山居理念不是又被更多的人知会了?

是啊,我种的就是这种理念呢。来了,就都是有缘之人了。

杜光辉问,怎么个有缘法?

不可说。不可说。先生摇头,天真地笑着。李敬也摇头,笑着。那笑竟有几分天真。

大家坐下来谈天说地,也谈佛论道,但先生总无语,只听。中午用了简餐,七菜一汤,全是出自农庄的食材,极可口。杜光辉以前也去过些农庄,可没有像今天这样深入进来。午饭后离了农庄回城,杜光辉问李敬:经常来?

很少来。一年也就一两次吧。主要是看看老先生,同时来散散心、静静心、洗洗心,别的,无他耳。

这就很好了。大家都忙。忙中偷闲。闲生静,静心才能致用啦!

蒋峰道,听市长和院长交谈,真的很受益。虽然我们这个年龄,还不是能静下来的时候,但在心灵深处存一点静,也是需要的。

杜光辉就问到无人机的情况,蒋峰介绍说他们早在国外时就开始了无人机的研究。他们三个是高中同学,铁哥们儿。三个人从小就在一块玩儿,都喜欢飞机。后来又都学的是理工科。出国后,三个人虽然不在一块,但研究方向基本上差不多。再后来,就萌生了造无人机的念头。当时这个念头一出现,各人心里头就像猫抓似的,整日不得安宁。终于,三个人一商量,就回南州了。他们三个人的年龄也很有意思,蒋峰居中,老李居长,老秦最小。每个人之间正好差一岁。他们把他们公司的名字叫作:任我飞。当初起这名字时还挺曲折,老秦喜欢武侠,说干脆就叫:任我飞。其实这名字挺好,有根据,有典故,又让人一下子看懂了公司的特色。

那倒是。杜光辉也觉得名字不错,何况中国人心目中都有武侠情怀。

蒋峰继续介绍道,我们公司现在有三十多个员工,都是年轻人。目前还在研发阶段。我们也试制过无人机,并且上天了,飞得很好。但是不够先进。我们的目标是打造世界最先进的无人机。

有目标,就一定能够干成。杜光辉说,年轻人干事,要的就是这股子劲。他对李敬道,哪天有空,我陪李院长一道去你公司看看。

那敢情好。蒋峰说,我们现在正在难处,希望领导能过去看看。

什么难处?

主要是资金。我们从海外回来,三个人在一块筹集了一千五百万。这一年下来,也基本上花得差不多了。以前,我们单纯地认为:只要开办了企业,资金就不成问题。现在看来,这是大问题。我们目前正在通过各种关系进行借贷。但这不行哪,纯粹的民间运作,保证不了像我们这样的高科技企业的正常运转。而且,我们三个都是做技术的,最怕跟各部门还有银行打交道,所以……

你们以前找过银行吗?

找过。他们没理会。何况贷款需要抵押,我们没资产抵押。我们所有的资产就是我们的技术。可是,技术他们又不认。

这倒是个问题。估计还需要多少投资?

两千万吧。两千万我们能保证出成机。一亿以内,我们能搞出商品代无人机。

也不算多嘛。杜光辉说,我记着。

蒋峰说,杜市长有空时,我将相关材料送过去。我就住在政务区那边。

那好。杜光辉道。

晚上,李敬继续找了几个同学喝茶。这回喝的是普洱,工夫茶。一道一道的,需要静下心来慢慢品。喝到第四小杯时,李敬问,南州跟东方电子的合作怎么样了?

开了个头。但还早着。

我觉得这是南州到目前为止遇到的最大的机遇。一定得抓住,并且要乘势而为。

我也这样想。但很难。目前反馈的信息是：不同的意见很多，而且很坚决。

为什么不同意？

主要还不是投资？一百亿。你也知道，南州现在一年财政也就二百四十亿。接近一半，一下子砸出去，想想，也的确有巨大风险和难度啊。

现在都是吃饭财政。一下子拿一百亿，那必须有宏大的气魄。但是，光辉啊，如果是我，我就干。

我也想干。但投资一百亿，不是我能定的，甚至都不是唐铭书记能定的。这得绝大多数人同意才行。

唉。也是。毕竟一百亿啊！

李敬问到茹亚，说上周到北京，听其他同学说杜光辉的老婆茹亚现在可是风光得很，世界五百强中国区的老总。那气派，李敬笑着说。光辉啊，有压力不？

哪有什么压力？她干她的，我干我的。

话可不能这么说。你得学会，她不仅仅干她的，而且也还要关心你的。当然，你也不仅仅要干你自己的，还要关心她的。否则，你们就像两束光，越亮，就离得越远了。

杜光辉心里头动了一下，但表面上他还是道，人到中年，不谈这个了。

李敬说，不谈就不谈吧。我这人做老大哥习惯了。啊，还有件事，我得先给你通报下。

杜光辉疑惑地望着李敬。李敬说，你们南州不是在搞大讨论吗？

是啊！院长也有兴趣？

不是有没有兴趣，是有责任。物质院在南州，我们也就是南州的一分子。南州要找差距，寻突破，解难题，我们有责任关注、参与。我让院里的一些同志都提交了征文，我自己也写了一个。

那太好了。我们正需要你们这些高水平高质量的见解。我回头让人过去拿征文吧!

不必了。鼠标一按,已经发出。

好。我会关注的。而且,我得向唐铭书记汇报。在南州的中直科研单位,其实早就应该互相融入了。老同学,你们是中直的,是大哥,得放下姿态,不要不理南州这小弟弟嘛!你们吃的、喝的,可都是这小弟弟供给的啊。

我们与南州,是共生的关系。融入,我们乐意。只是以前,我们主要闷头在家搞科研。南州方面大概因为我们是中直科研单位,所以敬而远之。这不,光辉你来了,中间有了桥,我们就可以天天是七夕了嘛!

李敬这比喻俏皮、到位。谁说搞研究的都成天到晚板着脸,大家要是一放开,思维之活跃,语言之风趣之幽默,也跟他们的研究一样棒。

杜光辉很快就将李敬的话转达给了唐铭。唐铭说,中直院所是南州大发展中的重要一环。尤其是到了现在这个时候,经济发展转型,发展方式转变,强调发展的效益与可持续性,由他们所主导的强大的科技支撑,作用就更明显。必须将他们拉过来,融合进南州发展整体事业中。他将手头的一份资料递给杜光辉,说,这是中央即将出台的关于提升科技在国民经济发展中重要地位的文件初稿,是交给我们讨论的。里面有很多新的观点。很多观点与我们南州现在发展的情形相适应,正好给我们指出了路子。你就在这看看。

中间,刘振兴过来,见杜光辉也在,就道,光辉市长也在啊!我让财政那边搞了个南州近期财政收入情况分析。形势很严峻啊!照这样下去,今年我们能不能保持去年的二百四十亿都很难说。

问题出在哪?

很多企业倒了。而民生支出今年又增加了二十多亿。从目前的情况看,这后两个月如果没有提升,那么,今年不可能突破两百五十亿。这里面,新增的部分主要来源于土地。

唐铭说,所以我们要寻找新的增长极嘛!

新的增长极？书记啊，那可不是想寻就能寻到的啊！

杜光辉看完了材料，确实有不少新提法。可见中央将科技提升到了一个新高度，要求在经济发展中，更多地融入科技，要将科技作为新的经济增长点来对待。他正好接了刘振兴的话，说，中央文件中明确了将科技作为新的增长点，我看南州得天独厚。南州的新增长点，就是科技支撑。

刘振兴看着他，脸上由笑到不笑，又由不笑回到笑，一瞬之间，表情之丰富，让人感叹。

科技是好东西啊！可是，南州又不生长科技。又不像稻子，从田里拔了就是。这科技，可是看不见摸不着的啊。刘振兴在南州，是个典型的级级跳干部。所谓级级跳，就是该干的级别都干了。他是从镇长开始干起，镇长，副县长，县长，县委书记，副市长，市委常委，常务副市长，市委副书记，市长……这样的干部，资格老，根基深，说话往往不多，但很有分量。

南州有科技啊，中直那么多科研院所都在南州。还有科大、工大，我们不是没有，而是视而不见。杜光辉说。

视而不见？哈哈，光辉市长有一双慧眼啦！刘振兴话里有话，杜光辉也不管，又道，南州有科技，这是其他地方所没有的最大优势。反观我们现在很多企业，我最近跑了几个县和试验区，他们有的还在传统企业的路子上艰难挣扎，有的干脆靠借贷硬撑着。当然也有好的。我们看一下，那些好的企业，大部分都在传统的基础上引进了新技术，开发了新产品。这说明了什么？科技支撑嘛！

说得都对。光辉市长分管工业与科技，想得长远。刘振兴对唐铭道，老城区改造那一块，现在还缺三亿。我们向省财政借的十亿还没下来，是不是先从其他地方挪一下？

可以。上次锅炉爆炸事件给我们敲了一记警钟：老工业区改造，必须加快步伐，同时要监管到位。虽然处理了一批人，但处理只是手段，关键是要力行力改。这个钱不能省，刘市长，你安排吧！

刘振兴笑着看了杜光辉一眼，走了。

基层工作有基层工作的特点,唐铭掩上门,说,振兴同志是个老基层,又是市长。他既得考虑建设,又得考虑民生,还得考虑吃饭。也难啦!不过,你刚才说到南州有科技资源,这个观点很好。我来南州之后,也在想这个问题。这样,我让政研室他们找你,你们碰一下,出篇文章,在报纸和其他媒体上发出来,引导一下大讨论。

政研室闻风而动,简主任亲自带着两个笔杆子来找杜光辉。杜光辉将想法简单地说了说,他特别说到李敬提到的中直科研机构,包括科大与南州的关系问题。他说,首先可能要厘清的就是科大、中直科研机构,虽然不属于南州管辖,但是他们在南州啊。在南州就是最大的优势。在南州就能为南州所用。他们每年有那么多的科技成果,南州是近水楼台先得月,这种融合多好。

一方面可以解决他们科技成果的出口问题,另一方面可以为南州经济发展提供科技动力。简主任说,其实,我们政研室早在三年前就向市委提交了一个调查报告,但是,没用。当然,那时可能条件也不太成熟,而且,我们的思路也没有杜市长这么明确。

简主任抽着烟,杜光辉注意到他夹烟的手指通黄,乍一看,如同戴了两枚金黄的玉扳指。

杜光辉从抽屉里拿出一条自己从北京带过来的中南海烟,撕开来,给另外两个小伙子一人一包,其余的都递给了简主任。简主任也没推辞,继续说,现在的财政是吃饭财政啊。

简主任在市委政研室,向来以脾气坏、敢说话出名。但是,他文笔了得,是南州这些年来少有的硬笔头子。文件材料来得快,站得高。据他自己说,他服务过五任市委书记了。从一个副科级秘书,一直干到现在正处级主任。因此,他说话口无遮拦:南州的困境,所有人都知道;但想着怎么解这个困境的,只有三分之一的人。而真正敢解放思想、奋力一搏,寻求突破的,更是凤毛麟角。杜市长,您是一个,我简某人佩服。

杜光辉也点了烟,他喜欢和耿直的人打交道。他说,我们还要寻找科技与南州结合的切入点。必须找到这个点。我们在文章中,要号召全市上下都来思考。能人在民间,思想者在面壁。我们就是要让能人出来,思想者破壁。

好。有杜市长这思路,文章就好写了。

简主任让两个年轻人先回办公室,他留了下来。杜光辉也点了支烟,说,简主任对南州看得透,关键是了解南州发展的整体脉络,能把握得住。有你们的文章,我看会对统一思想起到作用的。

我们不过是传声筒而已。简主任将烟从嘴的左边移到右边,然后吐出一个大大的烟圈,说,振兴市长是不是不同意东方电子的事?

这……杜光辉呵呵笑笑。

哈,他当然不会明说。现在,全南州上下都知道,你和唐铭书记坚持要引进东方电子。其实,这不是重点。重点是一百亿。从南州财政中拿出一百亿,你想想,这要触及多少人的利益?触及你,触及我,触及所有公务员,还有众多事业单位……

有这么严重?

我们的财政是吃饭财政,拿了一百亿,不就是拿了吃饭钱?

那倒是。可是,东方电子是南州必须要抓住的机遇。这一次机会失去了,将来可是求也求不来的。

没有人不懂得这道理。但是一百亿横在那里……简主任站起来,说,这就是考验书记和你的智慧的时候了。我们站在边上,看着河里发大水。我们望"水"兴叹,要救的还是你们自己!

杜光辉笑笑,说,简主任看得透彻。

我都跟了五任书记了,能不透彻?不透彻,早就给发落了。不过,真发落了也好,免得在这里熬鹰。

熬鹰?

对啊,不是吗?一天天地耗着,眼看着就老了。就是振兴市长,现在这两年也老很了。没接上书记,当了这么多年市长,能不老?

话可不能这么说。当不当书记,那是组织上的事。

是啊,是组织上的事。但是,允许个人为之憔悴啊!

简主任说得挺风趣,杜光辉又递了支烟,说,老江湖了。

想不老也不行啦!简主任说,再干一两年,找个闲一点的单位当个闲差,然后就带孙子遛狗了。至于什么文章,这辈子写怕了,连带下辈子也不会写了。

那可不一定。生就是写文章的命,这辈子写,下辈子还得写。

简主任临走时,特地折回来,小声道,杜市长在南州也待不了两年啊。一瞬之间而已。难哪!既要干出成就,又要不出问题。难啦!好自为之吧。

谢谢简主任。杜光辉说,我理解。

下午正要下班,小王过来说,洗衣机厂的齐航行找来了。见不见?

见!

齐航行带来了一份洗衣机厂改革方案,说是跟老总工他们一起,经过反复协商认真修改后由他执笔写成的。杜光辉说,你先说说大概的意思。

其实也就两条:第一条是寻找国内洗衣机行业目前效益好的厂家,由其来兼并南州洗衣机厂。第二条是由政府加大技术投入,对企业进行改革,包括用工制度改革、人事改革、研发改革。通过内生动力,促进企业起死回生。

这两条都很好。但是,恐怕真运作起来,有难度。请别的企业来兼并,这是个机会与时间的问题。由政府注资,可能也不现实。

这么说,这两条都行不通?

齐航行的脸上露出失望的神情,攥着手,说果然让老总工说对了。老总工说这事只有洗衣机厂的人干着急。但这没用。市里不开口,谁也干不了。

杜光辉喝了口茶,茶味正浓,甚至有些小苦。他皱了下眉,脑子里闪过老总工那饱经风霜又充满渴望的目光。他将茶杯放下,说,相比较,我更倾向于第一条。洗衣机厂这样的企业,仅仅靠政府注资,靠内生动力,解决不了问题。兼并搞活,不光是获得资金支持,放水活厂;同时,还要引进先进理念,引进先进的管理模式。你们多年在洗衣机行业摸爬滚打,情况熟悉,有路子。目前,有没有哪家企业对南州洗衣机厂感兴趣?

齐航行眼光一亮,赶紧说有啊。永力就明确表示愿意收购南州洗衣机厂。前年他们就提出来了,可是厂里不愿意,说不能把国有资产给外面的企业吞并了。今年年初,他们又来过。厂里还是没同意。听说市里当时也不赞成。所以,这事就耽搁了。

永力是目前国内处在前三位的洗衣机生产研发企业,这杜光辉知道。前几年,他还专门到永力做过调研。现代企业的产能扩张,一个是依靠自身扩张,另外一个比较便捷的方式就是兼并重组。以较优惠的价格,获得对一些困难企业的兼并,以最快的速度提高产能,以形成更强大的市场竞争力。杜光辉对齐航行道,由永力来兼并,这是好事嘛!怎么跟国有资产的吞并流失扯上了?瞎搞嘛!你把这方面的情况搞个详细材料给我。我来向主要负责同志汇报。同时,你们也可以给永力他们放放空气,瞧瞧他们的反应。

好。有杜市长这话,我觉得有希望了。

七

东方电子的陈总给杜光辉打来电话,说回去给董事会报告了南州方面的想法,董事会的意见没有更改。所以请杜光辉理解:东方电子的合作意向一直存在,但是,对于落地建厂等,必须由地方负责。另外,陈总说,其他地方也在软磨硬泡,仅最近一周,就有两个城市的主要领导亲自到总部来了。所以,董事长应该一时难以做出决定。

那就是说,我们还有机会。好。杜光辉想起唐铭说要到东方电子看看,就问,我们唐铭书记一直想过去拜访一下,不知董事长什么时候方便?

这个暂时就不必了。

我们也是表达一下诚意,同时也对东方电子进行一次考察。毕竟是个涉及一百亿的大项目。

那倒是。这样,我向董事长汇报,然后给您回复。

杜光辉没有急着向唐铭汇报。他让相关部门做好了唐铭书记去东方电子考察的准备工作。这样,等了三天,陈总再次打电话过来,说董事长晚上将从加拿大回滨海总部。他只有一天时间,然后要去新西兰。如果唐铭书记过来,东方电子将正式发出邀请。杜光辉说可以,你们先发邀请吧。我这就去向书记汇报。

好啊,我当然要去。唐铭听完汇报后,稍稍想了想,便表态同意去永力总部一趟。

时间紧,就今明两天。我想晚上就出发,赶在明天见见他们的董事长。否则,他又出国了。

那就今晚出发。唐铭翻了翻桌上的笔记本,说,本来明天上午有个全市宣传工作的会议,我要讲话。看来,这个得请其他同志讲了。东方电子的事,现在是南州的头等大事。我必须去。这样,你先准备准备,今天晚上就过去。

杜光辉很是敬佩唐铭的利落,他觉一个省会城市的一把手,他的主政风格,往往能在城市的发展过程中得以体现,甚至会影响一个城市的精神气质。上一轮南州扩城运动,当时的市委书记作风剽悍,雷厉风行。那一阶段,南州的上上下下,干部作风和精神气质都呈现出"争、抢、干"的势头。结果,在他任上,南州的GDP由刚刚一千亿,进入了一千五百亿。那可是跨了一个大台阶啊,要知道,从那时到现在,也有七八年了,南州的GDP只增长了不到一千亿,而且增速正在放缓。唐铭到南州事实上也才一年,他的很多想法,特别是主政方面的理念,应该说还没有完全释放,也还没有完全被南州的上上下下所接受。假以时日,他也肯定会像扩城运动时期的那位书记一样,成为南州历史上的一位被人记得住的官员。杜光辉坚持要唐铭去考察东方电子,一来是听陈总说其他城市的主要负责同志都去了;二来是因为这个项目,是南州迄今为止投资最大的项目,一百亿,那可是关乎南州的身家性命的大事。市委书记自然得亲自去考察,亲自去定夺。在招商引资上,其实是战术上高度重视,战略上却要微观细致,甚至坚持从小处着手。

战术上重视,那是宏观;战略上细致,那是把握。东方电子的项目,或许会让唐铭和杜光辉成为这个城市的功臣,也或许会将他们牢牢地钉在这个城市的耻辱柱上。杜光辉压力巨大,他相信唐铭也压力巨大。只是他们彼此都把这种压力藏在心里,不让对方感觉得到。尤其是杜光辉,觉得这个将要做出重大决定的时刻,他一定要让唐铭能够看得更清楚,想得更明白,决策得更合理。借用简主任的话说,杜光辉到南州,是挂职,说穿了,也就是两年的时间。两年过后走人,顶多被人指点着骂他主张引进东方电子,参谋不力,导致了南州的困境。而唐铭则不同,他是南州的市委书记。所有决策最后的成败毁誉,都系于一身,所有荣辱,也都将由他来承担。杜光辉想着想着,禁不住心里沉重起来。

晚上十二点,飞机降落在滨海机场。东方电子的总部就在这座滨海城市。杜光辉现在对东方电子的历史了如指掌,这家以科技研发为主导的电子企业,最初是一家镇办电子元件厂,后来,企业的现任负责人高大为进京请来了五位清华大学的博士,成立了博士后工作站。这家企业由单纯的生产型企业转向了科技研发型企业。十年后,企业成了中国电子显示屏行业的老大。尤其在新技术、新产品的开发上,处于亚洲先进水平。目前,企业在滨海设有总部,年产值四百亿,即将在科创板上市。

初冬的滨海,夜风有些冷了。一行人刚住进宾馆,杜光辉就给陈总发去短信:唐铭书记到达滨海了。明天上午去总部拜访。

陈总回复:这么快?我马上来安排。

也许是换了地方,或者是心情沉重,还有筹划明天会见的激动,反正杜光辉没有睡着。他有个坏习惯:喜欢用专用的枕头。在家里,他有一个专用的小枕头,很小,对于颈椎不好的他有治疗作用;来南州时,他特地将小枕头带过来了,有了这小枕头,他出差一样能睡得香。可是,今晚,他怎么也睡不着。小枕头被他移来移去,移了不知多少回。但睡意像一个顽皮的孩子,总不归来。窗外,疏星朗月,树影婆娑。他只好起身开了灯,坐在桌前,读了读手机上的若干条新闻,然后又特地搜索了下"东方电子"。搜索显示:东方电子上市前期工作已经完成,目前正等审批。一旦审批通过,就将鸣锣。东方电子做到了年产值四百亿,按理说早应该上市了。可是一直等到现在。杜光辉捋了捋头绪,觉得东方电子的高大为高总,关键还是盯着科创板。他要打造一个不同于一般传统意义上的电子企业。他想打造的东方电子,就是韩国的三星、日本的索尼,融科技、生产、市场为一体。而在此之前,中国的很多企业,特别是电子企业,依靠的大都是国外技术,很少有自主知识产权。从这一点上看,南州更应该引进东方电子。那不仅能带来产业上的革命,更能带来技术上的革命。

辗转想着,天已发白。杜光辉索性不睡了。他出门沿着宾馆院子里的绿化带走了一圈。海滨城市的空气,带着海的腥咸,似乎比南州的空气要重,呼吸时,这空气直往下沉。当你伸展胳膊时,空气贯通全身,仿佛被洗了一遍。而这种被洗了一遍的感觉,你是能够感受得到的。空气在这里,成了可以触摸,甚至可以掂掂轻重的存在。

一大片石菖蒲正在院子一角静静开放。黄色的花瓣上,滚动着晶莹的露珠。晨光照射在露珠之上,发出的光,摇晃不定,变幻莫测。既有金黄,又有翠绿,更有高楼反射的影子。杜光辉站在石菖蒲边,看着露珠中的影子,那些影子随着太阳的升起,终将消失。这多么像人的一生啊?但是,它们毕竟圆润过,晶莹过,美丽过。有了这些,难道还不够吗?

有时候,一个人的一生,或者一座城市,是不是也会像这石菖蒲一样,需要这种露珠中的影子?

光辉啊,早嘛!唐铭招呼道。

书记早。才六点多呢。

我一般六点起床。习惯了。另外也有年龄原因。二十来岁时,早晨睡着,雷都打不醒。到了五十岁以后,想睡却睡不着了。而且,随着人的年龄的增长,睡眠的时间会越来越短。很多老同志,早晨四五点便醒了。我的一位老领导,早晨醒了没事,自己跟自己下棋。你可别说,下了几年,他的棋艺还真的是长进了不少。

武侠小说里就有很多大家,自己跟自己比武。

自己跟自己下棋,或者自己跟自己比武,那是需要定力的,需要智慧。我们恐怕做不到。不过,在很多工作中,确实需要有这种定力,这种智慧。特别是在谋划思路、选择方向上。唐铭说自己跟自己比武,自己跟自己下棋,其实就是一种挑战,一种突围。

是一种挑战,一种突围。杜光辉想,南州现在也正处在这样的关键节点上,其实也是在自己跟自己下棋,自己跟自己比武,南州能赢得了自己吗?

他把想法说了,唐铭盯着眼前的石菖蒲,说,你一发挥,便落到实处了。

两个人在院子里又转了一圈,很快就到了早饭时间。正要去餐厅,小王过来说有人正在大堂等杜市长。杜光辉问,谁呢?

大概是陈总。

啊。那赶快。杜光辉马上赶到大堂。只见一个身材高挑的男人正站在雕塑前,神情有些焦急。杜光辉喊道,陈总好!

啊,杜市长吧?我是陈扬。不好意思,这么早过来打扰你们,是要告诉你们:昨天晚上,我们董事长在飞回国内前,突然接到新西兰方面的请求,临时直飞新西兰了。因为事情发生得突然,所以没来得及向你们报告。您看,这……

杜光辉一脸失望,看着陈总说,那董事长什么时候回来?

估计要两天。

两天?杜光辉心里想:两天时间,对于一个市委书记来说,有很多事。而且,让一个省委常委、市委书记在这里等两天,那实在讲不过去。可是,董事长本来就是从加拿大飞回,第二天再飞新西兰的。现在,董事长不过是缩减了中间回滨海的一天而已,原来的行程并没改变。一个年产四百亿的大企业,涉及的事情并不比一个南州市少。何况现在市场竞争激烈,企业外交也是企业制胜的一个不可分割的部分。

陈总有些愧疚地攥着手,说,本来这事,唉,你看,没想到啊。实在抱歉哪!

不必，真的不必抱歉。陈总，这又不是你能决定的事。只是这唐铭书记过来了，人又见不着，怎么办呢？

我看这样：要么请唐铭书记先到我们企业考察一下，然后回南州。等董事长回来了，我们再请唐书记过来。如果不行，那就只有等下次了。

我估计不行。唐铭书记这次是下了大决心来的。见不到董事长，他不会回去的。这样吧，稍后我们一道去见见唐铭书记。

早餐后，杜光辉陪着陈总去见唐铭。电梯里，陈总说他跟杜光辉原来认识的那个现在已到别的企业任职的常务副总是大学同学。那个常务副总后来还问过他这事，没想到刚把唐铭书记请到了滨海，就遇上了董事长去新西兰这事。这是我提前没有预估好，难为杜市长了。

我们都是做具体事情的，有什么难为不难为？等会儿看看唐铭书记什么态度，再做下一步决定。

唐铭一听董事长直飞新西兰了，第一句话就问，那什么时候回滨海？

按照原来的日程，董事长这次到新西兰后，会待一天左右，然后就回滨海。前后应该在两天时间。下周一，我们将召开董事会，董事长是必须参加的。

那么说来，是两天？唐铭问。

两天。陈总道。

那好。我们就等三两天。唐铭说。

就在这等？杜光辉问。

唐铭道，就在这等！

陈总看这局面，便说，既然唐书记确定了要在这等，杜市长你看看，这样安排行不行？我们一是向董事长报告，唐书记一直在这等他。二是邀请唐书记到企业去考察，指导企业工作。我们同时也给滨海市做了汇报，相关领导将专程过来陪同唐书记。

可以。杜光辉想：既然唐铭已决定在此等候，那么这两天必须得有些事做。那就考察考察吧。原来，唐铭过来，计划的时间只有一到两天。所以，南州方面也没有向滨海市委通报。现在既然要待上两天,那么,只好按照东方电子的安排,将这次本来是悄然进行的考察活动,变成一场公开的政府间行为。他马上安排小王通知南州市委那边:迅速发个考察函过来。上午到企业参观时,就直接交给陪同的滨海市委领导。

东方电子不愧为特大型企业,年产值四百亿,筑起了一个庞大的企业空间。七代生产线,是在一个现代化的标准化厂房之中。厂房长约一千米,宽有五十米,全自动流水线生产。进入厂房,你看见的只有机器在运转,各种元器件,从入口进去到出口,便是一台完整的显示屏。十条生产线并列着,气势宏伟。唐铭道,南州也得建这样的企业。工业中的巨无霸嘛!

从车间出来,有人走到杜光辉身边,喊了声:杜教授好!

杜光辉看看,并不认识。这是一个三十多岁的男人,斯斯文文地望着他。

杜教授一定不记得我了。我在北大经济系读研时,杜教授给我们做过讲座。我后来的论文,还用到杜教授的宏观经济学观点。

啊。对,我是到北大讲过课。你现在到东方电子了?

我是博士毕业后过来的。这里有一个经济学的博士后工作站。

经济学的博士后工作站?是吗?真了不起。一个企业搞个工科或者理科的博士后工作站,可以理解。但专门建个经济学的博士后工作站,我还是第一次知道。工作站几个人?

三个。另外两个,一个是清华的,一个是人大的。

你们具体研究些什么呢?

主要是研究宏观经济形势,为企业决策与发展提供支撑。

果然是现代企业。杜光辉很高兴地将他介绍给唐铭,说,一家企业,建了个中国第一的经济学博士后工作站,这了不起啊。对宏观经济走向的把握,会很好地引导与纠正企业的决策行为。看起来,经济学对企业没有作用,但内在的影响十分重要。

唐铭握着这人的手说，欢迎下次到南州去。南州是片大有可为的土地。你看杜教授不就到了南州吗？

那当然好。有杜教授在，我肯定会去南州的。

因为成了政府间行为，两天的日程安排便变得紧张起来。与滨海市委主要负责人会见，与滨海部分企业家座谈，与在滨海的南州籍老乡座谈……两天时间一下子就过去了。这期间，杜光辉接到王也斯秘书长的电话，问他什么时候回来。振兴市长准备召开政府常务会议。他说很快了。王也斯就说，我听有人说，你们没见着东方电子的董事长？

你怎么知道的？

听别人说的。现在是信息时代，有什么信息能藏得了三分钟？

真快啊！高董事长明天就回来了。唐铭书记和他的会见照常进行。杜光辉加重了语气，说，对这个项目，我们是抱着百分百的努力而来的。

王也斯在电话那头笑着，杜光辉能想见王也斯正眯着眼睛，他心里不知怎么的，很不快活。他甚至想骂一顿王也斯，但觉得王也斯也就是个传话的人。能够这么快得到滨海这边消息的人，绝不是一般的人。这也反映了南州那边对这次战略合作的态度之复杂、意见之分歧啊。

且不管了。杜光辉又将第二天要与董事长谈话的资料看了一遍，晚上，对于董事长可能提到的相关问题，杜光辉与唐铭做了些准备。

本来约好第二天下午正式会谈的。但上午九点，陈总又打来电话，说董事长直接到酒店了。杜光辉说，怎么，也没提前通知啊！上午会谈？

陈总说，董事长是直接从飞机场到酒店的。我们现在也正赶过去。

杜光辉马上向唐铭报告，说董事长过来了。正说话间，就听见有人在房间外喊道，唐书记，对不起啊，让您久等了。

一开门，高大为董事长就伸出手，说，我是高大为，抱歉。

唐铭说，董事长忙，这不见着了吗？

高大为壮实，穿着西装，但没打领带。高大为见杜光辉看着他，他笑着说，本来是打了领带的，到了人家外国，得搞得像个样子。回国了，便松了。

不习惯。这大概就是农民习性吧？

这是最有现代性的中国农民习性。杜光辉道。

高大为说，也别在这说了，我陪你们去看研发中心。

东方电子的研发中心，一般不对外开放。在企业里，副总级的，只能带人在中心外围参观，不能进入核心区域。只有董事长才能带人进入核心区域参观考察。唐铭一听董事长说要去研发中心，很是高兴，说，就应该看看研发中心，看看这东方电子的心脏。

杜光辉说，高董事长是下了飞机直接赶过来的。

唐铭道，那真得谢谢董事长了。

高大为连连摆手，说，谢啥呢！唐书记在这等了我两天。我哪还能怠慢？唐书记不仅仅是南州市的领导，还是江南省的领导。唐书记能来东方电子，是东方电子的荣幸啊！

我们是来学习的。唐铭说，更重要的是来邀请东方电子和高董事长去南州的。这几天，我在滨海看了看，我们内地与沿海经济发达地区还是有很大差距的。不光是经济发展，更重要的是观念。像东方电子这样，从镇办企业开始，坚定走科技引领的路子，成了全球型大企业。所以说，观念要更新，魄力要增强，决策要现代。否则，发展都只能是空谈哪！

高董打开了话匣子，说其实当初，东方电子从产品型转向科技型，也是经过了一番周折的。我们也反复地讨论、研究，最后是我武断地拍板。当时，企业年产值才几千万，谁都没有想到：转型到以研发为主，从而带动产品整体升级后，企业的产值能达到几百亿。我们现在不愁市场，只愁产能。我们的研发实力，是全亚洲最强的。我是指电子显示屏这一块。我们的研发可以支撑我们再建一个年产值五百亿的企业。高大为侃侃而谈，可见他对整个企业的布局，心里早有了一盘棋。现在，就是决定这下一个重要的棋子落到哪里的时候了。

研发中心很安静。上千个工位上坐满了技术人员。他们正是东方电子心脏里的血液，通过他们，最新的技术到达工厂，最新的设计进入生产。高高大为指着那些工位上的技术人员,说,他们来自五湖四海。每个人来这里,几乎都有故事。头几年,我是采用人情加高薪挖人才;后来是直接到高校找人才;这两年好了,我们的研发中心形成了良性循环,我们不是找人才了,是选人才了。唐书记,你看这像不像各地的招商?

招商?唐铭说,我觉得像。各地的招商,一开始也是以各种甚至非正常手段,到处游说,进行招商。后来,是根据自己的产业,定向招商。南州现在还正处在从第一阶段到第二阶段过渡的时期。到了第三阶段,那就不是招商了,是选商。

那南州跟东方电子,是招商呢还是选商?高大为紧跟着就问了句。

杜光辉觉得这个农民出身的企业家充满了智慧,他正想着唐铭怎么回答。唐铭已经回答了——既是招商,亦是选商,重要是双方互惠互利,是双赢式合作。

说得太好了。唐书记果然高瞻远瞩,了不起。你这个朋友,我交定了。高大为说着又伸出手,与唐铭紧紧地握了下,说,不过,我们的条件还是很苛刻的。其他的可以谈。

从中午谈到下午四点。中间只吃了一顿简单的工作餐。最后终于达成了初步的合作意向:由南州方投资一百一十亿,建设南州东方电子有限公司。由东方电子负责生产、科研与市场。其他细节也初步得到了落实。杜光辉看着意向书,觉得现在是万事俱备,只欠东风了。而说到东风,他心里又有些忧虑了。刘振兴市长还有其他的许多南州官员会同意这个合作吗?一百一十亿,占南州一年财政收入的将近一半,就这么全部拿出来建设一家企业,这生意做得到底划算不划算、值得不值得?

如果依杜光辉和唐铭的想法,当然划算,值得。可是,这样大额的投入,是需要人大会议通过的。它必须完全走合法的路径,否则,谁也担不起这个责任。这一点,杜光辉清楚,唐铭更清楚。会谈结束后,在上机场前,唐铭跟杜光辉说,其实,我心里也没底啊。不过,与高董事长一见,倒是给了我信心。我觉得事能成。南州一定能迎来这只金凤凰。

杜光辉说，我就怕好事多磨，还有其他城市也在盯着呢。

其实已经磨了一段时间了。唐铭说自从上次你见了陈总后，我就让有些同志有意识地开始吹风。任何事，要让所有的人都有心理准备。否则，你把一百一十亿猛然亮出来，那还不吓死一大批人？唐铭笑着说，现在，很多人有了心理准备，也有了心理预期。这就好办，回去后，我们再统一思想，务虚，再务实。虚实结合，争取拿下这一关。

上飞机前，杜光辉接到一条陌生的短信：杜市长，我是那个听过你课的经济学博士。我叫程宏。我希望能有机会到南州工作。以后再联系。

好啊！欢迎。杜光辉回了四个字，外加一个笑脸。

在飞机上，杜光辉闭目思考。他感觉到他和唐铭还有主张引进东方电子的所有人，正处在强大的旋涡之中。成功了，他们将是南州工业经济发展的有功之人；失败了，他们或许会被问责，且被钉在耻辱柱上。他想着，心情复杂，又记起李敬跟他说的那位南州扩城运动时期的市委书记。那书记的魄力、智慧与担当，在当时，被许多人认为是鲁莽、简单和独断，但后来，所有人都知道了：没有第一轮扩城运动，南州或许还是个"扩大版的县城"，就不可能有今天的南州格局，也就不可能有将来的大发展。何况这次东方电子项目，事先还邀请了众多专家论证。这绝不是盲目冒险，而是充满勇敢的抉择。杜光辉甚至为能成为这抉择的参与者与见证者，而倍感兴奋……

从滨海回来，唐铭说北京正好有一个会，光辉啊，你过去参加吧，正好回去看看爱人和孩子。杜光辉说，这节骨眼上，我不想缺席。

这不是缺席与不缺席的问题。回去吧，也就两三天时间。

八

杜光辉想起上次回京没给茹亚打电话，被她怪罪一通。所以他特地给茹亚打了电话。茹亚一听，说，好啊，我也正好要跟你商量下可心的事。

可心怎么了？

她可能早恋了！

不会吧,她才初三。

怎么不会?我在她书包里都发现男孩子写给她的信了。写得那个缠绵啊,唉,我都没办法说。

有这么严重?

你当然不知道。躲到南州那个鬼地方,除了你的那个田忆之外,你能知道个啥?

你……我这不也是工作嘛!我回去再说。

杜光辉心里也咯噔了一下,可心才十五岁,这年龄,正是对任何事物和情感都好奇的年龄。而且,他和茹亚又经常不在她身边,这孩子本身可能就孤独。如果真的早恋了,那也正常。关键是怎么处理,怎么对待。他想来想去,又给岳母家打了个电话,问可心睡没睡。岳母说还没呢,正在看书。他让可心接电话,先是简单地问了问学习情况,然后道,我明天回去。我想直接接你放学,然后我们去星巴克。

好啊,我好久没去了。还是老爸好!

那就说定了,明天见。

杜光辉想起可心小时候的模样。那可爱劲,谁见了都喜欢。尤其是她那张嘴,什么话都会说。记得有一个夏天晚上,杜光辉和茹亚正在看电视,七岁的可心一个人坐在沙发上,一边拍手一边唱:长大后,我要当明星,发狠赚钱给爸爸和妈妈。我要给妈妈买糖果,给爸爸买花衣裳。杜光辉问,为什么要给爸爸买花衣裳呢?爸爸是男人,不能穿花衣裳。可心噘着小嘴说,爸爸穿花衣裳一定好看,是妈妈不给爸爸买花衣裳。我长大后,就要给爸爸买花衣裳。买好多好多,爸爸,你天天都穿不一样的花衣裳。

这些话后来很多年都是家中的谈资。到了十四五岁的时候,可心听了也笑,问,这是我说的吗?一定是你们编的,以此污蔑你们优秀的女儿。

想着,杜光辉又禁不住笑了。

不欢而散。杜光辉坐在返回南州的高铁上,心里不知怎么的,五味杂陈、颤抖、疼痛。

这不欢,并不是指他跟女儿可心。他想起在星巴克,女儿用发卡束着短发,喝着他点的卡布奇诺,吃着小点心,歪着头看着他,然后心思沉重地说,老爸,你真的老了耶。

女儿用了个"耶",还特意拖着腔,拿着调。他摸摸头发,发现头发似乎又薄了一层,就像一层薄霜,不浓不淡。他望着可心,笑道,是老了。但准确点说应该不是老爸老了,而是孩子你长大了。

长大了?你也承认我长大了。我就说嘛,老爸比老妈要开明。可心将点心塞进嘴里,过了好一会儿,点心才在她嘴里翻了个转。她有些狡黠地问,老爸,你这不是鸿门宴吧?

鸿门宴?怎么说?杜光辉觉得现在的孩子真的太机灵了。

我觉得是。

你怎么觉得是?心里有事吧?一定是。

其实,老爸,你说要来接我,我就知道你找我有事。而且,知道是什么事。可心调皮地笑着,这样子又似乎回到了她七八岁时。

杜光辉道,我可没说。你有什么事吗?

老爸其实比老妈更坏。只是,我更喜欢老爸一些。不要你问,我自己说。好吧?不就是那个男生给我写了封信的事吗?妈妈如临大敌,找我谈了三次,还谈哭了。至于吗?

杜光辉并没有急于回答,而是喝了口咖啡,说,这咖啡的味儿有点苦。也许,这就是生活的味道吧?这事,孩子既然你说了,我觉得它对你来说,可能是不至于。但对于妈妈来说,你是她唯一的女儿,那就至于。妈妈希望你的生活里只有甜,没有苦。这个,你懂吗?

我懂。我又不是小孩子了。刚才还在说我长大了呢。我懂。可是,我不喜欢妈妈的方式。不就是一封信吗?又没说什么露骨的话。何况我现在早已有明辨是非的能力,还怕这一封信?

杜光辉喜欢女儿这种大气,他想起自己十五六岁时,还像个青涩的毛桃。而女儿有板有眼,她说的话,虽然听起来还有些稚气,但显然也经过了一番思考。而且,她已经明确地表明了她的态度。因此,杜光辉没有再往下说,只道,要把握分寸。在目前这个阶段,学习是第一位的。人生的画卷才刚刚打开,最美好的事物,往往在后头,而不是现在。

老爸,别一套一套的,好吗?来,喝咖啡。

杜光辉摇摇头,说,不喝了。味蕾改变了。我最近改喝瓜片了。

瓜片?用西瓜切的片?

不是。杜光辉笑着,他乍一说"瓜片"两个字,女儿确实不可能理解。他解释道,是一种叫瓜片的茶叶,味道比较浓。我现在天天喝这个。

那你不喝咖啡了?

我一直不太喝。即使喝,那也是为了配合你的。

下次带点瓜片回来,我也尝尝。

喝完咖啡,杜光辉直接将可心送到岳母家,岳母见了他很高兴,说,茹亚也正好在家。你们这家啊,两头扯着,家不像个家。赶快回去,赶快回去!

杜光辉说,我有几句话想跟爸讲。

岳父端坐在书房的椅子上,边喝茶边听杜光辉讲东方电子的事。杜光辉边讲边观察着岳父,岳父如同一块岩石似的,岿然不动。他越讲就越心虚了。等他讲完,岳父又喝了口水,站起身,走到杜光辉跟前,拍了拍他的肩膀,说,记得你刚和小亚谈恋爱时,我就说过,任何时候,不要打我的旗号。这些年来,你一直做得很好。这也是我做人和办事的原则,你了解,而且用行动尊重了我。现在,我跟以往更不同,我只是个退休的老头儿。这东方电子的事,确实是大事。越是这大事、好事,越要按程序来,按规矩办。虽然滨海市委书记是我的老部下,但跟他打招呼,不合适,也不应该。我一打招呼,一是丧失了我的原则,二是可能会影响到企业和你们市双方的决策。所以这个招呼我还是不打的好。

杜光辉突然就有些羞惭,其实,他一开始从唐铭书记那儿知道南州想要引进东方电子时,他就想到了滨海市委书记是岳父的老部下,在岳父家里,他们见过。但他深知岳父的原则,所以一直没说。就连到滨海,也只是匆匆地与市委书记打了个招呼,并没有提及岳父这层关系。他现在找岳父,也是临时起意。岳父这么坦然地一说,他倒释然了,便道,谢谢爸。这么大的项目,确实一定要走得踏实,不能来一点虚的。您刚才说,这会影响企业与南州市双方的决策。确实是,您看得远,看得准。

茹亚那天下午回来得早,杜光辉一进屋,就道,要知道你回来得这么早,我就请你和可心一道去星巴克了。

你去见了女儿?跟她说了那事?

见了。也说了。没什么事情。不就是一封信吗?

你……一封信还不够?茹亚的脾气突然不好了,她突然站起来,指着杜光辉,说,一封信没什么大不了,是吧?你非得等着出事,等着女儿吃亏,才满意,是不是?我没见过你这样做爸爸的!你心里到底怎么想的,真不知道。

我心里没怎么想,就想着咱们的女儿好。

哼!茹亚转过头,不说了。因为生气,她脸上的肌肉在颤抖。杜光辉看着她的侧影,一瞬间觉得茹亚也老了。想着,他便有些苍凉感了。

杜光辉故意岔开话题,将行李放好,说,明天在京西宾馆有个会议,所以就赶回来了。晚饭还没吃吧?我们出去吃点。

不了。我约了人。

那……杜光辉的心情也有些不好了。

杜光辉道,我可是提前打电话跟你说了,我要回来。你还约了人,有什么人比家还重要?

家?这是什么家?你既然为了家,怎么还固执地要去南州。别说了,说得越多,我越烦。茹亚手机响了,对方显然就是她约的人。她接完电话,就穿衣出门,一句话也没说,丢下杜光辉一个人坐在客厅里。

客厅里一下子冷冷清清了。杜光辉感觉到有水从脚底下漫过,那水是冰凉冰凉的,漫过他的脚踝,漫上他的大腿,然后直往身上漫来。最后,他整个人都浸在水中了。他想:这也许就是传说中的中年之水吧?

晚上,杜光辉一个人到家边上的拉面馆吃了碗拉面。那拉面竟不似从前的拉面,也许是卤水太多了,涩、苦、硬。他吃了一半,便搁碗离开。他在小区里转了三圈,又回屋看了会儿电视;他总是心绪不宁,一直到十二点,茹亚也没见回来。他打她电话,无人接听。到了凌晨两点,茹亚仍然没回来,电话仍然无人接听。杜光辉长叹一声,他感到整个嘴里、胃里都溢满了拉面的苦水,而且那苦水顽强地、坚持着要往上冒。他强压着,心口慢慢地疼,渐渐地疼,沉沉地疼。疼着疼着,他身上开始出虚汗。他赶紧去了书房,坐下来,又抽出本书来,漫不经心地看。看着看着,他睡着了。等他醒来,已是早晨六点。茹亚一夜未归,他也没再给她打电话,直接去了京西宾馆开会。会议结束后,他也没再回家,而是直接上了高铁。

说是不欢,其实似乎也不太确切。杜光辉也没有太多的兴趣,想去追问茹亚那天晚上为什么不回家,到底去了哪儿。追问要么没有结果,要么就是一套合理的结果。无论是哪种结果,都说明不了问题,并且都会成为一根刺,往他们情感的骨头里再深刺一回。所以,杜光辉尽管坐在高铁上,心里一直涌动着"不欢而散"这四个字,但他仍然没有给茹亚打电话。同样,茹亚也没有回他电话,没有对那天晚上出去甚至整夜不归做出解释。这种看似平和甚至无理的平静,让杜光辉不断地想起某一本书上所写的话:夫妻之间,如果连索求真相的要求都没有了,那也许就已预示着末路。

末路?不。杜光辉不想,女儿可心不想。那就不想了吧!杜光辉在车厢里来回走了一遍。这回在会议间隙,杜光辉回了一趟所里。所里最近人事将有较大的变动,传说所长会高升。他一回去,助理小邱就对他说,我正要打电话向您报告呢。我们都认为杜所长您应该扶正了。

为什么我就应该?杜光辉问。

您资格老,成果多,而且为人好。

我已经到南州了。这事就不想了。

为什么不想?杜所长,这是您该得的啊!

让给其他人吧。杜光辉说的是真话。在此之前,他有过担任所长的机会,但后来证明都只是擦肩而过。他总觉得以他的性格,当不好这个所长。所长既要搞学术,又要搞行政。面对着所里上百号研究人员,这些人个个都有特色,他不愿意在这上面去花更多的心思。现在,他又到了南州,那就更不愿意再回来争这个职位了。当然,如果组织上安排了,他也未必就不愿意。不过,让他为此折腰,他宁愿像老岳父那样,干了二十年副部,干得硬气。小邱说,杜所长不当,那会让很多人失望的。

也会让很多人高兴的。杜光辉说。

杜光辉虽然一直搞研究,但也并不是没有行政工作的经验。他在担任副所长之前,曾下派到基层干过三年的县委副书记。对于行政,他也有自己的认识,甚至也有自己的手段。只是在经济所这样的纯学术单位,他不想搅和到行政之中。他在心里估算了下,这次能有希望进入所长人选的,另外还有两个:吴副所长和江书记。他特地到两个人的办公室坐了坐,言语间有意无意地给他们透了个底。两个人都很高兴,说,杜所长在南州,前途大得很。现在,国家正需要专业型干部,而且杜所长年龄也正适合。不像我们,再不爬个坡,就没戏了。杜光辉大度地一笑,说你们尽管爬,我在后面给你们鼓气。

一回到南州,小王就告诉杜光辉,说听小江讲,这两天唐铭书记密集地找了好多市直单位的主要负责人谈话,同时,还跟人大、政协的主要领导见面。是不是有重大人事变动?小王问。

没有。应该没有。杜光辉说,你问小江他们谈了什么吗?

问了,小江说不太清楚。

杜光辉心里更有底了。如果不出意外,唐铭一定是为东方电子的事,找相关部门和人大、政协的领导谈话。因为这样大的项目,必须走正常程序,最后由人大同意才能决定。最近,大讨论进入高潮。日报和晚报,以及电视台都开辟了专栏。特别是政研室那篇以南州有科技、科技怎么用为主题的报告发表后,反响强烈。一些市民甚至将电话打到市委、市政府,说南州早该换思路了。南州不能靠造城运动解决所有问题,特别是发展问题。要发展,还是得寻找更加适合的路子。这种群众性氛围基本酝酿起来了,因此,解决领导阶层的思想问题,就必然会提到唐铭的日程上来。

刚喝了茶,陆颖打来电话,说想采访杜市长。杜光辉问采访什么。陆颖说东方电子项目的事。杜光辉说,还早呢,现在八字没一撇,不宜报道。陆颖说我就知道你会这样说,我觉得南州这是在对赌,就像当年的扩城运动一样,赌,是吗?

是对赌吗?我们是科学决策。要说是赌,那就是科学的赌。

你难道不觉得这是在拿南州的命运在赌吗?一旦失败了,南州会背上巨大的包袱。你们也将背上骂名。

我们都考虑过。但不赌,何以知分晓?

杜市长这是完美的解释。但这篇关于南州对赌的采访文章,我一定要写。另外,杜市长,化工园的内参,我可要报上去了。

好,尊重你。

刘振兴市长见杜光辉回来了,便请王也斯喊杜市长过去。杜光辉一进门,就见刘振兴站在窗前。这窗子正对着绿轴大道。刘振兴说,那绿轴的尽头到底是湖水还是……

湖水。杜光辉说。

不,也许是天空。刘振兴突然诗意了一下。

杜光辉随即明白了刘振兴的意思,他笑道,湖水和天空都是对的。关键是绿轴。

刘振兴转过身来,他依然一脸疲惫,他望着杜光辉,然后话锋一转:听说涨到一百一十亿了?都基本定了,还要研究吗?

一百一十亿不假。但没定。唐铭书记说这事要集体研究。

研究什么呢?上,还是不上?谁能说得清。就像那绿轴的尽头,是湖水还是天空,谁能说得清?

也没什么说不清的。东方电子的项目,南州请各种级别的专家论证,都搞了好几轮。现在,唐铭书记又亲自去滨海考察。我个人认为:项目落地南州是可行的,对南州整个工业经济格局的改变、转型具有重要的意义,同时也能为南州经济增加活力。千亿产值,百亿税收,这将是全国最大的屏显企业。机会稍纵即逝,我们得抓住啊!

这个,我都懂。可是一百一十亿从哪来?如果不动用财政的钱,不管怎么干,我都行。这事,政府班子里的好几个同志都有不同的意见。

杜光辉点点头,没有回答。

刘振兴市长的担忧,是有理由也是有根据的。吃饭财政,一下子拿出一百一十亿,这在全国,恐怕也是第一个。钱拿出去了,吃饭成了问题。这无非是过紧日子的事情。关键是一百一十亿投下去,到底能不能有预期的回报?要是没有,那么,这一届市委和市政府将成为南州历史上单项投资最失败的市委、市政府。老百姓也会骂的,他们不仅会到市委、市政府骂,甚至还会骂到网络上;不仅现在骂,将来还会骂。

简直就是赌博!刘振兴咬着牙道。

杜光辉觉得刘振兴市长用"赌博"这个词来概括这次南州与东方电子的合作,还真的十分到位。就像陆颖所说,这就是一次城市命运的赌博,是一次南州突围和获得发展的赌博。

黄昏时,杜光辉到政务广场散步。他直接去了沙地那一块儿。那个男孩不在。但是,他创造的城市沙雕还在。那前不久杜光辉看见的有着发射天线与纵横线路的城市,现在又丰富了。在它的东南角上,似乎开辟出了一大片花园,里面有草、树木,还有秋千架;而在它的西南角,则是一架凌空而起的飞机。啊,杜光辉想起来了,这男孩子说他父亲是造无人机的。无人机?难道是蒋峰?他觉得这世界真的不可思议,在政务广场上,他与垒沙雕的孩子相遇;而在另外的场合,他则与正在研发无人机的孩子的父亲相遇。而这一切,他们父子并不知晓。杜光辉虽然是个学者,也是个党员,无神论者,但这并不妨碍他天马行空的想象。年少时,他有时待在房间里想一只鸟儿,能整整想一天。从鸟儿孵化、出壳、长出羽毛、第一次飞翔,到成为天空中的勇士,然后在天空中或者大地上,鸟儿如何度过自己的一生。它遇见了什么,看到了什么?它的敌人是谁?它的朋友又是谁?它最后消失在哪里?又回归了哪里?他越想思绪就越多,那只鸟儿就在他脑子里幻化、变异、粉碎,又重合……那就是一次奇妙而诡异的生命之旅。当然,他最后也无法穷尽自己的想象,他只好收拾一切,走出屋子。父亲说,一个人可以创造一个世界。他觉得这正是。

比如小男孩,他正在创造他的世界。而蒋峰又在同一个城市,创造着另一个世界。

他们的世界是不同而又高度重合的,只是创造的方式不一样而已——一个用沙,一个用无人机。

男孩子一天天地扩张他的城市,杜光辉为他的雄心与毅力叫好。他拍了张沙雕的图片,发给了可心。可心很快回复问,这是什么?沙雕展览?

不,这是一个孩子在广场沙地上的作品。

可心连发了三个竖起的大拇指,然后说,是城市吗?未来城市?科幻城市?星际城市?

不,南州市!

可心发了个调皮的鬼脸,说,五十年后的南州市。

杜光辉有些气,又想笑。现在孩子,思维之活跃,不是他们这一代中年人所能想象的。他们接受了广泛的信息,特别是在新事物新理念的接受上,他们比上一辈要早要快。有人研究过:现在这样的信息社会,一个孩子从八岁到十八岁,这十年会接受十万个以上的新信息。而在杜光辉甚至更上一代,同样一个孩子,十年接受的信息只有五千左右。巨大的信息量差距,造就了孩子们见识的不同,同时也影响了孩子们的判断力。如果说杜光辉他们这一代人的那十年,基本上是循规蹈矩,那么,现在,包括可心在内的孩子们,又全都是光怪陆离与奇思妙想。

杜光辉又看了遍沙雕,然后起身朝四周看看。他并没有看见小男孩。

或许今天他有事,也或许是要再迟一点过来。他开始向明月湖走去。在湖边上,他碰见了两个正边走边谈话的老者。看起来,两个人都应该在六十五六岁,见了杜光辉,其中一个道,这是杜市长吧?

杜光辉有点惊讶,但也觉得正常。来南州后,比起在经济所当副所长,还有一处最大的不同,就是出镜多了。开会啊,调研啊,参加活动啊,电视上、报纸上全都得报道。他笑着说,我是杜光辉。

我看着就像嘛!刚才问话的老者伸出手,杜光辉握了下,那手虽然清瘦,却有力。老者指着边上的那位说,这是原来政协的钱老主席。我是原来人大的副主任,姓王,不过,换届时就退了。

钱老主席?莫不是南州洗衣机厂的老厂长?

正是。杜市长了解得这么清楚!

前不久到洗衣机厂调研,最近又在跟他们谈兼并的事,所以知道一点。钱老主席对南州工业的发展,功不可没啊!杜光辉发自内心地说,可以说,开启了南州轻工业时代。

都是过往了。钱老主席身材高大,虽然六十多了,但中气十足。他爽朗一笑,说,现在靠你们啦!

王主任也笑道,我看最近市委在搞大讨论,很热烈。大讨论就是大解放,大解放就是要干大事。想当年,南州搞大拆违。一开始上来,也是大讨论、大解放。首先就讨论南州为什么发展的步伐那么缓慢,从根子上找问题。最后一讨论,一解放,问题的根子就出来了——是思想问题,是观念问题。过惯了小家小口的小日子,缺乏进取心。现在,南州又面临着当年一样的情形。南州再不发展,再不解放思想,就要被全国其他的省会城市,特别是周边的大城市给甩下了。杜市长,这个大讨论大解放搞得好啊。我双手赞成。

杜光辉有些兴奋,他握着王主任的手,说,多谢王主任的理解和支持。是啊,南州正在谋划一件关乎着经济发展格局变化的大事,因为事关重大,所以必须全市上下统一思想,众志成城,才能干成。这些,还都得靠你们这些老同志的支持、关心哪!

我们是义不容辞。钱老主席问,是不是东方电子?

嗯,是的。

怎么样了?

正在谈。涉及一些问题,还正在解决。

我听说财政要拿出一百亿,有这事?

如果项目谈成,可能是这样。

三个人都沉默了下,王主任看着钱老主席,钱老主席看着杜光辉。王主任道,一百亿,数目不小。干大事是好事,但也要量力而行。大讨论、大解放还有一个根本指导思想,那就是实事求是。

这个我不同意。钱老主席说,量力而行,那是一般情况下的作为。既然说到实事求是,南州现在发展的需要就是"是"。我们要"求",就要求这点。现在的南州,是特殊时期,再不发展,就越来越赶不上了。特殊时期用猛药,没错。我当年搞洗衣机厂,一下子投资那么多,许多人也反对。后来事实证明:投资对了。当年南州搞大拆大建,也是批评声不断,上访者不断,等着看笑话的不断。结果呢?如果没有那大手笔,能有今天?南州要有大气魄,东方电子如果能来,一百亿就一百亿,大不了过几年苦日子。年产千亿,那还得了?杜市长,我赞成!

你啊,站着说话不腰疼。财政拿一百亿,将来结果如何,你能打包票?

我打不了。什么事都要百分之百地稳当,那还改革干什么?躺在家里,得过且过算了。

杜光辉看他们俩再要往下说,大概率要吵起来了,赶紧上前道,市委、市政府对这个项目也很审慎,还在征求意见,还要集体研究,最后还要在人大通过。到时,还得请你们支持啊!

钱老主席说到洗衣机厂,说当下洗衣机厂也只有兼并重组这一条路了。不能再拖了,拖一天,国有资产就损耗一天,工人们就难过一天。他对杜光辉道,他们现在的班子不行,没活力。我看要想兼并重组,首先得动班子,换人。我上周还去厂里看了看,荒凉得很啦。我很难过。不过,我倒发现厂子里有个年轻人不错。杜市长,你们要是用人,这小伙子可以用。

老主席,你知道那小伙子名字吗?

齐航行。我记得很牢。

我认识。我见过几次,确实不错。我正让他牵头,做兼并重组的前期工作。还约好这两天过来商量。

哈,杜市长果然是来自京城的大学者,这么快就跟厂里的年轻人接上了。了不起,了不起啊!

钱老主席过奖了。洗衣机厂的事情,也是一件大事,而且是件必须办好的大事。我一定尽力。

三个人说说笑笑,说的话题都围绕着南州的发展。王主任说到南州的第一次造城运动,钱老主席说,那还不是冲破阻挠干的有魄力的大事?如果没有那次造城,南州现在还缩在一环以内,充其量也就是个小家碧玉。

杜光辉说,钱老主席说得在理。南州现在是拉开了骨架,正在长大,所以要有大项目、大企业的支撑,不然,经济发展不上来,城市再怎么长,也只是个瘦麻秆。

那是。王主任说,不过,我还觉得有风险。这事,你们这些在台上的还是得慎重啰!

回到宿舍,杜光辉打通了齐航行的电话,问事情进展如何,有没有眉目。

我正要找杜市长呢。齐航行说,昨天我到市政府,王秘书说您到北京开会去了。目前的情况还是比较好的。我们和永力取得了联系,他们仍然对兼并南州洗衣机厂有兴趣。我问他们需要什么条件,他们说如果我们这边条件成熟了,他们可以过来,或者我们过去。

那就先请他们过来。你尽快跟他们约个时间,我来陪。

那敢情好,有杜市长亲自出面,这事儿一定能成。齐航行显然很激动,说,前几天,我们同钱老厂长谈到厂子的未来,说到杜市长的关心,钱老厂长还说有政府关心,有杜市长这样的领导,兼并的事就好办。洗衣机厂这么些年为什么拖成了老大难,追究起来一是厂子里本身的原因,二也是各级领导没有真正用心来解决这个问题。现在好了,杜市长亲自过问,太好了。

不要乐观得太早。后面的路还长呢。杜光辉说,我也正要和你说钱老厂长,啊,钱老主席,刚才黄昏散步时,我碰见他了。他思维很清晰,思路很超前,确实不愧是当年南州改革的先锋。

那是。要是他不走,洗衣机厂一定不是现在这样子。唉!

话不能这么说。时代变了,环境不同,市场也变了嘛。但是,有一点可以肯定,钱老厂长的改革精神任何时候都需要。过去要,现在要,将来也需要。杜光辉说,尤其现在的南州更要这种改革精神。航行啊,市里正在搞大讨论,你也可以写篇文章参加。名字就叫《洗衣机厂呼唤改革精神》。

好。我也有这想法。写好后,我再请杜市长指正。

刚挂了,杜光辉就接到宗一林的电话。宗一林一开口就能听出酒意,显然是刚从酒桌上下来。他声音比平时高了八度,几乎是在喊着道,杜市长哪,东方电子来了吗?

没有,还正在谈呢。

我就说,啊,我就说,没那么容易。我怀疑那是骗子。一百一十亿,还得了?书记找我谈话,让我支持。我怎么支持?他又降低了声音,说,光辉市长,你说我怎么支持?

这个项目确实需要方方面面的支持,特别是宗主任您的支持!也许项目还会落户到试验区,那就更要宗主任您的全力支持了。

到我这里?没门。宗一林大概觉得说得重了,又道,我这里现在也没地了。到处都是厂,一百多亿这么大的项目,往哪里放?把我们办公楼拆了?

那不可能。现在也还没定。等定了再说吧!

光辉市长,你到南州也待不了多久,何必……我宗一林就敢说别人不敢说的话,我这可是为你负责。书记他不怕,反正他是省领导。再说,他……宗一林突然停了,过了会儿才说,我酒高了,要吐。明天再向光辉市长汇报。

杜光辉拿着手机,想着宗一林这看似醉酒却又句句到位的话,觉得宗一林的话,其实不是宗一林一个人的话,而是代表了南州很多干部的话。他们自然不敢在唐铭书记面前多说,所以只好跟他这个常委、副市长说。他们希望他能影响到唐铭书记,而他们其实心里也清楚:杜光辉本身就是东方电子引进的重要参与者、支持者与推动者。

窗外传来细微的响动,像冬雨,又像风吹,但细听,都不是。杜光辉打开门,走到院子里,原来是落叶。江淮之间真正的冬天到来了。虽然一年四季,从春天开始,江淮之间就有各种植物落叶。比如四月,其他的树木发芽,而樟树开始落叶。秋天,银杏首先一片片褪去金黄的甲胄,接着,其他的树林也开始相继飘飞残叶。记得当年跟田忆一道去沧浪园时,园子里的那些树正在落叶,声音细微。他们在园子里走着,看着落叶,听着落叶之声,感叹那些落叶的坚持。然而,最终还是化作了春泥。落下是宿命,是归来,是结果。

思绪又飘忽到他和茹亚的不欢而散,杜光辉不禁悲从中来。

九

市委常委扩大会议连续开了两天。第一天,唐铭亲自请了中央党校的教授,就城市发展与宏观经济以及工业经济走势做了讲座。第二天,学习、讨论,终于在会议结束前,达成了初步共识,八票赞成,三票反对,两票弃权——同意将南州市与东方电子合作的方案提交人大常委会议讨论决定。

杜光辉自始至终参加了会议。特别是第二天的讨论,无论是同意还是不同意,无论是建议还是批评,都能立足南州经济发展的实际,有高度,有深度。会议结束,杜光辉陪着唐铭参加晚宴。中央党校的夏教授,算起来与杜光辉是博士同门,只是比杜光辉高三届。之前,杜光辉也熟悉。当唐铭确定要请人来讲课时,他特地推荐了夏教授。唐铭说他得自己出面,而且,他们之前也已经打过多次交道。

晚宴就在明月湖大酒店。夏教授和他的两个学生,他在南州的两个大学同学,以及唐铭、杜光辉和李杰,另外加上小江和接待处的一位副处长。唐铭说,人不多,气氛要轻松些。主要是感谢夏教授的精彩讲座。

夏教授推了推眼镜,一副典型的学者派头,说,我是知命而来。而且,我很明确这次讲座的意义。这不是一般意义上的一次讲座,而是要给听课的人一束光。对,一束光!让他们脑子明亮起来,通达起来。唐书记,杜市长,不知道我完成任务没有?

讲得相当好。唐铭说重要的是要让他们既能明亮起来,又不至于过分反感。正所谓润物细无声吧?夏教授做到了。好啊!感谢教授。

以茶当酒。夏教授喜欢绿茶,唐铭书记心思重,大家在一起主要是聊天。话题很自然地就集中在了南州的经济发展与东方电子的合作上。夏教授说,我带队来南州不是一次两次了。就东方电子这个项目,看起来是市委市政府在做,其实中间也花了不少心思。我们团队也应邀做了一次专题论证。我们一直认为,南州未来要想有大发展,必须有大产业,有在全国处于最前沿的产业。而东方电子,目前虽然在滨海有研发基地,但其如果能在南州建厂,则南州将成为中国最重要的电子屏显生产中心。并且,如果我没说错的话,将来,研发中心也会向南州靠拢,甚至迁移到南州。

如果是这样,那千亿产业就不成问题。

肯定不成问题。夏教授道。

杜光辉向夏教授敬了杯茶,说,这次在夏教授的启发下,今天一天的会议很成功,最后同意将合作方案提交人大讨论。这是一个很大的进步。这里面,夏教授功不可没。

哪里,哪里!杜所长本身就是这方面的专家。只是您现在是南州的领导,不好出面。所以我这是越俎代庖,尽一点力而已。

唐铭笑道,你们两个学者就别互捧了,都是在为南州尽力。不过,事情到现在,才成功了一半。人大会议才是最后决定。光辉啊,我真的希望这事能早一点定下来啊。我就怕东方电子那边再出现更多的竞争对手。

我也担心。昨天,我还打电话给陈总,说我们最近就将最后决定。一旦定了,就请他们过来签约。陈总很高兴,说他们董事长对南州的印象特别好,也很想跟南州合作。说董事长在会上说,一个地方,一把手能够为了一个项目等两天,而且这个一把手还是省委常委,这很不容易,也很难得。这也说明了这个地方是确实想办成事。有了诚心、恒心、信心,合作就有了基础,也就注定了将来合作会取得成功。陈总同时还说另外两个城市最近也在加紧攻关。因此,他也希望南州这边能尽快定下来。只有定下来了,才能实际操作。

好!高董虽然是镇办企业起家,但现在已经是标准的现代企业的领导者了。我们南州有很多从乡办、镇办企业起来的企业主,这么多年,就是甩不开泥腿子,见识短,没有长远的发展眼光,融入不了现代企业的发展进程。因此,有的就被淘汰了。到了淘汰的时候,还不明白自己是怎么被淘汰的。你看看,和高董比起来,是何等大的差距啊。所以,我们以后还要经常请夏教授过来,不仅给领导干部上课,还要给企业家上课。

唐铭这话是真心话,杜光辉也感到高大为董事长身上强烈的现代企业意识感。东方电子每年能拿出几十亿用于研发,这本身就是了不得的事情。那是一个企业家的气魄,也注定了这个企业的未来。

晚宴后,杜光辉和唐铭一道到政务中心广场散步。

已经九点多了,广场上人很少,偶尔有一些情侣在树荫里,或者坐在长凳子上,说着只有草木能听得清楚的悄悄话。

杜光辉说,我预料到下午的会议能通过提议,但是,没想到有百分之六十多的同意票。有弃权票,这是我预料中的。但三票反对……不过,也很正常。会议之前,陆颖给我提供了一份南州民间和网络上对此项目的民意分析。他们都很期待,又都有几分担心。特别是网络上,将之与南州上一轮大拆违相比较。网络上投票的结果,与今天常委会的结果基本一致。

通过了就行。一些同志弃权,那说明他们考虑得多,担心得多,犹豫得多。而反对的同志们,他们也是出于对南州发展前景的充分考量。有不同的声音,能够让我们清醒。你刚才说的陆记者,那个分析很好。她在南州多年了,是真正关心南州的发展的。唐铭说,我还担心有些同志会带偏方向。结果,这些同志都在关键时刻服从了大局。

是啊,如果没有他们服从大局的意识,估计……我看见振兴市长在会议间隙还在做一些同志的工作。振兴市长其实也是很有顾虑的,但是到了这时候,他的大局意识非常强。

振兴同志是有原则的。我会前跟他有过交心。他也明确说出了他的顾虑。一个市长嘛,有这些顾虑是正常的。他跟我说到这是南州集全市之力的一次赌博。虽然"赌博"这两个字不太好听,但我觉得用在我们这次与东方电子的合作上,很恰当,很准确。我们就是要赌一次。对于南州这样一个相对落后的城市来说,这是我们的机会,必须抓住。

我想,振兴市长其实也是明白这个道理的。他是一市之长,南州的兴衰与他更加相关。还有宗一林主任,他提的意见细想起来也不是没有道理。他提出东方电子如果来南州,只要不让试验区财政拿钱就行,还有他说没有地了,都是实际情况。这看起来有些小家子气,但也是事实。如果真来了,用地问题,首先要解决。

唐铭道,那是格局问题。宗一林的格局还是太小了。我一直在考虑:南州试验区搞了这么些年,还停留在现在这个阶段,这是很有问题的。宗一林要负主要责任,当然,市委、市政府也要负责任。小富即安,不思进取。守成有余,开拓不足!至于用地,就定在试验区。试验区在规划上是批过了的,用地相对简便。否则,又会因为用地规划的问题而影响项目。

杜光辉介绍了下他上次特地带着李明和梁大才去看试验区用地的情况,从表面上看,只有化工园区那边还有块空地,大概三百亩。其余都没有成片空地了。如果将东方电子项目放那儿,一期还可以,二期就必须向周边拓展。

唐铭也去看过。挺好。而且,化工园区必须要拆掉,重污染,再有效益,也不能留。正好借着东方电子项目的落户,分期分批开展化工园区的拆迁。

那可是涉及宗一林好几亿的税收呢。

长痛不如短痛。现在不拆,越做越大,将来更难拆。新华社都搞内参了,难道要等出了事再动?东区的锅炉爆炸,不就是一拖再拖,没有整治彻底导致的吗?宗一林不管三七二十一,只要是赚钱的企业,他就收。这种导向不对。我说了几次,现在好些了。但化工园的问题,还是必须尽快解决掉。这次正好结合东方电子落户,一并考虑。

书记考虑得周到。还有一件事,就是洗衣机厂的事情。他们跟永力集团联系了,对方有兼并意向。我想近期请他们过来看看,您觉得如何?

可以。这个也要尽快。越拖资产越贬值,越没有出路。自身改革难度太大,兼并重组是适合的路子。何况永力也是知名品牌公司,如果能来,还可以带动其他家电企业进入。我们可以以此再打造家电产业。当然,要有科技含量。说到底,科技还是第一。没有科技,总归会被市场淘汰。

正是。那我就让他们联系了。

月光如水,有些清寒,照着政务广场和绿轴大道,也照着两个人的影子。不远处,明月湖泛着隐约的波光。唐铭指着那湖,说纯粹是人工湖。当年,为着在政务区这样寸土寸金的地块开出这么一片大湖,也是争议不断。后来,湖开出来了,绿轴大道和政务广场建起来了。老百姓天天来这转悠,再也没人反对了。可见,所有的决策,倘若想全部同意,那是不现实的。只要是真正为南州的发展,为老百姓考虑,时间会证明一切的。

唐铭问到杜光辉岳父,说老人家在位时,他曾到部里向他汇报过工作。一看就是个耿直的人,他问杜光辉,老人家都还好吧?杜光辉说挺好的,他想起岳父关于东方电子一事的态度,觉得唐铭用"耿直"两个字还不足以概括岳父。在耿直之外,还应该加上正直。

唐铭问,孩子和家属都很好吧?

很好。孩子马上中考了。

我记得你家属在五百强公司,能不能让她也到南州来投资?

是在五百强公司。但他们是服务型企业。南州目前的商业规模,还难以成为他们布局的目标。

那倒是。所以只有我们发展了,事情才好办。南州真发展起来了,五百强自然会来。而且不仅一两家五百强,会有更多的五百强过来。发展,发展哪!大讨论马上也要结束了,你牵头,我让政研室配合你,搞出个重头的总结来。我觉得重点就要在寻求突破上做文章。要提出问题,问题要准;要提出思路,思路要新;要提出方法,方法要实。问题上,要多问几个;思路上,重点提工业经济,提产业集群,提科技;方法上,重点是引进与内生并存。这个总结一定要厚实,要到位,要让全市上下看到后,震惊、反思,从而奋起直追。

书记的要求太高了,不过,有书记的指示,我和简主任尽量拿出更好些的总结来。

永力集团很快就安排一位副总带队,专程来南州洗衣机厂考察。说是考察,其实他们对南州洗衣机厂的情况,了解得比南州当地人还清楚。杜光辉陪着他们,心想:这就叫知己知彼,百战不殆,果然是大企业。他对黄总道,既然咱们要合作,那么,我喜欢打开天窗说亮话,不绕弯。情况你们比我清楚,兼并重组的意义,你们比我更明白。而且,对于如何兼并重组,你们一定在心里有了自己的方案。那就先拿出来,我们讨论。如果行,就干;如果还不成熟,我们再想办法。

洗衣机厂已经来了不少工人,听说永力集团来考察,他们都张着眼望。那一双双眼里满含着的都是期待。杜光辉扫了一眼人群,他似乎看见那人群里也有老总工的儿子和女儿,甚至,他还看见了老总工的影子。老总工颤抖着手,指着他,那手势里也满是盼望。洗衣机厂的工人们等得太久了,是该给他们解决问题了。现在,永力的黄总来了,他没有跟客人虚与委蛇,而是直来直去。黄总是客家人,一身的商业气息,精明、地道。他用带着浓重客家方言的普通话道,杜市长爽快,我佩服!我们既然到了南州,看了洗衣机厂,我们就不是来观光旅游的啦!我们是来谈合作的。我们的诚意,您是看得见的啦。来之前,我们做了个方案,请市长过目。

工作人员将方案递给杜光辉,同时也给其他人员每人发了一份。刚看到一半,洗衣机厂的现任厂长就叫唤了起来:这哪行?按照这个,那不就没了南洗了吗?我们几千名工人怎么办?

杜光辉瞥了厂长一眼,说,等看完再说。

厂长还是忍不住,又道,永力负责企业管理与技术开发,对外,以永力集团的名义开展商业活动。这一条,看看,这一条,那就是明说了:不再有南洗了。也就是说,把我们南洗整体卖给了永力,是吧?我不同意,我们厂里的工人们也不同意。

我同意。齐航行道。

你同意算个屁?厂长满脸通红,愤怒地站起来,对着齐航行说,我就知道,你这是内外勾结,卖厂求荣。

你胡说。齐航行也提高了声音。

像什么话?都坐下。杜光辉厉声道,然后转过脸对黄总道,他们这是……太对不起了。

黄总并没不高兴,而是看着厂长与齐航行,说,争议是正常的。毕竟这么一个大企业啦。你们先争,争好了,我们再谈。

厂长起身,对杜光辉说,杜市长,我走了。

杜光辉道,你……等看完嘛!

厂长已经出了门外。屋子里所有人都面面相觑,杜光辉也有些尴尬。他没想到局面会弄成这样,倒是黄总出来打圆场了:没事啦,杜市长。这样的人,要是在我们永力,只好让他停一停啦。这位……他看着齐航行,说,这位齐先生,我们很看重。杜市长啦,要是这次谈不成,我可要将他给带回去啦!

那可不行!杜光辉道。

谢谢黄总,我不会离开南州洗衣机厂的。齐航行也道。

黄总哈哈地笑着,说,好啦!你不离开,我就来嘛!

永力的方案很详细,当然,从利益角度看,是站在永力这边的。杜光辉看完方案,说,整体上我看可以。但有些细节还需推敲。

所以,我们要坐下来谈嘛!杜市长。

好。杜光辉对正在看方案的李明说,就由李主任代表,有什么问题及时跟我说。他又对黄总道,我期待着能够有好结果。等签了协议,我请唐铭书记陪你们喝酒。

李明留下来与黄总他们继续就方案进行斟酌,杜光辉却并没有回到政府,而是去了洗衣机厂宿舍。他找到了厂长。厂长还在生着闷气,杜光辉知道他既有委屈,也有耻辱,还有堪,毕竟自己是厂长嘛!一个企业到了需要求别人兼并重组的地步,你说,最难受的会是谁?一定是厂长。厂长见了杜光辉,说,刚才对不起市长,我也是一时激动。

我理解你的心情,你也是为了全厂几千号工人着想。这是一个厂长应该的。我理解。

其实,市长,我心里都明白,洗衣机厂拖到现在,已经是无路可走了。靠我们自己,再请政府投资,不可能。破产,所有工人都不同意。那只有现在这兼并重组的路可走。杜市长为此花了许多心血,我代表厂里的工人们感谢您。不过,刚才那方案看了,确实让我接受不了。我的心在滴血,滴血啊!

那方案确实有些问题。所以我让李明主任再跟他们谈。我们要理解永力,他们现在是兼并重组的主动方,他们提出一些有利于他们利益的想法,也是正常的。我看了下:核心问题是三个,一是企业的经营权问题。那是没有争议的。人家兼并重组了,投资了,人家当然得掌握着经营权。二是现有人员问题,他们答应解决一半,太少了。我们还要争取。三是政府投资问题,他们要求南州方面再给五千万的扶持资金,这个恐怕不行。

还有一条:保持南州洗衣机厂和南州牌洗衣机的商标,这个很重要。否则,我们这干了几十年的人,一下子就没了根。老总工昨天还一再叮嘱我,说怎么着都可以,牌子不能丢。

这个可以谈。

如果这些都能解决,我个人不需要他们安排。愿意要我,我留下来;不愿意,请市里给我随便安排个地方,我不给组织上添麻烦。厂长说,企业搞成这样,我也有责任,我得向市委、市政府做检讨。

那个,以后再说。现在紧要的是谈判。

杜光辉从洗衣机厂回来后,就到刘振兴市长办公室。刘振兴正拿着支毛笔在小桌子上摊开的宣纸上写字。一见杜光辉进来,他也没停,说眼看着就要退了,先得培养点爱好。别的也搞不了,这写字,人人都会,从小学就开始写。反正写给自己看,也不拿去展览。自个儿乐呗。杜光辉看了看字,也不算差,还是有些骨子和功底的,便说刘市长的字可不是一般地写字,已经上升到书法的高度了。刘振兴放下笔,斜着眼看了看自己的字,然后说杜市长这是鼓励我。估计再练个十年八年,会有点书法意味的。

杜光辉说要不了十年八年,估计三两年就能出来。接着,他就将洗衣机厂的事汇报了下。刘振兴听了情况后,马上问,能不能保留南州洗衣机厂主体,让永力来投资,拿股份,继续由我们来管理、生产、经营?

估计不行。杜光辉明白道,他们要兼并重组南州洗衣机厂,并不是一个单项行为,而是他们扩大产能的整体布局中的一环。近些年来,家电产业的主阵地在南方,随着南方经济的迅速发展,人力成本包括营销成本都在大幅增长。所以他们要重新布局,江南省,特别是南州,正处在中部重要节点上,是他们战略布局的关键。他们要兼并重组,南州洗衣机厂是最合适的选择。但是,他们不可能同意只投资不管理,这不符合他们作为一个现代企业的理念。所以,我将谈判重点放在品牌、工人与投资上。

看来,也只有这样了。刘振兴叹了口气,说南州的一些老工业都像那些树一样,落光了叶子。这个洗衣机厂,以前是明星企业,是南州的摇钱树;可现在它是个大包袱,也必须卸下来了,市里也驮不动了。这些年,每年财政都要拿出一大笔资金来维持。税收一分钱都没有。还有冰箱厂也是,杜市长啦,等洗衣机厂的问题解决了,冰箱厂的问题也要加快进度。背着包袱前行,那就是负重前行。步伐怎么可能快得起来?书记说东方电子来南州,会推进南州的整体提升。依我说,这内部现有的问题不解决,光靠外来的和尚念经,再念也念不出大名堂哪!我虽然在常委会上同意引进东方电子,但我还是有顾虑。发展的道理谁都懂,可是发展的方式值得推敲啊!

市长站位高。既要解决内部问题,更要请外面的和尚来念经。一内一外,双管齐下,或许可行。市长哪,洗衣机厂那边我先谈着,等最后定了,再提交政府常务会议。您看……

可以。

杜光辉以前在经济所工作,虽然也一直和基层打交道,知道些行政上的委婉与策略。但真到了南州,特别是在东方电子与洗衣机厂的事情上,他才真正看到了各种暗流。表面上,一切都是顺顺溜溜,但内在里有各种声音、各种意见、各种反对。如果说这些声音、这些意见、这些反对,都是明摆在桌面上,那就像做学问,一个个处理就好了。它们都在水面之下,时不时地冒个泡泡。你要想看清泡泡底下的人脸,它又消失了。一直到市委常委扩大会议召开后,关于东方电子的议论,才相对少了些。或许不是少了,正如唐铭所说,是他们看到市委的决心了。

市委坚持要上,必须要上,那么,再公开跳出来反对,难道还是他们这些久经沙场的官员的所为?

自然不会是。所以,渐渐地,声音就弱了。而弱,并不是彻底消失。他们正在等着看结果——要么是巨大的成功,要么是天大的笑话。

小王送过来一沓打印材料,对杜光辉说,市长,这是天涯论坛上关于南州与东方电子合作的帖子,我特地打印出来了,您先看看。

帖子盖了好几百层楼,满满的二十多页纸。从主帖的内容看,这发帖人显然对南州与东方电子合作项目十分清楚,帖子一开头就写道,二十一世纪以来最大的招商笑话也许将在中部地区的省会城市南州上演。这一句多么勾人,一下子让人有了阅读的欲望。接着,作者详细地交代了项目的情况,特别提到项目的合作方式:东方电子负责研发,而南州方面负责建厂。项目总投资一百一十亿,全部由南州财政承担。

帖子最后算了一笔账:南州一年的 GDP 是两千多亿,财政收入是二百四十亿。而维持全市正常支出的财政收入底数在一百亿左右;加上民生工程、基础设施建设、养老保险和其他综合支出,又少不了一百多亿。二百四十亿,仅仅是吃饭财政。现在却一下子拿出一百一十亿,是完全置南州市的正常运转与人民生活于不顾。帖子最后用了一个大大的红色的"赌"字,说南州市委领导就是在拿南州人民和南州的城市命运来赌。倘若输了,责任谁来负?谁又负得起?

作者最后一句是自问自答:谁也负不起。只有南州人民吃苦了。

这篇帖子一看,就出自文字老手,有事实,有数据,有分析,有结论,而且煽情。杜光辉在脑子里过滤了下,他想不出这会出自谁手。简主任吗?不会。简主任最起码的原则性还是有的,他有意见,可以提,不会采取这种网络的方式。那么,也许是政研室的年轻人所为。当然,更有可能是社会上的某些人所为。不管是谁所为,帖子的出发点是好的,对于一百一十亿的投资,审慎再审慎,严谨再严谨,这是必须的。

杜光辉把小王喊了进来,说,我先说个大概,你按照我的意思,写个回帖。第一,南州市对与东方电子合作的项目,十分慎重。在此之前,已经先后组织了三次高规格的专家论证,认为东方电子与南州的合作,可以有效改变南州工业经济的格局,提升南州经济的档次;项目建成后,可以成为千亿产业链。第二,为了合作项目,南州市委主要负责同志与东方电子进行了洽谈,专项工作组又就相关合作方式、目标等进行了多次磋商。项目要达到的目的是东方电子与南州双赢。第三,东方电子与南州市的合作项目,是在南州市思想解放大讨论的基础上,达成了初步共识。市委常委扩大会议进行了专门研究,项目最终将提交人大审议通过。

小王问,要给唐书记看吗?

当然。还要送给网宣办备案。

小王出去后,杜光辉看看时间也不早了,就打电话问李明:同永力谈得怎么样了？

按照市长的意见，基本上谈得差不多了。

有这么顺利？

他们内心里想要。但从谈判战略上，他们将要求提得很多。本来就是准备给我们一点点压的。现在好了，一、保留南州洗衣机厂的牌子和商标。二、原厂工人无条件接受。三、南州方面以现有洗衣机厂资产入股，不再另外投资。

好！很好。李主任辛苦了。

杜光辉也没想到谈判如此利落。他坐下来，喝了口瓜片，茶正出味儿，一寸寸地润入喉咙，既苦，又甜。他喝完一杯茶，便给唐铭书记办公室打电话。没人接。他便给唐铭发了个短信：洗衣机厂的谈判成了。

他们早就相中了，只等着我们嫁女儿。他们要的是姿态。唐铭回复道。

一语中的。杜光辉想，唐铭看得准，确实，从现在的情况看，永力是瞅准了南洗这个姑娘，但他不主动说，而是等着南州这娘家主动嫁女儿。这一招既显得谨慎又掌握着主动，不愧是大型企业。他又打电话问李明晚上安排在哪儿，他说，我要过去陪他们，借此机会，为南州再讨些利益来。

杜光辉乘电梯下楼时，正好碰见梁大才。梁大才说，听说杜市长正在忙洗衣机厂的事？有眉目了吧？

差不多了吧。杜光辉说。

梁大才说，那是大好事。杜市长为南州又立了一功。

谈不上什么功不功的，这事，都是有老底子的，无非是下个决心。杜光辉看见梁大才后面站着个女人，她正侧对着电梯门。

就是决心难下啊。梁大才叹了口气，突然像想起什么似的，说，孟局长，来，我介绍一下，这是杜市长，大学者。中科院经济所的副所长。

女人转过身来，刚一照面，杜光辉的心猛然提到了嗓子眼上。怎么会？怎么会？难道……？他感到自己的身子在发抖，但随即停止了。他笑了笑，女人说，我叫孟春。

科技局副局长,前些年才从南方调回来,博士。最近刚从党校学习回来。梁大才说。

啊!杜光辉移开目光。电梯正好到了一楼,孟春说,杜市长,我这博士与杜市长比,算不了什么。以后还请杜市长多多指教。

哪里,哪里。都是工作,都是工作。杜光辉赶紧跟梁大才和孟春打了招呼,说车子在等着,还有事。他出了门上车,又从车窗里看了眼孟春。太像了,真的太像了,甚至,简直就是一个人。但他知道,那是永远不可能的。田忆早在二十多年前就因为那场车祸而离开了人世。那么,这孟春为什么跟田忆如此相像?那长相,那说话的声音,那神情,真是太像了,太像了。

天地之大,难道真有如此巧合?

是缘分,还是天意?

十

市政府常务会议召开,洗衣机厂兼并重组方案很快获得通过。接下来,是签约事宜。

可杜光辉最近一直心绪不宁。

他感到时光在往回流转,许多往事如此清晰地在他脑子里回放。他想抑制,可是越抑制那些往事越汹涌。晚上睡觉时,他梦中一遍遍地在二十多年前的南州和科大校园里徘徊。图书馆,半球形的实验室,高大的樟树;逶迤向前的金水路,路两边的工厂,间或的稻田,炊烟,春水津公园,泚河……每一个地方,都能让他看见那个藏在他心底的影子。那影子是陪伴他三年的青春时光;那影子曾一次次领着他,在南州的街巷里街;那影子……田忆,田忆,这么些年,她从来没有像这次这样,如此生动而忧伤地站在他的面前。她似乎又一次复活了,又一次如此顽强、如此固执、如此可爱地望着他。

他也知道,这一切都源于他看见了科技局那个叫孟春的副局长。他半夜起床,喝着苦味的瓜片,他发现自己竟然哭了,脸上有泪水。他告诉自己:过去的永远过去了。田忆早已去往另一个世界。可是,可是……他无法解释这强烈的回忆之潮。他甚至专门到科大去转了一圈,那些新建的建筑竟然都在他的眼前消失,而他看见的依然是当年的模样。田忆离开的这二十多年,杜光辉当然也不止一次地想到过她。但大都在心里,默然地想。想过后,依旧被他收藏在内心深处。那里就是一个微小的花园,百花开放,而在其中行走的,只有田忆一人。当初决定到南州来,他无法否认与内心里这份情感有关。也许人总在冥冥中会去追寻往昔的影子,而事实上,能追到吗?你越追寻,越接近忧伤;越追寻,越接近幻灭。

但再心绪不宁,杜光辉还是主持了洗衣机厂与永力集团的签约仪式。唐铭书记亲自参加,洗衣机厂的很多老工人都等在签约大厅的门外,钱老主席来了,老总工也在。杜光辉进去时,老总工颤抖着白胡须,跟杜光辉说,这回,一定得拿下。杜市长,你再造了一个南州洗衣机厂哪!

话不能这么说,老总工。能签约,主要还是南州洗衣机厂的品牌效应和它的资产。这些,可都是包括您老在内的南州洗衣机厂的所有工人创造的。没有这些创造,人家也不会来兼并,更不会以现在这样的条件来签约。杜光辉说的是实话,他也一直这么想。而且,从洗衣机厂被永力兼并这件事上,他深受启发,他看到了冰箱厂下一步的走向。

为此,签约前,杜光辉向唐铭书记汇报时专门提到他的这个想法。南州上一代轻工业发展,留下了大量优质的国有资产。虽然现在受到市场环境和其他因素的影响,一些企业难以为继。但其资产与品牌,仍然是大笔的财富与下一步发展的根基。洗衣机厂能引来永力,这就是一个成功的范例。永力看重的,并不仅仅是南州的地理位置和市场,同时看重的是南州洗衣机厂的品牌与国有资产价值,他们来了,只要进行技术投入,就能盘活现有企业,立即进行生产。这跟白手起家开办一座工厂相比,无论是人力还是财力,都不可同日而语。更重要的是,他们同时获得了南州洗衣机厂的品牌和原有市场,这对于一个急于扩大市场份额的永力集团来说,何乐而不为?他们与南州的谈判,事实上就是个姿态。

这个,我知道。唐铭说,这更说明了,我们要以更开放的姿态来推进这些企业的改制、重组,尽快让这些国有资产能发挥效益,从而解决那么多工人的生活问题,使企业从市场定位、产品打造、品牌经营上都有一个飞速的提升。而这些,仅仅靠南州是不行的,因此,一定要借力打力,方能成功。

唐铭让杜光辉在南州洗衣机厂与永力签约后,组织一个专班,负责像冰箱厂这样的企业的兼并重组工作。杜光辉说我也正有这想法,建议将这个专班与其他相关专班合并,包括专门专责南州与东方电子合作事宜的专班,还有老工业改造专班、科技扶持企业专班等。这样既能节省人力,又能统一调度。

合并是个好方案。唐铭说,经济学家的思维就是不一样。宏观把握,微观行动,南州就需要这样的思维。

唐铭注意到了杜光辉不太好看的脸色,便问,怎么了?累了?

杜光辉没多说,只解释是失眠,其他的,能有什么事?

唐铭嘱咐他真的要好好注意休息。说杜光辉来南州,不仅仅是来工作的。南州要对他的健康负责。他建议杜光辉去省立医院查查,说,我给你介绍一下他们的主任,你回头过去全面体检一次。人到这个年龄,要注意啊!你看振兴市长,唉!

杜光辉谢了唐铭的好意,说等有空就过去检查。他心里清楚,却不能说。都快五十岁的人了,还因为二十多年前的初恋而辗转反侧,夜不能寐。这要是说出来,岂不让人笑话?而且,就是说出来了,也无法让人理解。何况引起这一连串回忆的,还是因为南州科技局的一名女副局长。

签约十分顺利,永力集团董事长叶总,典型的南方人,精明、开放。签完字,他握着唐铭的手说,从此,永力就是南州的企业啦,还请书记和市长多关照啦!

杜光辉打心眼里不喜欢听这长长的"啦"字,但现在,他听着格外舒心。他看见签约会场内的许多南州洗衣机厂的工人代表也都神情激动。毕竟这个老牌企业停摆得太久了。

叶总表态：三个月内，正式投产。

太好了。唐铭说，干事就应该有永力这样的气魄。永力是高效率的现代化企业，三个月内能正式投产，这将彻底解决南州洗衣机厂的困境，再造一个新的南州洗衣机厂。我们很期待！南州很期待！永力在南州，我们将做好服务工作。光辉市长具体负责这一块。同时，他也希望，叶总能借助自身和永力集团的影响，带动更多的南方企业来南州投资兴业。南州的政策是最好的，南州的态度是最真诚的，南州的服务是最到位的！

叶总笑着鼓掌，然后说唐书记这么重视、关心，永力和我就更有信心啦！我会把我那些搞企业的兄弟号召过来，南州是块热土，我们要抢占先机啦！

签约后，政协钱老主席上前来祝贺杜光辉办成了一件南州历史上的大事，好事。杜光辉说，这不是我一个人的功劳，是市委、市政府的集体决策。钱老主席说，我当年带领一班人建设洗衣机厂，当时那么艰难，很多技术我们都是通过摸索，一点点地攻关的。后来，厂子红火了，谁也没想到：它会衰败下去。我一直在思考：这样的国有企业有党的好政策，有好工人，为什么还会衰败呢？原因还是技术没跟上。这是致命点。人家永力怎么那么厉害？因为掌握了新技术、新工艺。所以，杜市长哪，我最近跟政协他们讲，要广泛动员政协委员，特别是科技界的政协委员，来讨论，来研究，怎么把南州工业的科技水平提升上去。没有科技，再好的机制，再悠久的历史，都不管用。市场要的是好产品、新产品。你到现在还在生产二十世纪的产品，谁要？杜市长，是吧？

谢谢老主席、老厂长的关心。您这话不仅对我有启发，对全市工作都有启发。杜光辉说，我们一定好好研究。

签约后本来准备了晚宴，但黄总找到杜光辉，悄悄说，我们叶总不太喜欢正式的宴会，他到每个城市，总要去吃那些小吃。他说小吃才是每个城市的灵魂。

这……可以啊，没问题。唐铭书记晚上不能参加。我来陪叶总去吃小吃。你和李明主任他们在这边。

那就好。叶总不喜欢人多。另外,杜市长请记着,叶总不太能吃辣。

放心,我会安排好的。

杜光辉其实也很想去南州街头,找个热闹地方,吃点有特色的南州小吃。他总认为,一座城市,既要有高楼大厦,有现代城市的气息,也要有小街小巷,有人间烟火的气息。现代气息与人间烟火气息纠缠、升腾,那便是一个城市应有的气息。而且,城市文化更多的就藏在那些小街小巷里,藏在那些方言小吃之中。叶总喜欢小吃,说明他注重看一个地方的文化。这含着烟火气息的文化,更能体现老百姓的需求,更能反映老百姓的喜怒哀乐。他想起自己刚来南州报到时,在城隍庙喝的老鸡汤。一想起来,他嘴里就有了老鸡汤的香甜。他带着叶总,还有小王,连同司机四个人直接到了城隍庙。他凭着记忆找到那家老鸡汤店。老板依然穿着白大褂,忙里忙外。他招呼道,老板,来四碗地道的老鸡汤。

先生是外地人吧?老板没看他,便问。

我以前是外地人,现在是南州人了。杜光辉说。

小王想上前去介绍一番,但被杜光辉制止了。杜光辉说,我几个月前曾到你这店里吃过,不错,味道好,地道,所以今天就带了朋友过来。

这时,老板才转过脸来,瞅着杜光辉,说,我有点印象。您那次还问老鸡汤的传说什么的,是吧?

哈,老板记性好。我确实问过。杜光辉说,你看看这街上还有什么南州的特色小吃,也给我们都弄点过来。

老板说,嘿,好咧,放心,我会让你们吃得开心的。

叶总说,杜市长对这里蛮熟悉的啦!

二十多年前,我在南州上了四年大学。

我看过杜市长的简历啦。科大毕业。后来在北京读硕,国外读博,回国后一直在经济所工作。几个月前,才由经济所副所长任上调到南州任职。杜市长,我记得没错吧?

没错。知己知彼,百战不殆。叶总深谙此道,让我敬佩。

也没什么敬佩的啦！我们做企业的,看起来是与市场与产品打交道,但其实还是与人打交道。正是知己知彼,才能百战不殆啦。最初办企业时,我也不太懂这些,是在多年的历练后,才知道这一点。所以现在,每次重大事项之前,我都做好功课。这是不是像杜所长您的经济学研究啊？

一个道理。不过,您这更深刻。

老鸡汤上来了,明亮且浮着一层浅黄。老板已经差人弄来了好几种南州特色小吃,像米粉圆子、米饺、烧饼、贡鹅、寸金、白切……一盘盘地摆上来,盘子是碎花的瓷盘,一摆上小食品,竟然有了天然的趣味。叶总说,好看的啦,一定也很好吃的啦!

那就吃吧。这里有些东西,像贡鹅,传说是五代吴王时民间特制进贡的食品;还有这寸金,说着,杜光辉拿起一段寸金,说,别看它只有一寸长,却是用十几种配料加工而成,有白芝麻、黑芝麻、油、米粉、糖、生姜、盐等等,工艺虽然不复杂,但要求精细。这是南州人每年过年时,家家必备的小点心,也是南州四大名点之一。还有这白切也是。

叶总尝了一口,说,地道。

杜光辉边介绍边吃,连小王都很惊诧:这杜市长哪来这么多的学问？居然连南州的小吃也弄得这清楚。

杜光辉重点介绍了老鸡汤,从原材料开始到鸡汤的制作,特别强调了细火慢炖,是制作这道汤的精髓。他笑着说,其实任何事都一样,只有慢慢炖,才能炖出天然的味道来。

老板也过来听杜光辉说话,等杜光辉说完了,他端着一大碗老鸡汤过来,说要给各位加,同时道,我记起来了,上次您来的时候,就问过不少。没想到,您比我知道得更多。我这做鸡汤的,看来得好好地向您请教。

术业有专攻。我也是现学现卖。做鸡汤,您永远是老板。

叶总喝着鸡汤,不时发出轻微的啧啧声,一碗喝完,又加了半碗。叶总道,这是我在其他地方没有喝到过的鸡汤。以后再来南州,还来喝。

杜光辉说,有永力集团南州洗衣机厂在这,叶总随时可以来,我随时奉陪。

听到南州洗衣机厂,老板又凑过来了,问,是不是给永力集团了?听说签约了?

你们都知道了?杜光辉问。

我内弟在那厂里。当然也关注喽。

是的。签约了。这位就是永力集团的老总。杜光辉刚说完,老板就道,我看着你们就不像一般的人,果然是大老板。这下,洗衣机厂有救了,我内弟也能上班了。我内弟在家都待两三年了,坐吃山空,快要撑不住了。这下好了,我马上给他打电话,保不住他会高兴得跳起来。

哈,杜光辉对叶总说,你看,这就是人民的意愿。永力来得及时啊,人民这么欢迎,多好!

那我就努力干啦!干好了,能多来喝这老鸡汤的啦!

临走时,小王付钱,老板却坚决不收。老板说,我代表南州人民,代表我内弟请叶总,行了吧?

小王为难地看着杜光辉,杜光辉说,那是两码事,钱必须收。心意,叶总领了!

第二天一上班,唐铭就打电话让杜光辉过去,他站在杜光辉面前,左看看右看看,然后说,我还真没想到光辉你这么有能耐,能把叶总陪得那么高兴。

怎么了,书记?

昨天晚上半夜,叶总给我打电话,说太高兴了。我问为什么高兴,他说你陪他吃了南州小吃。还说你们那杜市长真是个博学的人,有思想,有学问,南州有这样的官员,还愁办不好事情?还说永力来对了。他们会加大投资,尽快让洗衣机厂投产。你看看,你这临"宴"脱逃,还真逃出了一段招商佳话。

书记过奖了。叶总这样说,主要是因为书记对这个项目的关心。不过,叶总对南州印象很好。印象很重要,就像两个人谈恋爱,第一印象不行,后来再怎么着也别扭。

洗衣机厂这个头开得好。下一步,要盯着冰箱厂。另外,东方电子那边,还要及时了解情况。下周人大常委会研究合作事宜,你亲自报告。要讲高点,既要从宏观上讲,也要从微观上讲,让常委们都能接受。

杜光辉答道,我已经在准备了。

唐铭说到最近天涯社区热帖的事情,说总体上舆情把控得及时,也很准确。对于舆论,重在引导,而不是堵。不过,那个帖子也还提出了不少值得南州思考和注意的问题。如果南州的干部都像那个发帖人那样,善于思考和质询,那也是好事啊。现在,关于东方电子与南州合作的整体氛围,基本已经形成。思想解放大讨论也在全市上下基本达成了大发展大改革大跨越的共识。所以,现在将合作事宜提交人大表决,唐铭觉得是适时的。一等表决通过,立即就开始实施。财政那边暂时资金不够,他已经向省里汇报了,先向省财政借一部分。无论如何,这个项目都必须尽快上。

杜光辉也这么认为。他觉得项目如果能在年前签约,年后开始启动,那么到明年年底,就会有一到两条生产线投产,就有效益。不过,我还有担心,就是资金问题。要不要通过社会融资,解决一部分资金缺口?杜光辉道。

唐铭摇摇头,说他也想过社会融资,但很难。除了省财政借一点,市本级财政拿大头,要让宗一林那边也拿出一些来。他算了下,让宗一林拿十亿,是可以的。另外,五百亩建设用地,是现成的。可以先用,等企业有效益了,再补交相关税费。

杜光辉说,如果这样,可以省下二十亿的用地钱。

能省先省着。我看有很多人说,我们是在赌。的确是赌啊。光辉啊,我们就是这赌的发起人。我们都担着沉重的担子啊。我跟省委主要领导说,如果这项目失败了,我辞职。光辉啊,你也得有这准备。当然,我是坚信会成功的。

我跟着书记,既然赌了,那就赌到底,赌彻底!

好！用地的事，等人大定了，我就找宗一林谈。这个老宗啦，就是不能让别人占他一点便宜。试验区难道是他的？试验区是全市人民的嘛！唉，这个老宗！

杜光辉说，宗主任护着他的那些本钱，可以理解。不过，试验区的格局，随着东方电子的到来，一定要有所变动。现在的三个主导产业，其实都是落后产能，市场竞争力已经不行。我甚至有个长远一点的想法：洗衣机厂和冰箱厂的问题解决后，要动员他们到试验区建厂，在试验区建设新型的家电产业园。

下一步肯定要这么走。唐铭道。

李敬又约了杜光辉喝酒，说周末了，免得杜光辉一个人孤单。人一孤单了，难免会想事情，事情想多了，脑子就坏了。他在电话里打趣说，我不能让南州人民的杜市长脑子坏了。作为老同学，我有责任有义务帮助你。杜光辉也正好想跟同学们聚一次，最近，他脑子里一直萦绕着田忆的影子。甚至，他曾在梦里与田忆有过一次长谈。

田忆说，忘了我吧。每个人都有自己的新生活。

都二十多年了。我以为我忘了，可是，没有。我确实有了新生活，有了家庭，有了可爱的女儿，可是，这一切，都不妨碍我记着你。

那你的错误就在于重回南州。

也许是吧！也许当初真不该到南州来任职。南州，属于我们的共同的回忆太多了。

人不能活在回忆中。这二十多年来，你不是也生活得很好吗？还是要放下，放下，知道吗？你放下了，我才心安。

是的，我知道必须放下。而且，我已经放下了。我只是在心灵的最深处想你，爱你。在世俗的生活中，已是不着痕迹。

那么，你为什么耿耿于怀呢？

我也不知道。最近我老是失眠，老是回忆往事。我是不是老了？书上说,人老了,一个显著的标志就是活在往事里。

不是你老了,而是你其实并没有放下。

也许是吧!

田忆从梦境里渐渐逝去,一如当年她离开这个世界一样。

杜光辉赶到淮上酒家时,李敬和另外几个同学正在海阔天空地谈论着世界大事。这是知识分子的毛病——正所谓处江湖之远,则忧其君;居庙堂之高,则忧其民。他们不仅忧君,还忧民。他们能从历史一路谈过来,一直谈到现在;又从现在谈过去,一直谈到美洲、欧洲、非洲,甚至遥远的拉丁美洲……他们思想的足迹遍布这个世界,横跨时空。这是知识分子的可爱,同时,在一些黑暗的朝代,则是知识分子的悲哀。

当然,现在,李敬他们赶上了一个开明的时代,他们议论、忧虑、思考、建言。他们是时代的中坚,又是时代的最踏实的建设者。

见杜光辉进来,李敬拿出另一位同学带来的老酒,说,今天晚上光辉要多喝几杯。

为什么呢?杜光辉问。

庆祝一下你为南州人民做出的巨大贡献啊。我们在座的各位,可也都是南州人民啊!

有何贡献可庆祝?

永力集团进驻南州,东方电子与南州的合作即将开始。这不值得庆祝吗?

那是。你们都清楚?谢谢你们关注了。

李敬说,南州这路走得对。南州就应该进一步敞开胸怀,接纳吸引更多的企业来南州投资。通过外来资本与技术,促进本地企业的发展和提升。

李院长一下说到了点子上。杜光辉说,我也希望这是个良好的开端。

酒菜上来,每个人都先喝了三杯,说这是南州的规矩。谈到喝酒的规矩,杜光辉说到他的博士导师。导师平时爱喝酒,但酒量不大。每年都有一个日子,导师总要请学生们到家里喝酒,而且必须喝醉。结果,每年那个日子,从导师家出来的学生,一个个酡红着脸,走路歪歪斜斜,嘴里胡言乱语,或者高声唱歌,或者醉倚街头,可谓是洋相百出,丢脸到家。包括他,也醉过两次。一次醉后就在导师家的大门前睡了一个小时,另一次酒醉后倒头睡在导师的床上,一直到第二天天亮。

这导师也奇了怪了,是不是年轻时吃过酒的亏?

那倒不是。

那为啥要这样整自己的学生?

大家尽管猜,却没有一个猜对。结果还是杜光辉说了:导师说,你们做学生的,做学问的,一年中的大部分时间都钻在书籍之中,板着脸,冷着心。这不好! 所以,一年中我选一个日子,大家开怀畅饮,一醉方休。醉过了,就舒畅了。舒畅了,一切就明白了。

导师真是用心良苦。李敬说,这样的导师,是个好导师。不仅教人学问,还教人宽心。而这红尘滚滚之中,宽心比做学问更难。多少学问大家,一生心思郁结。其实,那还是哲学的问题。学问最高的境界,便是哲学,便是天人合一,随波赋形。

李院长说得好。大家都觉得李敬说得在理,因此又都干了一杯。

李敬说光辉来南州后,尽心做事。我们这些大学同学要义不容辞地帮助他,为他出出点子。我最近一直在想,还是上次光辉和我讨论的话题,南州最大的优势是什么? 如何抓住优势,乘势而为? 我还是相信自己的判断:南州最大的优势是科技,是人才。

我同意。

我也同意。

李敬说,我想搞个课题组,专门来研究一下。大家谁愿意参加,可以参加。不过,我先说清楚了,是无偿的、义务的。

就算是为光辉同学出力。义务就义务嘛。赶快组织起来吧。

杜光辉很是感动,说,我也不能让大家都义务了,到时请大家多喝茶,也像我的导师请喝酒一样,不醉不归。

酒越喝越沉静,其实都是做学问的人,大家再怎么放得开,喝酒还是掌握着分寸的。李敬敬了杜光辉一杯酒,说,我想起一件事来,你们到东方电子去谈合作,你可知道东方电子的首席总工是谁?

是谁?

是科大毕业的一个学生,博士毕业后,在三十八所待过一段时间,后来不知怎么被东方电子给挖去了,现在成了首席总工。光辉啊,南州人跑到滨海去引进新技术,却不想那技术人员就出自南州。这或许就是当下全国人才大流动的一种现象吧?

这种现象值得南州反思。等东方电子合作签约后,我会重点抓这件事,到时,还得请李院长和各位老同学鼎力相助啊!

酒后,大家找了个茶馆喝茶。酒到微酣,茶正好有味。杜光辉接到茹亚的电话,茹亚劈头盖脸地问道,你给可心灌了什么迷魂汤?她现在眼里都没我这个做娘的了!你要是这样,你回来管她啊!你躲在南州算什么?

你这……?茹亚,我在外面,等我回去再打电话给你,好吗?

好什么!别打了。我话说完了。茹亚啪地把电话挂了。

茹亚声音很大,杜光辉也没来得及回避。李敬他们其实都听见了,但是,大家都装作没听见,继续喝茶,继续聊着世界大事。临走时,李敬说,老弟啊,也得常回北京看看啦。现在这个社会,人心都是一天天地在长,长着长着,就越来越隔了。即使夫妻,也不例外。这也是大事啊!

谢谢兄长。杜光辉感到嘴里有一口酒,正冲破刚才的茶味,要汹涌出来。他赶紧关上车门,嘱咐司机:走吧!走!

十一

阳光很好,照在明月湖上,波光潋滟。湖岸边的树木,即使是在冬天,也依然顽强地挂着些半绿半黄的叶片。这些树和叶片倒映在湖水里,如同一个个潜入水中的精灵。杜光辉边沿着湖岸散步,边看着水中的这些精灵。它们与湖水融为一体,似乎藏着万千心思,又不经意地透出万种风情。

上午因为要开人大常委会,专题研究东方电子项目的事宜,杜光辉要亲自向人大常委们报告,所以杜光辉起得早。他吃了早餐后,就赶到了政务中心。这时候,还不到七点二十。他便到湖边走了一小圈,然后往回走。经过广场上的沙地时,他看到那个男孩子的沙雕好像比往日更大更高了。所有来广场的人都呵护着这沙雕。或许,每个人的心里也都有过属于自己的沙雕吧!只是那个男孩子将它垒了起来。在清晨的阳光中,沙雕发出隐隐的金红色。杜光辉眯着眼,那些沙雕里的建筑、电线、道路、无人机……都好像鲜活了起来。它们在动,在飞,在行走,在奔跑。他想哪天如果碰见那个男孩子,他会让孩子在沙雕上增加洗衣机、电冰箱,还有未来的显示屏……

风吹过来,阳光也震颤了一下。杜光辉抬起头,阳光炫目。他边走边想着来南州快半年的时光。总体上看来,一切还是很顺利的。他也很快地就融入了南州这边的氛围之中,特别是南州洗衣机厂兼并重组成功,加上东方电子即将落户。倘若不出意外,明年这个时候,东方电子南州工厂的第一条生产线或许就将投产。一个经济学者,半道出家,来出任南州这个省会城市的副市长,虽然从表面上看,他是因为唐铭书记的邀请,但骨子里,杜光辉知道,这缘于从小父亲就教导他,好男儿要有干一番大事业的雄心壮志。这也许就是理想主义者的光辉吧?这光辉,时时地照耀着他。他来南州,应该也是一次理想主义者的壮举吧。他既然来了,就必须干点事,干成事,干好事。

现在,至少有了个可喜的开端,接下来,杜光辉想起唐铭书记办公室里的那两句唐诗:乘风破浪会有时,直挂云帆济沧海。他又想起小时候邻居老大爷常常站在枣树下大声甩出的那句京腔:哈哈哈,好哇!

手机振动了下。杜光辉拿出一看,是小王。

小王语气急促,如同被人攥着,说,杜市长,有情况了。

什么情况?杜光辉心想,能有什么事?

一批老干部到市委这边上访来了!小王说,一大早,这些老干部就过来了,他们一定是约好了,有十几个人。里面有人大、政协的好几个老领导,还有省直单位的几个老领导。他们现在正在李杰秘书长那儿,指名要找您和唐书记。

啊。知道了。杜光辉刚才还灿烂的心情,这下子沉了下来。老干部们点名要见唐铭书记和他,那指向就很明确了,肯定是因为东方电子项目的事情。在此之前,唐铭书记已经安排过一次专题活动,请市人大和政协分别召集老干部,征求他们对东方电子项目的意见。活动中,老干部中也确实有不少反对的声音。他们的担心,同在职干部们的担心其实是一致的,就是一百多亿的投资,风险太大,如果失败了,南州经济将会跌入深谷。与其拿着南州的身家性命去冒险,不如退而求其次,引进一些相对稳定稳健的项目。唐铭书记委托人大和政协的领导,专门给老干部们做了解释,说明东方电子项目对南州经济发展格局开拓的重要意义,同时也给老干部们算了笔账,一百二十亿的投入,将来是一千二百亿的产值……老干部们当时似乎都接受了。可现在……杜光辉感到自己有时候还是以学者意气来揣测事情,往往把结果都往好的方向想,往坏的方向想得太少了。快到政务大楼时,他接到唐铭的电话。唐铭让杜光辉就在办公室里,不要过来,老干部这边,唐铭说他来和他们解释。杜光辉说,我还是过去吧,这事前前后后我最清楚。唐铭有些火了,说,你是个挂职市长,冲锋还轮不到你!

原定八点半召开的人大常委会只好改成了十点。

杜光辉站在窗前,他感到今天的茶叶比以往多了一点苦涩。他想象着唐铭书记给那些老干部的解释。怎么解释呢?说是南州经济发展的需要?那么,怎么化解风险?其实关键是要解决那一百一十亿。一百一十亿,它牵涉到南州的方方面面。怎么让老干部们信服并且相信和支持市委的决策?

唉,难哪!杜光辉觉得这比写一篇宏观经济学的论文更难。他当初决定来南州时,岳父曾告诫他:基层工作与经济研究是完全不同的两个战场,要有不同的思维、不同的应对方式、不同的战略,更要有不同于一般人的智慧。杜光辉心里相信唐铭是有着极高的政治智慧的,就从他不让杜光辉去见老干部看,唐铭是胸有成竹的。

半小时后,小王进来说老干部们现在都安静了。一开始来时,老干部们说话都激昂得很。杜光辉问,唐铭书记说什么了?小王说,唐书记在给老干部们算账,一点点地慢慢算,算得很细,算得很认真。杜光辉问,怎么个算法?小王说,我就听了一点,唐书记反复强调一百一十亿是三到五年的投资。说乍一看确实是接近南州一年财政收入的一半,但并不是一年之内就要投入,而是分成三期。一期的投入是四十亿。市本级财政拿二十亿,省财政支持十亿,试验区投入十亿。如果能顺利建设,一年后第一条生产线就可以投入生产。一条生产线年产值就能达到一百五十亿,南州财政仅此一项就可以增收十几亿。这增收的十几亿,就是第二期项目的投资。杜光辉听了,觉得唐铭书记这账算得确实细,确实过硬,有说服力。这些老干部毕竟都是担任过领导的人,他们会理解,会懂得的。杜光辉看看表,已经九点多一点了。人大那边打电话过来,问这边情况怎么样,说这边老干部们的情绪,一定会影响到人大常委们的情绪,那随后的表决,会不会……?杜光辉说且等等吧,快了。

九点五十,李杰秘书长过来通知杜光辉按时召开人大常委会。杜光辉问,老干部们都走了?李杰说,大部分走了,被唐铭书记的算账给弄明白了。而且,唐铭书记明确表态:东方电子项目一天不成功,他就一天不离开南州。东方电子项目所有的责任,由他来承担。杜光辉心想:一个市委书记的敢于担当,就在这关键时刻突显出来了。他问李杰,你刚才说的是大部分,难道还有……?

是啊,还有一小部分老干部,坚决不同意,说要到省委去上访。

啊!杜光辉叹了声。他仿佛看见一条奔涌的河流,奔涌之中,总有一些巨大的石头拦在河水之中。河水奔突,石头坚硬。这就像人类的进程,没有斗争也许就不会前进。

人大常委会最终以五十一票同意,十四票反对,两票弃权,通过了关于南州市与东方电子合作的决议。这个结果,其实早在投票之前,杜光辉便有所预料。但是,在会议前,他心里打鼓了。他怕老干部们这一上访,会影响常委们的决策。为此,他认真做了准备,甚至做了最坏的打算。他在给常委们报告时,详细分析了东方电子与南州合作的必要性、可行性,同时,强调了南州工业经济现在所处的环境、劣势,对南州与东方电子合作可能带来的一系列变化,当然,他也现学现卖,按照唐铭书记给老干部们的算账法算了一回账。最后,他用了三句话概括:调整南州工业经济布局,促进南州工业经济升级,提升南州工业经济品质。常委们在杜光辉报告后,按照惯例进行了询问。询问激烈。个别常委甚至要求市委将项目投资的情况在日报上刊登,请全市人民讨论决定。杜光辉说,任何决定,既要民主,也要集中。他对项目的了解与把握,也让常委们看到了一个学者型副市长不同于其他官员的一面。

投票表决时,杜光辉如同第一次上轿的新娘,他无法看清轿帘之后各位常委会投下什么意见。他到走廊上转了一圈,又跟几个常委讨论了下东方电子与全国显示器产业。常委们也是做足了功课,说出来的都是行话。这也可以见出东方电子项目对南州上上下下的震动。重新开会后,人大常委会主任拿着投票结果,望了望杜光辉。杜光辉从他的眼神里能看出:常委们选择了支持。果然,票数一宣布,赞成票超过了百分之七十五。大家鼓掌祝贺。杜光辉说,要祝贺的是南州,从此将有千亿产业了。当然,这还是万里长征的第一步,我们还将扎实工作,争取尽快让项目落地。

杜光辉现在深切地感到:"千亿产业"这个词很动人,它不再是一个冰凉的词,而是一个有温度有希望有力度的词,这个词正在向南州走来,并且很快就会在南州的怀抱里生根、开花、结果。

杜光辉第一时间就报告给了唐铭。唐铭先回了一个笑脸。接着,唐铭道,就在人大等着,我让司机去接你。

有什么事吗?杜光辉问。

你等着。

会议刚刚结束,杜光辉一出会场,就看见司机在等他了。他问,去哪里?

去省立医院。司机说。

去医院？谁说的？

李秘书长亲自吩咐的，说唐书记都已经给专家打过招呼了，要给杜市长做一次全面体检。

啊！杜光辉想起来了，唐铭书记确实说过。既然都安排好了，那就只好去检查。其实，杜光辉不太喜欢体检。在所里每年一次的体检，他是隔一年去一回，而且差不多都是在茹亚的催促之下去的。每年检查，基本结果都一样。他血压有点偏高，那是遗传。他父亲有严重的高血压，听他父亲说，他祖父也有严重的高血压。那么，到了他这一辈，他血压不高，那就不太正常了。

路上，杜光辉想到茹亚。前天晚上打过电话后，茹亚再也不接他的电话。他打了多次，都被她拒绝了。他反复地想着：跟茹亚怎么走到了这一步？似乎有些突然，但又是一天天慢慢积累，到了必然的地步。人到中年，他身边有好几对夫妻分手了。他原来也不甚理解。在情感上，他是一个相对传统的人。这来自母亲对他从小的教诲。特别是可心出世后，杜光辉时常觉得家就是一个稳定的支撑，需要的是平常的温暖，而不是波澜起伏。或许，他这种想法是错误的，但是，他觉得这是真实的，也是朴素而真诚的。

车子到了省立医院，唐铭约好的教授已经在等着了。杜光辉说，其实，我真的不必检查，没问题的。

教授说，我知道杜市长没问题，但检查一下总是好的。人到了这个年龄，每年一次的体检是必需的。我都安排好了，您配合就行。

谢谢。配合，配合！杜光辉确实配合，这是他的特点。在学术上，他从不含糊，坚持独立；但在做人上，他喜欢中国传统文化中"和"的概念，和为上，能不争则不争，能配合则配合。

前几项检查，包括 B 超、CT，一切都正常。另外一些，杜光辉心里有把握，应该也无大碍。全部检查完，他谢了教授，正要上车离开时，手机振动了。在京的同学，其实也是茹亚的同事老秦没头没脑地问了句：最近跟茹总怎样啊？

老秦,怎么突然问这个?

你先告诉我——怎么样?

还好。

别骗我了。能还好吗?说真话,光辉,我也是忍了一段时间了,觉得还是得告诉你。

什么事,搞得这么神秘?杜光辉心里咯噔了一下。

你真不知道?

真不知道!

那好,我可说了。老秦还有些犹豫。

杜光辉道,说!我扛得住。

其实也不是什么扛不扛得住的事情。我也是听公司里其他人说的,说茹总跟我们美国总部的一位分析师好像走得很近。最近,那位分析师还专程到中国来看望茹总。茹总也专程去美国看望过他。

啊!杜光辉倒吸了一口冷气。

当然,这都是别人告诉我的,我没亲眼看见。本来,这事不能乱传的,但我想我们是同学,这事不能不让你知道。有,则抓紧处理;没有,则引以为鉴吧!

好的。谢谢老秦。我知道怎么做。

你一定别犯浑。这事,要好好谈谈。茹总也许是一时糊涂。

我知道了。放心。我会处理好的。谢谢老秦啊!

不谢。下回去南州看你。

杜光辉心里仿佛有块石头,原来一直悬在黑暗之中,想象得到,可是根本看不见。现在,这石头直接冲了过来,就明晃晃地悬在头顶上。他想推开,石头却顽强地悬着。他脑子里一阵晕眩,只好扶着车门。司机问,杜市长,怎么了?要不要再上去?

没事。可能是低血糖了。

杜光辉上了车子,闭上眼,茹亚变幻成了无数个茹亚,在他脑子里飞速地旋转。她越转越快,终于飞出了他的脑子,进入了他看不见的虚空之中。他先是极力向茹亚伸出手,想要拉住她。但随着茹亚越飞越远,他只能无奈地看着她。等到茹亚完全消失在虚空中时,他听见了可心的哭声。可心站在高处,看着这一切,她泪流满面,哭着,喊着,手伸向茹亚离开的方向。他走上去,想抱住可心,可心却挣扎着,递给他一幅被撕碎了的全家福。那是可心十岁生日时,他们一家的照片。照片上,可心依偎在他们之间,幸福得像朵花儿……

一切隐约可感,一切又猝然到来。杜光辉想哭,但他忍着。他没有回办公室,而是让司机直接送他回了警备区宿舍。他给唐铭发了个信息:一切都好。然后,就进屋蒙头睡下。他极力压抑着自己的哭声,他知道一个中年男人的哭是多么让人揪心,但他还是得哭。他不明白自己跟茹亚为什么会走到现在这境地。虽然情感的事,即使是夫妻,也不可能得到解释,但他真的希望此时有人站出来,给他一个能让他平静下来的答案。

当然,他更知道,这个答案是没有的。至少,现在没有。

哭完了,杜光辉起床洗了把脸,去警备区食堂吃了午餐。江政委正好碰见,说,很久没见杜市长来吃饭了。

最近忙。杜光辉回避着江政委的目光。

忙好啊。听说洗衣机厂签约了,东方电子的事人大也通过决议了。

是啊,上午刚通过。

南州是要有这些大动作。我从南方调到南州来,三年了,总感觉到这个城市太安静了,没什么大起大落。人要安静,但一个城市这么安静,却不是什么好事。杜市长,你说是吧?

是啊,确实需要点动静。

我有个侄子,科大博士,毕业时,我劝他留在南州。他倒好,说南州这么保守、安静的地方,不适合年轻人在这干事,然后跑到南方去了。唉!

他说得有道理。杜光辉说,干事创业需要一个环境。南州现在确实还有问题。不过,会一步步好起来的。

政府办公楼上,每天除了早晨上班后的个把小时之外,其余的时间,走廊上虽然人来人往,但都是小声的。办公室的门也大都闭着,除了开会,这里很少见到三五成群的人在说话。

杜光辉进了办公室,小王就问,听说杜市长去体检了?

是啊,去了。

都很好吧?

没问题。

我也觉得杜市长没问题,典型的知识分子形象。

这跟知识分子形象有什么关系?杜光辉笑道。

小王也笑,说,我觉得知识分子形象,就是健康的形象。

这两者是不同的,一个是精神上的健康,一个是身体上的健康。

杜市长太哲学了。小王说,不过,我挺喜欢哲学,大学时,还选修过一年的哲学。

哲学是一生的事情。杜光辉问,这两天有什么事没有?

事情倒是没有。啊,科技局的孟春副局长来找过你,说要给你送一份调研报告。我让她直接留下了,放在您桌上。

孟春?杜光辉心里一震,他赶紧坐到桌前。调研报告很厚,像一本大开本的书。封面上写着"南州科技与经济发展的调研与研究"。真是个大题目啊!敢对这个大题目下手的人,一定也是个有气魄、不简单的人。他估计这应该是个团队的集体成果,这个团队最大可能是外请的专家团队。因为以前自己在经济所时就曾带过好几个这样的团队,为十几座大中型城市做过经济方面的整体研究,有的最后还正式出版了论文集。他翻开封面,里面是环衬。他心想:还真够认真的,像模像样。再往下翻,是书的扉页,上面写着书的题目,同时在下面有一行字,作者:孟春。

难道这是孟春一个人的调研报告?一个人承担这么大题目的调研,那呈现的到底会是一份怎样的报告呢?

杜光辉来了兴趣,他起身喝了口瓜片,然后又续了水,对外间的小王说,我上午要看材料,一般情况下就不要打扰了。

这一看就是一上午。杜光辉虽然没有一个字一个字地全部看完,但大致内容和报告的精髓都看了。他有一种想给孟春打电话的冲动,他想告诉她:这是他到南州以后所见到的最有质量的一份调研报告,而且,对南州经济发展的针对性、迫切性和及时性的认识,都十分到位。他要向唐铭书记推荐这份调研报告,同时,争取向全市的领导干部推荐这份报告。

杜光辉喊小王进去,问,这孟春局长以前做过这方面的调研?

不太清楚。我没看过。她是前几年从南方调回来的。据说她家在南州。其余的,没问过。至于调研报告,我没看过。怎么了?

写得好啊。杜光辉说,调研得也很充分,直视南州的问题,而且提出了思路与方案。

现在这样的调研报告太少了。小王感叹:我到办公室来这么些年了,也没见几份像样的调研报告,除了政研室拿出的材料外,现在大部分单位都人浮于事,真正能沉下来搞调研的、写材料的少之又少。

这是个问题。要倡导干部多调研、多写材料,这是培养干部的好途径。毛主席以前就是这么倡导的。唉,可是现在,都丢了啊!

中午在食堂吃饭,正好遇见了唐铭。唐铭说,我听小江说这两天你在警备区那边休息,体检怎么样?

没什么。就是有点头晕,老毛病。正好原来有篇给刊物的论文要发表,发表前再修改一次。所以,在那边休息了两天。不过,这一来上班,我上午就读到了一篇好文章。

什么好文章?也推荐推荐嘛。

就是南州干部写的,确实很好,是一份有分量的调研报告。

谁写的,能让我们社科院经济所的大所长这么赞赏?快说说看。

孟春,科技局的。

就是那个从南方调回来的副局长,是吧?

就是。

下午让人送我看看。是关于什么内容的？

关于科技与南州经济发展的探讨。很扎实,很有思想。下午我让小王送给您。

中午,在办公室的行军床上,杜光辉辗转了很长时间,一点睡意也没有。他脑子里再次浮现起田忆的画面。他闭着眼,想进入梦乡,然后同田忆说话,但他无法做到。即使有一瞬间真的进入了梦乡,也不像以往那样能见到田忆。他想了想：自从那天田忆与他在梦中对话后,她就再也没有出现在他梦中了。他清醒的时候可以想,闭着眼睛可以想,躺下时可以想,站着时可以想,但梦里再也无法见到。难道真如田忆所说,要永久地离开了。他耳边仿佛还有田忆的话：我不能再跟着你了。你必须过你自己的生活。

半梦半醒之间,杜光辉看到了另一个田忆,那是孟春。

孟春正站在电梯里,朝他笑着,说,杜市长,我这博士与杜市长比,算不了什么,以后还请杜市长多多指教。

真的太像了,太像了。而且这两个人的名字,似乎也有某些关联,一个叫田忆,一个叫孟春。她们都是南州人。难道她们是姊妹？或者其他？不可能,不可能的。杜光辉否定着。两个人虽然都是南州人,又长得异乎寻常地相像,可是两个人的姓不一样,一个姓田,一个姓孟。他摇摇头,起床,站在窗前。明月湖在冬天的景象,与秋天又有不同。绿轴大道的绿更加单薄了,但依然有。这些年,由于科技与天气变化,大量的植物由南往北迁移并逐渐适应。一些原本只能生长在南方热带或者亚热带的植物,现在在中部地区,甚至更北一点地区,长得相当茂盛,花开得也相当艳丽。绿轴大道上的很多植物,就是南方植物,它们学会了耐寒,即使在冬天,也依然绿着,开着各色花朵。从窗前看,湖水清冽明亮,甚至有些清寒之意。这是冬天应有的景象。再过半个月就是春节了,一年将尽。杜光辉觉得这一年相对来说还是比较充实的,但同时也是十分特殊的。这一年,他来到了南州;这一年,他看见了与茹亚之间的裂痕;这一年,女儿可心收到了男孩子写的信;这一年,南州洗衣机厂正式与永力集团签约;这一年,东方电子与南州的合作即将正式启程。这一年,有欢乐,有痛苦,有爱,有恨,但都是他自己的。冷暖自知,他望着湖水,感觉时光正沉入湖水的深处,而一些该走的必将要走,一些该来的必将要来。

想着想着,他便有些豁达了。

唐铭很快打来电话,说,确实是篇好报告。我做了批示。这个孟春不简单,很有头脑,很有见地。

我也觉得是。杜光辉说,这个报告我觉得可以给全市的领导干部学习参考。

我同意。唐铭说。

另外,唐铭道,省纪委下午给我来电话说接到了对东方电子与南州合作的举报。因此,这签约的事,暂时停一下,等纪委查过后再定。我让纪委的同志快查,我说,我们想在年前签约,作为送给南州人民的新年大礼。他们答应了。

还有这事?杜光辉惊道。

什么事都会有。我有准备。

是谁呢?举报有什么意义?都举报些啥了?

这个,我也不清楚,也没问。光辉啊,不要激动。人家有意见,通过正常渠道举报,是合法的,要尊重他的权利。纪委明天可能就要过来调查,肯定会找你询问。我觉得,这也正好是一次机会,一次向纪委同志宣传这个项目的机会。这么大的项目,走点弯路,正常。好事多磨嘛!

书记这么一讲,我倒是放心了。杜光辉嘴上这么说着,心里却真的有些不是滋味。他回想了一下,围绕东方电子项目,南州这边还真的演了一台大戏。先是试验区的宗一林主任,他是明着提出反对意见,再是刘振兴市长,还有天涯社区的帖子,这些其实都在明处。还有很多暗流,那是无法让人看见却最有破坏力的。刚刚,人大常委会通过了引进东方电子的决议,这边,省纪委就开始了调查。杜光辉此时想到了一个词:艰难。这就是所谓的艰难吧？绝不仅仅是唐铭书记那一句"好事多磨"能解释得了的。他甚至感到：东方电子项目的引进，犹如一场春潮，澎湃浩荡；而同时，另一场浩大的潮水也在汹涌。这是一场看不见的力的角逐，意志的激荡，前行与保守的斗争。如果说在人大常委会通过后，杜光辉看见的是一派光明，那么现在，他觉得晴朗的天空上正翻滚着乌云。他甚至有些迷茫了。有那么一瞬间，他甚至问自己：来南州，是不是真的是个错误？引进东方电子，是不是真的失策了？

唉。杜光辉叹了口气。而窗外的明月湖，此刻也似乎在回应着他，那湖上正腾起一层雾气，朦朦胧胧。湖水被雾气笼罩，一时间，变得无限空荡与苍茫。

小王从唐铭书记那里将孟春的调研报告拿了回来，唐铭书记做了一页纸的批示，提到要兴调研之风，兴思考之风。要立足南州实际，多开展此类调研，多拿出有真知灼见的好报告。他在批示最后提出要求：十八大提出要以科技引领经济发展，南州在这方面才刚刚起步。大块文章，有待全市上下共同书写。全市的领导干部要认真学习和思考，并结合本地本部门实际，开展南州市情大调研活动，寻找差距，反思不足，提出思路，加快发展。

简主任很快就过来了，杜光辉给他递了支烟，他点着才道，市长啦，我可是挨了批评了。

挨批评了？怎么回事？

怎么回事？还不是孟春那调研报告的事。简主任将烟狠狠地吸了一口，烟立即就陷进去一半。他并没有将吸进去的烟直接吐出来，而是闷在肚子里，过了好一会儿，连杜光辉看着都着急了，他才长长地吐出一大口烟气，然后道，我可真将报告看了，书记批评得对。这报告确实写得好。没想到孟春这小女子还有这一手。只知道她是个博士，没想到文章也写得这么厚实。

关键是调研到位。她做的功课，远远超过她的文字。

那倒是不假。不瞒市长说，现在我们写个调研报告，往往就是在现成材料的基础上,选一两个点去看看,然后就闭门造车。即使有点观点,那也不是从调研中得来的,而是从其他报告中学来的。

杜光辉觉得简主任说的是大实话。他想这大实话背后也有客观原因,但主要还是主观原因。所以唐铭书记批示要大兴调研之风,真的十分有必要。他指着材料对简主任说,你看看孟春这个报告,材料翔实,观点扎实、新颖,具有极强的针对性和可操作性。这样的报告,唐铭书记喜欢,是正常的。南州每年如果能出十个这样的调研报告,那对南州的宏观发展的决策引领,将起到重要的作用。

简主任继续抽着烟,摇着头,说,市长哪,不是我们不想搞这样的调研报告。现在,你也知道,事务性工作太多,我们也是忙于应付。以前,搞调研可以深入基层住上十天半个月,现在哪行?不说十天半个月,三五天都不行。

杜光辉想想也是。大家都在忙事务性的工作,谁还能沉得下心来,扎实地到基层搞调研,写报告?他觉得有必要给各级各部门来个建议:以后让政研室,包括各个部门的政策调研机构,从事务性工作中解放出来,一心一意搞调研。当然,也得有任务,要能出高质量的调研报告。事实上,一篇高质量的调研报告胜过千军万马,对决策的指导作用相当重要。像新华社他们搞的内参,对地方工作的影响力就相当大。很多正确的决策,都源于真实的调研与高屋建瓴的批评。

简主任说,这建议好,如果真能让我们从事务性工作中摆脱出来,我就敢保证:我们也能拿出像孟春这样的调研报告。

好!杜光辉又递给简主任一支烟。简主任将烟在手上慢慢地拢着,凑近来问,听说纪委要来查东方电子的事?

你听谁说的?

嘿嘿,这事整个大楼都传开了。杜市长啦,现在这世上哪还有不透风的墙啊!我想了下,他们查什么呢?也没什么可查。程序合法,无懈可击。至于项目将来,谁敢打包票?是不是,杜市长?

项目的未来,一定是很好的。这我有信心!至于纪委查,那也是接到举报,必须要查。查了才好,查了就更加透明,有利于项目的推进。杜光辉说着笑了笑,说,简主任将来要写南州工业史,这个可得记上,而且要大写特写一笔。

那是。可惜我写不了。我这支笔一辈子就注定是现在这样子了。记得小时候,我上学时作文写得好,语文老师说我将来会成为一个作家。可现在,作家没当成,却天天在文字堆里纠缠。不过,想想两者的意义,却大不相同。作家是要流芳千古的,而我们这些笔吏,不仅流不了芳,甚至会背一世的骂名。

不要这么悲观。文字各有不同。作家是作家,搞政策研究同样能出好成绩。国家的很多宏观政策,往往就是来源于一两篇政策研究的文章。倘若政策研究能为一个地方的发展做出决策参考,那也是功莫大焉!

市长这么一说,我心里好受些了。简主任咧着嘴笑着,因为烟不离嘴,他一口黄牙,闪着幽暗的光泽。他一边吐着烟雾,一边关门离去。小王进来,将窗子都打开了,说,简主任这人什么都好,就是烟瘾太大。而且不管在什么场合,他都要抽。

他就那么一点爱好,要再不让他抽,他可能真的一个字也写不出来的。杜光辉道。

十二

纪委没来,蒋峰却气喘吁吁地找过来了,他一进办公室就问杜光辉:上次我们请市长协调一下资金,不知可有着落了?我们现在可是到了关键时刻,资金要是跟不上来,就可能前功尽弃。

杜光辉抬头看着他,他感到才短短的一个月不到,蒋峰有些变了。憔悴?劳累?还是心累?反正给人的感觉就是一个一直在路上跑着的人,那种疲倦是由里到外的,浸润着整个身心的。他并没有急着回答,而是问蒋峰是不是太劳累了,说干一个企业不容易,但无论多么艰难,身体第一,然后他才说,银行的事,我一直记着,只是最近因为洗衣机厂和东方电子的事情,太忙,没顾得上。这样,我明天就给相关银行说说,看看能不能拆借一些资金。同时,我跟振兴市长商量下,看能不能从市级发展资金中拿一点出来支持。不过,这都需要一个过程。

蒋峰说,谢谢市长关心,最近因为资金,还有技术攻关的事,大家都在拼。至于身体嘛,没事,我们都是吃过苦的人。资金这一块,我们只有依靠市长您了。我们也是真没什么办法了,自筹的资金用完了,最近一段时间,又向同学和朋友们拆借了几百万,眼看也快要用完了。我感到很内疚,我那两个同学要不是我,也不会跑到南州来干这无人机,他们也没有想到会陷入资金这个无底洞里。唉!我觉得对不起他们,可是,现在让他们退出,更不合适。

我理解。你们无人机进展到哪一个阶段了?

试验机已经开始组装,即将开展飞行试验。我们原计划明年底出商品代成机,现在想提前一些,当然,是在保证质量的前提下提前。

很好。我一定尽力。

杜光辉晚上参加一个接待任务,吃完饭后回去时提前下了车,他想随便走走。分水岭上的冬天比往年似乎温暖了些,虽然也下了两场雪,但都是雨雪,这对一个生活在北方的人来说,简直不叫下雪。杜光辉喜欢的是那种银装素裹,大雪满天。小时候,一逢下大雪,父亲就喜欢带着他跑到郊外。那真是一片大好河山啊!父亲站在雪地里,高声吟诵毛主席那首著名的词作:

  北国风光,
  千里冰封,
  万里雪飘。
  望长城内外,
  惟余莽莽,
  大河上下,
  顿失滔滔……

父亲吟诵到此,往往会停下来,思绪仿佛沉入悠远,然后接着吟诵。父亲的声音越来越大,情绪也越来越激昂,终于,父亲仰天长叹道,

　　俱往矣,
　　数风流人物,
　　还看今朝!

父亲意犹未尽,站在雪地里,仰头向上,同广大的雪野融会在一起。幼小的杜光辉被父亲这激昂和慷慨的情绪给震撼了,他也用童声诵道,

　　俱往矣,
　　数风流人物,
　　还看今朝!

一切历历在目,可杜光辉已人到中年了。一切俱往矣,可风流人物何在?

再过十几天,便是新年了。按照放假规定,得到春节才能回去。但唐铭书记说了:像杜光辉这样的家在外地的干部,如果没有特殊情况,可以提前两天回去。因此,他打算腊月二十八回北京。前几天,可心已经在电话里问他了,说回来时能不能带些南州特产,特别是那个瓜片。他回答说,特产可以,瓜片没有。瓜片是大人喝的,小孩子家家的,要瓜片干什么?

最近,他和茹亚如同两只风筝,各自飘飞,谁也没有向谁主动靠拢。特别是同学打电话后,他甚至想直接飞回北京,去当面问问茹亚。可很快,他否定了自己这个冲动的想法。他想好了,春节回北京,与茹亚好好谈谈。情感上的事情,他不勉强。如果茹亚真的已经另有状况,他便成全她。小时候,母亲就对他说过:强扭的瓜不甜。既然不甜了,坚持还有什么意义?只

是苦了可心。想到这,他又矛盾了。

天灰蒙蒙的,这是又要下雪的前兆。杜光辉看着天空,心想:如果一场雪能覆盖这天底一切的烦恼,那该多好!

一场大雪,真的赶在年前到来了。

雪落无声,但雪落有形。无声的雪,从高空飘洒而下;有形的雪,将六角形的花瓣,悄悄地铺满大地。仅仅一夜间,杜光辉早晨醒来,便感觉室内光线有别于往日。他拉开窗帘,啊,好大的雪啊!他像一下子回到了童年。每回下雪,他总有回到童年的感觉。

在南州他不是第一次看到落雪。二十多年前,他也曾看过落雪,而且是和田忆一道。他们在雪地里行走,用手掌接着雪花,看雪花在手心里慢慢融化成水。天、地、雪、人,几乎成了一体,苍茫世界,只是他们两个人的了。

田忆离开的时候,也是一个雪天。消息是一个同班同学告诉他的,说田忆出事了。他蒙了下,打了这同学一拳。同学喊道,是真的。田忆,就是那个给你在图书馆占位子的田忆,出车祸了。那天,他的心在无限的疼痛与愧疚中滴血,他疯狂地在雪地里跑了一整天。黄昏回来时,他似乎看见田忆正站在校园的路灯下,等着他……

北方雪多,北方雪大。每至下雪,杜光辉喜欢领着可心去堆雪人。想到雪人,他便想起政务广场上的沙雕。啊,他记起来了,那个男孩子说他的爸爸在造无人机,难道他是蒋峰的孩子?他想起蒋峰说他的公司就叫任我飞。

任我飞!好名字。天高任我飞,这是多么有豪气与自信啊!

真的不容易。杜光辉想:三个海归,立志要创造中国制造的品牌无人机,而且要站到世界前列。这是一种责任,一种担当,而绝不是他们一时兴起。现在,他们严重资金短缺,这事一定得解决。杜光辉打电话让司机不要来接他了,他一个人走到政务大楼。

雪踩在脚下,发出清脆的响声。雪打在身上,像一些薄薄的安静的睫毛。雪,到底来自哪里呢?杜光辉想到昨晚临睡前,他看到一篇关于量子的文章。那篇文章说按照量子学说,一个量子,总能在另外一个地方,捕捉到一个相同的量子,从而两个量子之间产生纠缠。其表现为同一性。这看起来多么神奇。杜光辉突发奇想:这世界上是不是还有另外一个杜光辉?而那另外一个杜光辉,此刻也行走在雪地里,看着天空被大雪一寸寸地铺满,或许那个杜光辉也正在想着:这世界上是不是还有另外一个杜光辉?

想着,想着,就有些乱。忽然,他的思绪又回到了田忆身上,从田忆,又幻化到了孟春。

净瞎想!快到政务大楼时,他骂了自己一句。

瓜片喝到正好,杜光辉叫来王也斯。

王也斯端着个小茶壶,慢条斯理地走了进来。杜光辉看着他这样子,就像看见古时候的一个私塾先生。杜光辉笑着说,你这身上,有些古气了。

哈,平时身上都是臭气,这下雪了,天地干净了,再配上这小壶,便有了古气。这不好吗?

好,当然好。杜光辉上前看看王也斯手上的壶,说,有年头了。

我也不知道有多少年头,反正我太爷爷以前用的就是这壶。我爷爷以前用的也是这壶,后来,我父亲用的还是这壶。我现在用的还是这壶。

说得多绕。看来是传家宝,得好好收着,值大钱呢!

值不值钱不知道,但这物件,可是我太爷爷的爷爷传下来的,当年他到景德镇挖窑泥,挖了半辈子,临回江北时,窑主人送了他这只茶壶。茶壶底下还有印,我查了下,可是大师之作,叫陈荫千。你看看。王也斯将茶壶举起来,杜光辉低了头去看,当然看不清楚,但他道,是有,是有。好好留着,再过一百年,会成稀世珍宝,那可就真不得了了。

王也斯说,不留了。我决定到时候把它带走。我的爷爷们可是想着它呢!

哈哈……杜光辉笑笑,心想这王也斯也真是个有意思的人。他将主题转到正题上,问,听说政府出台过一个关于扶持中小微企业的意见,是吧?

我让小王找了找,没找着。

有过,去年的。有些优惠政策,可惜后来兑现得不充分。

有政策,怎么兑现得不充分呢?

这里面原因很多。比如银行那一块,中小企业很多缺乏担保基础,而现在,没有担保,银行不可能给你贷款。还有就是财政这一块,按照原来的文件,符合条件的都可以扶持,而如果真的都来扶持,那将是一笔相当大的数额。所以,文件出了门,执行就一直拖下来了。

这不严肃!政府文件,既然出来了,就要执行。

理论上是这样,但实际工作中,特别是我们基层,很难做到。

杜光辉沉默了下,让王也斯将文件找出来,他得好好看看。王也斯端着茶壶,喝了口茶,听得见他喝茶水的声音,就像北京城的鸽哨,回环,有韵致。

不到十分钟,王也斯又端着茶壶进来了,他手里拿着份文件,问,是不是有企业找来了?

杜光辉点点头。

中小企业难缠得很。杜市长这么忙,如果有需要,可以交给办公室来办理。

好的。我先看看。

文件是份好文件,对扶持中小企业做了详细规定,包括金融机构如何扶持,财政如何扶持,科技如何扶持,等等。杜光辉看完,便拿起电话,给市工行的行长打电话。行长磨蹭了一会,杜光辉在电话这头似乎都能看见肥胖的行长,肥嘟嘟的手正捻着支烟,眼望着天花板,然后迟缓地接了电话。当行长一听是杜光辉时,他肥胖的身子立刻绷紧了,脸上也堆着笑,虽然没人看见,但笑还是那么到位。行长道,杜市长有什么指示?我们欢迎市长到行里来检查指导。

指导就不必了。我看了下南政字第32号文件,是关于扶持中小微企业发展的意见。你也应该看到过吧?

这个,这个,看到过,看到过!

那好。上面的扶持政策执行得怎么样啊？南州这么多中小微企业，工行理所当然地要加大扶持力度。可是，我下去看了下，很多企业反映到你们那里贷不了款哪，有这事吧？

没有，绝对没有。只要符合条件，我们就应贷尽贷。那些说没贷到款的，估计是有担保问题，或者其他问题。具体情况，要具体分析。

那好，下午你跟我一道去看个企业。三点，我在政府等你。

行长倒是准时，三点，上车，直奔试验区而去。车子出了市区，很快就上了前进大道。杜光辉正在盘算要不要跟宗一林联系，宗一林的电话却来了。宗一林咳嗽着说，不好意思，感冒了，杜市长，听说大驾光临试验区了。

杜光辉心里吃惊，即使他上次已经领教了宗一林灵敏的嗅觉，但宗一林能在这么短的时间内，准确地掌握他要来试验区，这人的能量还是令他刮目相看。他答道，你怎么知道？刚到前进大道，正要打你的电话呢。

哈，哈哈，宗一林一边咳嗽一边笑着，说，哎呀，杜市长到了试验区，我要是不知道，那是我宗一林的失职。谁让我在试验区干了一辈子？这么说吧，就是一只鸟飞过试验区的天空，我宗一林都能感觉得到。不过，今天真的不好意思了，陪不了你——重感冒。

啊，听得出来。那就赶紧休息吧。我也正好到任我飞去看看。

任我飞？宗一林问，试验区的企业？是不是那搞无人机的？

就是。宗主任记得准。

那个不行啦。三个年轻人捣鼓了这么长时间，连个无人机影子也没弄出来。市长，你去看啥？

我们只是去看看。好了，你休息吧！

杜光辉心想：这宗一林难道在政府布置了眼线？否则，哪能这么快就知晓他和行长到了试验区？简直……不过，话又说回来，作为南州试验区一把手，宗一林倒也算是尽职。他对区内企业的熟悉程度，已经到了随口能报的地步。这也是十分不容易的事情。杜光辉看过宗一林的简历，这人是南州试验区初建时的功臣。那时候，宗一林是市委办的副主任，带着一班人，硬是在一大片农田上建立起了南州试验区,又想尽办法招来了一批批企业。不管那些企业是不是像化工园区那样需要淘汰,但都是能给试验区给南州带来财政收入的企业,都是曾经为南州经济发展做出过贡献的企业。

任我飞在前进大道往西走的路口再往里大约半里地。一排标准化厂房,他们是第三个。厂房前有一片空地,空地往前,有一座稍稍高于其他标准化厂房的房子,杜光辉觉得那应该是试飞房。从小杜光辉就对飞机十分熟悉。他们家离机场不远。各种各样的飞机,从机场起飞,或者飞到机场降落,到了他们家的上空,无一例外地都要降低、减速。银光闪闪的机身,就好像在头顶上,感觉一伸手就能够得着。有一年,有架飞机不知怎么的,就在机场边上掉下来了,火光冲天,整个那一片地区都被照亮。有人说,就是那架直升机,我刚刚看见它从我们屋顶飞过去。因为天天看飞机,听飞机的声音,杜光辉对飞机本能上有一种亲切感。他认定那高些的建筑是试飞的地方,还真的给认对了。蒋峰他们正在试飞车间试飞。三台无人机,两架稍大些,依次飞上了建筑的穹顶,然后盘旋,下降,再升高。接着,另外一架小些的,也开始飞了起来。它灵活地穿梭在两台大些的无人机之间,左右穿插,上下腾挪。三台无人机飞了十来分钟,然后再降落下来,稳稳地落在平台上。蒋峰这才上前,对杜光辉道,市长,您过来也不事先说声。好在今天我们正在试飞,您正好赶上了。这三台无人机,是我们即将定型的。在三轮试验并校验后,就将进入批量生产。

我看挺好的。稳定性强,噪音也小。杜光辉接着给他们介绍说,这是市工行的行长,是特地来看看你们这无人机研发的。

行长斜看着蒋峰,只是礼节性地点了点头。

蒋峰说,我见过行长,我去工行找过您。

找过我?

一共去过两次,找您申请贷款,您没同意。

杜光辉听着,便圆了句:今天就是为你的贷款来的。有什么要求?说说。他心里想:这些海归的年轻人,到国内来办企业,拿着国外那一套,这怎么行？学会与政府部门、银行部门打交道，也是一种办企业的需求。看来，下次得好好给他们培训培训。

蒋峰说，市长和行长都看见了，我们的无人机即将批量生产。但最后的试验与校验需要一大笔资金，而我们确实已经弹尽粮绝，真的快走投无路了。如果银行现在能贷给我们两千万，我们就能保证在五一前拿出商品代无人机，十一前正式上市。

好。杜光辉说，无人机生产，科技含量相当高。国际上，韩国和日本是无人机生产大国。国内虽有生产，但基本上都用于农业和特种行业，在其他行业运用不多。这一方面是因为我们某些技术尚未过关，另一方面也与我们的量产不足有关。行长，在南州把任我飞打造成中国无人机生产的品牌，你有信心吧？

好啊。行长的肥脸抖动了下，显然有些勉强，但是答应得还是很干脆的。

杜光辉说，那刚才小蒋说的两千万，要不要再具体考察下？

当然。行长说，两千万也不是个小数目，我明天让信贷中心的人来具体考察。

那也行。但是，今天请行长先看看，了解了解。这样的企业不容易。

刚才一直给杜光辉介绍的蒋峰，这会儿将另外两个合作伙伴也做了介绍，说，他们哥们儿，被我从欧洲给拉了回来。老李，老秦，他们是目前国内无人机核心技术最过硬的两个研究者。

老李和老秦两个人都戴着眼镜，而且是高度眼镜，一圈一圈的，像挖得很深的钻石井。老李伸出手，跟杜光辉和行长都握了下，然后便退到一边。显然，他是个不善言辞的人。老秦刚才一直盯着行长，这会儿，他同杜光辉握了手，却没再动弹。蒋峰说，行长，老秦上次也去找过您。

啊，啊！行长有些尴尬。

杜光辉道，银行有银行的规矩，你们做企业的也要理解。这样吧，先到车间去看看。

一长排的标准化厂房,被隔成了两半。前半段是生产车间。中间有一个办公区。过了办公区,是研发区。十几个年轻人正埋头在里面干活。杜光辉感觉到这里虽然很静,但生机勃勃。蒋峰不断地向行长介绍着相关情况,行长却有些心不在焉。

一圈看下来,大家回到办公区喝茶。蒋峰亲自泡茶,泡的是工夫茶。先洗茶,再用紫砂壶冲泡,泡好后,再倒进每个人面前的小杯里。茶汤微黄,蒋峰说,这是铁观音。

行长喝了一口,说,茶不错。

蒋峰说,我以前学过茶道。可惜,中途废了。

杜光辉也喝了一口,味道比瓜片还要重。他慢慢地将茶润进喉咙,然后道,蒋总,回南州来搞无人机,现在不后悔吧?

我个人不后悔。可是,我觉得对不起我这俩哥们儿。

老秦说,说不后悔是假的,有时还真后悔了。我们没想到回来后,南州既无资金支持,也没有多少可用的人才。企业一开始有三十多人,现在跑得只剩下十几个了,还有人正在申请离开。

他们都去哪了?南州难道真的一点优势都没有?那你们当初怎么选择了回南州?杜光辉问。

都去了南方。条件更好,收入更高。至于当初我们回南州,一方面是觉得国内现在都在搞科技创新,我们应该会获得支持。另一方面,我们看重南州在全国独一无二的优势,那就是科技。我们很多的技术,在科大和中科院的院所都能寻求合作。这是最大的优势!

说得太对了。杜光辉说,你们看准了,南州最大的优势就是科技。我们有科大,有那么多中直院所。现在,又有了你们这些海归人才。南州下一步,重点就是在科技上发力。科技转化,科技产业,南州制造,一步步来,不愁南州经济搞不上去。他转身对行长道,因此,像任我飞这样的中小微企业,一定要大力扶持。他们就是南州经济发展最活跃的一分子,也是推动南州经济转型的生力军。

蒋峰说，我们真的想成为最活跃的一分子和生力军。我们这一代人，也不说什么科技报国的大道理，可是，我们真的是想做点事情，出点成果，有点贡献。

老秦道，可不能让我们成了干旱天池塘里的鱼啊——涸死了。

不会的。杜光辉道。

行长问，两千万下去，什么时候能回来？

如果顺利，两年到三年，我们可以还清贷款，实现盈利。

那……太长了吧？

长吗，行长？老秦有些火了，说，我上次去找您，您说这样的企业没前途。现在，当着市长的面，又说什么太长了。请问一下：工商几十上百亿的贷款，一定都比贷给我们更优良？

蒋峰按住老秦，说，他这人直性子，不会说话。行长，请原谅。

行长说，没事。有市长在，能有什么事呢？

行长显然话里有话，但杜光辉在，他也不好说出口。杜光辉说，知识分子有个性，可以理解。但以后还是要多体谅银行和相关部门的难处。并不是所有问题都能靠市长来解决的。问题能不能解决，最后还是得靠行长的支持嘛！

离开试验区后，杜光辉跟行长说，那些年轻人说的话，别当真。不过，给任我飞扶持的事，我可要当真。

行长说，市长这是命令啦。不过，那几个海归的年轻人也确实不容易的。明天，如果审核没问题，我争取在年前给他们一千万。

市长办公会后，刘振兴让杜光辉去一下他的办公室，说有事要商量。

杜光辉先回自己的办公室，回了几个刚才开会时没接的电话。有底下县区的，有老同学的，还有一个是蒋峰的。县区的事情，他简单地说了几句。老同学无非是请喝酒。他说最近真的没时间，等年后，再好好聚聚。蒋峰很是高兴，说银行的一千万到账了，还是要感谢市长的亲自关心。杜光辉说，我希望以后少一些这样的关心。其实,你们企业搞成这样,是我这个分管副市长的失职。我们没有给你们服务好。

蒋峰说,就冲着杜市长,我们也得尽快让无人机量化达产。

杜光辉想起,那天蒋峰的脸色还是不太好,便又叮嘱了句,让他注意休息。事业要干,但事业也不是一蹴而就的,得慢慢干。

最后回的电话是宗一林的。宗一林声音豁亮,说,果真是市长,一下子就搞来了一千万。我怎么着也得感谢感谢杜市长啦。市长面子大,为这事,我可是找了几回银行,也没搞成,我这老脸就差被他们晾成鱼干了。

杜光辉听着宗一林半真半假的话,心想这老宗,也有被人晾的时候,便道,这次主要是碰上了个机会,银行正在开展扶持中小微企业专项活动。

宗一林没等他说完,马上便说了一圈:哈,光辉市长,你难道不清楚?什么活动不活动的?银行是老子,企业是孙子。现在,虽说行风转变,可是,你想他手上的钱,不还得求着他,看他脸色?我可听说,那天到无人机公司,行长甚至也没给市长好脸色。那太不像话了嘛!要是我在,我非撑他不可。

是吗?我怎么不知道。杜光辉说。

宗一林又是哈哈笑了两声,这笑声里竟然有烟气。他说杜光辉是市长,市长大肚能容,倘若换了他宗一林,那可不行。他好像隔着电话攥起了拳头,说,我会不让他再进试验区。银行算什么?银行多的是!

回完了电话,杜光辉便去了刘振兴办公室。刘振兴正在低头批文件,见他进来,便让秘书关了门,从桌后的椅子上站起来,拉着杜光辉坐到沙发上,说,纪委的调查结束了,知道吧?

不知道。

啊。看来,书记还没来得及跟你说。纪委主要定了两条意见。

两条意见?

一是通过调查,在东方电子与南州合作项目上,没有发现任何违规违纪行为。二是通过座谈了解,南州市在引进项目等方面,可能存在形式主义和盲目倾向,希望引起高度注意。就这两条,都很有原则性。

杜光辉并没有感到轻松,只是应付着:啊。很有意思啊。特别是第二条,形式主义和盲目倾向,很有意思。

刘振兴有些神秘且含蓄地说,是很有意思。不过,也给我们提了个醒。求大求新,求成绩,都是对的,没有错。可是,确实也得量力而行,不能搞形式主义啊。更不能盲目,盲目害死人啊。

杜光辉没有回答。其实,上周,纪委找他谈话,反复问他的也就是这两个方面的问题。他先还耐着性子一条条地回答,但后来终于没忍住,差一点儿发火了。他问纪委的同志:我们甘愿冒着这么大的风险,引进东方电子项目,到底是为了什么?难道是为了我们个人?为了荣誉?为了政绩?都不是。我们是带着一颗滚烫的心,为着南州的发展,而将个人的荣辱放在一边,从而承担起这样的历史重任的。难道我们什么都不做,做一天和尚撞一天钟,就算是尽职尽责了?纪委的同志也不反驳他,也不评论他,只是说我们就事论事。我们的工作目的就是廓清是非。请相信,我们也同样期盼着南州的快速发展,经过调查,我们会给出一个公正的结论的。现在,当刘振兴给杜光辉说出纪委的结论时,他竟然一点也没感到意外。他换了话题,简单地说了下任我飞贷款的事。说这些中小微企业太不容易,要真正用心去扶持。他建议刘振兴市长有空去任我飞看看,他说,他们在海外,可都是事业有成。现在回到了南州,却处处被掣肘。如果我们不能帮助他们解决问题,那会让他们寒心。那以后,谁还会来南州?他们可都是真正的高科技人才啊!南州目前缺的,不正是这些人吗?

刘振兴眯着眼,杜光辉发现市长的眼睛更小了,而且有些散光。刘振兴笑着道,任何事,得一桩桩地来。一桩桩地来嘛!

杜光辉出了刘振兴市长办公室,心情却真的有些激动了。刚到南州半年,就被纪委查了,这难道不叫人激动?从读书到现在,快三十年了,他从来也没有被任何一级组织调查过,更别说被纪委调查。虽然,他心里知道,这举报上访的人,可能也是出于公心,他们确实是担心东方电子与南州合作的前途,毕竟是一百一十亿嘛。可是,纪委一查,总叫人有瓜田李下之嫌。他闷着头坐了十几分钟,直到东方电子的陈总打来电话,说江南省纪委有人找他们了解情况,他们都做了认真的回复。现在,就是刚才,他们收到江南纪委正式给东方电子的复函,说举报的事情经查证,属于不实举报。高董知道这事后,说江南省纪委的做法很好,为好人澄清,这是相当有力的证明。高董同时还说,既然有人举报,说明东方电子落户南州的事,还有相当大的阻力。而他就是一个愿意直面阻力的人,他更理解了唐铭书记和杜光辉市长的决心与压力。越是这样,越要迎难而上。他嘱咐如果你们准备好了的话,最近几天就可以去南州签约。

杜光辉这回更没有想到:这举报上访的事,竟然牵扯到东方电子。唉!好在江南省纪委及时做了澄清说明。而回过头来一想,塞翁失马,焉知非福?这一举报一调查,反而促成了东方电子落户南州。他很爽快地答道,行!我马上来安排。

这算是这个落雪的下午,杜光辉感到最舒心最快乐的事了。

雪到黄昏时渐渐停了。杜光辉正想到政务广场去走走。他想看看大雪后的明月湖。

小王走进来,提醒他:晚上科技局有个接待任务,省科技厅的王厅长来南州了。地点就在政务食堂。时间是六点半。

啊,差点忘了。杜光辉说,一下午两头忙,瞧这记性。

小王说,市长的事情太多了。何况最近又有纪委调查的事。不过,市长,有一句话不知该说不该说?

说吧。

其实,纪委查一下,也没什么。我们这楼层里,几乎所有领导都被纪委调查过。特别是一些想干事的领导。越想干事,越容易被人盯上,被人举报。现在,纪委是实名举报必查,而且必须回复,所以查得更多了。这次这事,我觉得查一下也好,正好向有关方面做个说明。南州的很多干部也更清楚了:这事经过纪委调查了,没问题。那么,他们也就真放心了。

说得在理。小王哪,我倒不是怕他们查,我是觉得做事难。

我听市委那边的人说,唐铭书记为这事,到省纪委专门做了说明。唐书记说,如果这个项目有问题,那么,首先由我唐铭负责。杜光辉同志是来挂职的,他的一切行为,都是在我同意之下进行的。

啊!

杜光辉知道唐铭在这件事情上一定会出面说明,但没想到会这样将责任一个人扛上。好在调查后一切无事,但是,他从心底里更加敬重唐铭了。一个市委书记,领导着南州这样的一个省会城市,要保民生,还要求发展,诸多艰难,诸多不易。唉,作为副职,只好鞠躬尽瘁,努力把事办好、办实、办得让所有人放心。他看看时间,到了六点二十,便往政务食堂那边走去。路上,雪已经融化了。可见即使是下雪天,气温还是很高。雪存留不住,更别说积得多厚。但绿化树和路边上,还是有一片一片的积雪,在夕光之中,有些耀眼,似乎是一个个调皮的孩子,从门后伸出光洁的额头。他看着,心里想笑。他想到可心。可心和他一起垒雪人时,总是要让他照着她来垒。第二天早晨,天还没亮,她就急着爬起来,跑到门外去看雪人。回来,她会学着雪人的样子跟杜光辉说,爸爸,雪人昨天晚上又胖了一圈。我决定:今天不给她吃了,让她减肥……

政务食堂到了。上楼梯时,杜光辉听到前面有人说话,是孟春。那声音像唱针,刻在杜光辉大脑这唱片上。他犹豫了下,停了下来。直到声音又上了一层楼,他才慢慢地往上。到了包厢前,他又停了下,站着,舒了口气,才用力推开包厢的门。

十三

杜光辉没有想到,高大为董事长竟然直接给他打来电话,说,东方电子与南州市政府战略合作的签约仪式争取在年前举办。年后,东方电子将有一个环球行系列活动,到时,他还要带队到欧洲去宣传、推介。杜光辉说,前几天跟陈总联系后,我们就着手在准备了。现在,一切就绪。真的抱歉,因为中间出了点事情,所以才停顿了下。

抱歉什么？事情我都知道。这么大的项目,如果风平浪静的,那还真的令我担心。南州那边有争议,有上访,有举报,这都正常。事情搞清楚了,我们就可以放开膀子,使劲干！杜市长,我刚才还谢绝了一个城市的市长,我可是把宝都押在南州了哇！高大为说,任何事都不能拖,我是农民出身,我知道种庄稼就得守得住家时。办企业也一样。杜市长,尽快吧！

感谢高董。我马上给唐铭书记汇报,争取尽快签约。

杜光辉放下电话,就离开办公室。到唐铭书记办公室去的电梯上,他想:这东方电子看来真的与南州结缘了。这高大为董事长,虽然喜欢将农民这身份挂在嘴上,但行事作风是地地道道的现代派。高董说,如果真的风平浪静了,那还不一定是好事。这话其实也说出了高董本身的慎重与担心。他也希望南州这边能统一思想,将来南州工厂建立起来了,也有个更好的发展环境。但说到底,还是人的因素。做任何事,特别是大事,地理优势和硬件优势当然重要,但最重要的还是看这里的人。人是第一生产力,更是第一情感力。情感力是很多事情成功的内在因素。只是在很多时候,大家匆匆忙忙,忽略了它罢了。

唐铭马上拍板:就周二。腊月二十六。也算是给南州人民的一份新年贺礼吧！

行！

唐铭又叮嘱杜光辉要专门开个会,方方面面的工作都要筹备好。高董他们来了,签约后要让他们再看看南州。看什么？以前,来人了,都是去看金河,看春水津公园,看三河古镇。这次当然也还要去看,但我们要有新的眼光、新的视点、新的亮点。他让杜光辉再找人好好研究下,看看用半天、最多一天的时间,南州到底还能看什么？要发现新亮点,或者新的潜力点。

杜光辉建议去看科技,看科大,看物质院。这是南州藏得最深的宝贝,现在也该拿出来亮亮相了。何况科技具有唯一性,对于高董这样一个高科技企业的董事长来说,或许也正是他的兴趣所在。

唐铭若有所思。

杜光辉继续建议说重点看一府一岛。一府，是指科大，科大是著名的高等学府；一岛，当然是指董铺，它本来就是个岛。这两处地方都很值得看。中国很多顶端的高科技都在这里。

好。唐铭也觉得高董是个有独特眼光的人，让他看一府一岛，比看一般的老街、小吃肯定要好。

杜光辉很快召集李明、梁大才和接待办负责人开会，同时邀请了新闻办负责人。他将任务一一分解，各司其职。特别强调新闻办要提前介入，从现在起，就开始介绍南州市政府与东方电子的战略合作，对合作的意义、方式、效益以及对南州整体经济发展的影响，要通过多种方式进行报道。通过报道，让老百姓都知道这个项目，都关注这个项目，都理解这个项目。新闻办负责人领了任务出来，见到王也斯，说，杜市长还真有新思路，项目还没签约，舆论先行了。

那是对的。先敲锣打鼓，再正式开场，这其实是传统的架势。杜市长这是古为今用哪。高，高！

高吗？秘书长你不知道他这一高，我们可要多忙好几天呢。

王也斯抿了一口茶水，笑笑，说，干去吧，杜市长的要求可是很高的。何况，这也是南州近些年来最大的一个项目。大事，可不能干出问题来了啊！

会议之后，杜光辉带着李明和梁大才先去科大。

科大，一说到这名字，杜光辉的心里就有丝丝缕缕的颤动与疼痛。车子进了门，早些年的门前大道变得更宽了，两旁的绿植在一场大雪后，没有倒下，相反变得更加翠绿。科大的蒯校长在办公楼前等他们。下了车，杜光辉也没上去喝茶，就直接道，我们马上要和东方电子签约，估计校长也知道了，那是个百亿项目，最近舆论也炒得厉害。

蒯校长说，知道，我们还特地搜集了有关资料，做了些简单的研究。我很佩服南州这一届领导的大手笔。蒯校长说，以前，南州来人，从来没想到要到科大来。这回，怎么了？不会仅仅因为杜市长是科大校友吧？

以后来看科大将是常态。杜光辉说，这跟我是不是科大校友无关。换了其他人,也会这么安排。我们反复权衡后觉得,科大,科技就是南州的亮点,真正的亮点。客人来了,不把最好的菜端出来,那不叫好客。南州是好客的城市,所以,我们要把最好的亮点端出来,让他们看得满意,看得动心,看得难忘。

科技有什么可看?蒯校长笑笑,无非是实验室加实验室,大装置加大装置。既不经看,更不能吃。

那可未必。实验室和大装置,就是最大的亮点。当然,还有那些科技工作者。我来南州后,就一直想,南州最大的优势是什么?后来,李敬院长跟我说到科技,唐铭书记又一再谈到科技。所以上午我向唐铭书记汇报时,灵光一现,南州最大的优势不就是科技吗?蒯校长,我们为什么放着这最大的优势不抓,而要到处寻求南州的优势呢?

蒯校长道,杜市长这么一说,我觉得倒也是。南州无论从地理、文化与经济实力来看,目前都没有什么特别的优势。但是,科技,确实领先于全国其他大多数城市。南州有科大,有中科院的许多院所,有很多世界知名的科学研究与科学装置。而且,还有一笔最大的财富就是:南州有众多科学家,其中院士就有近百位。这还了得?南州是全国高校最集中的城市前五名,南州的科技软实力,亟待研究与开发。

听校长一席话,胜读十年书啊!杜光辉感叹道。

一行人看了科大的好几个国家综合实验室,李明和梁大才不住地赞叹:说在南州这些年了,与科大共生在一座城市,但其实对科大了解得太少。特别是科大的科学研究,很多都走到了全世界的前列。看来,跟着杜市长来看科大,是对的。像我们这些市直领导都不清楚,其他人更不用说了。科大对于我们来说,一直很神秘,现在到了揭开神秘面纱的时候了。

有这种意识就好,我们就要让全市的注意力转移到以科大和中科院科研院所为代表的科技上来。南州就要定位成一个科技型城市。杜光辉说。

这样,我们就有了其他城市所不具备的特色了。梁大才道。

蒯校长说,其实最应该让你们看的是量子研究,还有众听科技。

这个我们都知道一点，但不全了解。杜光辉说，今天既然来了，就好好看看。

科大量子实验室里，安静得就像一滴水停止在荷叶之上。杜光辉和蒯校长一行，进了门，只有一个工作人员上来，示意他们小声，然后做了个请的手势。大屏幕前，十几个人都在低头工作，根本没人回头。杜光辉突然有了种神奇的感觉：量子，是不是现在他们就置身于量子的世界了？空气中，是不是到处都飞翔着量子？他以前也读过一些关于量子的书，对于量子的神秘，他曾着迷。他曾用了一段时间，将手头能搜到的关于量子理论的书籍都读了下。但最终，他越读越迷糊。也许是量子世界太过于深奥了，或者，量子研究的方式方法不是他这个经济学家所能接受的。他跟着工作人员进了内厅，心里想：今天我一定得问一下，是不是在另外一个地方也会有一个杜光辉存在？

答案很快出来了。量子实验室负责人程建华教授告诉杜光辉：那不可能。我们研究的是量子，而量子是十分微小的。量子可以产生纠缠，从量子本身来说，可以认为：在这个世界上，如果一个量子在 A 地运动，那么，肯定在 B 地也会有一个量子在做同样的运动。但是，那只是量子，而不是人。

程建华的头发有些花白，其实也才五十岁的人，他站到大家面前，说，人，也可以说是量子的集合体。既然是集合体，他们中的单个量子一定会产生纠缠效应，但集合的量子必须在特殊的条件下才有可能产生纠缠效应。而这种特殊条件，到目前为止，还不曾发现。

啊。这，我就不担心了。杜光辉说，虽然程教授如此解释，但我仍然觉得，这个世界上，还是会有另外一个杜光辉存在的。任何事物都是一生二，没有绝对的独立。那么，量子纠缠其实也是一生二，二生三，三生万物。

程建华说，杜市长的思考，回到了中国文化的层面。这个很有意义。科学与文化，从来就是分不开的。很多文化，都来源于科学。而科学，反过来又作用于文化，促进文化的发展与传播。

杜光辉说，没想到程教授对中国文化的理解也如此透彻。

都是中国人嘛。在国外这些年,我的空闲时间几乎都贡献给了中国传统文化,一是研究喝茶,二是研究《周易》。当然,我都没研究好,只是热爱而已。不过,这些对我的量子研究都很有启发。因为他们其实都是道,也就是天地之理。而科学所要提示的,也正是规律。两者是同一的。

量子力学的宏观浩大,让大家震撼。程建华介绍说当年他从科大毕业,很多同学都申请到国外的著名学府深造,而他权衡再三,选择去了奥地利。因为那里有世界上最著名的量子研究中心。那时候,我真的是被量子给纠缠住了,程建华攥着手说,本来,我对量子没兴趣。大学一开始学的也不是量子力学。只是到大三时,我们的导师郭先生让我和他一道做量子实验,就从那时候起,我喜欢上了量子,我觉得量子是科学物质中最有情感的一种。他们懂得纠缠,懂得传输,这还了得?于是,我就去了奥地利。那所研究所的导师布劳恩先生问我:远渡重洋,来这里学习,目的何在?我回答说,我要通过学习,三年后能回到中国,建设一座同样的世界水平的量子实验室。要知道,布劳恩教授的实验室当时是世界上水平最高的实验室,一大批量子研究的理论在这里通过实验得到证实。我很快参加了他们的实验,用能力证明了中国人,同样能够站在世界上最高水平的实验室做实验。

程教授做到了,而且成了当下量子研究领域的领跑者。杜光辉道。

大屏幕上,量子通过一个个节点形成了完成的传输态。程建华说,这就是正在建设的京沪干线。量子有一个重要的功能,那就是它的保密传输。我们称之为密钥。每个量子都携带着唯一的密钥,不可重复,也不可复制,更不可破解。这就大大提高了信息传输中的保密性。我们的通讯,多年来运用的都是摩尔斯密码,或者是在某些基础上的改进。如果量子通讯成为现实,那么,世界上将会出现一种真正的不可破译的通讯方式。

不可破译?那它如何能保证在传输过程中不被拦截?

不怕。我们有密钥。即使拦截了,也不可能知道密钥,这就是关键所在。

那它将来的实用性表现在哪?

首先是金融业,银行间往来。等时机成熟了,将广泛应用于军事和民用领域。程建华教授说着,挥动着手臂,画了一个大大的圆,说,不仅仅在地球上,将来可以实现地、月和地球与火星的通讯互通。事实上,我们正计划发射量子通讯卫星,完成空地传输。

总觉得太理论化了。李明说,感觉很遥远,但其实就在眼前。

这还是我们关注不够。杜光辉说着,站到大屏幕前,他想象自己也成了一颗量子,正被神秘的通讯干线给传输着。他一会儿到了北京,与女儿一起喝咖啡;一会儿又回到了天津,在家中的小院子里看丝瓜开花;一会儿,他在南州科大的量子实验室;一会儿,他又升到空中,注视着这座发展中的城市。他也有些着迷了,程建华道,我们将来还要发射量子载人飞船。到时,请杜市长做第一批乘客。

好啊,一言为定。

一圈跑下来,杜光辉让李明和梁大才都谈谈感受。李明说,真的没有想到,南州还藏着这么多好东西。量子实验室不讲了,科大也不讲了,就说董铺岛上。那么一座小岛,也许南州没几个人知道。可是,它是中国科技的前沿。那么多的研究院所在上面,那人造小太阳,哇,简直就是……怎么说呢,神话一般。你们有没有这感觉?仿佛在梦中走了一遭。或者说,是在科学幻想中走了一遭?

确实有这种感觉。这些地方,以前我不是没去过。都是工作关系,走马观花,蜻蜓点水。这次详细地一看,藏着龙,卧着虎,实在了得。三个大装置就不得了,现在全中国也才七个科学大装置,南州一下子占了三个,太令人兴奋了。杜市长,我觉得要向全市人民广泛宣传这些,不能老是藏着掖着。他们搞科学的,讲究低调,但我们南州,需要这种科学的氛围。而氛围从何而来,这些就是。科大、董铺岛、量子实验室,当然,特别是那八个从哈佛回来的年轻博士。

杜光辉一路上其实都在思考,这不正是南州的优势吗?

这优势太独特了。或许,南州这么些年的经济社会发展,其实已经不自觉地运用了这些优势。一座著名的大学坐落于此,它带来的不仅仅是知识,还带来了观念与意识的转变。他想起蒯校长对他说的话:当年,南州在极其困难的情况下,接纳了从北京迁移过来的科大,科大与南州,共生,共成长。现在,到了共发展的时候了。在董铺岛上,李敬也拉着杜光辉的手,说,这些科学家,他们的大部分成果,都能为南州所用。而最重要的是,他们的成果最终都将走向产业化。如果将这些产业都留在南州,南州就会成为全世界最著名的科学城了。

科学城?杜光辉觉得李敬这定位很好。他问李明:南州能不能提科学城?如果要提,怎样提?你们科技局要好好想想办法。上次,孟春同志那个调研报告,唐铭书记高度重视,并且引起南州兴起了大调研之风。科技局要多围绕科技,多调研,多思考,多提供决策支持。

李明说,我们尽力。不过,这一趟跑下来,我是有信心了。

杜光辉请唐铭书记和刘振兴市长一道,再最后研究一次东方电子来南州签约的相关准备工作。他一一汇报后,刘振兴问,看科技?科技有什么看头?都是些实验器材,好看吗?

唐铭笑道,振兴市长,现在的科学家与以前不一样了,都是些既有国内学习背景又有海外学术背景的中青年人。他们热爱生活,懂得生活,灵活得很。你要去看看,一定会说他们不像科学家。可是,他们就真的是世界知名的科学家嘛。像那个程建华教授,光辉,是吧,我上次去科大见过,口才很好,又有思想,还研究茶道与《易经》。但谁能否认他是世界顶尖的量子物理学家呢?

杜光辉道,是啊,特别是董铺岛上的那八个从哈佛回来的博士。他们都在国外有很好的前途和很高的收入,可是,都选择回来了。有的甚至为此离婚。他们守在董铺岛上做研究。才两年时间,就初步建成了世界最大的肿瘤基因库,还开展了一系列的学术研究,很多成果都走在学科研究的前列。我觉得啊,书记,市长,我们要重视这些。不能因为他们是科大,是中直单位,就将他们与南州撇得远远的。我们要与他们越走越近,融为一体。所以,我想等签约后,请主流媒体来深入宣传,突出宣传南州的科技优势。科技,就是南州最大的资源。

唐铭和刘振兴都同意先将参观线路发给东方电子,听听他们的意见。另外,唐铭强调要多请媒体来做宣传,要深入宣传,反复宣传,深化这些科研院所以及科大与南州的关系。他跟刘振兴市长决定,下一步,就是春节期间,要专程去科大和董铺岛给科学家们拜年!要让他们感受到他们工作、生活在南州这片土地上,与南州人民是血肉相连的。

晚上回到住处,杜光辉给可心发了几张图片。有科大的图书馆,有量子实验室,特别是那张量子通讯的大屏幕,还有董铺岛人造小太阳和稳态强磁场……

可心很快回了短信:老爸,我要去南州。

谁也没有想到,高大为董事长带来了一个庞大的团队——一百多人,浩浩荡荡,直奔南州。一下飞机,高董就对前来接机的杜光辉说,有一件事必须说明一下,签约仪式,我想了想,就在见面会上直接签约好了。不要再搞什么仪式了。见面会,也是签约会,同时更是我们南州东方电子正式启动会。三者合一,你看怎么样?

这让杜光辉有些为难。但转念一想:杜光辉觉得高董这提议也是很有创意、很有特色的。他于是道,我同意高董的提议,但这事还得经过书记、市长同意。您知道,南州这边为这场签约做了充分的准备。而且,还邀请了中央、省及南州市的媒体参加。

杜光辉借机给高董就签约后的行程做了说明,说特别安排了高董看南州的科技。高董回头看着他,有些犹疑,问,南州科技?是啊,我看了路线图,知道要看南州的中科大、物质院。但是,这些……

这些都是南州科技。南州也是全国著名的科技城,高董来了,岂能不看?

高董来了兴趣,和杜光辉越聊越深入。说到南州有科大,那是国家级大学。他问杜光辉,其余的还有什么？说东方电子就有不少科大的学生,好像也还有南州工大的。

杜光辉又介绍了下工大,说,科大坐落在南州,与南州息息相关。除此之外,我们还有很多中央直属科研院所。多的我就不说了,明天我陪着高董好好看一看。杜光辉正说着,手机显示有来电。他一看,是茹亚。

他没接。他拿不准茹亚会说什么。车上有高董,还有其他人,不方便。如果吵起来,会更难堪。他发了条短信:正在开会。会后再联系。

茹亚很快就回了条短信:我要调到美国总部工作了。

好啊,祝贺你。

谢谢。只是跟你说一声。

再没声音。手机握在杜光辉的手里,慢慢地变得冰冷。如同一块冰,冰冷从手指往上,直接涌向心口。他移动着身子,对高董说,高董是说准备项目一签约就同时启动？

是啊,正式启动。我连人都带来了。

啊。我就想,那么多人难道都是……原来,都是高董带来的南州公司的主力。好,真的很好。这样一来,估计要不了一年,项目就能正式达产。

肯定能行。如果不行,我就向他们问责！

车到宾馆,高董他们先稍事休息,杜光辉马上向唐铭和刘振兴报告这边的突发情况。刘振兴一听,有些恼火,说,那怎么行？都骑在马背上了,怎么下来？这些企业嘛,我就说,做事总是想当然。

杜光辉解释说,高董是个务实的人,他也是在飞机上临时决定要精简流程,三合一。我觉得他这提议挺好。

刘振兴说,好吗？真的好？你请唐铭书记定吧！

杜光辉有些为难,但这事非得由主要负责人拍板才行。他给唐铭打电话,先报告说高董他们一行已经接到,又说了高董要三合一的想法。唐铭听完后,沉默了会儿,然后道,就按高董的意见办,立即将签约会场改成见面会会场。所有花里胡哨的东西都撤掉。搞朴素些,实在些。另外,通知媒体的朋友都参加见面会。

杜光辉赶紧让李明和梁大才按照唐铭书记的意见,布置会场,通知媒体。半小时后,明月湖大酒店的二楼大厅,已变成了东方电子与南州市战略合作见面会会场。记者们虽然有些蒙,但随着工作人员的解释,他们马上发现了新闻点——一场务实、高效的政企对接会。而且,在会议开始前,相关报道就已经出现在了网站上。一时间,东方电子与南州成了各大网站最火的热词。

见面会更是出人意料。整个会议只开了二十分钟。杜光辉主持,高大为董事长宣布东方电子与南州市战略合作正式启动。同时,他高兴地向大家通报:东方电子南州公司的第一批员工已同时来到南州。下午,他们就将正式进入工作状态。这意味着,东方电子南州公司从签约开始,就同时筹备运作。下一步,南州将成为东方电子最大的生产地。唐铭书记热情洋溢,说,今天本来有一个隆重的签约仪式,但我们尊重高董事长的意见,改成了大家看到的这个务实、朴素的三合一见面会。东方电子来到南州,将是南州工业经济调整布局、提升层次的关键一环。它必将带动南州整个经济的转型升级。东方电子是一家实力雄厚的大型企业,其在产品研发、市场开拓、服务贸易等方面,都走在全国同行列的前面。尤其是东方电子依靠科技,增强企业活力,值得南州学习、借鉴。南州市将全力以赴地做好服务,并且,我希望有更多的东方电子来到南州……

见面会后,杜光辉陪同高董他们用整整一天的时间,看科大,看量子实验室,看董铺岛,看人造小太阳……高董一开始看的时候,还有些不太在意。但越看,他越来了兴趣。等到全程看完,他拉着杜光辉说,我倒是真想把东方电子的研发中心也搬到南州来啊。这么多的科学家,这么多的先进技术,还有什么难题攻克不了?

欢迎啊!我们一定做好服务。杜光辉道。

晚上,稍得空闲,杜光辉还是拨通了茹亚的手机。没人接听。他只好打电话到岳母家。岳母说,小亚已经到美国去了。怎么,没跟你讲?

讲了,但没想到这么快就走了。

唉。她这是糊涂了啊,去什么美国!我看她是要作怪。光辉啊,你一定要劝她再回来。世上还有什么地方比家更好啊!可心还不知道这事,要是知道了,一定会哭的。这小亚,心也太狠了。光辉啊,你得想办法啊,让她回来,一定要让她回来!

杜光辉说,我尽力说服她。但是,您也知道她的脾气。我尽力吧!

十四

四月是个残忍的月份。这是著名诗人艾略特长诗《荒原》的开头一句话,杜光辉在大学四年级时第一次读到,几乎像被蜂蜇了一般,从里到外地疼。那时,他还沉浸在田忆故去的阴影里,他的自责、内疚、痛苦,一天天地蚕食着他的日子。除了上课、做实验、读书,其余时间,他一直在内心里向田忆忏悔。终于有一天,系主任找到了他。系主任只问了他一句:你如此沉湎,她能活过来吗?就这一句话,连同艾略特的四月是个残忍的月份的诗,让他开始学会将痛苦埋藏在心里。一直到现在,他走在明月湖的小径上,突然又想起了这句诗。想着,他竟然有一种忧伤。如同这四月的湖水。他轻轻吟道,四月是个残忍的月份,四月的湖水是最残忍的湖水……

湖水是最老实的了,在自然之中,湖水就是一面不事隐藏的镜子,它把几乎所有的心思都呈现出来。湖水被春风吹拂,起了一层一层密密的小鱼尾纹。阳光照在鱼尾纹上,那阳光也就一层层往四周泛动。而在这泛动之中,似乎正有某种力量在神秘地作用着。那是大自然的力量吗?还是爱情的力量、思考的力量、人心的力量?

或许都有。

而更多的,杜光辉觉得应该是人心。

因为人心,也因为爱情,所以这四月,本来是芳草鲜美,花朵初绽,但在杜光辉看来,是人生中一个最残忍的月份。他刚刚从北京回到南州。女儿可心在他离开家时,问了他一句:老爸,真的不能回头了吗?

不能回头了。

为什么?

我已经做了无数次回头的努力,但显然,是行不通的。我爱你和你妈妈,所以,我要尊重她,包括她这次的选择。

那我呢?

我为此感到愧疚。但孩子,成人的世界,有些游戏是没有规则的。只有结果,无论是好的,还是坏的结果。只有结果!

可心似懂非懂,她抹了把泪水,问,我也必须尊重你们的选择吗?

杜光辉没有回答。他回答不了。他抱住女儿,喃喃道,孩子,你要相信,无论怎样,爸爸和妈妈对你的爱依然不变!

从春节后到四月,杜光辉瘦了一圈。体重从一百四十斤降到一百二十多一点。他一天天地瘦下来,从身体到内心地瘦。有时候,夜梦醒来,他明显地抚摸到自己那越发瘦弱的心。那是一颗快五十岁的心,在知天命之年,突然被命运再一次打击。他甚至都不敢对任何人说,他沉默而坚韧地死守着。但终于,在这个四月,他们走到头了。

从民政局出来,杜光辉看着茹亚走上了那个分析师的车。他转身往另外的方向走。他们甚至连一句体面的"再见"也没来得及说。曾经的一切呢?都呼啦啦地成了一地鸡毛,随风而逝。爱,就如此简单、如此短暂吗?当年,田忆离开后,杜光辉曾经发过誓:将不再爱上别人。但若干年后,当茹亚出现在他的生活中时,他是一天天地败给了重新到来的爱情。他曾为此跟导师做过探讨。导师说,逝者长已矣!活着的人,还必须过好活着的生活。从那一刻起,他把田忆藏得更紧了。他满以为这重新到来的爱情,会成为他一生的陪伴。可这个四月,这个残忍的月份,还是无情地将一切都做了终结。

天气却是正好。江淮分水岭上有句民谚:二四八月乱穿衣。也就是说,二四八月,天气晴朗,温度适中,随便穿什么衣服都行。既不会感觉到太冷,也不会感觉到太热。

湖边小径两旁,去年冬天新植的绿化林木,刚刚才几个月时间,都已经长高了。红叶李的叶子,像十八岁的少女,漾出微红。很快了,再过两个月,她的紫红将达到极致。而夹竹桃开始含苞了。夹竹桃有红有白,杜光辉觉得白色的夹竹桃更有意味,那种干净,让他喜欢。他从小就喜欢干净的东西,包括花朵。他觉得花朵也是有干净和不干净之分的。有些花,一看就干净,就让人怜爱。比如白兰。他曾经在一座寺庙里第一次看见白兰。那叶,那花,那神情,都干净得像个孩子。还有巷子里的栀子花。一场雨后,栀子花干净得让人不敢伸手。靠近湖边,垂柳拖下一米左右的长绦,那些长绦清清亮亮地并列在一起,再过一段时间,其中有些可能就会接近湖水。湖边特意设立的小岛,几棵老松被阳光照耀着,如同闭着眼的僧人。再往远,杜光辉看见有一株新发的芦苇。苇顶上正站着一只小鸟。那是只白色的小鸟,好像在望水自怜,或者正想着心思。他蓦然觉得,这大概也是一只同自己一样的鸟儿。他们生活在同一个时空之中,按照巴克斯特试验:自然界中所有的一切,都能互相感知。那么,小鸟也应知道他的心思,也应读得懂他弥漫如水的忧伤。

小径的转角处,有一座亭子,也是新建的,却古色古香。建设者显然下了功夫,让亭子能妥帖地安置在这湖边。现在,杜光辉觉得自己也应该将心灵,妥帖地放置在岁月之中。来了,便是来了;走了,便是走了。他又想起了那个隐居在山上的亚先生。他马上动了心思,喊着司机,去青山居。

车到青山居,杜光辉却没下车,直接让司机掉头回去。司机有些蒙,想问却不敢问。杜光辉觉得自己就像雪夜访友的王子猷一样,兴尽而已。他到了青山居而折返,其实他心里经过这一程,已经慢慢地平静下来了。既然如此,再进去又有什么意义呢?他于是道——

都来了,看不看就无所谓了。

永力兼并南州洗衣机厂后,动作很快,不到一个月,就全面复产。听李明说,现在厂子里兴旺得很。产品是皇帝的女儿不愁嫁。前几天,杜光辉在政协碰见钱老主席。钱老主席还说他最近去了趟厂里,工人们都很兴奋,干得也有劲。南州这算是找出了一条老工业企业改造的新路子。这个路子只要走得稳,走得踏实,包括冰箱厂,还有汽车制造厂等,都会走出一番新天地来。

杜光辉其实也很想去洗衣机厂看看,于是,他给齐航行打了电话。

齐航行操着南普,刚说了句您好,便听出是杜光辉的声音,便道,太好了,杜市长,我们正在赶一批新产品,是刚刚根据美国市场需求专门设计的,主要出口美国。市长来看看,正好给我们指导指导。

杜光辉笑着说,指导谈不上。我又不是洗衣机行业的专家。我只是去看看。都大半年了,我看的都是报表。现在又不断有新产品,还是出口产品,所以我更得去看看。

齐航行说,好好,我在厂里等您。

严格点说,南州洗衣机厂现在全称叫永力集团南州洗衣机厂。还在南州大道上,杜光辉的车开到门前,门还是以前那座老门,只是门前的牌子换了,原来是一块红色的牌子,上面横写着"南州洗衣机厂"六个字。现在是一块竖着的铝合金牌子,上面宋书着十个字。虽然仅仅多了四个字,可是,那是一段风雨,一段历程,同时也是南州工业发展史上的一次巨大的变革。

齐航行陪着杜光辉,到各个车间都看了看。看完后,杜光辉说,四个字,一派生气。

好啊,杜市长这四个字,太形象太生动了。我们现在就是这样,一派生气。工人们干得有劲,技术人员再也不想着离开了。今年一到四月,就申请了七项专利。产品这一块,您也看到了,更是全面走向了市场,甚至冲出国门,开始出口。

杜光辉详细地问了专利情况。他清楚:南州的专利申请在全国的省会城市中还处于落后位置,当然,这不包括科大、工大和一些科研院所。一种状况是有专利而没有能及时转化成产能;另一种是从制度层面上,根本不重视专利申请。其实专利是一个企业研发能力的体现,也是一个城市整体创新能力的体现,这个要重视,必须重视啊。

齐航行深有感触。原来的南州洗衣机厂也曾经出过一些新技术,新工艺,但有些根本就没有申请专利,很快就被业内其他企业拿去应用,甚至申请了专利。到头来,南州洗衣机厂用自己的技术,还得向别人支付专利费用。兼并重组后,集团对专利这一块相当重视。现在南州洗衣机厂,专门成立了专利工作室,负责专利研发与申请。他介绍说兼并重组后,南州洗衣机厂的人才知道,永力有好几项洗衣机的关键技术,都是我们南洗人研发出来的。只是当时我们没有申请专利,他们却申请了。

这是教训。杜光辉说,当然喽!现在你们是集团,是一家。没有新产品、新技术,就没有竞争力,这是硬道理。杜光辉针对齐航行所说的新产品,说,南州洗衣机厂在兼并重组之前,有好多年都没开发新产品了吧?

有些年头了。即使开发了,那也是低端的。不像我们这个,这个是目前最先进的智能洗衣机,全自动、智能化。下个月就开始投放美国市场。全面达产后,年产值仅这一个品种,就可以达到五亿。

杜光辉频频点头,他想起了同在南州大道上的冰箱厂。冰箱厂的兼并重组也正在进行中。杜光辉已经跟海洋冰箱谈了三轮。焦点还在商标的保留与企业的重新选址上。海洋冰箱坚持使用统一的商标,不再保留大湖牌冰箱的商标;而同时,他们觉得冰箱厂建在繁华的南州大道上,将来难以有更大的发展。提出要将企业搬出去,在试验区重新建厂。而建厂的资金,由南州方面承担。刘振兴对此很有意见,觉得将这样一个规模的冰箱厂,拱手送给海洋冰箱,那已经是相当了不得了。现在,还要南州这边出资建厂。这哪是兼并重组?这是明火执仗地要挟嘛!同时,试验区那边宗一林态度强硬,一再强调他们没地了。东方电子占了那么一大块,再要地,就像他头上的头发一样,再薅也薅不出什么了。这项目目前还在僵持着,谈判也谈了几轮,连杜光辉有时都有点丧失信心了。但是,他知道,他必须硬着头皮往下谈。即使谈不出南州洗衣机厂这样的结果,也至少要使冰箱厂和南州方面利益最大化。

看完生产线,杜光辉禁不住感叹:真的令人欣喜。洗衣机厂现在的三条生产线中有两条基本上是半智能化。一些工业机器人正在生产线上忙碌。他问齐航行,智能化生产后,多余的工人怎么消化?

齐航行说一部分青年工人送去进修学习了,另外一部分转岗到服务业上。不管怎样,工人们盼的是厂子红火,有效益,自己有靠得住的工资。这一点,现在是有充分保证的。

杜光辉说当初政府给工人们承诺,绝不让一个工人失业,这点,一定要把握住。搞兼并重组的最终目的是解决人的问题。所以,这个方面一定不能有闪失。他问齐航行,看着洗衣机厂变成了现在这样子,怎么想?

怎么想?想得太多了。但还是感觉技术是第一位,然后是管理的制度化。永力强大的还是技术。还有东方电子,我听说他们马上就要开始正式生产了。看看人家的速度,看看人家的规模,其实都是高科技和先进管理在支撑。杜市长哪,听说市里要将南州打造成科技型城市,这路子走对了。有了科技,在这个时代,什么事办不成?

杜光辉笑着说,科技也不是万能的。

齐航行也笑道,但没有科技是万万不能的。

两个人说着笑着,杜光辉觉得齐航行仿佛变了一个人似的。看来,一个人的心情,也是随着事业起伏的。这就像他自己。以前搞经济学研究时,出了一个成果,完成了一个选题;或者为哪个地方搞成了某项城市发展的策划时,他的心情就会说不出来的清爽、清亮,就像明月下的大海,或者秋日的晴空……当然,他也有过很多布满愁云的日子,特别是来南州后,无论是工作上,还是生活上,总是时不时被愁云笼罩。他明白:愁云之后,是阳光。可是,愁云也是一种经过。既是一种经过,那么,就意味你会被它改变。要么你战胜它,高歌而去;要么你沉湎于它,直到沉沦。

杜光辉拉回思绪。齐航行问,还记得老总工吧?

记得。

老总工现在是我们的荣誉总工。他一号召,我们原来出去的上百名技术人员都回来了。今年,我们还将从应届大学生中招收一批技术人员。将来,按照集团的设想:我们的一线生产工人与研发人员的比例,将达到六比一。投入研发的成本,将上升到企业利润的百分之三十以上。

很好。杜光辉说,洗衣机厂现在这样子,证明当初我们的兼并重组方案是正确的。实践是检验真理的唯一标准。现在,实践摆在这,以后还得这么走。厂子好了,人员自然就会回来。人都是有感情的,恋旧。

说到恋旧,杜光辉的心隐隐疼了下。他弯下腰,装作系鞋带,悄悄地掩饰过去了。

刚离开洗衣机厂,宗一林就气呼呼地打来电话:杜市长,你们还真的盯上了我的化工园区,非得要拆了它不可?

怎么了?

你来看看,都有人在化工园区测量了。谁批准的?你,杜市长?还是我宗一林?没人批准嘛!他们想干什么?

到底怎么回事?杜光辉也提高了声音。

宗一林却一下子降低了声音,说,怎么回事?请杜市长来看看吧。市里如果真要打化工园的主意,那也得跟我说下。我到底还是共产党员嘛,我的这点组织纪律性还是有的。

哪有这么严重?到底是怎么回事?

宗一林气呼呼地说,我也弄不清怎么回事。市长要是方便,我在化工园等您。刚才要不是我赶到了,说不定就会起冲突,弄得不好要死人的。我可不是瞎说,化工园这些老板,个个可都是经过世面的。

宗一林把话说到这份上,至少说明他不仅仅就在现场,而且现场很可能出现了冲突。宗一林平时说话就咋呼,有些江湖气息。何况现在动的是他试验区的化工园。那么,到底是谁在那里测量?是不是一般性的土地测量?还是其他部门的测量?测量归测量,怎么就跟要拆迁他的化工园区联系上了?

这里面有蹊跷。杜光辉觉得确实应该去一趟。

他打电话给王也斯,让他马上弄清楚在试验区化工园测量的到底是哪一拨人,目的何在。同时,请他通知东方电子南州公司那边,就说半小时左右,他会过去。

十分钟后,王也斯告诉杜光辉:确实有一支测量队伍在化工园区,五个人。是国土规划局的。他们说是根据市工业布局发展规划的要求,对东方电子南州公司产业园区扩产进行前期土地预测。现在,人已经被宗一林给扣了。他建议杜光辉市长暂时最好不要过去,免得在现场混乱的氛围中产生不必要的冲突。杜光辉想了想,说,还是去吧。有什么大的冲突?人都被宗一林给扣了,还冲突个啥?

很快,杜光辉就到了现场,经信委、国土局的领导都已经到了。宗一林正站在化工园的办公楼前抽着烟,那烟雾似乎比平日要飘得更高、更强势。他锐利的鹰眼此刻却眯缝着。杜光辉想起小时候父亲跟他说过:老鹰在瞅准了猎物时,眼睛都是眯缝着的。眯缝着的眼睛聚光。宗一林见杜光辉进来,移了移身子,将嘴里的烟噗地吐到地上,又用脚旋转着踩了一圈,才大声喊道,杜市长来了,好,我就想请市长说说,这些部门是给试验区服务还是添乱?

杜光辉当然不会急着表态,他对宗一林低声却严厉地说道,先把人放了。扣人,像什么话!

放人可以。宗一林也降低了声音,但声音里还是有几分坚硬,说,本来我就没想把他们怎么着,他们还正在喝茶呢。他们只不过是测量工人,让他们走可以,但今天话必须得说清楚。不然,试验区成了菜园子了,谁都能想来就来,想走就走!看我宗一林老不挪窝,脾气好,是不是?他骂了两句,又降低声音,说,杜市长,我可不针对你啊!这事,我估计连你也不知道。到底是不是市里定了要拆化工园才这么弄的?

没有定。至少我不知道。

那就好。既然没有定,他们来干什么?

他们是按照工业项目规划先行对用地进行预测量的。这是例行工作。

例行？预测量？我可是第一次听说。杜市长，我这个试验区主任看来是见识太少了啊。市长啊，这不是明摆着要我的化工园区嘛！

杜光辉明白宗一林的花花肠子，要动他的地，就像割他的肉一样难受。但是，工业布局规划是站在全市角度的大规划，宗主任也是规划领导小组成员之一。规划通过，宗一林也投了票。难道当时不清楚，还是现在装糊涂？那规划上面应该明明白白地写着：东方电子南州公司除在建的三百亩标准化产房外，在三到五年之内，再扩大两百亩。具体位置包括现试验区化工园东北片和西片。

杜光辉问，工业规划上写着的，宗主任，还记得吧？

当然记得。可是，那上面写着三到五年之内。现在多长时间了？

那是规划。实际操作很可能会突破规划。

杜市长，就是突破规划，也得跟我这个试验区的主任打声招呼吧？不声不响地就来测量，这算什么事？咱明人不做暗事，别人也休想在我的试验区做暗事！

杜光辉知道宗一林的脾气，这人容易上火，千万不要呛着。他上前道，宗主任，我也正好想来看看东方电子南州公司和化工园。这样吧，咱们先去走走。他正说着，板材厂的林先生喘着气赶来了，一见面，就叫嚷道，是不是要拆我们的厂啦？

谁说要拆你们厂了？扯淡。宗一林反问道。

杜光辉看着宗一林，毕竟是个有经验的老主任，他刚才还在叫唤，现在却反过来批评林先生了。可见，宗一林处理问题还是有分寸的。他知道对着杜光辉，可以抱怨；而对着林先生，只能是强势压制。他看着愣在那里的林先生，又道，是正常测量。化工园区搞得好好的，谁说拆了？林老板啦，你只管搞好你的企业，别的，有我宗一林嘛！

宗一林这话说得不愧是老行政。

林先生掏出烟，抖动着顶出一支，连同烟盒一道递到宗一林面前，宗一林望了眼,说,不抽。林先生马上将烟收回口袋,又从另一个口袋里掏出一包"中华",同样是抖动着顶出一支,递到宗一林面前。宗一林这才伸手拿住烟,在鼻子上横着闻了闻,说,正宗。不是你们福建产的"中华"。

林先生笑着说,我哪敢拿福建产的给宗主任抽的啦!

转过身,林先生将烟递给杜光辉,杜光辉没接。最近,他嘴里苦,已经有一段时间不抽烟了。林先生收了烟,说,市长啦,我们这些外地企业在南州可是立下汗马功劳的啦。以前,我们来时,这里一片荒芜。那可都是我们一点一点、一寸一寸、一天一天地干出现在这样子的啦!不容易啦!市长,我们每年纳税都好几千万,还解决了那么多的就业问题。要是真的哪一天拆了,我们可是要认真地清理清理的。

林先生将最后一句的"的"字拖得老长,差点给人感觉一口气下不去。杜光辉听着他说话,觉得像幼儿园的孩子在玩叠字。他的意思很明确,要是政府真的拆他的企业,他是得从一点一点、一寸一寸、一天一天处算起的。都说福建商人精明,确实精明,而且嗅觉灵敏,一有风吹草动,他们就能感觉得到。

宗一林望着林先生,又侧过头来看着杜光辉,说,林老板,这个,你得问问杜市长。

杜光辉说,可以肯定的是,暂时不会拆的。但是,从发展规划上看,将来肯定要拆。所以,像林先生这样的企业,我建议还是及时转型,做好准备。化工企业最好过的日子已经过去了,现在,各地对高污染高能耗企业都控制得很紧。随之而来的是,对环保的要求越来越严。企业用于环保的投入,加上人力成本的增加,很多化工企业的利润相比以前已经大幅度减少。林先生,我说得没错吧?

没错的啦。没想到杜市长对化工行业的情况也如此清楚,了不起啦。我们是在考虑转型,可是,怎么转,转到哪个方向,一时拿不准的啦。化工企业是我起家的企业,也不能丢的啦。南州不行,再到别的地方,有企业在,还怕没人收留?林先生说,只是这些化工企业一走,试验区还有宗主任您,一年要少收好几亿的啦!

宗一林狠狠地吐出一团烟雾,说,谁说你们走了?啊!他瞪着眼,林先生不由得退了好几步。

林先生脸上堆着笑,说,哈哈,哈。我还有点事,先走了。宗主任,市长,我先走了的啦。

林先生走后,宗一林拉着杜光辉进了办公室,说,杜市长,我也不是冲着你的。你知道我老宗这个人,就是个大炮筒,要不,怎么在试验区一待就是二十年?没有功劳也有苦劳,论功,论不到我;论过,隔三岔五地搞到我头上。唉,听说省里最近对南州班子摸底,风水轮流转,说什么也得轮到我宗一林挪挪位子了吧?

这个,真不清楚。杜光辉说的是真话,他真的不曾问过这事。

唉,都干了一辈子了,一辈子都窝在这试验区,整个试验区,到边到角都能闻到我的尿骚味。宗一林说着,居然有些不好意思,摸着他的光头,眼神却更加锐利,说,组织上也得给我找个安稳的地方了。这年头,经济工作不好做。我可不想战死在试验区这地上。

组织上会考虑的。杜光辉笑笑道。

宗一林说,要真考虑,我也不会在这里窝上十几二十年了。

早晨刚到办公室,杜光辉站在打开的窗子前,他看见外面笼罩着春雾。春雾轻盈,冬雾沉重。轻盈的春雾,一直漫向绿轴大道。他看见那块沙地,男孩子沙雕被雾遮住了。他想象着男孩子应该又在他的未来城市里,建设了许多别人无法想象的建筑。或许还会有一些超前的人和其他的城市主宰者。或许还会有火星来客,月球来客,甚至……

已经很久没有看见那男孩子了。不是男孩子没出现,而是最近,杜光辉一直忙着,会议、协调、各种接待,他渐渐地感到,自己正被织进一张无形的大网里。他跟唐铭说想减少一些活动,唐铭笑着劝他:这就是基层特色,大杂烩。市里还要好一些,要是到了县里,乡里镇里,那就更复杂了。光辉啊,你到南州来,我觉得不仅仅是为南州工作,同时也是在开展更大的一次经济学研究。我期待着若干年后,能看见杜光辉教授关于以南州为典型的中国城市经济学专著。

书记这么一说,杜光辉倒觉得自己有些过于娇气了。也确实,基层工作千头万绪,哪个部门、哪个领导不是在连轴转?至于书记的点题,其实他心里倒真存着这样的想法——等南州的挂职结束,他一定要写一篇关于南州的中部省会城市发展的大文章。

春雾如同薄纱,映在明月湖上,如梦如幻。杜光辉觉得站在窗前,这是观湖的最佳角度。倘若真到了湖边,那就只缘身在此湖中,难以识得湖之妙了。湖就像美人,远观甚于近视。看着湖,想着那春雾,杜光辉的心里又涌起一缕缕淡淡的诗意来。

而且,在诗意之中,他似乎还能听见不近不远的音乐声。那是谁在吟唱?清凌凌的,玉石一般流淌。就在他被这诗意氤氲着的时候,小王连门都没敲就跑进来说,试验区那个任我飞无人机厂……

怎么了?我不是去年给他们协调了银行贷款吗?我还记着他们说五一期间要出商品机的。我正准备最近问问这事呢。怎么了?

他们老总叫蒋峰吧?

杜光辉一下子紧张起来,忙问,怎么了?

对,就是蒋峰,他……

他怎么了?杜光辉直视着小王。

他去世了。

怎么会?

昨天晚上蒋峰和几个同事连夜加班调试,到下半夜,同事都休息去了,他一个人还在加班。结果,早晨同事们醒来,发现他已经不行了。打了120过来,根本就没抢救。唉,太年轻了,听说才四十三岁。

怎么会呢?是不是弄错了?你听谁说的?

是刚才试验区的一个同学打电话来告诉我的。杜市长对这家企业很关心,所以我就打电话到试验区确认了一下,消息确切。

唉!杜光辉心里一阵疼,他颓然地坐下,人也一下子空茫了。

小王带上门出去了。杜光辉一个人呆坐着。他想起第一次见蒋峰,是在青山居。蒋峰跟他说起无人机的事情,眉飞色舞,简直就是个大孩子。他后来发现:很多人,只要心存理想,往往都同时保持着一颗童心。童心与好奇,是很多成功人士的法宝。蒋峰也有。可现在,这个大孩子永远地撒手走了。他难道不眷恋他的无人机吗?不眷恋他的家庭、孩子和所有的亲人吗?还有这他只看了四十三年的世界?

想着,泪水潸然而下。他站起来,走到窗前。春雾更浓了,一切都罩在春雾之中。一缕缕阳光却从天上照下来,透过春雾,形成了变幻不定的五色彩虹。他似乎看见蒋峰正站在彩虹之间,手上正托着一只展翅欲飞的无人机。

人生犹如森林,时间与死亡会不断地砍伐。只是这些年,杜光辉感觉到那些被砍伐了的树木,年轮越来越少了。就像蒋峰,才四十三岁,正是人生最壮年的时候,也正是最能干事能干成事的时候,可是……唉!老天不公啊,杜光辉几乎要从喉咙里呼喊出来。

等情绪稍稍镇定了,杜光辉给宗一林打电话,再次确认了蒋峰去世的消息。宗一林说他正在任我飞,蒋峰的家人也到了,正在商量后事。杜光辉说我马上过去。宗一林说,这边太乱,杜市长就不必过来了吧?杜光辉说我一定得过去。蒋峰是我到南州后见到的第一个中小企业创业者。我一定得过去看看。宗一林说,那市长就过来吧,我在这边。

老秦站在厂房门外,见杜光辉的车子停下来,就上前道,真没想到。杜市长,你说这蒋峰怎么这么绝情,说走就走了,连句话也没给我们留下。

老秦后半句话,都是哽咽着说出来的。杜光辉拍拍他的肩膀,说,谁都没想到。没想到!

老李一个人蹲在厂房前,狠劲地抽着烟。杜光辉喊一声,他才站起来,两只眼睛红肿着,像桃子,而且还正在滴水。他抱住杜光辉,说,杜市长,本来说好五一要出商品机的,而且一定能出。这是最后的测试了。可没想到,蒋峰他撑不过去。这家伙,唉,这家伙,要是早说撑不过去,我们就不回来搞无人机了。现在搞了,这家伙倒好,一个人跑了。杜市长,你说,你说……老李哭着,说,我怎么能想到啊,怎么能想到啊!

谁都不会想到。谁都不会想到啊!杜光辉说。

车间里站着许多员工,但没人说话。杜光辉穿过车间,到了中间的办公室。宗一林正在闷头抽烟,见杜光辉进来,站起来说,杜市长过来了。这事……他妈的,老天怎么了?这么年轻,太年轻了嘛!

唉。不说了。家属呢?

在里面。宗一林指指里面的研发车间。

杜光辉和宗一林、老李一道开了里间的门,他一眼就看见一个女人正低头在那哭泣。那耸动的肩膀,蕴含着巨大的悲哀。而在她旁边,正站着一个男孩。那男孩用手握着女人的手。

是你?杜光辉一下子震惊了。

而当那女人抬起头来时,杜光辉彻底地呆在了那里。她是孟春。

孟春满脸泪水,抽泣道,杜市长,您怎么过来了?

十五

唐铭从北京回来,马上找到杜光辉。他给杜光辉泡了上好的瓜片,然后很是激动地将有关情况说了一遍。基本上都是好消息,最高决策层将科技创新列入治国方略,作为国家战略来抓。这正契合了南州这两年的发展方向。同时,国家相关部委同意将南州列入全国重点科技城市。一进了这个大盘子,南州发展的方向就更明晰了。

唐铭说,我们还得发力。一路上,我都在想,我们怎么借势?

借势?

对。我们要借。南州经过这一年多来的大讨论、大解放,上下现在对科技兴市有了比较统一的认识。这个时候,是万事俱备,只欠东风。东风在哪里？我们要好好谋划。

杜光辉也很兴奋。唐铭带回来的消息，至少说明了他到南州来这年把时间，思路是对的。他看准了南州的科技优势，并且尽力推动南州的科技创新。科技就是一把金钥匙，它能开启南州快速发展的大门。唐铭刚才比喻说是借东风。这比喻好。而更好的是，南州的东风是现成的。科大，那么多的科研院所，五万多名高级知识分子，这都是东风，东风啊！就连上次，东方电子的高董看了后，也惊叹不已。说还想把东方电子的研发基地也搬到南州来。南州有这样好的势，我们不借，别人就会抢先借去了。有了势，一切产业就有了基础。这东风必须得借。古人说忙趁东风放纸鸢，南州这要是忙趁东风好创新啊！

唐铭端着杯子，看着茶叶在里面翻转，突然问，这茶好吗？

杜光辉一惊，他一时没明白唐铭的意思，只答道，好。

对，这是好茶。我们借势，就像沏茶。我们要沏好茶，迎客人。春节时候，我去拜会他们，他们的愿望也很迫切。科技研发也必须形成产业化，从科技变成产品，这是必须要走的路子。我们只需要给他们搭桥修路，搞好服务。我想，要花大力气来做这方面工作，真正地将大学、院所与南州市连成一体。

书记这么一说，我思路就开阔了。我们以前搞的一些规划，还是立足在南州现有资源上。借势不够。

唐铭道，不是借得不够，而是根本没借。

确实。必须要想办法，解决这个问题了。

两个人又就此商量了一番。茶水加了几次，唐铭放下杯子，盯着杜光辉，问，听说你家出了点状况？

书记，这……您怎么知道？

这你不要问。上次我就知道了一些，我还不太相信。昨天在北京那边，又有人跟我说到这事。他们说得恳切。到底是谁的问题？是不是跟来南州有关？如果是，那是我对不起你了。

杜光辉连忙做了解释,说是有这么回事。离了。四月份的事。当时就向社科院汇报了,因此就没跟南州这边说。事情到这一步,是杜光辉和茹亚都不愿意看到的。但是,毕竟走到这一步了。如果说与杜光辉来南州一点关系没有,那是假的。但关系不大。也许就是缘分吧?缘分尽了,那就散了吧。一开始还有些接受不了,现在,都想通了。

真想通了?

真想通了。何况就是不想通,又能怎么样呢?只是苦了我女儿,我对她很愧疚。

唐铭也叹了口气,说,是啊。到了这个年龄,碰上这样的事,光辉啊,确实不太容易。但怎么办呢?已经出来了,就得面对。毛泽东主席曾有两句诗:牢骚太盛防肠断,风物长宜放眼量。要放眼量啊,南州这片大好天地,就是你放眼量的地方啦!

杜光辉说,谢谢书记。我懂得,也尽量做好。

唐铭说那就好。我就放心了。刚才我们商量要将科大、物质院他们请过来,搞个校、院、市三方的合作。这主要还是摸摸底子,摸一下这些院所和大学,到底有哪些科技成果能够让南州这边来转化?同时,了解一下他们需要南州做些什么服务?虽然他们有自己的体系,但这种整合一旦形成,就等于南州建立了自己的研究机构。将来项目,科技研发,都将不成问题。这事要越快越好。

杜光辉道,这十分有必要。蒯校长和李敬那边,我很快就可以联系。争取近日能召开一个三方合作的论坛。

要高端,要大气,要能出实在的成果。唐铭强调道。

杜光辉喝了口茶,茶味开始淡了,他说,东方电子南州公司那边正式向市里打了报告,要求扩厂。原来我们答应是五百亩,现在只给了三百亩多一点。我想,还是按照规划,向化工园那边拓展。可是,宗一林宗主任那边……

这个,我来跟他谈。他必须服从市委安排!

那就好。我先让李明他们拿个意见,回头再上会汇报。

回到办公室,简主任又过来了。他将刚刚搞出来的南州市的科技创新规划方案递过来,说,中央正式提出了科技创新战略,我们这个方案搞得正适时。还是杜市长有眼光。不愧是做宏观经济学研究的。敏感,敏感!

杜光辉接过方案,扫了眼,说,我也不是敏感,只是从南州的发展上看,到了必须以科技创新为第一战略的时候。南州有这优势,为什么不用呢?刚才书记跟我说要借势。这个词用得多好。借势,借大学、院所和方方面面的势来打造南州经济发展的新引擎。简主任哪,我觉得要把"借势"这个概念放到这方案里来。

这是个新词。当然喽,严格说是旧瓶装了新酒。简主任说,放进去容易,只是要有贴切的动作。大帽子底下要有人,要有具体的目标、方法和措施。

所以,要集思广益,听听各部门的意见,征求社会各阶层的意见,包括政协委员、人大代表的意见。当然,现在首要的是,征求大学、院所和一些企业的意见,他们是这个方案的主体,也是灵魂。

简主任干咳了声,他最近有些感冒,他捂着鼻子,说,那我让政研室分头去跑。先听意见,再来修改。

杜光辉很满意简主任的方法,搞了一辈子文字,简主任算是驾轻就熟,游刃有余了。他将方案又递给简主任,说,有空,我陪你们一道跑。

简主任说,那太好了。由市长带队,我们的征求意见就更有质量了。

等简主任走了,杜光辉给李敬打电话,说了唐铭书记关于三方合作的想法,李敬说,这不是干不干的问题,是早干与晚干的问题。我早就说嘛,这条路对南州来说,是最好的捷径。哪个城市能找到这么多的科学家,科技成果俯拾皆是?合作好,你们只管服务,我们只管研究,中间架桥,那就是企业。这种格局一形成,南州很快就会了不得。

听你这么一说,我似乎是看到一幅最好最美的蓝图了。可是,谁来画呢?怎么画?

我们都来画。李敬说,我们都把这蓝图画成了现实,那也就不枉来南州工作和生活一回了。

大学、科研院所与南州市的三方合作,看起来水到渠成,但真要做起来,却也还有很多的事情。杜光辉最近一直在忙着这事。他中间给可心打过两次视频电话。可心马上就要中考了。他让她多休息,放松心情,以最正常的水平迎接考试。可心没有以往那么开朗,其实,自从知道他与她妈妈正式办了手续后,可心有一段时间基本不太说话。岳母告诉他:每天晚上,孩子回来后就钻进自己的房间,你要是问她,她只是看着你。你要再问,她就会掉眼泪。那个样子,谁舍得再问啊!岳母说,每问一次,她跟可心都受一次煎熬。杜光辉说,这是我和她妈妈的错。

岳母说,既然离了,也不在乎谁对谁错了。你是可心的爸爸,你也永远是我的女婿。

杜光辉哽咽着,他喊了声"妈",说可心在您那儿,让您受苦了。

岳母说,不受苦。女儿到美国去了。可心就是我心头最大的宝贝。

杜光辉在视频里看见女儿瘦削的脸庞,心里一阵阵地疼。但他强装着,笑问,中考过后,来南州吗?我这可是有瓜片的。

不去。女儿答得干脆。

他一震,他没想到他和茹亚的一次决定,如此伤害了女儿。他说,随便你。等考试过后再说吧。

可心望着他,那清亮的眸子里,有了些忧伤与委屈。然后,可心问,我中考你不回来吗?

这……杜光辉说,回去。一定回去。

在中考之前这一段时间,杜光辉集中带着李明、梁大才和简主任到科大、物质院、董铺岛跑了一趟。在科大,他甚至遇见了自己当年的老师。老师已经九十多岁了,居然还能清晰地叫出杜光辉的名字,这让杜光辉差点就哭出来。老师颤颤巍巍地问他,当年,你最喜欢到图书馆读书,还有那个陪你一块儿的隔壁系的女生。

啊。杜光辉的心像针扎似的。

老师叹道,她后来去世了,是吧?

是的。老师。

我最近在家里数了下,我到底记得多少自己教过的学生。老师孩子样地天真地笑着说。

杜光辉觉得这很有意思,便问,多少?

没有数清。太多了。数着数着,便乱了。老师有些遗憾道。

杜光辉说,那自然。老师您一生桃李满天下,怎么能数得清呢?感谢老师当年的教育和培养呢。

老师高兴地笑着,缺了牙的嘴,笑出的声音也是淡淡的。这恰像九十多年的岁月,到最后都云淡风轻。可是,老师还是有事情做的。他至少能每天在心里数着他教过的学生。这种数,也许将会陪伴着老师一直到最后逝去。同时,这种数,又是多么温暖与可爱的啊!

在科大校史展览馆,杜光辉像当年刚入校一样,认真地看着那些关于科大的虽不惊艳却动心的故事。校史上明明白白地写着:一九六九年,科大按照国家统一安排,来到南州。当时,南州也是困难重重。可是,再困难,也得安顿好科大。这是江南省和南州当时负责人的高度共识。杜光辉指着这段话,对蒯校长道,要没这个,就没今天我们站的这儿了。

我甚至不敢想象当年南州如果不接受科大,那科大现在……事实上,当时,科大先联系了好几个其他省的城市。他们都没兴趣。最后是江南省的领导拍板,说欢迎。结果,科大就来了。这一来便扎下了根。蒯校长说,我们一直说,科大不能忘记当年江南省和南州人民的恩情。

说到恩情,杜光辉还真想起来了,当年他一进科大,老师在校史介绍中,就提到南州对科大的支持。只是当时他们太不以为然了。他对蒯校长道,其实,也不是恩情,而是为我们现在的合作奠定了基础。科大与南州,其实密不可分。校在城中,城校一体。这才是应有的格局。

的确。校在城中,城校一体。快五十年了,科大哪样能离得开南州?虽然我们是直属高校,但我们生活在南州城里。我们看着南州城从当年的三条路变成现在的道路纵横,由当年的四牌楼的四幢五层楼,到现在高楼林立;看着这个城市的书店一天天增多,这个城市的高度也在一天天增高……我们看着,也感受着。杜市长哪,我们其实也是鱼和水的关系嘛!

校史展览馆里有历届学生入学与毕业时的合影。在田忆他们班的合影前,杜光辉站了许久,他一眼就认出了田忆。她穿着淡蓝色的学生装,梳着短发,眼神清澈,如同天使。他看着,耳畔就回响起田忆清脆的笑声。他身子禁不住微微颤抖。梁大才站在边上,顺着杜光辉的视线看过去,他居然看见了照片上那个神情和形象都极似孟春的女孩。他脑子里猛然冒出一个念头:杜市长难道是在看着这个女孩吗?她为什么与孟春副局长那么像?他想扭过头看看杜光辉,但始终没有。而杜光辉已经收回了目光。刚才,杜光辉已在心里完成了与田忆的告别。他说,你能永远年轻地活在这照片上,多好!

六月,董铺岛上已经有蝉鸣。按往年的节气,此时正应该是江淮分水岭上的梅雨季节。梅雨是江淮之间特有的天气现象,每年五六月份,阴雨连绵,最长可达一个多月之久。久雨不晴,大地饱含了雨水,万物疯长,甚至连树杪都以惊人的速度,往雨水中的天空升腾。地上,到处都是流水。就连石壁上也生满青苔。家中的瓦罐上,爬满滑腻腻的蜒蚰。墙壁上,挂着水滴。梅雨,霉雨,一等太阳出来,人们就将被子、衣服,等等,拿到阳光下暴晒,谓之晒霉。但今年,也许是全球变暖的缘故,或者是老天忘记了,梅雨几乎不曾到来。四月以后,虽然杜光辉的心情一直沉郁,但天气帮助了他。晴好的天气、明媚的阳光,让人容易遗忘一些应该被遗忘的事情。没有了梅雨的梅雨季,天气比往年就明显地热得早些。六月刚到,气温便已经升到了三十度。杜光辉一行人行走在董铺岛上,道路两旁的香樟树,枝条互相纠缠,杜光辉想,这多像量子纠缠。原来世间的万事万物,看起来不尽相关,却都是相互纠缠、相互联系着的。这就像一个巨大的链条,没有人能够真正地脱离这个链条。一旦脱离了,那就正如蒯校长所说,鱼儿离开了水。任何绝对的独立,其实便是死亡和消失。

生命实验室主任肖剑理着平头,乍一看,谁都不会想到他是哈佛的高才生。他与杜光辉说到哈佛小镇的秋天,说那些黄叶是哈佛小镇最美的秋色。杜光辉问,回来三年了吧?

快三年了。

后悔不?

肖剑有些调皮地反问了句,杜市长到南州来,后悔不?

两个人相视一笑。肖剑说,对于一个科学家来说,做研究,这个岛是最好的地方。真的。最好。

那是因为你们当年回来时,不仅仅带回了你们的学问,还带回来了大量的科研设备。有时候,真的想象不出当年这个荒岛,现在却成了世界科学的前沿。杜光辉说道。

肖剑摸着下巴,望着那些葱绿的香樟树,感叹道,其实,这岛见证了一代代人的奋斗,也送走了一代代的人。前两天,这里刚刚走了一位老专家。那些最早一批上岛的,大都已经老了。有时看着他们,觉得我们这一代也时间不多了。

杜光辉也望着那些香樟树,那些粗壮的高大繁茂的香樟树中,说不定就有一棵是肖剑所说的刚刚离开的老专家栽下的。树还在,人已去,但他们应该也是无憾的——他们把生命都留在了这个岛上,岛和岛上的树会永恒地承载着他们。听到肖剑说觉得这一代也时间不多了,他感叹道,时不我待。确实,我有时也很有紧迫感。不仅仅我们,我们这一代都是。

也许这就是这一代知识分子的共同命运吧?国家、民族,我们心里总是有报国的情怀。早些年,教育报国;后来,实业救国;再后来,革命救国;到现在,到了科技报国的时候了。我们不干,谁来干呢?有时候自问,这真不是什么单纯的高尚,而是出自良知与责任。我们一道回来的其他几位也是,今年,我妻子也将回来。她也将加入我们的团队。我们希望在三年内,能建成世界上顶尖的肿瘤基因库,并成为肿瘤基因研究最重要的基地。

肖剑说完,眼神里有光。杜光辉甚至被他眼神里的光所震撼,他问,这研究下一步会不会产业化?

当然会。利用基因库进行肿瘤的治疗,是我们最终的方向。肖剑说国外已经有这方面的探索,但国内目前才刚刚起步。他觉得科研机构与南州市的合作,重点就要放在科技产业化上。科学家们做研究,南州做产业……

对!杜光辉说,要的就是这个点。你们做研究,我们做产业!他对李明和梁大才道,你们听听,肖博士的一席话,胜过我们在家苦思冥想大半年啦!

正逢周六,晚上,李敬拿出两瓶藏了多年的好酒,非要杜光辉多喝几杯。从四月以后,他们一直没聚过。李敬知道杜光辉与茹亚离婚的事,他举着杯子与杜光辉碰了一个,说,也许是好事。反正都是回不了头的事。我们做研究的,就讲究往前看。至于过去的,你抓也抓不回来。既然抓不回来,再费力地抓它干什么?

杜光辉说,老哥的话我懂。我已放下了。就像亚先生那样,一放下,天地澄明。

哈,还真参透了禅机呢。李敬说,可惜,蒋峰那小伙子,唉!

梁大才说,确实可惜。孟春这段时间都很消沉。也是,换了谁赶上这事,都难以想开。他们俩是大学同学,后来,蒋峰出国深造,孟春留在南方读博。前几年,蒋峰回到南州来造无人机,孟春跟着也调回来了。他们这一对啊,都是事业狂。只可惜,唉,太年轻了。无人机刚刚出了商品机。要是再迟几年,蒋峰也能看见他的无人机,真正地任我飞了。

梁大才这话,让一桌子人无语。杜光辉心里尤其难受。他本来准备最近到任我飞去一趟,看看生产情况。但会议多,事情多,总没安排上。他对梁大才说,明后天,找个时间,我们去任我飞看看。那个老李,我后来联系了几次,情绪也很消沉。

市长是得去看看,现在,这些中小微企业不容易啊。

市里也要出台相关政策。李敬说,中小微企业是促进经济发展的细胞,一个地方,自然需要大企业,需要像东方电子、永力集团这样的大公司,但更需要任我飞这样的中小微企业。星星之火,可以燎原。可是现在,据我所知,中小微企业不容易啊!像蒋峰他们,把自己所有的资金都搭进去了。想贷款又因为抵押等条件受拒,最后还是请市长出面才解决了。我甚至认为,蒋峰不仅仅是因为企业本身的压力,更重要的是资金和其他方面的压力,把他给压垮了。

杜光辉有些难过,道,是政府对不起他们哪。唐铭书记也提到过要加强对中小微企业的扶持,我们太注重大企业了,忽视了中小微企业。蒋峰去世那天,我去看了下,就觉得很对不起他。政府没有做好服务工作,没有能够减轻这些企业经营者的压力。像南方,现在看来,有那么多突出的大企业,但是,那些大树底下还有无数的小树。无数的中小微企业,连接起了大企业的整条产业链。今后,确实得在这方面进一步加强。

过了两天,梁大才问杜光辉有没有时间,如果有,就去任我飞看看。杜光辉说正好有个会议的间隙。车子开到任我飞的厂房门前,没有人声,也没看见人影走动。杜光辉和梁大才直接进了车间,车间里也没有工人。再往里走,老秦一个人像只泥塑似的,呆坐在桌前。杜光辉喊道,老秦,其他人呢?

停产了。

怎么停产了?一直在停产?

从蒋峰走了后,就没开工过。没心情。

这可不行啊,老秦。老李呢?

老李在宿舍天天喝酒,喝过了就睡觉。

这……带我去看看。

老秦说,没必要吧?市长,让他睡吧,我也想睡呢。

有必要。走吧!

老秦很不情愿地站起来,领着他们到后边的宿舍区。推开老李宿舍的门,老李正睁着眼睛躺在床上,见了人,也不起来,只是望着。杜光辉坐在床边,说,老李啊,你看看你!我也知道,蒋峰走了以后,你和老秦的心情很难过。可是,人走了,你再怎么着,他也不会回来了。死者长已矣,而生者,还得努力地活着。你们要是真的悲痛,真的怀念蒋峰,那就不应该这样消沉,而是应该振作起来,将无人机尽快投向市场。我相信,蒋峰最想看到的不是你们这个样子,而是凝结着他的心血的无人机,能真正实现天高任我飞。

可是,可是……没有了蒋峰,我们都不知道从哪里着手。以前这些事情可都是他操办的。老秦说。

那也得学着办。任我飞投资了这么多,花了你们这么多心血,怎么能说停就停呢?你们这是不负责任,知道吗?不仅仅是对工厂不负责任,更是对蒋峰不负责任,对你们自己不负责任!杜光辉提高了声音,嗓子却有些哽,说,我希望看到你们还像蒋峰在世时一样,将研发搞得更深入,将产品打造得更精良,从而创出南州的无人机品牌。你们的目标不是冲出亚洲,走向世界吗?像这样消沉,能成?

不能。老秦嗫嚅着。

那还说什么?振作起来,好好干!再过半个月,我再过来,老李,老秦,有什么困难,我来解决。但我希望能看到像从前那样的无人机厂!杜光辉没再说什么,而是转身跟梁大才一块离开了。老秦站在屋前,等他们走远了,回头对老李道,昨晚上我梦见蒋峰,他也在骂我们呢!快起来吧,老李,明天,就让大家都来上班!

趁着回京陪可心中考,杜光辉回了一趟所里。新所长已经到位了,并不是原来大家猜测的要从内部产生,而是将高校一位副校长调来了。这副校长姓侯,算起来与杜光辉是同门。所以一见面,侯所长便握着杜光辉的手,摇了摇,又摆了摆,然后才说,光辉啊,你不干这个所长,让我来,我真是压力很大啊!这所长本来就应该你来当。

组织上的安排,一定有组织上的道理。侯所长,你合适。杜光辉说的并不是客套话,他虽然离开经济所还不到一年,可是他感觉似乎离得很远了。

那以后,还得请杜所长多关照,多支持啊!侯所长有些异样地看着杜光辉,轻声道,还一个人?

一个人。杜光辉心想,才多久啊,不就才两个月吗?

接着,他好像有点明白侯所长的言下之意了,你杜光辉难道以前除了茹亚,就没别的女人吗?或许早就有了呢。

想着,他有些恼火,但压着,说,我去看看其他人。

两个想竞争所长的副所长,一个见了杜光辉,似笑非笑道,我们当时都推荐你,你不干,让那姓侯的捡了干枣子。

我不干,你们可以干啦。都太谦虚了,组织上只好派人来了。杜光辉道。

另一个更直接,既笑又怒地说,如果不是想着你能上,我们哪会……?结果呢?成了现在这样,这明摆着是说我们经济所没人嘛!唉!

杜光辉觉得无趣,在所里匆匆转了一圈后,便去考场。在考场边上有家书店,他进去看了看,都是些畅销书。他准备转身出门,却在不显眼的位置发现一本红底白字的厚书,上面两个字"借势"。他翻了翻,是本官场小说。他放下书,却在嘴里将那两个字重复了好几遍。

十六

孟春进门时喊了声:杜市长。她手里拿着一摞材料,人比以前明显地瘦了不少,眼睛因此显得更深邃。但是,整个轮廓依然能看出是田忆当年的轮廓。她将材料放在桌子上,站着,说,规划又重新编制了下,主要围绕科技创新来做,包括研发、产业与人才及市场等几个部分。

杜光辉站起来,示意孟春坐下,然后给她泡了杯茶,说,这是瓜片,挺好的,我原来不喝,现在也喝习惯了。

瓜片本来就是好茶。孟春说,蒋峰以前也挺喜欢的。

说着,她低下头。杜光辉将目光移开,看了眼窗外。夏意正浓,绿轴大道上的绿如同堆着,杜光辉想起古人说的堆珠砌玉,或许就是那样的景色吧？他收回目光,叹了口气,然后道,啊。一直想找你谈谈,可是,怕……前几天,我去任我飞看了下,老李和老秦的情绪都不太好,把工人也给弄回去了。我让他们振作起来,我说蒋峰如果知道他们这样,那多伤心！怀念蒋峰最好的办法,就是尽快把无人机商品化,推向市场。

孟春抬起头,她眼睛微红,说她也跟老秦和老李说过了,她告诉他们蒋峰回到南州,就是为了无人机。他这一生就牵挂在无人机上,最后也是为了无人机而走的。如果现在他们半途而废,搞不出无人机,蒋峰若是有知,也难心安。

就是啊。所以,大家都得好好活着。杜光辉说,生者好好活着,其实就是对逝者最好的怀念。

孟春点点头,杜光辉说,我真没想到,你们是一家子。你们的孩子,我见过多次。

小鹏也说过,说见过您,在政务广场。

杜光辉说到小鹏的沙雕。说沙雕做得相当好,那个关于未来城市的设想,大胆、充满新意。每次看了,他都很受启发。他提醒孟春喝茶,接着道,你别说,孩子们的眼睛里,对这个城市的幻想与发展,与我们大人还真不同。那是最有意思的,也是最没有功利色彩的。他们只有一个概念,那就是城市在生长,不断地生长。

孟春眼里闪出光泽,她告诉杜光辉,小鹏从小就喜欢动手,做这样做那样。很小的时候,小鹏用橡皮泥捏小鸡小鸭,给它们做窠。稍大些后,用积木搭长城,搭得老长老长的,还非得让他爸爸给长城的每一段都标上名字。上初中后,他开始迷上了沙雕,自己还悄悄地写科幻小说。有一回,我无意中看到他存在电脑里的一篇科幻小说,在他的笔下,爸爸造的无人机早就上天了,而且还在宇宙中建立了无人机中转站。他爸爸走后,他还劝我,爸爸没有走,他说爸爸是提前到宇宙中建他的无人机中转站去了。

这孩子！杜光辉听着既感到有趣,又有些难过。他有意识地将话题往明亮的地方引,说,这孩子的想法确实有意思。现在的孩子啊,不像我们那时候了。我们那时候,十五六岁,啊,他应该是这么大吧?得到孟春肯定的回答后,杜光辉继续说,我们那时候,十五六岁,活得像个傻瓜一样。哪知道外面有如此丰富的世界,更不用说科学幻想,建造属于自己的未来城市了。文明在进步,其实在孩子们的成长中,看得最明显。

杜市长,您看到了一面,但还有一面。就是现在的孩子们想法太多,那种本应属于他们这个年龄的快乐,太少了。小鹏每天回家,基本上都钻进房间。以前是,现在更是。问他三句,他答不了一句。他们只在自己的世界里陶醉,与现实越来越隔。唉,以前,他和他爸爸还经常在一起讨论科学,两个人都是科幻迷。现在……孟春说着,擦了下眼泪。

杜光辉劝孟春别想太多了。带好孩子,有什么困难,就跟组织上讲。

孟春摇摇头,说没困难。日子,总得往下过啊!

说罢,她起身,拢了下头发,这姿势让杜光辉又一下子想到了田忆。他终于开口道,冒昧地问一下,你认识一个叫田忆的南州女孩子吗?

田忆?我姐!孟春受惊吓似的,猛然站起来,直直地望着杜光辉。

杜光辉的手开始颤抖,他脸色发红、发烧,他只好转过头,说,她是我的大学同学。

啊!对,都是科大的。太意外了,真没想到。

我第一次看见你,记得是在电梯里,当时就觉得奇怪。你与你姐姐太像了,真的。

孟春垂下眼帘,轻声说,确实。谁见了都说我们像。我跟她就像双胞胎一样。但事实上不是。我姐比我大八岁。但我们真的是一个样子。我姐走后,我妈妈哭着说,难道上天早有安排,让小女儿意外地来到人世?以此弥补我父母,让我代替我姐活着。我们俩,一个跟父亲姓,一个跟母亲姓。所以,姐姐姓田,我姓孟。

杜光辉心里就像被人扯了似的悬着。他想张口说出心里早想说的那句话,但始终没说。

倒是孟春说了:我姐是先天性心脏病。医生说她活不过十二岁。我爸妈本来不准备要我的,我是纯属意外来到了人世。我姐她活了二十岁。不过,她去世却并不是因为心脏病,而是因为车祸……孟春眼泪流了下来,再也说不下去了。杜光辉给她递过纸巾。孟春一边擦拭,一边叹了口气,说,我这一生,也许真的是命太硬了。我姐走了,现在,蒋峰又走了。唉,杜市长,你信命吗?

我不信,但我不反对。我是搞研究的,我尊重所有人的选择。

但很多事,除了命,你无法解释。像我姐,像蒋峰,为什么?为什么他们这么早就走了?是谁在主宰着他们?难道不是命吗?

杜光辉心里的那句话,又差点儿脱口而出。但临到嘴边,又吞下去了。他岔开话题,说这个我回答不了。世界上还有很多暂时无法回答的问题。比如量子,很多现象,就是程建华也回答不了。既然没有答案,至少是目前没有答案。那么,我们就姑且存疑吧。不论信什么,只要能有利于现在的生活,有利于好好地活下去,就不是坏事。

我也是这么想的。孟春问,听小王说您上周回北京是陪孩子中考?

是的,我女儿今年中考。

我家小鹏也是。孟春说到小鹏,脸上舒展些了,说孩子中考可能考得不太理想。主要是他爸爸的事,对他影响太大。一个十五六岁的男孩子,哪经过这样痛苦的事情?有时候,她宁愿在办公室加班,怕有空闲,甚至真的很怕回家。她怕见到儿子那双眼睛。那双眼睛似乎在寻找,在等待。她知道儿子在寻找什么,等待什么。儿子是在寻找和等待他爸爸回来。可是……她无法跟儿子说。除了暗自哭一回,她能怎么说呢?

杜光辉没法回答孟春这一问,而且,孟春也不需要回答。他说,理解。孟局长,这需要一个过程。为了让孩子尽快走出来,你必须更早些走出来。我跟老秦和老李也是这么说的。走出来,就有阳光。不走出来,就永远是阴天、雨天。

谢谢。我会努力的。

杜光辉给孟春续了点水,开始谈到孟春拿过来的规划。最近国家提出了科技创新的大战略,对于南州来说,是个相当好的机遇。所以,市里要重新编制南州科技发展规划,其中重要的一点就是要将大学、科研院所和南州市三合一,打包起来共同发力,共同发展。大学和科研院所能给南州提供最先进的技术,南州要成为这些技术的承接方,要用这些技术来做产业。科大和那么多的科研院所就在南州,南州是近水楼台,可是,多年来,没有很好地利用。而在国外,一所大学可以带动一个小镇,像哈佛小镇、剑桥小镇都是。同时,一个产业也可以带动一座城市,像底特律的汽车城,硅谷带动了旧金山湾,等等。南州就是要借这些大学、科研院所的势,打造全国乃至全世界有影响的科技城。南州有优势,有基础,南州可以理直气壮地这样说,这样做。

孟春说市里和杜市长看得准。南州最大的优势就在这,我当年回到南州后,专门做过这方面的调研。

杜光辉插话说,那调研报告我看过,很有见地。

孟春淡然一笑道,见地谈不上,但我的初心是要立足南州资源,寻求如何破解南州经济发展困局。她说到当初写那报告的初衷,是在工作之中,注意到了南州不同于其他省会城市的最大优势,那就是科技。因此,花了大半年工夫,读材料,跑企业,访问和座谈,最后形成了那份报告。当然,孟春觉得那份报告做得还不够深,说得不够透彻,很多观点,现在来看,已经落伍了。这一两年来,南州虽然没有系统地提出科技创新的概念,但是,一些企业的实践也证明了必须走科技创新的路子。比如南州洗衣机厂兼并重组了,依靠科技又重新获得了活力。东方电子南州公司更是典型的科技型公司,其实也都与南州的未来发展方向相一致。这次又提三合一,强调发挥大学与科研院所的作用,应该说都很及时,都是在获得部分成功的基础上进一步明确了思路。这些都是南州的势,这种借势,关键是借来了,就要形成产业,产业链跟不上,那就只能是空中楼阁,做无用功。

杜光辉说,我也正在考虑,没有产业链,单纯的科技还是无法转化为生产力的。

所以,要转化。怎么转？孟春似乎一时走出了刚才的阴影,说一是引进大型企业；二是要发展中小型企业,形成产业集群。洗衣机厂,加上马上要正式签约的冰箱厂,再引进一些上下游企业,南州就可能具备了与其他家电城市比拼的能力。我们现在是做活这两个龙头企业,将来还是要形成家电产业集群。电子这一块也是,东方电子南州公司刚一投产,就同时引来了十几家上下游企业。将来还会更多。

点,线,面,链。杜光辉打了一个纵横相接的手势。这手势,让他有些回到站在讲台上的感觉了,他强调说就是要有这样的梯形发展结构。首先是企业,是点。企业拉长产业,是线；点再扁平化,是面；线面结合,就是链。他问孟春,孟局长,是这样吧？

的确是。孟春点点头,她深陷的眼睛里的光芒一闪而过。但杜光辉看到了。他觉得一个女人承受着失去丈夫的哀痛,是那么的深切。他拿起水瓶,要续水。孟春站了起来,接过水瓶,也没说话,就给两个人的杯子都续了水。然后,她喝了一口,说,真是极好的瓜片。

杜光辉笑笑,说,欢迎常来喝茶。

宗一林像旋风一样冲进了刘振兴的办公室,嘴里还在嚷着：十几亿,谁给我啊？

刘振兴正在文件上画着杠子,头也没抬,就说,谁又惹了你啊？啊。

谁也没惹我,是我自己惹自己了。宗一林摸着光头,他鹰般的眼睛盯着刘振兴,说,市长,这个责任必须要弄清楚,试验区一下子少了十几亿,谁来负责？

什么十几亿？刘振兴明知故问。

市长您说,还有哪十几亿？宗一林往前走了两步,身子贴着桌子,向刘振兴倾着。如果不是隔着桌子,他就差一点儿能用双手按住刘振兴的头了。

刘振兴抬起脸,睨了宗一林足足一分钟,才道,好了,好了！老宗啊,你这暴脾气,都抱孙子的人,还不改。快,坐下,坐下！先喝口茶,有事慢慢说,慢慢说!

宗一林抹了把鼻子,说我这脾气都一辈子了,也不打算改了。他问刘振兴,你觉得这化工园能这么搞?宗一林能直接追着问刘振兴,他是有底气的。严格算起来,刘振兴曾经是他的部下。当年,宗一林到试验区之前,曾经在发改委当过一段时间的科长,刘振兴那时候大学刚刚毕业,跟在宗一林后面当科员。所以,宗一林一高兴了,就直接喊振兴。刘振兴也没办法,而且也不好生气。当然,在外面正式场合,宗一林还是很注意的。最多喊振兴市长,是不会特别地喊"振兴"两个字的。现在,办公室就他们两个,宗一林气还没消,将茶喝得呼呼地响,然后道,这事,是不是市委集体研究了?按理,应该征求下我的意见吧?我大小也是试验区的主任嘛。

是集体研究了。刘振兴说,这也是势在必行。

这个……宗一林有些底气不足了,但还是犟着说,那也得跟我先说一下嘛。我跟化工园的企业说,分期分批拆迁。哪曾想到,你们一下子就要我全部拆完。我怎么跟他们解释?

刘振兴大概是生了一场病的原因,性格变得斯文了。他慢慢地向宗一林解释,说市委和政府集体分析过来,特别是杜光辉副市长专门提出来,化工园涉及几十家企业,有来得早的,也有来得迟的;有规模大的,也有规模小的,情况不同,企业经营状况也不同。如果分期分批拆,诉求不一,矛盾更多,只有一刀切,快刀斩乱麻。他拉住宗一林,说,老宗啦,一次性拆迁,其实,我后来想想,这对你来说,也不是个难事嘛。那些企业都是你招来的,能不听你的?

听、听我的?企业只听人民币的。宗一林突然又压低了声音,说我倒不是怕拆,我是觉得这样做不地道。地道吗?振兴市长,这很不地道啊。而且,有些企业,你也不是不清楚,拆不了啊!请神容易送神难哪!

刘振兴问哪些企业,如果需要,政府可以出面来做工作。

宗一林却岔开了话题,说没什么,没什么!就是这些企业突然要拆,他们到哪里去?那么多的资产,怎么算?这些钱谁来出?试验区是没有的,试验区搞了几十年挣来的那么一点仅有的家底,不都给东方电子南州公司拿去了吗?我宗一林现在是一穷二白啊!宗一林说到激动时,额头上冒汗,他擦了一把,又偷偷瞟了眼刘振兴。好在刘振兴正看着天花板,他又道,杜市长提出要一刀切,那是他的主意。他从北京下来,哪知道基层的实际情况?说拆就拆,让他来拆好了。我不干了。

真不干了?

真不干了!

刘振兴笑笑,说老宗啦,真不干,简单!给市委写个报告,明天我就让唐铭书记批准。那可就轻松了啊,可以每天喝着小酒,唱着小曲,优哉游哉了啊!

宗一林没想到刘振兴如此将他一军,有些尴尬道,刘市长,别再取笑我了。我现在可真是老鼠钻风箱——两头受气。我这是来向你汇报,关键是十几亿怎么办?还有拆迁的资产怎么算?至于怎么拆,我得去问杜光辉杜市长。他是宏观经济学家,他应该有办法……

刘振兴打断他,说别再去招惹他了。光辉市长现在忙得很,科技创新这一块,事情多。他这两天正在忙冰箱厂签约的事。你就别去了。老宗哪,也得改改你那火暴性子了。静下来想想,任何事,不要做过了头。那样,想再回来,都不容易啊。

市长这话的意思是……?宗一林皱着眉头,又像恍然大悟似的,一拍脑袋道,反正试验区也不是我宗一林的。随你们怎么玩吧!

这可不是玩的事。老宗!

不说了,不说了!晚上到我那里去,二十年的好酒,还有几个土菜。六点,好吧?宗一林没等刘振兴同意,就往外走。刘振兴哎哎地喊了两声,他也没答,嘭地关上了门。刘振兴摇摇头,说,还是这样,可现在不比从前了啊。

宗一林下了楼,正要上车,却看见杜光辉和李明一道下车,他迟疑了下,还是走过去,招呼说,杜市长,忙啦!

正好想找你。宗主任,上去吧！杜光辉没停步子,宗一林却不走了,他站在原地,说,我就不上去了。宗一林知道杜光辉找他一定是因为化工园拆迁的事,他索性道,化工园拆迁,一刀切,是杜市长提出来的吧?

是我提出来的。怎么了?

宗一林有些来气,嗓门也大了,他用手一指,说化工园那么多企业,那么多资产,一刀切,都得拆迁走。杜市长,恐怕这能耐,也只有您才有。我宗一林可真不行。所以,我过来请教杜市长,给我指点指点。宗一林虽然脸上有笑,但那笑生硬,像刀刻似的,直凛凛的,刺人。

李明看着,马上过来打圆场,宗主任,有话上去再说吧。

宗一林没理他,只看着杜光辉。杜光辉也盯着他,说市委在研究拆迁化工园议题时,我是提出了自己的建议。我认为一刀切是解决化工园拆迁的根本措施。但是,最后出来的决定是市委集体做出的。所以,请宗主任还得多支持。至于怎么拆迁,那是具体工作方法问题,宗主任工作经验足,一定比我更有把握。还用得着问我?

宗一林被杜光辉这绵里藏针的话给堵住了,他不好再说什么。再说,显得他就是来找杜光辉的碴儿的。他黑着脸,摸着光头,突然哈哈笑着说,也是。杜市长说得也是。反正都是革命工作嘛,谁来拆不都一样?好啦,好啦,走了。走了!走了啊!

宗一林说着就上了车,杜光辉对李明道,再对明天签约的事检查一次,确保万无一失。

海洋冰箱终于来到了南州,相比于东方电子落户于南州,这个项目震动更大。签约后,杜光辉陪着海洋冰箱的常务副总李总,在南州转了一圈。当然少不了要看科大和董铺岛。李总是军人出身,办事麻利,作风硬朗。李总看完后,对杜光辉道,要是早一点让我看这些,或许我们早就来了。

杜光辉说现在来也不迟。南州科技开发刚刚开始,抢占先机者,从来都是赢家。

李总很自信,说如果这次合作能顺利达产,南州不出三年,就将超过南方城市,成为中国家电的核心生产基地。

我们不仅要成为生产基地,还要成为研发基地。我请李总看这一路,就是想告诉您:研发才是南州最大的实力。杜光辉像个魔术师一样,最后抖开了包袱。

李总说没想到杜市长还隐藏了这一招。不过今天我很高兴,看了这么多令人震撼的科学大装置和最新的科研成果。南州得天独厚,我们会考虑杜市长的建议的。

杜光辉这回没有请李总去城隍庙,而是去了刚刚开放的水街。这是一条复古与现代交融的商业街。穿街而过的清白河,两丈来宽。既可行小船,又可见游人摩肩接踵。每到夜晚,两岸点起灯笼,灯光与水及柳影参差交叠,十分浪漫。河中大多是小船,撑船的多是船娘,青衣小衫,一边撑篙,一边唱着南州小曲。这大概也正是水街的别种风情吧。水街主要是以餐饮、土特产与文玩为主。在街口,有一个斗大的"罍"字。李总左看右看,横竖也读不出音来。杜光辉说,这是"罍"字,与雷雨的"雷"一个音,是古代的一种酒器。江淮分水岭这一代,古人喝酒为了表示感情深,就彼此一口喝尽装在罍子中的酒,这就叫炸罍子。

有文化。李总问,现在南州还是这样?

还是。对尊贵的客人,还是要炸罍子的。

晚上,按照规定,不能喝酒。但李总豪爽,说理解杜市长的难处,他来做东。反正他现在也是南州的一员了嘛。杜光辉坚持按照程序给纪委做了报告。酒一喝起来,自然少不了炸罍子。虽然有李明他们保护着,但渐渐地,杜光辉就有点醉了。李总却正在兴头上,他问杜光辉,市长看见我身后了吗?

这?

市长肯定不会仅仅看见我一个人,就像不会仅仅看见海洋一家企业,是吧,市长?

杜光辉虽然头晕,但他立即明白了李总的意思,于是端起杯子道,李总,我们再炸一个。确实,我们看见的不仅仅是李总,不仅仅是海洋,更是一条完整的产业链。一个个上下游企业。要不了多久,它们就会呈现在南州大地上。到时候,我们再来炸疊子,李总,炸!

李总道,市长果真厉害。等大湖牌冰箱产值达到五十亿时,我请我们董事长过来,跟市长炸疊子!

好,就这么说定了。

晚上回到宿舍,杜光辉感到胃一阵阵灼痛。他只好侧卧在床上,静静地躺着。他看了看手机,发现刚才喝酒时,可心给他打了电话。他马上回了过去,可心似乎正在等着,立即接了,说,爸,我的成绩出来了。

一定很好。

确实很好!

那值得庆祝。跟你妈妈也说一下吧!

我才不愿意呢。不过,跟姥姥已经说了。

那就行了。有什么打算?

当然有打算。

说说吧,爸爸一定帮你实现。

真的?爸爸可要说话算数。

爸爸什么时候说话不算数了?是出去旅游,还是吃好吃的?

都不是。

那是什么?快说,别让爸爸猜了。爸爸老了,猜不动了。

不许爸爸说自己老,只准我说老爸。我可是要说了,老爸,你做好心理准备啊!

快说吧,搞得这样神秘。

好,我说了。我决定:去南州!

来南州?

是啊,我不是说过要到南州喝瓜片吗?

好啊,好!什么时候来?杜光辉心里甜甜的,他的胃疼也被治愈了。

老爸什么时候有空,我就过去。

那……杜光辉算了下,但似乎天天都忙。不过,女儿要来南州,他还是热烈欢迎并充满期待的。他于是道,下周吧。下周四五过来,我周末正好带你转转。尤其是科大,爸爸的母校;还有董铺岛,中国大科学装置最集中的地方。

一言为定。

拉钩。

拉钩!可心伸出小拇指,杜光辉也伸出小拇指,隔着时空,紧紧地钩在一起。

第二天上班,杜光辉竟然哼着小调,这是他自从四月后,第一次哼起小调,连他自己也被自己给感染了。到办公室前,他又到政务广场绿轴大道那边走了一圈。风景正好,阳光正好,心情也似乎正好。他想,一个人的心情被治愈是多么简单的事情啊!只要女儿一个电话、一次拉钩,所有的苦痛都烟消云散了。明月湖映着他有些欢快的面影,他觉得湖水中也仿佛开了花儿,一朵一朵的,然后都幻化成了可心的笑脸。回办公室时,他经过沙地。阳光照在沙地上,金黄松软。小鹏的沙雕不见了,他也一定在为着中考而奋斗。杜光辉觉得脚步也比往日轻盈。在上办公楼时,正好碰见简主任。简主任朝他看了看,问,杜市长,有喜事啊!

哈哈,怎么说?

我看你挺高兴的。不过,也是,最近海洋冰箱又签约了,杜市长是大功臣,是得高兴高兴才是。

那倒不是。是另外有事。

另外有事?简主任停下脚步,问,到底啥事?又有什么大事了?我怎么一点也没听说?

你当然不曾听说。杜光辉卖了个关子。

直到到了办公室门口,简主任一直跟着,杜光辉终于道,我女儿过两天要来南州。

就这事？

就这事啊！还不是大事吗？

简主任笑笑，说，确实是大事、大事！

杜光辉泡了茶，喝了几口，然后让小王问问小江，唐铭书记在不在办公室。小王没一会儿就过来说，唐书记半小时后要到明月湖宾馆会见检查组。

杜光辉马上赶到唐铭办公室，唐铭一见他就道，我正要找你。听说宗一林过来了？

书记知道这事了？我也正想来向您汇报下。宗主任可能对化工园拆迁有自己的想法。我觉得也可以理解。但是，市委既然已经定了，还是得坚决执行。而且，东方电子南州公司那边催得紧。他们正在筹备上三期。目前，东方电子南州公司的形势相当喜人，投产的两条生产线，仅上个月就创产值五亿多。如果第三条线上来，年底月产值就可以超过十亿。两年不到就可以达到设计产能。加上中下游配套企业产值，五年内，达到千亿是没问题的。

唐铭很是高兴，说这样的企业就更要大力扶持。所以当初答应的五百亩地，一定得按时交付。化工园是高污染企业是淘汰产业，迟淘汰不如早淘汰。早淘汰早转型，有利于试验区的整体提升。他想了想，让杜光辉别急着去碰宗一林，他要再找一林同志谈谈。这是政治任务，必须执行。

杜光辉说那更好，书记亲自做工作，宗主任那边一定会落实的。昨天我还跟李明主任商量了下，要经信委下周就进驻试验区，督促和帮助试验区完成化工园的拆迁。宗一林主任提出一些具体问题，我给振兴市长也报告了，他拿不准。

唐铭问，都是些什么问题？

杜光辉说，主要是拆迁企业的资产补偿。当时我们文件上规定了给企业的补偿，但没有明确补偿款是市财政还是试验区财政承担。宗一林说他算了下，少说要三四亿。试验区财政承担不了。

啊！唐铭说,这个,我得跟振兴市长碰一下。回头再说。

杜光辉说,还有个事。科技创新工作领导小组成立后,一直是松散式的办公。能不能阶段性的集中办公？这样也有利于工作。

可以。办公室设在科技局吧？不行的话,到政务会议中心先找间会议室。人员要精。特别是办公室主任,要能干。

这个,我有个人选,科技局副局长,博士。就是上次那个调研报告的作者。

孟春,是吧？

对。

我觉得行。就她！

杜光辉回到办公室后,立即通知梁大才和孟春过来,将唐铭书记的意见传达后,要求立即抽调人员,组建科技创新工作领导小组办公室。从下周起,在政务中心会议室集中办公。

孟春说,我当这个主任,恐怕难以胜任。

梁大才望着杜光辉,杜光辉道,孟局长,你能不能推荐一个比你更适合的人选？

孟春大概也没料到杜光辉会这样问她,一时语塞。杜光辉说,先干着吧,科技创新已经是南州经济发展的战略性工作,将来会成为引领南州经济发展的主要引擎。现在,我们的工作已经有了起色,一些大的科技型企业来了,我们与科大与科研院所的联系也紧密了。南州即将成为科大和中直院所科技转化的主场地。可以想象,下一步,南州将会成为一个典型的科技城市。唐铭书记这次坚持要试验区的化工园区拆迁,也是出于这种考虑。南州的发展必须是可持续的、高科技的。因此,化工园即使每年有十亿的税收,也得拆迁。我设想,用两到三年时间,南州能建成家电产业链和电子产业链,同时再寻求更高科技含量的企业与产品。这就需要与中科大、科研院所强化联系,它们是科技的最前沿,我们只有把握了最前沿的技术,创造出最先进的产品,才有可能将南州打造成真正意义上的科技之城。

道理我都懂,只是……孟春犹豫了下,说,我现在一个人还得带着孩子,时间上、精力上,恐怕都难以顾及。杜市长,梁局长,还是选择其他同志吧!

不了。就这样定了。这是唐铭书记的意思,也是市委的决定。

孟春只好点点头,说,那我试试吧!

梁大才和孟春离开后,孟春给杜光辉发了个短信:我知道杜市长是关心我,想让我尽快走出来。谢谢市长。我正在努力走出来。

杜光辉回复道,我相信你!

十七

在党政联席会上,围绕着相关优惠政策,争论了很久。从表面上看,同意和赞成的人数几乎相等,但杜光辉心里明白,赞成的人,相对来说可能还要更少一些。

这也是他预料之中的事情。

孟春和科技创新工作领导小组办公室拿出了这份南州市科技创新优惠政策方案。一开始编制方案时,杜光辉就强调:要放开来编,政策能想到的都想到。不要怕兑现不了,就怕我们想不到。

孟春很快理解了这意思,她带着相关部门的十来个人,一方面,实行拿来主义,从外地借鉴;另一方面,针对南州的具体情况,制定了二十条优惠政策。这里面涵盖土地、金融、税收、激励和人才政策等。可以说,这是到目前为止,南州拿出来的最有分量的优惠政策方案。成稿交到杜光辉手上,他细细地看了一遍,既高兴,又有些担心。高兴的是,孟春他们拿出了这个方案,细致、开放、前沿;担心的是,这个方案最后能不能通过。

为此,会前,杜光辉将方案送给唐铭和刘振兴,请他们先过目。唐铭看了,说了句话:还可以再开放些。刘振兴什么也没说,只在方案上画了个圈。那圈,看起来圈得很认真,圈得很规范,只是在最后合拢时,刘振兴留下了他很有个人鲜明印记的小尾巴。那尾巴旋转了好几圈,才落下来,如同一只眼睛,在似笑非笑地看着。

政策中最被议论的主要有三点。一是土地,政策中提出只要在南州境内创办科技型企业,土地原则上减免所在地块最低出让金的百分之三十。二是税收,三年内减免税收。三是奖励,市级财政将给予项目投资百分之十至百分之二十的奖励。当然,人才政策争论也不少。很多人认为,南州现在正在发展之中,对人才的需求,与目前人才的现状,基本平衡。不必要专门出台人才政策。一旦出台,就可能会导致人才过度拥入,给财政和城市民生带来影响。

梁大才针对以上议论,一点点地做了解释。他刚解释完,就有人道,土地最低出让金的百分之三十是个什么概念?如果以现在的情况算,那将是七十多亿。如果企业圈地,或者先拿了地,而不生产,政府为此付出的代价会更大。所以,这一条必须修改,如果要保留,也不能超过百分之五。

刘振兴这时插了句话,百分之五也不少了。

刘振兴这句话,看似无心插柳,其实很快就引导了会议情绪。接着,火力就喷向了其他几条。三年内减免税收?有人问,创新办是不是没搞清楚南州家底?南州现在的年财政收入四百亿,其中土地财政两百多亿。其余都是靠税收。三年内减免税收,那要他们建厂干什么?还有就是奖励。按投资奖励,必须要改成按税收奖励。投资是企业的,而税收才是政府的。

这些问题,问得梁大才没法回答,也不能回答。他只是个科技局局长,他代表不了政府,更代表不了市委。而孟春几次想插话,都被梁大才制止了。梁大才毕竟是个老行政,他知道孟春作为一个副局长,根本就没说话的份儿。按老话说,就是够不着。杜光辉一直听着,既然这些都在他的预料之中,所以他情绪就没有梁大才和孟春那么激烈。但他神情严肃,时不时地看看唐铭。唐铭一边听着,一边用笔在勾勾画画。有时,他会抬起头来,盯着发言人;有时,他又似乎正陷入思考。杜光辉想起他说的还可以再开放些,就觉得,也许,唐铭希望有这样的争议。越争,问题就暴露得越多。只有问题,特别是思想问题都暴露了,才好对症下药,认真解决。

果然,唐铭最后讲话了。他开头就是一句:这个政策还不够开放。比起发达地区的优惠政策,我们还是裹着小脚,在原地踏步。但即使这样,大家的意见还是很激烈。为什么激烈呢?

唐铭用一组数字做说明。那就是南州与发达地区省会城市经济运行的比较。然后,他道,我们为什么情绪这么激烈?因为这个政策触及了我们的利益,触及了政府的蛋糕。这个政策,乍一看就是分蛋糕的。政府的蛋糕本来就不大,管着南州现在所有人吃、住、行,已经很勉强。你还要来分?那我当然不会同意。我理解大家的心情,都是出于对南州各项事业的考虑。我们的民生工程,我们的社会事业,教育、文化、医疗,每一项都要支出,而且都要保证支出。政府的蛋糕被切小了,怎么保证这些支出?而这些支出,又与老百姓的生活密切相关,每一样都动不得。因此两难,因此对这个政策有意见。这都是合情合理的。

但是,你们有没有想过这个政策的另一面?唐铭望着会场,他用铅笔点了点,慢慢地算起账来。如果南州的科技创新做大做强,搞出了特色,那就会有大量的科技型企业进入南州。那么,他们一旦扎下根来,就会成为南州税收、财政收入的重要来源。而且,科技型企业的可持续性和产业链性,决定着他们会牵动吸引上下游企业陆续到来。现在看,我们是切了蛋糕,喂了这些企业。但只要两三年一过,这些企业就会源源不断地给我们送来蛋糕。大家想想,我们当初引进东方电子。政府一下子拿了一百多亿,这是什么概念?接近当年财政收入的一半。很多人不理解,甚至感到可怕。但我们最后统一了意见,就像风投,我们成功了。现在才一年多一点时间,东方电子南州公司就给南州交了不少税收。他停了下,问分管财税的副市长,具体多少?

二十多亿。

二十多亿。大家都清楚了吧?才正式投产不到半年,就二十多亿了。相反,我们的试验区的化工园,每年的税收多少?也就十来亿嘛。唐铭继续算账,说到永力。看起来南州白给了永力一个洗衣机厂,但事实上呢?现在产值快到一百亿了。海洋冰箱也是。当然还有一些其他企业。我们切蛋糕,并不是无缘无故、不讲原则地切,而是科学地精密地追求回报地切。今天,我们切出去了一点点蛋糕,明天,他们会回报我们一整块更大更好的蛋糕。

唐铭这账算得简单、明白,又到位。杜光辉心里不由得想,当好一个主政一方的官员,也是既要有胆识,更要有学识,还要有通识。唐铭书记的算账法,一定也是经过深思熟虑的。他在心里不知算了多少遍。否则,他不可能现在说得这么透彻,这么让人信服。

刘振兴刚才一直在边低头看文件边听唐铭书记算账,这会儿,他抬起头,放下笔,揉了揉眼睛。他知道,书记这么一算账,接下来就轮到他这个市长表态了。他必须要说。所以,他笑着说,刚才唐铭书记给我们画了个美好的蛋糕,我们都来努力,让蛋糕做得更大些。我是快要退下来的人了,这蛋糕再大,也是给后来者准备的。不过,我还是建议,将相关的优惠政策分期落实。先在比例上适当压缩一些,这样既能缓解财政的压力,又能达到鼓励的目的。

杜光辉正觉得唐铭是不是会对刘振兴的分期落实、压缩比例有想法,却不料唐铭立即道,就按振兴市长的意见,请光辉同志和创新办再修改。可以适当降低优惠比例,比如由百分之三十变成百分之十五,等等。

会后,梁大才说,我真的担心通不过。

杜光辉说,我当时让你们往高比例上走,就是准备着会议上能有余地。现在,稍稍压缩了下,就通过了。蛋糕虽然切得少了点,但毕竟有了。有了蛋糕,我们就能有钱待客了。

孟春觉得压得太多了。她当时也怕唐铭书记会不同意,却没想到唐书记一下子就同意了。她问杜光辉。杜光辉心里知道唐铭这是以退为进,既保证了政策通过,又给了刘振兴足够的面子。但他没说。

孟春当然也不再问,只是笑着道,杜市长这第一块蛋糕准备给谁?

谁先来,就给谁! 杜光辉说。

可心要杜光辉陪着跑了一个下午,便不再要他陪了。

杜光辉问,怎么了?嫌我丑,影响了你?

可心调皮地望着爸爸,半晌才说,你是要我说实话呢,还是说假话?

说实话。爸爸经得住打击。

那好。我可就说了。可心说,我是嫌你太帅了,搞得我没信心。

哈,丫头,也会说假话了。杜光辉大笑着,他又想起小时候可心说要给他买花衣服的事,便问,你小时候怎么会有这种想法?是不是分不清爸爸是男是女?

不是。我知道你是男的。我就是觉得爸爸要是穿花衣裳一定好看。现在还是这么认为。爸爸,哪天你穿一套试试?

那爸爸就不是爸爸了,就成了妖怪了。

妖怪好。南州老妖。嘿嘿。

杜光辉问,接下来还想看什么?本来我是准备带你去看科大和董铺岛的,还有水街,然后再到三河古镇,那可是太平天国的古战场。

我知道,三河大捷嘛。

哎呀,真了不起,连这都知道。可心真是知识丰富!

我们历史书上有。可心说,何况我来之前,也做了些功课。从明天起,我一个人去游南州。

行吗?杜光辉有些不放心。

怎么不行?我不是一直一个人浪迹天涯吗?

这丫头!武侠小说看多了。杜光辉说,应该去春水津公园,做个逍遥子。

话是这么说,但让可心一个人在南州转,杜光辉还是感到有些担心、不安与内疚。上午,他到创新办,正好孟春也在。他想,也许孟春更清楚女孩子喜欢去哪里。他便问孟春,南州有哪些适合女孩玩的地方?

怎么问这个,杜市长?

我女儿来了。

啊。她多大了?

十六。

跟小鹏一样大。她妈妈也来了吧?

没有。她一个人。

孟春沉默了会儿,又看了眼杜光辉,说,南州可看的地方不少。不知道她喜欢什么,要是放心,我陪她转转。

那不必了。她就不喜欢大人陪。我带她转了一下午城隍庙,她就烦了,硬是说要一个人。

哈,现在的孩子都这样。

杜光辉说,时代不同了。现在的孩子,真的叫有思想。我们那个时候,都叫小傻瓜。

孟春也笑,说,就是。

这就是这一代人与一代人的区别。杜光辉道。

我倒是有个想法,让小鹏去陪你家女儿转转,他们都是孩子,能够玩得起来。

这主意好。我先跟可心说说。

那不必。这样吧,晚上,我请你们父女吃饭。到时他们就熟悉了。现在的孩子,你要是一问,她马上会说不愿意。他们强调的是个性,甚至有些逆反。

杜光辉想也没想,就答应了。

晚上,孟春请杜光辉父女到海底捞。她下午提前订了,所以,来了后也没多等,火锅就很快上来了。在此之前,从进门到火锅上桌,也才半小时,两个孩子竟然开始坐在一块儿神侃起来。杜光辉觉得有些不可思议。刚才进门时,可心看见小鹏,还一扭头,似乎不太友好。而小鹏,也红着脸,像没见过女孩子似的,愣愣地站着。孟春替他们简单地介绍了两句,两个人打了招呼。杜光辉原以为两个孩子会有些拘谨。虽然他知道现在的孩子不像他们小时候那样,会在桌上画三八线,同学三年也不说一句话。但他真的没想到,就在和孟春点菜的那么一小会儿,两个孩子居然有说有笑。孟春说,这是小鹏第一次这么开心。

孟春说的第一次,杜光辉懂。蒋峰去世后,作为十几岁的孩子,又是男孩,小鹏把疼痛藏在心里。孟春说过,除了一开始哭过两回外,在家里,小鹏从来不哭。他是要用自己的坚强来给母亲支撑。

真是好孩子。杜光辉说,孩子们有孩子们的事,他们的世界是相通的。

那是。不像我们成人的世界。有时候,真的感到很无奈,也很厌烦。为什么人一大了,真话就消失,而不自觉地去说假话?天生就这样,还是后天形成的?

你这个问题基本无解。杜光辉说,假话泛滥,真话隐匿。所以现在从上到下都在提倡说真话,说真话其实就是向孩子们学习,回到纯洁与真诚。

应该是这样。孟春在点好的菜单上按下了确认键,然后不经意地问道,可心妈妈怎么没来?没假?

啊。杜光辉有些为难,但是,随即道,她来不了。她在美国。而且,我和她已经分开了。

孟春一愣,望着杜光辉,说,我真没想到。杜市长,对不起。

没什么对不起。这是事实。何况刚才我们还在讨论要说真话。我是做研究的,我从来都觉得应该以事实来说明一切。分开就是分开了,至于分开的原因,可能有许多种。那是隐私。但分开,是一个公开的事实。所以,说出一个公开的事实,哪有什么对不起呢?

孟春掠了下头发,道,你这样说,我轻松多了。婚姻就是这样,我原来也曾和蒋峰闹过离婚,并且闹得很厉害。但后来他决定来南州投资搞无人机,我又决定要跟他一道回来。再后来,我们忙得几乎没有时间顾及生活中的事情。也许在最忙的间隙,也都有过怨恨。但这怨恨,如今连诉说的机会都没有了。唉。

唉!杜光辉也叹道。

可心跑过来,对杜光辉道,小鹏是个科幻迷。他说他建造了一个未来城市。还说你见过,是吗?

是啊,我见过。还拍着发给你看了。杜光辉说,那是一座真正的未来城市。有宽阔的科学大道,有飞翔的量子,有高耸的天线,有外星来客在地球餐厅里喝酒,还有……小鹏,还有些什么啊?

还有很多。还有一个空前广阔的飞机场,各种飞机,包括无人机,成群结队,有隐身的,有超薄的,甚至有人体仿生的……小鹏说着,同时用手比画着。可心盯着他,眼神里流露出崇拜。

杜光辉问,什么是人体仿生的飞机?

就是具有人体所有的功能,能思想,有意念,甚至能交流;有情感,有真人一样的皮肤,头发,眼睛。展开,它就是一架飞机;收拢时,它就是一个人,一个人形飞机。

太奇妙了。我要做这飞机的驾驶员。可心喊道。

小鹏一扭头,说这飞机它不需要驾驶员。全自动智能控制。乘客只要戴上特殊的耳机,与它的中枢系统联结。乘客的想法就能传导过去。飞机就能按照乘客的意愿,在天空中飞翔、降落、滑翔,甚至做一些高难度的动作游戏。小鹏继续道,我爸爸跟我说,将来人类的交通工具有一天可能会完全依赖飞机。飞机会成为公共汽车一样的存在。从这条街道飞到那条街道,从这个城市飞到那个城市。而且飞机小型化、智能化会成为大趋势。

你爸爸很了不起!可心说。

可是,他不在了。小鹏有些伤心道。

杜光辉和孟春都没料到两个孩子会聊到这个话题,孟春拉过小鹏,说,你只要在未来城市里给爸爸一个位置,爸爸就永远还在!

一定有一个位置的。小鹏转过脸擦了下眼泪,说,可心,对不起。

是我……我不该提。可心说,阿姨说得好,那就快快地建你的未来城市吧!记着啊,我可提前预订了你的飞机了耶!

吃饭时,几乎就是两个孩子在说话,两个大人一会儿看看这个,一会儿看看那个。等到一餐饭吃完,临分别时,可心说,小鹏,明天陪我在南州转转吧?

好啊。我也很长时间没转了。我们骑个单车,从南转到北!

好,从南转到北!

杜光辉和孟春彼此会意,相视一笑。杜光辉发现,孟春这一笑,与田忆的笑,几乎重叠到了一起。他禁不住又看了孟春一眼。孟春也感觉到了杜光辉在看她,但她并没回避,而是迎着他的目光说,谢谢你和可心!

蒯校长来到市政府,杜光辉说,什么风把蒯校长给吹来了。也不早点说,我好准备。

你准备啥呀?我是来向你汇报工作的。

校长这是批评我。于公于私,您都不能这么说。于公,您是科大的副校长;于私,您是我母校的领导。有什么指示,请尽管说。

杜光辉没有让小王过来泡茶,而是自己亲自动手给蒯校长泡了杯瓜片。蒯校长一端上手,就笑道,都喝上瓜片了?这可是这边的特产,一般人是喝不惯的。

我可是真习惯了。不仅习惯了,还很喜欢,再喝别的茶叶,就没什么味道了。你说这人,怪吧,才刚刚一年,就服了这块水土了。

你比我好。我可是用了好几年才服了南州的水土。现在,也是离不开了,再回广州,连那种桑拿天气都适应不了。

杜光辉问蒯校长,到底有什么事情,尽管说。

蒯校长说,我是来向南州讨地的。

讨地?

对。我们那里有几个教师,搞了个语音交互同步翻译软件,现在在校内创业园办了个小厂,技术都过关了,即将量产。可是,那小厂太小了,容不下。他们正在寻找合适的地方,建厂扩大生产。这个语音产业是高科技,在全球都处于领先地位。有好几个城市向他们发出了信号,要请他们过去建厂。我知道情况后,觉得他们还是留在南州好。南州现在正在推进科技创新,这就是典型的科技创新。科技创新的本质就是从零到一的创新。这个语音产业就是从零到一,要是做起来了,关联企业会达到上百个,上下游产值少说也得上百亿。这样的机会,南州难道眼睁睁让他溜了?

杜光辉赶紧说那千万不能。太感谢蒯校长记得了,而且留下了他们。这事,请校长具体说说,要南州这边做什么,只要不是违法违规就可以。

蒯校长将语音同步交互技术的情况简单地说了下,最后提出两个问题,一个是地。研究成果出来了,要转化;转化,就要建厂;建厂,就必须有地。而如果按市场价让这些年轻人去通过拍卖方式拿地,他们现在根本拿不起。所以这建厂用地,想请南州市支持一点。另外就是启动资金。听说南州刚刚通过了科技创新的相关政策,像这样的企业有扶持。当然要通过股份制形式来解决。科大也入股,南州政策投入,也入股。众人划桨开大船,把这语音产业给搞上来。

好,太好了!杜光辉很是兴奋,问,要多少地?

第一步,先至少一百亩吧。

一百亩?不算多,但也不算少。按现在的市场地价,也是好几亿。我看咱们来共同承担,各负其责。南州以一百亩土地入股,科大和其他风投公司以启动资金入股,我们共同把这个产业给抬起来。

这个……蒯校长将杯子放下,又端起来。然后说,这样吧,只要南州这边解决了用地,就可以以地入股。这样,他们也就不用再出钱买地了。至于科大和风投公司的启动资金,应该没多大问题。杜市长都这么支持了,我们自己的事,岂能不全力以赴?

杜光辉拉过蒯校长,又将南州刚刚出台的科技创新政策指给他看,说校长您这是来切南州的第一块蛋糕了,不过,这蛋糕既然切了,将来可得回报更大的蛋糕。校长,没问题吧?但是,涉及一百亩地,必须向书记和市长报告。还要按规定走程序,可能会要一点时间。不过,蒯校长,我真的恳切地感谢您,同时,南州将以最大的诚意欢迎他们来建厂创业。

蒯校长说,那我等着杜市长这边的消息。有杜市长这一席话,我就基本放心了,我会向他们转达的。他们一定会很高兴的。

蒯校长走后,杜光辉理了理头绪,科大的语音交互同步翻译研究,他并不是现在才知道。早在两年前,他还在经济所时,有一次,就在国家科技部的一个会上,听专家说到这个产业,说这会是将来一个非常有前途的庞大产业。世界上通用的语言有很多种,让语言之间实现自由转换;同时让语音与文字之间实现自由转换,这将是一场语音与文字的革命。它将极大地方便人们的交流,解决因语言不通而带来的陌生与隔阂。专家说其实就是一个小小的芯片,实现了同步翻译与语音和文字的交换处理。当时,会上还展示了一款鼠标,通过语音直接录入,在电脑上同步出现了汉字转换。他当时好奇地上去说了一段英语,很快就被翻译成汉语,呈现在屏幕之上。他看着那些由他刚刚说出的话转换成的文字,觉得那些文字都神奇至极。他当时就想,以后一定得用上这款软件,让他从案牍劳形中解放出来。

现在,这神奇的东西真的来了,而且就在南州,就在身边。杜光辉这时候竟产生了一种幻觉:自己正坐在书房里,对着鼠标,述说着论文。随着他的述说,电脑上不断地出现一行行的字。真是太好了,他从幻觉中回来,感叹道,生在这样一个高度科技化的时代,或许真的是一种幸福。

一百亩地,杜光辉默念着,他盘算了下,这一百亩地能从哪里来?他首先想到了试验区。但很快就否定了。化工园拆迁,到现在还没有完全结束。宗一林虽然表面没说不拆迁,但那行为明显消极。东方电子南州公司的人来找了几次,杜光辉一直说快了,快了。化工园的企业拆迁,也得给他们一个安顿的时间。包括机器的搬运、原材料的处理等。如果现在再找宗一林要一百亩地,而且只是作为股份,拿不到现成的土地转让经费,那宗一林肯定会瞪起鹰眼,将杜光辉给盯死。这个矛盾再也不能激化了。那么……杜光辉心底沉着许久的一个想法,这时冒了出来。他一直觉得南州仅仅靠一个试验区,是不能解决将来经济发展的问题的。试验区体量虽然不小,但毕竟建设这么多年了,无论是用地,还是其他方面,空间都已经很有限。南州必须要跳出试验区,建设新的经济载体。他甚至想到了西市区与试验区之间的那一大片土地。它正好在试验区与董铺岛之间,向东,与科大相隔不远。这正是作为科技创新园区的理想之地。不过,他觉得自己这想法还不太成熟,所以一直也没有与任何人谈起,更不曾向主要领导汇报。现在看来,他必须将这想法亮出来了。

刘振兴听了杜光辉的想法后,着实吃了一惊,也不知道他是吃惊于语音同步翻译这种新技术,还是吃惊于杜光辉所说的再建一个科创园区的设想。反正他半张着嘴,杯子在手中转来转去。他望着杜光辉,而不说话。杜光辉有点着急,问,刘市长,您觉得这想法不妥?还是这项目,南州不要?

哈哈,都是,又都不是。项目,必须要。这个不能变。但是,一百亩地作为股份,是不是有点太……奢侈了?南州的地,也是紧张的。南州的财政,更是紧张的。企业要来,我们欢迎,但白白送地,恐怕不太妥当。当然喽,可以适当降低地价。

他们除了没钱,其他都有。杜光辉说,省外有些城市,专门来人到南州请他们过去。这个机会我们不能失去。

这样,你向书记报告下,请他定。杜市长啊,我也不是小气,是真的没地啊。不过,你提的创新园区,倒是个新思路。如果能批下来,地可能就有了。但那得有个过程,是不?你也知道,我反正都……也听说了吧?一定听说了。我不可能一直待在南州的。是该走啦!刘振兴站起来,绕过桌子,上前来拍了拍杜光辉的肩膀,说,请书记定吧!说罢,他拿起扫帚,返身将窗子上的一只蜜蜂轻轻地扫出了窗外。

十八

可心回北京后,很快给小鹏寄来了一大摞科幻书籍。同时,她跟杜光辉说,将来我也要考到南州来。我喜欢南州这个地方。特别是科大。还有董铺,那个科学岛。

杜光辉问,怎么叫科学岛了?

是我和小鹏给命名的。

挺好。真的挺好。我可要无偿使用了。没问题吧?

看在你是我老爸,又是南州人民的好市长的分上,我同意了。至于小鹏,我就不敢代他打包票了。你让孟姨问问他吧!

好的。杜光辉很认真地马上打电话给孟春。孟春正在去上海的路上,有一家电子企业要来南州落户,孟春去上海与他们签约。算起来,这是到南州来的第七百二十一家家电和电子企业了。南州现在定了个不成文的规矩:要招商,但招商的前提是选商。以前,因为经济发展的需要,不管什么企业,不问其可持续发展能力如何,特别是环保意识不强,招来了一大批企业,也确实为经济发展做出了阶段性的贡献。但是,现在,全国上下都在强调可持续发展。以资源为代价,以老百姓的付出为代价的招商观念,已经彻底地过时了。选商,就是要选准与南州产业发展相一致的企业。刚刚开过的市委全委会,再一次明确了南州的三大主导产业,即家电产业、汽车产业、电子产业。围绕这三大产业来布局企业,才是南州要走的路子。而且,南州还明确规定:来南州的企业,在产品和技术的层面上,要有三到五年的储备。也就是说,必须是高科技企业。纯粹的劳动密集型企业,正遵循着梯度转移的理论,慢慢地被淘汰和清理。

孟春以为杜光辉要问签约的情况,便说,都准备好了。只是履行下手续。

杜光辉说,我不是问这个。这个,我不担心。肯定没问题。

那是……?

我听可心说,她和小鹏给董铺岛起了个新名字。真的起得很好。

什么名字?我怎么没听小鹏说?

科学岛。

科学岛!好,好名字。真是他们起的?了不得啊。

杜光辉爽朗地一笑,说,真的是他们起的。所以啊,现在的孩子不得了。科学岛,这名字多形象、多生动、多贴切。我们怎么就没想到呢?

那是因为我们的思维形成定势了,不够开放。

是的。墨守成规。不像他们,思路总是开放的、灵活的。

孟春声音清脆,听起来也很高兴,说是啊。有时看着小鹏,想想他提出的有些问题,都觉得我们太老了,我们的思想与他们相距已经是地球与月球了。

杜光辉道,你不老,能说这样的话,就不老。

孟春问,看样子,杜市长想在这名字上做文章。

是的。我想正式启用这名字。

那可得征求孩子们的意见啊。他们享有著作权啊。

杜光辉说,我已经问过可心了,她同意。就是她提议要征求小鹏的意见。现在孩子的维权意识,比我们强多了。

那我问问小鹏。

放下电话,杜光辉在纸上写下"科学岛"三个字,反反复复地看。他感觉就像小时候考试得了满分一样,小心脏兴奋得一点点往喉咙处升起。又像当年自己被导师选中成为博士的那一刻,他觉得自己一下子成了最幸运的人。要知道,在那之前,导师已经决定关门,不再收弟子了。杜光辉是个特例。他那一刻觉得自己成了世界上最富有的人,当然,是精神上的富有。现在,他站起身,走到窗前。他看见绿轴大道的绿更加浓郁。那是即将进入秋天的最后的华美。而远处的明月湖,一湖碧水,正从夏的澎湃,开始进入秋的理智与沉潜。杜光辉再回头看看他写的"科学岛"三个字,仿佛手里正握着一把闪着金光的钥匙,它能一下子打开董铺岛那些久藏的秘密与被科学浸润的时空。科学岛,科学岛,的确是太好了。真的,太好了!

杜光辉到底没有压抑住自己激动的心情,他稍稍犹豫了下,就给唐铭书记发了条短信,只有三个字:科学岛。

唐铭没有回复。

杜光辉看着手机。孟春发来了短信,她问,可心没说孟姨不好吧?

哈,她说了,而且说十分不好。

真的?孟春发来了一个红脸。

她说,等国庆的时候,要请孟姨和小鹏去北京。

真的吗?小鹏去过美国,却没去过北京。我们本来准备今年带他去北京的,却没想到……唉。可心真这样说了?

那还能说假。真说了。你应该会答应她的邀请吧?

主要还得看小鹏。

杜光辉发了个笑脸。

唐铭的信息这时挤了进来,信息上也只有六个字:科学岛,董铺岛。

杜光辉就像以前做经济调查时突然发现了一个新观点一样,兴奋不已。他觉得唐铭书记果真站得高,心有全盘,只需要三个字,他就能准确无误地理解其中的意思。比较起来,自己这个经济所的副所长,所谓的经济学家,就很难做到如此心领神会。关键是历练、思考、经验,与智慧的共同作用,才会达到如此境界。

杜光辉又给唐铭发了条短信:我想让媒体正式亮出这个名字。

那得问问李敬。

好,我来问。

李敬几乎想都没想,就在电话里一万分地同意了,说这么好这么贴切这么简洁生动的名字,我们为什么不用?用,大张旗鼓地用。从今天起,就正式用。以后,董铺岛就是一个地理名称,而科学岛就是我们这个岛的形象名称,或者叫公关名称。我们还得在进岛的地方,立一个大牌子,写上这三个字。《射雕英雄传》里有世外桃源桃花岛,我们南州就有独一无二的科学岛!

李院长也成了诗人了,又成了武侠大家。名字,你同意就好。不过,还得等著作权人同意。如果没问题,我就让媒体正式用这个名字了,说不定会掀起一波科学岛热。这地方,说不定会成为网红打卡地。

一定会的!李敬充满自信,说,那就赶快定吧。啊,还正有个事要找你。岛上现在不少年轻人都想一边干科研,一边搞实业。我也支持。科技成果不转化,那有什么意义?转化了,就能为社会服务,为经济发展服务。年轻人搞实业,有干劲,有奔头。他们搞好了,一方面将科技成果转化了,另一方面又解决了很多实际问题。但是,你也知道,他们当中大多缺乏实业经验和市场经历,一开始就上手干实业,办工厂,很是困难。他们甚至不知道该如何入手。这个当然也不难办。我请有关部门来讲课就行。关键是土地、厂房、管理等,这个是最大难题。怎么解决这个问题,光辉啊,我一直想跟你探讨探讨。

确实需要探讨。其实,我一直在想这个问题。上次蒯校长来为他们的语音交互翻译企业寻求土地支持,我就觉得这事迫在眉睫,必须得解决了。最近,我们正在考虑要不要在南州建一个科技创新园区。专门接纳科技成果转化企业,为他们提供全方位一条龙服务。只要你带科技成果带专利来了,我们就欢迎。至于怎么办厂,怎么管理,甚至包括资金问题,我们负责。

那太好了。李敬说,果真是市长,想得全面、超前。那你们尽快定吧!定了,我就让那些年轻人都过去。别看他们现在没有名头,他们可是捧着金点子,能引来金凤凰的。

杜光辉说他们本身就是金子!我们都要做最周全的淘金者。

李敬笑道,这比喻好。等周末,我们再去青山居看亚先生,吃吃土菜,好好谋划谋划。

又是秋天,天空依然高远。云朵依旧闲散地飘着。杜光辉站在政务广场上,他仰望天空,想起泰戈尔的诗句:

天空中没有留下翅膀的痕迹,但鸟儿已经飞过。

他感叹着,是啊,天空中能留下多少痕迹呢?
可是,飞过天空的鸟儿并不因为没有留下痕迹而拒绝天空。它们依然飞过了。即使没有痕迹,但它们依然飞过了。
而且,有更多的鸟儿正在飞,正在经过……

一个城市,一个地方的发展,是不是也是一样? 他想起唐铭说的追风的城市的话。那是在不久前的一次接待宴会前。他和先到的唐铭坐在贵宾室喝茶。不知怎么就说到了这个世界的万事万物。杜光辉说,一切随风逝去,而所有正在进行的一切,也是风的一部分。唐铭说有道理,且有哲理。任何事物都可以想象成风,我们的奋斗,我们的生命,其实是一次追风的过程。信仰,梦想,爱情,革命……都是风,只是风的类型不同而已。然后他们说到南州,说到南州正在推行的科技创新,唐铭说,这也是一次追风行动。南州就是一座追风之城。杜光辉觉得"追风之城"这四个字概括得太准确了。科技就是风,神游八极的风,驰然物外的风,改变现实的风,展望未来的风……好,好啊,杜光辉说,追风之城,南州就是一座追风之城啊。我们都是追风之人,在为这座城市追风!

　　时光匆促。一转眼,杜光辉来南州一年多了。他回头想了想:自己快五十岁的人生中,没有哪一年过得如此跌宕,如此丰富,如此复杂,如此悲欣交集,如此浩荡向前……

　　上周,杜光辉和李敬去了一趟青山居。

　　依然清瘦平静的亚先生一见了他们,就高兴得像个孩子,说要给两个人喝一点别的地方根本不可能喝到的好茶。他从茅屋后面的书房里拿来一个小泥罐。他慢慢地一层层地打开封口,立即就有一种似兰非兰、似茶非茶、似梅非梅、似叶非叶的清香。清香也仿佛循着它们自己的小径,在屋子里缓缓流动,很快就溢满斗室。杜光辉有些惊奇,上前看了下泥罐,问亚先生,果然好茶,这么清香! 先生自己种的?

　　亚先生捋了捋白须,说这是岩上茶。整个山上只有一株。他也是在极偶然的情况下发现的。说起来还真有些传奇。那日,他上山看松树,就见一只兔子总在他眼前晃悠。晃悠久了,他就注意上了这只兔子。而兔子则沿着山岗,在前面不紧不慢地跑着。他跟在后面,老远就闻见了清香。等到了那悬崖处,便见着了这棵古茶树。他一看就知道,这树至少应该五百年了。茶树上的茶叶尽皆自然生长,每年只产茶二两。都在这泥罐里。

这茶的好,不单纯在味,也不单纯在形,而在于它的天然与唯一。两位都是大智大慧之人,想必比我更懂得这些。亚先生道。

李敬翕动着鼻翼,又闻了闻,说,天然即是与天地相契。唯一即是高蹈。而与天地相契和高蹈,则是生命的至高形式。不仅仅茶,我们每个人也是。因为天然,我们便存着本真。因为唯一,所以每个个体就有了存在与光大的理由。

正是。妙论!亚先生双掌合十,说,众生天然,故无所谓出身。众生唯一,故无所谓高下。诸相皆空,故无所谓有无。

杜光辉很是喜欢这种清谈论道。这也是一种境界。在京城时,他有时也和几个说得来的朋友,找个茶楼,海阔天空地谈上半天。谈的时候,当然并不像现在这样平和,他们争论,甚至吵架,吵得脸红脖子粗。但争完了,吵完了,照样喝酒。而且,每次谈完后,心里就澄明了许多。人是要经常清空的,每一次倾心交谈,就像到这青山居来一样,也是一种清空。将心中郁积的东西,一点一点扔掉;留下那些能让生命丰盈的东西,并且让它们生长、抽芽、开花……

此刻,杜光辉看着政务广场上空的白云。那些白云基本没有什么变幻。这是因为秋天。秋天相对安静。所以,云朵也基本上保持着平和与恬静。不像夏天,风起云涌,变幻不定。这是中年的心态。但是,这并不是说一切就应该守成。中年心态,恰恰是在守成的稳定上,求新,求变,求改革。

沙地上,小鹏垒的沙雕不见了。每天都有很多的孩子过来,每个人都要垒自己心目中的景象,垒自己心目中的理想。何况最近,小鹏刚上了南州一中。听孟春说,小鹏自从上次可心来了之后,一下子改变了许多。性格也变得开朗了,一上学,即报名参加了好几个社团,还竟选上了校学生会的宣传部部长。孩子在宣传部的日常职能中,又加了一条:科学幻想。他说,一个人,没有幻想,就没有动力。一个城市,没有幻想,就没有未来。他要跟同学们一道,好好地去幻想,然后在将来,让幻想变成现实。

杜光辉由衷地感到小鹏这孩子挺好,将来必定成大器。孟春听了,说,成不成大器,那是他的事。我只希望他好好地活着,快乐地活着。

孟春最近一直在忙着科技园项目的编制。自从上次杜光辉提出建立南州科技园的想法后,市里领导层意见不一。有同意的,说南州只有一个试验区,确实太小了,与省会城市不相匹配;不同意的,说其实没必要专门建一个新的创新园区,完全可以在试验区内开辟一块地,建几幢房子给科创企业,不就成了?两方面的意见都有道理,都是出于公心。所以,杜光辉让孟春牵头搞一个详细的规划。这里面一定要说明南州的科技创新全面开展起来后,将来会有更多的科技创新型企业来南州。仅靠试验区,根本就无法容纳。他特别提到同步翻译,还有科学岛上的年轻科学家的创业,那可不是小敲小打,他们都是带着专利带着成果来创业的。在他们当中,很可能就会出现百亿元、千亿元的大产业。他要孟春算几笔账:一是试验区的账,看看到底还有多大空间。二是算算三年内可能会来南州的企业情况,做出相对准确的判断。包括这些来了的企业,需要的用地、金融、服务等。三是提供一些外地先进经验,特别是江浙和南方的经验。

孟春带着从各部门抽来的几个年轻人,正在政务会议室那边埋头搞这规划。杜光辉打电话问她,有空吗?早都下班了,出来走走吧?

好啊,我也正想出去走走。在哪?

就在政务广场。

孟春犹豫着,杜光辉说,不就是过来走走吗?广场上现在人还不多。我正在小鹏经常垒沙雕的地方呢。

啊。那好。我马上过去。

孟春着一件紫色的裙子,远远地看,沉静而恬美。杜光辉看着她向沙地走过来,脑子里一时恍惚,觉得那是田忆。他记起来了,马上就是田忆的生日了。二十多年了,他一直没忘记。

等他收回思绪,孟春已经站在他面前了,说,杜市长恐怕不是单纯来看这沙地的吧?

杜光辉说,我真的只是为了看看这沙地而来。准确点说,是为了看看这沙地上那个垒沙雕的男孩而来。

孩子永远是母亲的软肋。孟春心中升起一缕柔情,嘴上却问道,小鹏还这么让市长念着?

杜光辉看着孟春,说小鹏垒的那些沙雕,给过我很多启发。南州,是一座追风之城、未来之城。而怎么成为追风之城、未来之城呢?小鹏用沙雕告诉我们:科技。必须要依靠科技才能实现。他问孟春,你想想,这不正是我工作中很多思路的源头吗?

杜市长这是鼓励孩子。他顶多就是幻想幻想而已。孟春和杜光辉并排站在沙地边,说小鹏这孩子从小就是,喜欢关在屋里天马行空地想象,有时会画下来。他画的是什么,如果他不解释,我们都不太能看懂。他跟我们一道回南州后,原来那些朋友都不在身边,他需要建立一个新的社会秩序。但这有个过程。所以,他有些孤独。大概就是为了排解这孤独吧?他就将所有的想法都垒在沙雕中了。哪知道会被杜市长看见。小鹏还跟我说,你和他讨论过一些问题,小鹏说你是他在南州碰见的除他爸爸外,唯一能够跟他交流的人。

啊啊,谢谢小鹏。可是,孟春啦,我总觉得这样不太好。要让孩子走出孤独,特别是现在,经历了一些事情后,更不能封闭。

这个,就别担心了。我以前也担心。可是自从可心来了后,他好像变了个人似的,现在回来,会主动地跟我说学校的事情。有时候,还会跟我谈到幻想。当然,他最大的变化是能够和我谈论他的父亲了。

以前都是回避,是吧?

是的。不仅仅回避。

没想到,孩子们之间的影响会这么大。杜光辉看着孟春,孟春正掠了下头发,他觉得连这个动作也与田忆一模一样。有人说,女人最动人的动作就是掠头发,那如同湖水上荡起了一丝丝波纹。那些波纹看起来漫不经心,但意味无穷。杜光辉第一次在校园里见到田忆,她当时正站在图书馆门前,掠着头发。就那轻轻一掠,杜光辉的少年之心便从此悄然暗许。而老天似乎从来又都是那么吝啬,他与田忆最后一次离别时,田忆也是掠了下头发,然后向他招了招手,然后走向了那条通往城里的道路。

太恍惚了。杜光辉抽回思绪。孟春一定也意识到了杜光辉在呆呆地看她,便侧了脸,说,我把规划的情况向市长汇报一下吧。经过测算,如果以这两年来南州的中小企业为参照,未来三年,可能会有一万家左右的中小微企业落户南州。其中小微企业将近三分之二。这些小微企业主要是为核心企业做配套业务,包括配件服务、物流服务等其他服务。中型企业可能会达到三千家以上。如果都按标准化厂房计算,那将需要三千到五千亩土地。现在看来,用地问题已经是必须解决的大问题了。所以,您提的建设科创园的思路,相当好,不仅应该搞,还要尽快搞。

杜光辉伸出手,搂了下孟春,说,很好。等规划出来后,我来建议书记尽早研究,争取在年底前能正式确定,然后申报,走程序,明年春天,南州就可以又有一个新的科创园区了。

孟春的脸上微微发烫,她自然感觉到了刚才杜光辉那看似不经意的轻轻一搂。她抬起有些发烫的脸,迎着杜光辉的目光,说,谢谢!

然后孟春又赶紧道,我得回去了,小鹏说他晚上要回来拿些东西。我答应请他去银泰吃披萨的。

从唐铭书记办公室出来,在走廊上,杜光辉被简主任给拦住了。简主任从上到下看了遍杜光辉,说,杜市长最近面有喜色啊!

我天天都有喜色。杜光辉说。

那也未必。有一阶段,我看杜市长的脸上就罩着浓云。

什么时候?杜光辉心想,这简主任一天到晚拿捏着文字,居然对面相也有研究。还真看不出来呢!

具体哪一天,我也记不得了。那都不管了,反正过去了。重要的是现在,现在杜市长可是面有喜色啊。敢问下杜市长,是什么喜吗?简主任有些幽默地侧着头,等着杜光辉回答。

杜光辉也有些乐,笑着说你既然会看相,难道看不出我喜从何来?再好好地看看吧。杜光辉将脸往前伸了伸,简主任呵呵笑着,说,我哪能看那么准?要是能看到,我就上街去摆摊子了。

简主任要是开张,我第一个过去捧场。

简主任说,不过也该有喜色,许多事都落实下来了,不容易。都是大事。

这就对了,我喜的正是这些。

回到政府,杜光辉看见王也斯正捧着小茶壶在走廊上来回踱步。等他进了办公室,王也斯也跟进来了,王也斯先朝门外看了看,又关上门,小声说,杜市长知道省纪委正在南州吧?查宗一林?

杜光辉没作声。

王也斯又道,我也是早上刚听说。这保密做得好啊。说都查了十几天了,也没给市领导说?

杜光辉依然没作声。

王也斯抿了口茶,长叹了一声,说,都快退休的人了,还被查。如果真查出来了,可把这一辈子积的德,全给败光喽!唉,不值得啊。

如果是,那当然不值得。杜光辉心里想着,嘴上却没说。

王也斯有些惋惜道,宗一林在试验区二十年,哪能经得起查?

这个,哈哈……杜光辉马虎着。

王也斯见杜光辉不冷不热,便嘟哝着,出门去了。

事实上,杜光辉对刚才王也斯讲的信息,心里还真十分地震撼。以前在经济所时,一有风吹草动,总有人在第一时间给他透露消息。那是因为,他已经有了圈子,他是圈子中人。圈子时代,圈子无数,每个人都生活在圈子之中,也离不开圈子。但到了南州这一年多来,他真的没了圈子。回头一想,除了孟春,他和其他人的交集完全都是工作。即使像李敬还有别的同学,也无非是喝酒感怀。他没有拉圈子,南州的圈子也没有向他开放。或许,曾经开放过,但被他给忽略了。反正,他不是圈子里的人。因此,他很难在绝对超前的情况下,获得相对私密的信息。比如对宗一林的调查。他还真是第一次听见。他不回应,这是他做人的原则。但是,他无法控制自己在王也斯离开后,想到宗一林。想到宗一林的光头,鹰眼,和说话的神情,以及那种老滋老味的腔调。

虽然至今对宗一林也谈不上十分了解,但杜光辉与宗一林打交道还是比较多的。特别是近半年来,两个人一次一次地为着化工园拆迁、东方电子南州公司的扩产,还有其他项目,特别是在用地和优惠政策上,两个人暗中较了不少劲。其实,他挺理解宗一林。如果换作他,也可能持宗一林那样的态度。守成和惜地,这可能是每个地方最高领导者的共同心情。宗一林苦心经营试验区十几年,眼看着将一个试验区从无到有,从有到兴旺,成了年利税几百亿的国家级试验区。哪曾想到:现在……当然,王也斯说的也只是传闻。这年头,传闻就像澳洲的袋鼠,总是撵着人跑。

小王进来,问,杜市长,中午中央新闻媒体采访组那边,原定请您出席的。您看……?

我去。

中央新闻媒体采访组是陆颖提议请来的,陆颖说南州要发展,宣传分不开。借势更要造势。杜光辉觉得对,他给了采访组一个主题:南州的科技创新,重点在科学岛。他要通过新闻报道的方式,让更多的人知道南州,知道南州有个科学岛,岛上有著名的小太阳托卡马克,还有稳态强磁场等科学大装置。离科学岛不远处,有著名的科技大学,量子通讯干线正在最后的调试之中。当然,他还要请记者们去看南州家电产业园,那里云集着中国最好的家电企业,围绕着这些重点家电企业,已经有数百家上下游企业进驻。那里,每天生产的家电,占到全国家电总产量的十分之一。再过两年,有望达到四分之一。当然还有东方电子南州公司。全国近一半以上的显示屏从这里走出去,7代线也已经正式投产。很快,这里将成为亚洲最大的电子显示屏生产基地。

而这一切,杜光辉跟各路新闻媒体的记者说,其实,我们就是希望大家挖掘这一切背后的推手与力量。而我以为,这一切背后,就是"科技创新"

这四个字,没有科技创新,就不可能有这一切!

十九

清晨五点二十,杜光辉被手机叫醒。政府办室厅告知:化工园起火了。目前情况怎样?

消防到场后,明火已经扑灭。火灾中发生了小规模爆炸,三名值班人员死亡。同时,有两家企业的厂房被烧毁。

杜光辉赶到化工园时,宗一林正呆站在火烧后的厂房前。杜光辉问,没其他伤亡吧?

没了。宗一林摸着光头,一个劲地抽烟。明亮的灯光下,他眼睛发红,平时的那种锐利被红光遮住。他掐灭烟蒂,说,终于有这一天了,我一直担心着……他这呓语般的话既像自言自语,又像是在说给杜光辉听。

杜光辉道,唉,要是早拆了,也许就没这事了。

不是迟拆早拆的事,命里注定的,迟早都要来。宗一林说着,又点了支烟。他说,我马上到市委,去向唐书记检讨。

回到政府,刚到八点,陆颖匆匆而来。她问了下火情,说,这里面有文章,绝不仅仅只是一场大火。

杜光辉望着她。她目光执着,神情坚定。他示意她说下去。陆颖说,我关注化工园快两年了,中间多次进园都被人监视、跟踪、驱赶,内参稿出来后,我还收到过恐吓信,说要整死我。前两天,化工园有人告诉我:园内个别企业与社会上的不法分子勾结。而他们的背后,正是试验区的主要领导。他们的目的就是阻止化工园的拆迁。还说,纪委已在化工园开展调查,这个别企业正在设法销毁相关证据。

杜光辉吃惊地问,有这事?

我是一个调查记者,注重事实。本来我想再深入调查,但没想到一场大火毁掉了一切。杜市长,你不觉得这火烧得蹊跷吗?

杜光辉没回答。陆颖却上前追问道,难道这仅仅只是一次火灾?

是不是,得等调查后再定。杜光辉道。

陆颖说,我拭目以待。

化工园火灾调查的第十四天,南州传开了一个消息:宗一林接受组织调查。

同时,南州市委以最快的速度决定:杜光辉兼任南州试验区主任。

杜光辉很是意外,他压根儿没想过自己会兼任试验区主任。宗一林是头天晚上九点钟从家里被带走的,同时省纪委向唐铭书记做了通报。今天一大清早,办公厅就通知召开常委会议。会上,唐铭宣布了省纪委对宗一林采取措施的消息。一场大火是宗一林被查的引子,而且据初步调查:这里面可能涉及黑恶势力。唐铭在会上就要求由市政法委牵头,相关部门参与,对试验区内的黑恶势力一查到底,无论涉及谁,决不姑息。最后,他宣布了杜光辉的兼职,并且解释说这是非常时期的特殊安排。市委已经向省委做了报告。省委和市委都认为由杜光辉同志临时兼任南州试验区管委会主任,是十分合适也是十分必要的。

杜光辉看着唐铭,唐铭示意他别再说了,然后就神情严肃地宣布散会。这个短会,前后加起来也才二十分钟不到。但参会人员的心态五味杂陈,有震惊的,有惋惜的,有窃喜的,有沉默的。但无一例外,每个人都很沉重。毕竟宗一林是南州政界的老人了,他是试验区建设的不二功臣。如今,这样的人也沦落了,直至被组织调查,想想怎能不让人唱叹?甚至,在唱叹之余,还会涌起几分淡淡的感伤。当然,这些唱叹和感伤,并非针对组织上的调查决定,而是针对宗一林个人。同是林中鸟,因为不按规则出牌,甚至破坏了规则,所以他只有出局。这唱叹和感伤,既是对宗一林这样一个老同志的惋惜,又是对作为同僚没有能及时提醒的自责,当然,也还有着对自己的默然警示。

杜光辉自然也有着这些情绪,他走出会议室,被唐铭喊住了。

一进唐铭办公室,杜光辉没等唐铭说话,就道,书记,让我去试验区,真的不合适。

为什么不合适？

试验区千头万绪，我也没有基层工作的经验，我怕去了后，没法胜任工作，会影响试验区的发展。何况，我现在还是想把主要的精力放在科创园区的创建上。我去真的不合适呢！

合适。唐铭说，其实你讲的这些我都考虑过。但你现在是最合适的人选。试验区现在最大的问题是化工园拆迁，还有经济结构的调整。这两方面，你一直在分管，所以，你去，比其他人都合适。市里这边，照常分工。只是这样，你身上的担子就更重了。

那倒没问题。只是怕干不好。要是有更合适的人选，我建议还是最好重新考虑下！

唐铭扫了杜光辉一眼，神情有些不悦，说事情都向省委汇报了，而且宣布了，怎么可能再改？何况，他也根本没打算改。他上前道，光辉啊，干吧！你正当年，正是干事的时候，你不干谁干？我还正在想，等科创园批下来后，也交给你管理。这样，就能统筹安排，科学调度，最大限度地发挥两园效益。

杜光辉觉得再去要求唐铭换人，不仅不可能，而且会让唐铭为难，甚至生气。所以，他便没再坚持。唐铭拉着他走到窗前，指着不远处的明月湖，说，光辉，你看那秋天的湖水，虽然看起来闲潭鹤影，一派宁静，可是，水下的世界是复杂的、汹涌的。这就像试验区。一场大火之后，宗一林被查了，现在看来是安静了，可是，这安静的背后，到底是什么？这还真得认真考虑，严肃对待。你到试验区后，首先要做的工作就是彻底治理好试验区发展环境，从人抓起，重塑试验区的新形象。

杜光辉点点头，说既然已经定了要去试验区，就一定会竭尽全力，争取尽快扭转试验区现在这种不利的局面。

唐铭的脸色好多了，说这样就好。科技部那边有消息说科创园可能很快要批下来，同时安排了一些配套扶持资金。

大概多少？

不太清楚，应该在三五千万吧。

那也不错了。何况我们要的不仅仅是资金,我们更要政策。只要批了,我们就能大胆地干。有了九平方千米的土地,我们就能大刀阔斧地好好地招商引资了。这对于南州来说,必定是个重大转折。我们的科技创新,不仅仅是概念,是理念,更是可看可摸可操作的实际了……杜光辉越说越激动,唐铭打断他,说光辉啊,这科创园建立,你可是立了汗马功劳啊。南州人民会记得你的。

杜光辉谦虚了一番,说书记这是鼓励我啊。科创园建立是市委、市政府集体决策的成果,更是书记您亲自拍板和关心才定下来的。而且,发展科技创新,在南州现在已经形成了初步共识,科创园一建立,加上前不久中央媒体关于南州科技创新特别是科学岛等的系列宣传,我相信要不了一年两载,就会形成规模,成为南州经济发展的新引擎。

两个人越说越兴奋。唐铭指着全国地图,沿着长三角画了一圈,说现在有人说南州是在搞风投,是在赌博,包括有些记者的稿子也是这么说的,当然是指经济发展上的。我觉得南州不是风投,而是产投。我们投的是战略性新兴产业,不是赌博,而是拼搏。赌博是没有未来的,而拼搏正是为了美好的未来。南州还要投,还要拼,在产投中壮大,在拼搏中前行。杜光辉明白唐铭的意思,说书记站位高。现在,中央正在积极打造珠三角和长三角经济圈,中部力争崛起,将来,南州必定要融入整个长三角经济体,进而成为全国科技创新的重点城市、节点城市、枢纽城市和示范城市。南州在历史上曾被贴上战争文化和清廉文化的鲜明标牌,将来,南州的标牌应该是最醒目最时尚最有竞争力的三个字——科技城。我们要视创新为生命,把创新当使命,抓创新像拼命。如此,南州必定千帆竞发,勇立潮头!

唐铭这话掷地有声!杜光辉听了也兴奋了,说,书记画的蓝图,十分美好。只要我们坚持规划,持之以恒,就必定有那么一天。杜光辉说完,沉默了下,继续道,只是,书记啊,您也知道,我在南州也只有半年多时间了。半年多时间,做不了什么事的,做得不好,还会坏事,所以……

唐铭当然明白杜光辉的顾虑,便问杜光辉,干脆就留在南州吧!

这个……杜光辉感觉十分意外,他还真的从来没考虑过留在南州。当初他从所里来南州挂职,说好是两年。当时,他既觉得两年很短,同时也觉得离开原来熟悉的环境,到一个陌生的地方当副市长,又必定会有很多艰难。然而,就在他感觉一切才刚刚开始时,两年的时间却很快就要过去了。他曾静夜长思,回想这一年半的时间,他在南州到底干了什么,获得了什么。思来想去,他最后得出了两个字:值得。值得,就够了。至于挂职到期后,他觉得自己顺理成章地应该回到所里,还有很多课题在等着他。而且,这一年多时间,他既是南州的市委常委、副市长,同时也还是一个学者,在时时刻刻地观察、调查和思考。他有把握回所里后,会以南州经济发展为参照,来认真研究城市经济发展问题。他还想着要组建一个研究小组,跟踪南州科技创新的城市发展模式,追寻城市发展的轨迹,为中国新时期城市经济发展提供样本。他想得多,但重要的一点,他真的从没想到,那就是刚才唐铭书记说的留在南州。他觉得自己一时无法回答这个问题,他必须慎重再慎重地考虑清楚。所以,他告诉唐铭:这个,请书记再认真地考虑考虑。

当然要考虑。不过,我觉得你应该留下来。唐铭目光明亮,说,一个学者,最大的学问,不是写在书本里,而是写在大地上。南州就是你杜光辉写下最大课题的大地!有这个,还不够吗?

当然够了。只是……杜光辉说,反正还有半年嘛,不急。

杜光辉没能在唐铭书记那儿推掉试验区管委会主任的职务,回到办公室,喝了口茶,又站在窗前看了会儿绿轴大道与明月湖,心想既然接手了,那就不如拼死一搏。他自己清楚,当初他从经济所下来,虽然目的也是想干些实事,但毕竟觉得那是短期行为。他对自己能干多少,其实也不抱有什么期望。然而这一年半载下来,他感到还真的没有停下来过,一件事接着一件事,干得艰辛,干得充实,干得有意义。何况他生来就是个喜欢挑战的人,正如唐铭所说,试验区就是挑战者的战场,好男儿自当奋斗一番。只是唐铭让他留在南州,他还真的拿不准了。他得方方面面地综合考虑好,如果他真的留在南州,那事实上意味着他的学术生涯基本停滞了。在学者与官员之间,他必须做出正确而能让自己不后悔的抉择。

刘振兴市长正好在办公室,杜光辉打算将创业园的事汇报一下。他一进门,就见刘振兴正坐在桌前,用手撑着下巴,闭着眼睛,似乎在睡觉,又像是在思考。杜光辉琢磨了下,还是叫了声,市长!

没应答。他又叫了声,刘振兴像被电击了一样,忽地弹起来,身子绷得笔直,眼睛圆睁着,像被吓着似的,只盯着杜光辉,却不说话。

刘市长,杜光辉又叫了声。

刘振兴这才恢复过来,他坐下,用手抹着脸,说,昨晚上房间里有个蛐蛐儿,叫了一晚,人也没睡好,这不,就睡着了。

市长是太累了。

是啊,太累了,干不动了。杜市长哪,还是你们好啊,年轻嘛,年轻多好!我要是像你这么年轻,那……刘振兴摇了摇头。

杜光辉说市长其实也还年轻。不过最近南州事多,确实很累。市长还是要保重身体啊。杜光辉接着将科创园区的事简单地说了下,最后说到试验区,他说,我去找了书记,要求换人。我知道自己不太适合。但是,书记没答应。市长要是方便的话,也在书记面前说说,最好还是能换个人。我毕竟是个挂职的,还有半年就得回北京了。这个时候让我兼试验区管委会主任,可能对工作有影响。我就怕这点!

刘振兴倒很爽快,哈哈一笑说,都是工作嘛,杜市长能行,一定能行。书记定了的事,也跟我通了气,又向省委报告了,怎么能说不行呢?先干着吧,不是还有半年吗?到时再说。刘振兴说着,又打了个哈欠。杜光辉说,市长是真的太累了,还是要注意休息啊!

刘振兴有些苍白地笑了笑,说,这老宗进去了,那个等离子显示屏的事,你去了后盯紧一点。

等离子显示屏项目,杜光辉是知道的。项目投资二十亿,最初是由北京的一家公司联系过来的,由刘振兴市长安排在试验区,进行前期对接与准备。但具体的项目进展,杜光辉也不是很清楚。因此,他一回办公室,就打电话问李明,等离子显示屏项目怎么样了?

目前已完成土地规划、前期项目论证等。

投资了多少?

目前为止不到一亿。

暂时停下。杜光辉说。

这……怎么了?

杜光辉说,先停下。

杜光辉说这话,其实是有根据的。当初,由振兴市长引进的这个项目,他在常委会上也是同意了的。显示屏行业,市场广阔。南州科技创新既然要从零到一,那么,等离子显示屏项目的到来,或许就是半导体产业的一。然而,最近,他在北京遇见了一些半导体行业的学者,结果,他吃了一惊——等离子显示屏已经成了强弩之末,很快将会被市场淘汰。他本来也想早一点将这意思转达给刘振兴,但他怕刘振兴说他是故意造事,加上事情一忙,便耽搁了。现在,这项目转到了自己手里,他想起了学者们的话。不过,为了慎重,他又给梁大才打电话,要梁大才马上组织一些专家,对等离子显示屏项目进行一次全面综合论证,特别是市场前景、产业预期方面,一定要客观、公正、全面。

很快,孟春便发来信息,问杜光辉是不是兼任试验区管委会主任了。杜光辉说,苦差事,推不掉。

那就接下来吧,正好将科创园与试验区统筹在一块好好打造。孟春说。

我还是压力很大啊!何况再有半年,我就要回北京了。

孟春没再回话。

到量子研究院看了一圈后,杜光辉跟着到了程建华的办公室。程建华说,这是我在研究院的办公室。其实,我在科大那边也有个办公室,在上海还有一个。

高人三窟。杜光辉笑道。

程建华也笑笑,说哪里算得上高人,是没办法。科大那边主要是理论研究,这里主要是量子通讯,而上海那边,是我们新上的量子计算机项目。这三者,都是研究量子不可或缺的。我当年在因斯布鲁克的时候,他们主要是理论是实验。回国后,我的主要研究方向其实是量子理论应用。现在出了些成果,有些成果,说真话,连我们自己都认为还在梦里。

科学就是梦想的试金石。杜光辉说,我最近也常常想到量子理论。我还是有些迷惑。可能,我觉得,事实上科学也是一种修行,一种对智慧与想象力的终极修行。

程建华赞叹道,杜市长说得太对了。没有智慧,科学不可能前行;没有想象力,科学就失去了翅膀。宇宙如此广袤,我们的想象力事实上仅仅抵达了宇宙的边缘,离宇宙真正的核心还异常遥远。如此一想,就明白人类其实也只是这宇宙中的一种生物而已。沧海一粟,我们终其一生的奋斗,事实上,只是在宇宙中留下了一小段划痕。这划痕短到可能只有用微米、纳米才能计算。

能留下一小段划痕就已经十分了不得了。像程教授这样,一定能留下。而我们,不过是一次经过而已。

程建华转动着桌上的量子通讯模型,说杜市长有点悲观了。不过,这也是不争的事实。只有充分地认识到了这个事实,才能正确地看待宇宙,包括量子,包括一切未知。相对于未知,我们已知的世界,或许只是宇宙的万分之一。我们的每一次探求,其实就是与宇宙的一次对话、一次交流、一次邂逅。

程教授这么一说,我甚至想象到一幅广大的宇宙全息图。人类在宇宙之中,只是全息中的一个节点。量子也是。量子是不是有可能打通了这种全息宇宙的所有通道?杜光辉问。

程建华肯定地答道,不能。量子也只是探索宇宙与自然界奥秘的一种手段。将来,我们会发现更多的比量子更神奇的物质存在。

程建华加快转动着量子通讯模型,他想起三岁的时候,跟母亲一道去城郊的铁轨上玩。看着铁轨一直伸向远方，他就好奇了：它们到底会通到哪里呢？他问母亲，母亲也不知道。他就说，我长大了，要把铁轨一直坐到底，一直坐到它们能到达的地方。他后来也不止一次地想到三岁的这种情境：那或许正是一个人最初的关于远和近，关于探索的科学启蒙。一种追究真相的好奇心与勇气，使得后来他上大学时坚持要学物理学。说到学习物理学，也还有个插曲。到大三时，他有一段时间痴迷量子，埋头啃那些大部头的量子力学著作，跑到实验室去一遍遍地做量子碰撞与纠缠的实验。他问杜光辉，杜市长，你说，最后我得出了什么结论？

量子是不存在的，是虚无的。杜光辉道。

还真跟这差不多。我甚至在毕业论文中，专门用很大的篇幅来质询爱因斯坦的相对论。你知道，相对论是量子力学的基础。我质询这个理论，说它不成立。现在想来，我并不为那时的想法羞愧，而是觉得从那时起，我就具备了科学的勇气与勇敢。这是研究科学必须具备的品格。

杜光辉点头称是。大家喝着茶，听程建华详细地介绍量子和量子通讯。末了，杜光辉提到可心去年暑假来南州，专门来看了量子研究院。她是和她的一位小朋友一道来的。后来，他们回去后，有过一段议论，挺有意思，总结起来就是：量子研究最后必然会走向虚无，因为宇宙就是虚无。

程建华重复了句：虚无？啊，能这么说？

杜光辉说，不仅仅可心这么说，她的那位小朋友说得更玄乎了。他说，虚无只是因想象力和思想的局限性导致，真正的宇宙永远不可能虚无。不过，他接着说，一切科学研究，最后可能会走向两极，一是真理，一是神学。

程建华来了兴致，说这孩子的功课做得深，思考得也深。的确，科学与神学虽然看起来艰深，却是一个人类永远回避不了的永恒的终极主题。我们一方面感叹孩子们的知识和思考能力；另一方面，我们也应该思考：科学与神学，最后的界限在哪？尤其是我们研究量子力学的，其实就是在真理与神学之间行走。很多著名的科学家，最后回到了神学。当然，我们要更愿意相信刚才那个孩子说的：是想象力和思想的局限性所致。一切，都是这样的。量子也是。比如量子纠缠,解释清楚了,就是科学;解释不清,就是迷信。一步之差。

杜光辉觉得这宇宙中的一小步,却可能是人类难以逾越的一大步。他化用了登月宇航员阿姆斯特朗的名言,说,会不会有一天,程教授您面对一堵无法逾越的高墙时,也会回到神学?

应该不会。程建华说。

话题回到量子通讯干线的建设情况,程建华说快了。在干线开通之前,还将有一个大工程,就是量子通讯卫星的发射。目前,卫星已经制造成功,正在校准,同时等合适的窗口,择期发射。

那应该在最近吧?

估计要到七八月份吧。程建华忽然很高兴地问道,杜市长,您能想象我们这卫星的名字吗?

这……真想不出来。

墨子号。墨子,是我国古代最伟大的科学家之一。墨子在宇宙、时空,包括力学、光学等很多方面,都是中国物理学研究的老祖宗。他的很多时空观与宇宙观,现在看来也还很有意义。所以,这次,量子研究院将我国的第一颗量子卫星命名为"墨子号",就是要纪念这位伟大的先贤,纪念我们中国在人类物理学研究方面的贡献。

这个有意义。杜光辉说,老祖宗有知,一定会感叹于后人的智慧与探索。而同时,我也可以想象一下:不久之后,在太空之中,"墨子号"会成为又一颗由我们中国人自主设计制造的闪烁的星星。

程建华抬头望着头顶上的灯光,似乎那就是湛蓝的天空,而"墨子号"将在那里闪烁。而且,"墨子号"发射成功后,京沪量子通讯干线就有了空地连接,干线便能正式开通。到那时候,中国就有了世界上第一条真正意义上的量子通讯干线。同时,通讯干线量子密钥的分发,也会达到更多层级更多数量,保证通讯更加快捷更加安全。

杜光辉又想起了小鹏。他告诉程建华,这个小男孩,在政务广场的沙地上,不断地垒着他想象中的沙雕。沙雕上就有量子通讯干线,还有稳态强磁场的模型。杜光辉说,通过这个孩子,我时常想,南州这座城市,正是因为有了像程教授这样的科学家,科学精神越来越深入,科学氛围也越来越浓厚了。

程建华说有空一定去看看这个叫小鹏的孩子的沙雕。他委托杜光辉给小鹏送了一个"墨子号"卫星的模型,说南州要创建科学城,必须要有科学精神与科学氛围。现在,量子研究院正在计划跟科学岛、科大一起建设一座先进知识研究院。一方面集中科学家,开展科学研究;另一方面展示科学成就,特别是培养年轻一代的科学素养。

那好啊,太好了！杜光辉接过模型,说,南州科创园马上就要批下来了。有九平方千米的土地。先进知识研究院就放在那儿吧！他握住程建华的手,恳切地说,就这么说定了,说定了啊！

好,说定了！程建华道。

杜市长啦,杜市长！林先生一边叫着,一边进了办公室。

林先生将墨镜往额头上耸了耸,但并没摘下来,而是直接挂在稀疏的头发上。他清瘦的脸皮刮刮的,像蒙着一层丝瓜皮。但是,在丝瓜皮后,能看出在他脸上流淌出来的精明与算计。他向杜光辉拱了拱手,说,没想到,杜市长亲自坐镇试验区了。好事啦,好事。我是专程来向市长汇报的啦！

杜光辉请林先生坐下,说,林先生,坐下说！

杜市长好记性,还记得我的啦！林先生坐下来,摘下墨镜,说,我知道杜市长来试验区当领导了,而且,经历了那场大火,我们原来还存着的一点不搬迁的小心眼也留不住了。我们必须要拆迁了！是吧,杜市长？我只是想来告诉杜市长一声,我们并不是不支持拆迁。

杜光辉望着林先生,林先生的目光闪闪烁烁。

林先生顿了下,说,我们是来主张我们的权利的。

这没问题。对你们的权利,试验区这边更要保护。杜光辉说,我也了解了一下,政府出台的拆迁政策还是很细致的。政策都是一视同仁,不可能会给哪一家企业单独制定一个政策。林先生,你这肯定比我还理解得透些吧?

我不理解啦!林先生站起来,那双眼睛深陷且有火石般的亮光,说,当初是宗一林跑到福建求我过来的啦!不仅仅我过来了,我还带来了其他许多企业。杜市长,知道不?试验区的这些企业中,我林某人带过来的,就不少于三十家。很多企业现在成了你们所谓的重点企业。我在南州苦苦经营了这么些年,就这样像踢只牡蛎一样一脚给踢走,我能甘心吗?

杜光辉盯着林先生,先说了一段感谢的话。他说,林先生包括化工园的其他各个企业,这些年来对试验区对南州贡献很大,与南州试验区和南州市一道同甘共苦,不懈努力,才使得南州试验区壮大到如今的规模。南州人民感谢你们这些年来对试验区的大力支持。同时,这些年来,我们也尽最大努力,为你们这些企业做好了服务。可以说,你们与南州,是双赢。这次试验区化工园区拆迁,是大势所趋,是南州可持续发展的必然要求,也是保护环境、建设现代化城市的必经之路。这个决策不是哪一个人定的,既不是宗一林定的,也不是杜光辉定的,而是市委、市政府集体研究的决策。林先生哪,你们在市场经济中摸爬滚打这么些年,对这些决策的理解,还能有什么问题?总之,化工园拆迁是坚定不移的,早拆比晚拆好,痛快地拆迁比拖着不拆好。

这个,我相信林先生是懂得的。杜光辉道。

我当然懂得的啦!可是,我那上亿的资产怎么办?一堆废铁了吗?

杜光辉站起来,走到林先生身边,说,林先生,请相信我们,我们的政策早已摆明了。对于拆迁企业,我们按一定比例进行资产补偿。同时,我们更加欢迎这些企业转产,按照南州市产业发展方向,继续在南州投资。如果林先生继续投资,转产经营,政府会给予更多的优惠与支持。

林先生毕竟是久经商场的老生意人,他看杜光辉在补偿方面绝不松口,便不再坚持。现在,一听杜光辉说欢迎他们继续转产经营,他便道,我来也正好有个项目要报给杜市长,啊,也是向杜主任汇报的啦。

说来听听。

林先生从包里拿出一摞资料。原来,他们最近正在跟一个回国的博士谈个项目,是高科技项目。简单点说,就是PEF。所谓PEF,其实就是将秸秆等农林废料,运用绿色化学合成新反应,生产出新型生物质塑料PEF前端单体。这项新技术出现不久,但是已经引起全世界的广泛关注。欧盟宣布要在2018年前全部使用PEF材质导管和容器,代替PET(俗称涤纶树脂,一种工程塑料),美国也宣布将在适当时候推进PEF的生产与使用。但在中国,目前还仅仅是个概念。

杜光辉在相关资料上看到过关于PEF的介绍,但没想到现在这项新技术真的来到了南州。他有些急切地问,那博士可来南州了?他有专利?

他就在南州啊,去年刚从欧洲回科大的。他手中有专利。所以,我很看好他。林先生说,杜市长如果方便,什么时候我请他来拜访一下市长。

那太好了。杜光辉正有此意,便道,你约一下博士,什么时候我们见个面。我对这个项目很感兴趣。绿色,环保,高科技,这正是南州所需要的。林先生,只要你真愿意搞这个项目,试验区就全力支持你。

有杜市长这话,我就放心的啦!

下午,林先生便陪着李博士一道到了试验区杜光辉这里。杜光辉正在开干部会,他让大家休会十五分钟,专门向李博士了解了整个项目的情况。正如林先生所说,这个项目李博士在海外已经研究多年,他在欧盟技术的基础上,针对中国的实际情况,开发出了以秸秆等为原料的PEF前端生产技术,这在国际上也处于领先水平。杜光辉问,怎么没想到在国外就地消化而回国了呢?

我觉得,回国,这个项目才更有前途。李博士说,我不能眼睁睁地看着我们有这技术,却落后于外国。

杜光辉听了,很是感动。这一两年来,他接触了不少海外归来的专家学者,同他们谈话,谈得最多的,往往就是一句话:回来,为国家做些事。李博士说不能眼睁睁地看着我们有这技术,却落后于外国,其实也是同样的道理。朴素,真诚,爱国,或许正是这一代海归知识分子共同的特征。他问李博士,整个项目落地,需要什么条件?

李博士说,条件不高。我们主要分成两块,一块是研发,一块是生产。研发最好在市区;而生产,当然得在农村,在原料产地。

投资大概多少?

五千万到一亿。应该差不多。

杜光辉说,我知道了。谢谢李博士。他转身对林先生道,这个项目我建议你们就落到科创园那边,同时,向市里申请科创项目扶持。不过,在项目落地之前,还是要开展专业论证的。

林先生拍着手,看得出来,他心情激动。他问杜光辉,科创园在哪?不会就是试验区吧?

杜光辉说当然不是。试验区是试验区,科创园是南州新建的科技创新产业园。上面已经审批通过了,马上要正式对外公布。地点就在试验区与西市区之间,九平方千米,专门用于科技创新型企业,重点解决科技成果转化与产业孵化。整个园区规划是统一建设标准化厂房,无偿提供给科创型企业使用。同时,在土地、税收、金融等方面,都将出台一系列优惠政策。PEF项目属于高科技项目,如果论证通过,将成为园区第一批入园企业。来得正好,正当其时啊。他要求林先生和李博士,抓紧点,争取尽快论证,进而进入企业落地流程。

好,有市长支持,我们就更有信心了。李博士说,林先生原来对投资还很担心,现在,市长都发话了,林先生,不怕了吧?

不怕了,不怕了。林先生说,这样,我又可以继续留在南州啦。

下午会议结束后,杜光辉正要回警备区,孟春打电话,问他晚上有没有安排。杜光辉说没有,正准备回去吃食堂呢。孟春说那正好,我请你。

你请我?有什么事吗?

没事就不能请杜市长吃饭?

那……当然不是。

就这样。银泰城旋转餐厅,我在那等你。

杜光辉赶到银泰城旋转餐厅时,孟春正站在落地长窗前,看着外面的风景。那外面正是政务广场和明月湖的另一个侧影。杜光辉看过去,这个方位看绿轴大道像两条刚刚从明月湖里出来的绿色长龙,而政务广场,迎着一片广阔的湖水,正逶迤向前。这是他不曾看到过的政务广场的一面,如同现在,他从背后看着孟春。她身材颀长,原来烫着的头发改成了直发,漆黑如瀑布。杜光辉看着,心里又想到了田忆。他赶紧打住,往前走了两步,与孟春一道站在窗前。

来啦!谢谢市长光临。

要谢谢你呢。

坐吧。两个人坐下后,孟春说,我听他们说,刘振兴市长对你发火了。

这么快就知道了?

是关于你的消息嘛,我当然会很快知道。孟春意识到说漏嘴了,脸一红,接着问,现在怎样了?

也没怎样。项目停了。那个等离子显示屏的项目,很多人乍一听以为是高科技,了不得,所以也没深入研究。其实,问题很多。我请梁大才他们组织了专家论证,意见一致:项目不能上了,上了也是烂摊子。因此,我叫停了项目。

听说前期也投入了不少?

八千多万。算是买个教训吧。我们天天在讲科技创新,招商引资这一块也得讲科学啊!

那是。孟春说,刘市长一定很生气。

那当然。但这时候,我必须站出来说话。坚持,就是避免将来更大的损失。我相信振兴市长会逐渐理解的。

孟春点点头,说,会理解的,他也不想在南州留下个烂尾巴。

沉默了会儿,杜光辉看着孟春说,这里风景很好。你不会仅仅是请我来看风景的吧?

孟春的脸又微红了下,却正视着杜光辉,说,杜市长一定觉得意外,请您来坐坐,当然不仅仅是为了看风景,是因为……其实……今天是我的生日。

啊!杜光辉说,那我应该送你一束鲜花。生日快乐!生日快乐!

谢谢。我并不仅仅因为今天是我的生日,就请杜市长过来小坐,而是……孟春望着杜光辉,说,再过两天,三月二十八日,杜市长没有印象吗?

杜光辉想了想,说,真的没有。

也许是吧。

孟春,你就说吧。我真的没有印象。

那天是我姐姐田忆的生日。

这……怎么可能?她不是五月的吗?

对,她是五月的,那是阳历。我们南州这边,过生日都按阴历。所以,就是过两天的三月二十八日。

难怪!杜光辉心里一疼,如同被人给拉扯了一下。他转过头,平静了会儿,才叹道,恍然若梦。

真的若梦一般!我姐姐从小就有病,我父母本来不打算要我,他们想养着我姐姐一个人就行了。但后来有一天,我姐姐八岁,她突然对我父母说,你们再生一个孩子吧,不然,将来我要是走了,你们会很孤单的。她这话把父母都说哭了。于是,就有了我。而且,我们居然出生在同一个月的同一旬。父母当年总是将我们俩的生日一道过。所以,每当我的生日,其实也就是我姐的生日。

杜光辉嘴里喃喃着——

田忆,孟春;

孟春,田忆!

孟春上前,轻轻地伏在杜光辉的背上。杜光辉感觉到孟春在颤抖。其实他也在颤抖。两个颤抖的人站了起来,互相拥抱、依偎着……

二十

科创园很快建立起来了,第一个进园的是以研究和制造语音交互同步翻译设备为主的众听科技。

杜光辉参加了众听的开工仪式。蒴校长一见他就说,光辉啊,你把这个好项目留在了南州,真的是一件特别正确的大好事。我相信,要不了三年,众听就会成为全球有影响的语音交互同步翻译企业。

你这么有信心?

当然。我清楚他们,那是一帮特别有智慧又能干事的年轻人。他们脑子好使,而且,他们在科学研究之外,还适应了市场经济。你看他们做事,有章法,有创新,有特色。蒴校长接着就给杜光辉讲了众听研发团队几位年轻人的三次选择——

这些人都不简单啊!这团队的灵魂人物小聂和他的团队这些年来历经三次重要的选择,每一次选择可以说都是生死攸关。第一次是当年小聂上大二时,他果断由电子工程系转到数学系,并由此开始联合科大 BBS 众多版主,成立了语音研究工作室。第二次是小聂研究生毕业时,他放弃了国外众多大学与公司的邀请,一边在科大读博,一边成立了中文语音研究公司,自己给自己当股东。后来他们开始在语音研究过程中与华为等大公司合作。当时,他们开发的软件市场寥寥,人员流失,情绪低落。小聂决定放手一搏。他拿着产品去华为试用,却很快就被踢了出来。在他的一再恳求下,华为给了他们一周的升级时间,结果他们成功了,将自己的语音交互技术嵌入了华为的系统之中。然后,他们开始了第三次选择——由单纯研究向研究与产业结合转型。但现实给了他们当头一棒——市场对他们的产品并没有太大的兴趣。很多企业习惯了使用国外产品,对他们的产品半信半疑。一年下来,不仅赔了转型投入的几百万,而且积压了一批卖不出去的产品。团队里又开始浮动悲观和怀疑的情绪了,有的甚至提出了散伙,或者干脆专门走卖技术的路子。顶着巨大的压力,小聂召集大家召开了著名的大湖会议。会上,小聂问一道拼搏多年的同伴,假如我们现在放弃,当初我们为什么要成立公司?为什么不一开始就去做房地产呢?正是这一问,决定了众听的坚守和未来。他们跨过了最黑暗的时期,终于迎来了如今这美好前景。现在,他们的技术是国内顶尖、国际一流,他们的产品也成了国际国内市场的宠儿。要说实业爱国,这些年轻人就是这方面的典型。他们走的正是一条踏踏实实的科技报国的路子。

蒯校长说得很动情,听得出来他对这些年轻人和他们的企业的爱护。他告诉杜光辉,围绕着众听,将来这一块绝对不是一两家企业,而可能是一百家两百家企业,甚至上千家企业,一定会形成一条完整的语音技术研发与生产的产业链。所以,他请南州市在众听包括整个语音产业的规划用地上,一定要留有余地,使这个阳光产业能够游刃有余地更好发展。

杜光辉说,他们提出来要一百亩,我预备了五百亩,够了吧?

这个,肯定够了。

我希望尽快看到这五百亩的土地上都布满企业。科创园要有两大支撑,一个是科技研发,另一个就是企业转化。研发是龙头,转化是结果,缺一样,科创园就跛足了。

蒯校长看着杜光辉,感觉到这样的一个经济学家已经完全融入了南州的城市发展之中。杜光辉现在想问题,比刚来南州时全面多了,也深刻多了。难怪前几天他碰见唐铭书记,唐铭就说想让杜光辉留在南州。看来,唐铭是真的瞅准了杜光辉呢!

有没有想过,有一天,如果让你留在南州,你怎么办?蒯校长问。

这……这倒真的是个问题啊。也真快,马上挂职就要到期了。回去,还是留下,我其实也有些拿不准。唐铭书记上次跟我提过,不过,那是四个月前的事。现在,只有两个月了。蒯校长,你觉得呢?

蒯校长拍拍杜光辉的肩膀,说,你还记得我们学校的高先生吗?他也是你的老师。

杜光辉居然马上脑子里就浮现出了高老师的形象。一个高而瘦的中年人,几乎悄无声息地走进教室。那是杜光辉他们本科上的第一堂课。高先生一上课,就用浓重的桐城方言说,我们今天来学习。学,到底是为了什么?很多人没想明白。其实很简单,古人早就说了,学以致用。学,唯一的目的,就是用。无用之学,我们不学。我们学有用之学。学了有用之学,然后再学以致用。

杜光辉重复了一遍高先生的话,蒯校长说,对,就是这一段话。难得杜市长还记得这么清楚,不容易。我也一直记着。这些年,我也是坚持学以致用。人生苦短,能学什么呢?学无用的,太浪费时间了;学有用的,那就得赶紧用。你到南州快两年了吧?这两年看起来你在工作,在当市长,其实也一直在学习。学了什么,你自己知道。下一步,就是致用了。

蒯校长这么一说,杜光辉当然很快就明白了。他笑了笑,说,校长哪,其实我脑子里一直还有一些关于宏观经济的想法,尤其这两年在南州实践,想法更丰富了,很想能有大块时间,来再深入研究。但在南州,蒯校长你也知道,几乎是连轴转的,根本拿不出时间来写作。所以……杜光辉叹了声说,另外,院里那边也希望我回所里。还有我那几个研究生,马上面临着读博,他们也希望能继续跟着我。

这都不是理由!蒯校长直截了当,说研究和写书,以后还有大把的时间,伟大的学问,是经得住时间的考验的。至于院里,所长有了,你回去干啥?把人家的位子给挤掉?不现实嘛。可是,在南州,并且赶上南州这样一个意气风发的时代,并不是每一个人都有这运气的。杜市长你赶上了,你需要南州,南州更需要你。

杜光辉没有回答。蒯校长说,南州现在正在大发展的过程中,你真舍得走?

还真舍不得。

那不就成了?就别走了,我们以后还可以常在一块聊聊。

杜光辉挨近蒯校长,看了他一会儿,开了句玩笑,你不是唐铭书记派来的说客吧?

哈哈，哪里是，只不过我跟唐铭书记想到一块儿了嘛！

众听科技的聂成聂总，是个刚刚三十出头的年轻人，他西装革履，文质彬彬，走过来向蒯校长和杜光辉道，两位领导在聊什么呢，聊得这么高兴？杜市长有一年在清华讲课，我去听过。

是吗？你在清华待了几年？

两年。专门研究语音分析。聂总说，我还记着杜市长讲的宏观经济学中的新古典模型，包括索洛理论和黄金分割率，虽然我不是学经济的，但很受启发。

所有学问都是相通的，只不过表现方式不同。你这语音同步翻译，和量子力学其实也是一个道理，都是对未知的探询。只是，你们这更倾向于未来，而宏观经济学更倾向于从现在走向未来。杜光辉说完，问聂总投产大概还需要多长时间。

聂总指着正要架构的标准化厂房，用手比画了下，言下之意是三个月。他说他们已经在采购原材料了，等机器一到，马上就会进入生产阶段。并且感叹，现在办个企业容易多了，科创园统一建设标准化厂房，这是个大好事，让企业省了很多工夫与麻烦。他很兴奋，说要告诉杜市长一件喜事。

喜事？快说吧。杜光辉催道。

我们决定在南州建厂后，很快就有一些上下游企业表示有意向到南州来。我其实也一直有个想法，只是因为刚刚开始，我不好说出来，说出来，怕将来成不了。如果他们都来了，我其实还有更大的想法。聂总说到这时，脸上露出腼腆的神情。

蒯校长笑笑，说，怕什么？先说说看。

我想在这建一座中国声谷。聂总道。

中国声谷？杜光辉问。

是啊，美国有硅谷，我们为什么不能建声谷？以众听为龙头，带动上下游关联企业，达到一定规模后，我们就可以对外宣布我们有了中国声谷。目前，世界上语音产业的前几位，包括NUANCE、谷歌、微软，还有IBM等，年产值八十亿美元。而且,随着智能化水平的提高,对智能语音产业的需求越来越大。我们预计三年后,全球语音产业规模会达到一百五十亿美元。我们虽然起步晚了,但我们的技术研发不晚,有一定的优势。另外,中国是个大市场,这也是我们的优势。所以,中国声谷现在已经是呼之欲出。

聂总说话的时候,杜光辉注意到他眼神里都是光芒,那是一个科学家和科创实业家的理想之光。

蒯校长看了眼杜光辉,说,杜市长,中国声谷呼之欲出,你还想走吗?

哈,校长这是……不过,中国声谷,中国声谷!这个设想确实太好了,太有吸引力了!聂总,我们就按着这个思路往下干,不要怕,愿意来的企业都让它来,南州一百个欢迎!需要政府的政策和服务,尽管说。只要有利于南州科技创新,有利于南州发展,我们就全力以赴,尽力支持。

杜光辉说完,聂总马上表态,说有市长和校长的支持,我们一定能将中国声谷搞起来,热起来,火起来!

"墨子号"发射成功。杜光辉接到程建华的电话,他兴奋得有些把持不住。虽然在办公室里,他还是哼起了小调。外面,试验区化工园拆迁的最后一批企业,正在办理相关手续。

杜光辉来到试验区后,很快改变了化工园拆迁的策略。有些策略,还来自福建商人林先生的启示。林先生与李博士联合开发PEF,企业还留在南州,这样既节省了企业搬迁的成本,又做到了企业转型升级。他将这事报告给唐铭和刘振兴。刘振兴说,他们暂时留下来,也许瞅的还是补偿。这些人啦,说起来都是企业家,可是,有时计较起来,恨不得把财政的钱一股脑儿全拿过去。

杜光辉说,市长这个担心也不是没道理。但这次情况不同。这次我总结了下,关键是要给他们找路子。第一,他们并不想与政府正面碰撞;第二,他们清楚地知道并且愿意继续留在南州办企业,只是他们没有找到合适的路子,一时没办法转型而已。林先生找到了PEF项目,以前他是真正幕后抵制拆迁的带头人,现在不也很快签订了协议?

唐铭听了汇报,十分赞成和肯定杜光辉产业拆迁项目拆迁的思路,说这个思路很好,要围绕着这个思路,在服务上做细做实。甚至可以组织科大、中科院、工大,还有其他高校和研究机构,来一个专门的项目对接,让这些企业和科研机构实行双向选择。他们有兴趣,科研机构有意愿,我们就牵线搭桥。目标一是留住这些企业,解决他们的后顾之忧;二是将科研机构的专利和技术留在南州。

杜光辉很快就让孟春他们面向化工园区,专门搞了一场科技转化大会。科大、中直院所和其他科研机构送来一百多个科技创新项目,大的投资可能达到几千万甚至过亿,小的投资也许只有几十万。这些项目一展览出来,化工园区的这些企业家,马上显示了商人的精明与灵活。短短一天,就签约三十二项。除了七八家一直在闹着补偿的企业外,其余都找到了出口。杜光辉承诺:只要签约了,愿意留在南州继续办企业的,全部进入科创园区,享受科创优惠。林先生的企业,就已经在科创园区开始筹备生产了。

七八家一直不愿意露头的企业,都是化工原料生产企业。这些企业转型路子窄,而且基本上属于流通型企业,化工园区没了,他们就失去了经营的市场。所以,这七八家企业联合起来,想最后坑政府一笔。杜光辉接待了他们一次,谈着谈着,七八个人便拂袖而去。这让陪同杜光辉谈话的试验区的领导也很不高兴,说太不像话,连最起码的礼节也不懂。杜光辉说他们不是不懂,而是窝着气。我们要找出他们窝气的原因。

有什么原因?还不是……这位领导吞吞吐吐,想说又不说。

杜光辉急了,问,到底是什么?

领导说,没什么,真的没什么。

等到剩下最后这七八家企业时,杜光辉还是找了这位领导,说,我知道你有话要说,说嘛,只要有利于工作,有什么话不能说?

这位领导这才吞吞吐吐地说出了原因。原来这几家企业是纯粹的原料供应流通企业,当初进入化工园,都是通过宗一林批准的。后来,这些企业也与宗一林走得比较近。他们这些年来,为此也送出了不少。这次,他们提出既然要拆迁,那就请将以前他们送出去的,全都给吐回来。但是,他们也知道,这事除了他们自己,没人能真正说得清。即使都是真的,也没办法拿到桌面上说。所以,他们就一直软磨硬泡,想争取补偿最大化。

杜光辉听了,少有地拍了桌子,说,他们当然没办法说。他们这是行贿!行贿了,还有什么办法说?

当最后一批签订协议的企业办理完拆迁手续后,杜光辉专门将这七八家企业全部找到了试验区。他坐在会议室里,看着一个个进来坐下的企业主。他看了半天,也不说话,只是看着。企业主们大概没想到,这个主任找他们来,仅仅是看,而不是说。他们中有人性急地开口了,说杜市长哪,我们不是专门来给你看的,而是来解决问题的。你看够了吧?

没看够。我以前做研究时,有时会对着一个方向看半天。这才几分钟,受不了啦?

你……

杜光辉继续看着。会议室里静了下来。静,是杜光辉要的效果。越静,这些人心里越沉不住气。杜光辉是以静制动,而这些人是静中不静。他们的静只是一种表象,内心里,却在与杜光辉较量着。

果然,不断地有人开口了,牢骚越来越多。甚至,有人直接说到宗一林。杜光辉看着,听着,半小时后,他环视了一遍,说,都讲好了?

讲好了。有人迫不及待地回答。

那好,那我就讲了。杜光辉说,拆迁是大政策,政策的前提就是一视同仁。既然一视同仁,那就不可能也不会有区别对待。你们要求区别对待的心情我理解,但理由不充分。不仅不充分,而且很不对头。有些理由,我不说,你们也清楚,那是违法的。化工园上一次爆炸,案子还没有最后结案,在座的各位,都与这案子没什么牵连吧?

没有,没有!几个人赶紧答着。

我也希望没有。最后有没有,公安机关将做出结论,该承担责任的一定要承担责任。杜光辉边说边环视着这些人。他们静极了,都瞪着眼,看着杜光辉。有的人看着,就转过头,盯着墙壁;有的人用手抹着额头上的汗珠;有的甚至站了起来,准备往门口走。杜光辉又追了一句,我该说的话都说了,请大家好自为之。

这……这……那我们怎么办?

按照政策和拆迁要求,尽快签订协议,完成拆迁。杜光辉说着起身,离开了会议室。

有人跟到门口,说杜主任,杜市长,我们再好好谈谈嘛。我们一向是支持政府决策的,一向支持……

杜光辉没有回头。这七八个人面面相觑,呆站在会议室内。

杜光辉站在办公室窗子前,看着这些人离开试验区,他心里明白:不出三天,这些企业都会签订协议,同时,他们也会找出更适合他们自己发展的项目。他想着自己刚才对他们说的话,觉得似乎有些蛮横了。他是得了理,所以才不得已地不让人。有时候,工作需要讲究策略。就像搞研究,也得针对不同的情况,运用不同的研究方法。

"墨子号"现在在太空中处于什么位置了?杜光辉给程建华打电话,说晚上要请程教授和团队坐坐,祝贺"墨子号"发射成功!

谢谢杜市长。请就不必了。我想静一静。我已经出发回老家了。程建华说。

回老家了?

是啊,回老家了。我觉得我现在的心情,只有回到老家才能慢慢平复。老家,是我人生的起点,也是我一次次在成功与失败之后,最愿意回去的地方。你想想,走在老家的小县城里,在那青石板路上,一步一步地走,一处一处地看。时光都变慢了,这能让人腾空自己,清理自己。"墨子号"发射成功了,但量子通讯后面的路还有很长。特别是,我们谈到的科学与神学、量子研究的最神秘的隧道,还有量子未来的应用……有时啊,我感到要做的事太多了。因此,杜市长,你可能想象不到,我们有时心里也会乱。一乱,我就想回到老家来,听听乡音,吃点小吃,很自然的,人就获得了一次新生。

哎呀,程教授真是有特色。不过,清空自己,重新出发,这是一个成功者应有的品质。那么,您就在老家好好休息吧,等回南州,我再去祝贺。

放下电话后,孟春打电话问杜光辉晚上有没有安排,如果没有,正好请杜市长去见见两位来无人机厂的客商。杜光辉说行,我也正好想了解一下现在企业的情况。到了后,老秦和老李精神饱满,信心十足,说任我飞无人机进入市场后,不仅在国内,在欧盟,在美国,都销售火爆。这两位客商就是代表欧盟来下订单的。杜光辉站起来,没说话,只使劲地握住了老秦和老李的手。

饭后回来,两个人沿着绿轴大道散步。杜光辉说这才是真干事业。而一个人,一生总得干点事业。想着那些远销海外的无人机,正飞翔在世界各国的天空上,我想,要是蒋峰还在,他也一定会兴奋不已的。

孟春说,前几天,我还梦到他。他问我,小鹏还经常去广场垒沙雕吗?我说,现在他上高中了,忙了。去,但少了。他说,要让他经常去。一个男孩子,没有幻想是不行的。

是啊,所有人,没有幻想,没有理想,都是不行的。甚至包括我们的城市,没有理想,没有幻想,也就干涸了。杜光辉道。

孟春拉住杜光辉的手,轻声问,决定回北京吗?想好了吗?

想好了。唐铭书记又找我谈了一次。昨天晚上,我又问了可心。我问她,我该回去还是该留在南州?她反问我:老爸你觉得在哪里干得更有意思?我说目前是南州。她说,那不就结了?留在南州呗。我说,你高中了,我怕耽误你。她倒是笑了,说,你回来天天监视着我,那才叫耽误我呢。

这孩子有意思。孟春说,那你打算……?

你说呢?

我……肯定希望你留下来。当然,我是为南州考虑的。

那……就留下来吧!明天我就跟唐铭书记说。

一晃,四个月就过去了。杜光辉离开南州去国外进修时,政务广场绿轴大道上的银杏,还是一片金黄,如同披了一树金子,闪着动人的光泽。等他回来时,银杏上已经发出了新芽。那新芽清新可爱,一粒一粒的,如同一个个正瞅着世界的孩子。江淮分水岭春天来得早,而今年的春天,更是格外地早。明月湖里的水波,也从凛冽的冬天中,泛出了一片片温柔的花朵;几只水鸟,似乎已经感知到了春水的温暖,正在嬉戏、唱歌。杜光辉虽然没法听清楚它们唱的是什么歌,但他知道那一定是首欢乐与幸福的歌。

刘振兴市长调到省直机关工委担任书记去了。杜光辉到办公室时,还习惯性地朝刘振兴的办公室看了看。小王说,杜市长去国外后刚一个月,刘市长就调走了。他挺高兴。

他应该高兴哪!杜光辉觉得刘振兴高兴是对的。一市之长,事情之多,之繁杂,是常人很难想象的。他想起那次向刘振兴汇报时,刘振兴正在打瞌睡,那该是多么累啊。身累,心累。所以,当杜光辉在党校学习时,得知刘振兴调走的消息,第一时间给刘振兴发了短信,虽然谈不上祝贺,但也至少是个喜事。刘振兴很快就回复了,似乎只有三个字:谢谢你!

办公室里依旧清爽。两盆绿植养得很好,绿萝牵得更长了,沿着窗台,正伸着细嫩可爱的叶尖,似乎要探出窗外。而吊兰居然开出了细碎的小花。这在以前,杜光辉是绝对不曾注意过的。他一直以为,吊兰就是那些细密的叶子,和不断延长的绿色。现在,他低头细看,吊兰的花如同害羞的小女孩,正在悄悄地又忍不住地看着他。他甚至能感觉到这花的调皮、可爱与天真了。

昨天晚上他下飞机,孟春开车到机场接他。一见面,两个人居然沉默了。其实他有很多话想说,却不知从何说起。他想孟春应该也是。出了机场,他拥抱了她一下,在她耳边说了句悄悄话。孟春笑着,抬起头看他,然后,飞快地亲了他一下……

孟春说,你现在回南州,跟两年多之前来,不一样了。那时,你是挂职副市长,不影响任何人的利益。现在,你是正式任职的常委、副市长,而且有很多人正在传着你要接任市长。这以后的日子,可不会再那么单纯了。

杜光辉很吃惊,说,有这回事吗?接任市长?这不可能,我也不想。我还是像以往一样,搞好科技创新和两区工作。至于别的,你还不知道我?我是想都不想的。

不是你想不想的问题。边走边看吧!孟春将新买的衬衫递给杜光辉,说警备区那边宿舍的被子都洗好了。等过两天,我陪你好好地看看创新园区,又来了一批新企业呢!

……小王进来将材料放下,神情里有些兴奋。杜光辉说四个月不见,有喜事了?是不是要结婚了?

小王说,那倒不是。不过也快了。我高兴是因为我听说杜市长您可能要……当市长了!

杜光辉笑着说,有这事,我怎么不知道?

说真话,如果说杜光辉一点也不知情,那是假的。确实有几个渠道的消息,告诉他省委可能将他列作了南州市市长的人选。但都不确切。小道消息,他也不便深入地过问。昨天,孟春说到此事,现在,小王又提了起来,说明这事很可能已是公开的秘密了。每有人事调整,总有风波暗生。按照常理,市长一般得由副书记接任。而他现在只是常委,在他上面,有副书记,有常务副市长,无论怎样,都轮不到他来当这个市长。所以,小王这么一说,他只好说不知道。包括昨天孟春问他,他也是含糊其词。从小,父亲就教导他,该是自己的,一定努力去争;不该是自己的,绝不主动去争。因此,这三十年来,除了做学问,杜光辉从来不去争不该是自己的。那些不该是自己的,即使争来了,也不可能真正成为吾心安处。

杜光辉莫名地感到,虽然他才离开四个月,南州又有很多地方开始陌生了。

按照惯例,杜光辉先到市委,向唐铭书记汇报进修情况。唐铭听了后,说,不错。出去一下,还是不一样的。你以前虽然在国外待过,但那是专门研究经济学。这次出去,是工业经济与城市发展的主题,这个,就对南州很有用。当初你同意留在南州,我就准备再给你压点担子。当然,也还有许多同志都跟你一样,在为着南州的经济发展,特别是科技创新努力工作着。你这四个月不在家,一摊子事由程市长代管,而且振兴市长调走了,程市长还得临时主持政府工作。他可是投入了大量心血啊。科创园区那边,我听他们说不断有企业进驻,发展势头之快,连我都没想到啊!光辉啊,你当时建议设立科创园区这个想法,现在看来不是一般的对,而是十分必要十分超前哪。

杜光辉说,其实那也是大家共同的想法,主要还是书记的决策。

唐铭踱着方步,看着杜光辉,轻声道,光辉啊,我有个事要问你。

有什么事,请书记尽管问。

听说你跟科技局那个孟春走得很近,有这回事吧?

有。我们关系不错。

就是不错吗?

目前就是不错。其他的,没有了。

可有人说,你们关系超越了上下级和朋友的关系啊。

我可以肯定地说,现在没有超越。但是,将来嘛……

唐铭说将来那是将来,我只问现在。我相信你。不过,其实也没什么嘛,你是一个人,她也是一个人,正常嘛。我也只是问问,我倒是觉得,能发展就发展,大大方方地发展,好事,好事嘛!

谢谢书记。杜光辉告诉唐铭,他和孟春,不仅仅是同事和朋友关系,其实还有更深一层的关系,孟春是他初恋女友的妹妹。

唐铭也很意外,说世上还有这巧事?

杜光辉低着声音,说在科大读书的时候,跟孟春的姐姐田忆是同学,虽然不在一个班,但是他们很快相恋了。只是后来,大三时,她因为一场车祸去世了。而且……如果当时,他要不是因为有其他事没能陪她,她或许就不会一个人走出校门,然后走上公路,然后遇上那辆飞驰而过的大卡车……说着,杜光辉鼻子一酸,他转了头。

唉,太可惜了。唐铭也叹道。

沉默了会儿,杜光辉稳定了下情绪,说程建华教授团队的量子通讯京沪干线马上就要开通了,先研院也即将动工建设。科学岛上肖剑他们的肿瘤基因库建设更是全速前进,现在已经成为亚洲最大的肿瘤基因库了。还有那些大科学装置,每天都有来自世界各地的科学家团队来做实验,每天都有新成果发布。只争朝夕,他强调说,必须只争朝夕啊,否则,就不可能与这飞速发展的追风之城同步。

唐铭打开窗子,从明月湖上吹来的春风,温煦和畅。他接着刚才杜光辉的话,说光辉啊,不仅仅你,我们都要只争朝夕啊。科技部即将批准南州为全国科技中心城市,应该说,我们第一步的路子是彻底走对了。我当初把你要到南州,这步棋不仅走对了,而且走活了。你现在又正式在南州任职,要说整个南州最高兴的人是谁,那就是我啊。

谢谢书记,如果没有书记的提携和信任,我现在还在所里埋头书斋。杜光辉说完,唐铭一笑,说,放下包袱,全面发展!

回到政府这边,杜光辉特意到程市长办公室。程市长是市委常委、政府常务副市长,现在主持政府工作。杜光辉将在外进修的情况简单说了说,然后感谢程市长这四个月的辛劳。程市长皮肤白净,戴着副眼镜。那眼镜是滤光的,浅茶色,所以,他跟人说话时,别人很难看清他的表情。他扶了扶眼镜,走上前来,与杜光辉并排坐在沙发上,一手玩着铅笔,说杜市长这次外出进修,开了眼界;现在知识更新太快,其实谁都想出去进修进修啊。只可惜,政府工作太忙,走不了。说到这一阵的工作嘛,反正都是政府工作,都是组织安排,哪有什么辛苦不辛苦之说?杜市长,你一回来,不也是这样?停了会儿,程市长忽然站起来,既像认真又像调侃似的说,以后还得请杜市长多关照啊。他说这话时,竟然摘下了眼镜,那双又小又亮的眼睛里,眼神飘忽,仿佛背后正飞扬着无数个让人捉摸不透的心思。而且,他的语气里也多少含着几分揶揄甚至不屑。

杜光辉心里无事,自然不必多想,也不会深想。他只是嗯嗯着点了头,打了招呼后就离开。等到了办公室,站在窗前一想,他却有些明白程市长的意思了,或许与孟春和小王说的那事有关。程市长是市委常委、常务副市长,刘振兴调走后,又一直在主持政府工作,按理说他是市长这位置最有力也最合适的人选,但……不过,这纯粹是传言。一个人的定力就表现在这样的时刻,传言来了,你得守住。否则,就会闹笑话。杜光辉可不想成为笑话的主角。

正想着,王也斯捧着小茶壶过来了。他最近好像疏于剃须,所以胡子有点突出。他颤动着胡子,说,杜市长可有什么吩咐的?我让人来办。

没什么。小王都已经安排好了。

啊,那就好。王也斯将喝茶声提得老高,如同一块石头掉进了深潭,那种回声是意味深长的。他有事无事地转了两圈,说,听说先研院也动工了?科创园区应该成规模了吧?我这个秘书长,成天待在办公室里,唉,成了井底之蛙,什么都不知道了。

你啊,是得出去看看。科创园那边,现在已经有三百多家企业,都是高科技企业。你去看一看,只要你能想到的科技创新,以及专利发明,或许都能在那里找到。即使找不到,也能够让他们开发。还有那里的许多创业者,真的了不起。每个人都有故事,而每个人的故事,都为南州的发展添上了光彩一笔。杜光辉道。

王也斯又啜了口茶,说,看来,我一定得去看看了,只是这秘书长的事情太多啊,一天到晚,忙忙碌碌,却没见什么成效。哪天,请杜市长也关心安排一下,我去转一圈。免得人家问到我,我一问三不知。

杜光辉说,好啊。王也斯凑上前来,说,杜市长这次回来,怕要履新了吧?

履新?

是啊,是啊!……啊,不说了,不说了!等到时候了,再来恭贺杜市长!

王秘书长,你这一说,我更糊涂了。都是子虚乌有的事,不要再说了。杜光辉严肃地说完,便喊来小王,让小王准备一下,他要去试验区。

王也斯将小茶壶从嘴上拿下来,说,风起于青萍之末。天将降大任于斯人也……

路上,孟春发来信息,晚上去银泰吧?

杜光辉回道,去试验区,估计不行。过两天吧。

孟春说,可心跟小鹏讲,她妈妈想让她出国去,你知道吗?

不知道。

唉,你太粗心了。赶快问问。

杜光辉也觉得自己太粗心了。从国外回来,他还特地去岳母家看了看可心。四个月没见,女儿似乎又长高了,更漂亮了。他问可心,一切可好?可心说,什么叫好,什么叫不好!你想着我好,那就好呗。

这调皮的丫头!杜光辉当时就刮了她的鼻子,可心向外婆告状,说,爸爸还当我是小孩子,还刮我鼻子。要是刮坏了,怎么办?

杜光辉当时也问了女儿的学习情况,女儿并没有说要出国读书。现在,她跟小鹏说了,难道她妈妈真的要让她出国?

晚上回宿舍后,杜光辉与可心视频。他问起出国的事,女儿说,妈妈找了我,说要接我出国。可是,我不想去。

为什么不想去?

就是不想去嘛。可心说,我现在很快活,为什么要去国外?

你要理解你妈妈的心思。

我理解。但是也请你们尊重我的选择。

好吧,我尊重你!

二十一

杜光辉接到省纪委电话时,正在科创园先研院工地上。纪委的同志说,请杜市长到省纪委来一趟,有些事,想请您说明一下。

什么事?

来了就知道了。请尽快过来。

我正在科创园,等事忙完了,再过去。

我建议杜市长还是尽快点好。对方说完就挂了电话。

杜光辉弄不明白纪委为什么要找他,但既然找来了,那就得去。去说明情况,这是必要的程序。但是,这事让他心神不宁。他匆匆看了一圈工地,又到隔壁的众听科技跟聂总谈了会儿。众听的市场现在基本上打开了,他们的产品正向多元化方向发展。同时,他们正同在南州的几家大的家电企业,包括永力集团、海洋集团还有东方电子南州公司合作,为他们开发白色家电语音软件。聂总说,上下游企业也来了不少,我以前说的中国声谷已经初具规模了。

好啊,再搞大一点,我们就正式提出中国声谷这个概念。

杜光辉没有回市里,而是直接去了省纪委。一路上,他都沉默着,揣想纪委为什么要找他,是为东方电子的事?或者,是为化工园拆迁?想想,又似乎都不是。东方电子已经实现量产,势头正好。化工园拆迁,通过项目带动,最后的七八户除两户拿了补偿款离开南州外,其余的都在科创园区重新开始了新企业的打拼。拆迁之前的爆炸案,也已被证实是试验区周边的社会人员,经他人授意而为。具体作案人员和当事人已经被捕,等待审判。除了这两点,还会有什么呢?难道……?杜光辉心里猛然想起唐铭问他和孟春的关系,难道是这?唐铭书记或许听到了一些风声,所以专门问他。是这事吗?他一边想着,一边进了纪委大楼。他这是第一次到省纪委,省纪委的一位副书记与他谈话。副书记神情淡然,先请他喝茶,聊了聊南州的事,随口问,杜市长来南州快三年了吧?

马上就三年了。

先是挂职,现在是任职。南州市委常委、副市长兼南州试验区管委会主任。

是的。

杜光辉明白开始走程序了。虽然没什么具体意义,但必须得走。一项项的,就已经进入了谈话阶段。看似水流无痕,却已经显出紧张。他自己也开始手心冒汗。这是往常没有过的事情,即使他明白自己心里无鬼,但这气氛,这空旷的询问室,还是让人感到表面放松内在却非比寻常的严肃。副书记迅速而不经意地笑了笑,说,我也就开门见山了。杜市长,你爱人在国外吧?

是的,在国外。不过,我得解释一下,确切点说,是我前妻。我们已经离婚了。

离婚了?什么时候?

快两年了。

向组织报告过吗?

报告了。当时向中科院党组报告了。同时,我也向南州市委书记唐铭同志做了口头报告。因为那时候,我的关系都在中科院。

啊!

副书记吸了一口气,仿佛嘴里含着一块冰,突然碎了,一下子松懈了许多。他的眼神也由刚才的过于严肃,开始慢慢柔和起来。他望着杜光辉,又笑了笑,这回,他的笑,比第一次的笑自然、亲切了许多。副书记说,本来也没什么事。但按现在的原则,必须要问清楚,所以请杜市长理解。

我理解。既然来了,就做好了准备。您有什么,尽管问。

杜市长现在是一个人,是不是有合适的对象了?

这……没有。或者说,暂时没有。

真的没有?

您这话的意思是……?

有人说你在南州有情妇,而且是个有夫之妇。有这事吗?

杜光辉虽然心理有准备,但乍一听到"情妇"这个词,还是吓了一跳。他这一辈子还是第一次跟这个词打交道。他怎么也不会想到在即将知天命之年,会在他的人生旅程中冒出"情妇"这个词。他很肯定地说,没有。同时他又反问了句,她是谁?

这……名字我不方便说。杜市长,请理解。你还是好好想想。既然现在有实名举报,同时还有照片为证,这事肯定就有些眉目。我们也是本着对你负责的态度来了解的。我觉得你还是直接说了比较合适。副书记说着拿着一摞照片,放到杜光辉面前的桌上。

杜光辉一眼看上去,那照片有些模糊。但看得出来是两个拥抱着的人影。他拿起照片,细一看,那上面确实是他和孟春。他震惊了,问副书记,这照片从哪里来的?什么时候拍的?

这就不必问了。请杜市长确认一下,这照片上的人是你吧?副书记让杜光辉看完照片,一共六张,背景是两个不同的地方。杜光辉看得出来,一个是银泰上面的茶楼,一个是政务广场绿轴大道边。照片让杜光辉清晰地回忆起来,确实,在这两个地方,他同孟春拥抱过。在银泰茶楼,那次是孟春的生日,两个人说到田忆,后来就相拥而泣;绿轴大道那次,应该是他和孟春一道散步。两个人离开时,拥抱了一下。他震惊于这些照片,倒不是震惊于现在纪委抓住了他的把柄,而是震惊于谁在背后一直跟踪着他。不同的场景,不同的时间,都被拍摄记录。做这事的人,应该是处心积虑,不是一天两天了。那么,他意欲何为?他把这些寄给纪委,又想要得到什么?

杜光辉将照片理好,定了定神,说本来恋爱这事,我不想现在公开。因为毕竟还没到需要公开的时候。但这一组照片,提前将这事公开了。我参加工作二十多年了,入党也二十年了。无论是从小所受的家庭教育,还是长大所受的各种影响,都决定了我这人无论是做人还是做学问,都一向坦荡。我认为我没有什么不能向组织上汇报的。我来南州两年多,基本上没什么特别的朋友。如果说有朋友的话,南州科技局的孟春,就是照片上这位女同志,可能算得上唯一的异性朋友。原因有二,一来我们是上下级关系,而且她是科技创新工作领导小组办公室主任,工作上接触很多。工作思路与工作方法上有什么能谈得来的地方。二来她是我大学同学,也是我的初恋的妹妹。只是,她姐姐早在大学时代就去世了。对她姐姐的去世,我一直心存愧疚。所以当我知道她们是姐妹后,一种自然而然的亲切情感就产生了。但到目前为止,我们仅仅是有过一两次拥抱,没有其他任何超越朋友关系的更深层次关系。

真的没有？有人举报说你们在一起过生日。孟春还多次去过你宿舍。同时，你还为她争取了一系列的利益，包括担任科技创新领导小组办公室主任和提名她担任科创园主任。

纯粹是无稽之谈。

请杜市长不要生气。慢慢说吧。

杜光辉平复了下情绪，说我确实参加了孟春的生日，她也去过我的宿舍，是给我洗被褥等。但是，我可以以党籍保证，没有其他不应该做的事情。至于孟春担任科技创新领导小组办公室主任和提名她担任科创园主任，这都是从工作角度出发。在南州的干部当中，她是最适合到科创园当主任的。她本身就是博士，又有丰富的科技工作经验，她来出任这个职务，虽然是由我提名的，但最后是经过严格考察，最终由市委常委会研究通过的。我既是南州市委常委，又是副市长，无论是从党内，还是从党外，我都有向组织上推荐优秀干部的权利。

副书记点点头，说杜市长，事实上，在找你之前，我们前期也做了一些调查。我们知道孟春的爱人已经去世了，而你，已经离婚。按理，你们两个人都是单身，正常交往无可非议。但是，举报信上说你们在孟春爱人去世之前，就已经有了不正常的男女关系了。这是事实吗？

怎么可能？那时，我来南州才几个月，我和孟春连熟悉都还谈不上。何况就刚才那些照片，哪张是那之前的？

副书记又拿起照片看了会儿，然后放下照片，说既然这样，那好，我们就谈到这吧。谢谢杜市长的配合。

杜光辉出了省纪委的大门，一抬头，五月的阳光正从一大团云缝间照射下来。这一刻，他竟有个奇怪的感觉：阳光真好。他呼吸了一口有些温热的空气，伸了下懒腰。上车前，他又回头看了看纪委大楼。然后，他很坦然地上车。司机见他脸色开朗，便笑着说，杜市长到纪委来，是笑着出来的。我可听说，很多领导干部都是苦着脸出来的。

那是因为他们心里有鬼。杜光辉道。

回到政府,简主任似乎是在等着杜光辉,一见他出了电梯,就迎上来,说,杜市长,回来了?

杜光辉觉得简主任这话问得有些问题,明知故问,人已经到了办公室,难道不是回来了?简主任这样问,只能是话中有话。他倒想看看,这简主任,大楼里的"简神通",到底会弄出个什么名堂来。

果然,简主任进来,就顺手带上门,然后,脸上那些褶皱不断地颤动,他盯着杜光辉看了一遍,说,我就说嘛,光辉市长正像名字一样,是个光明磊落的人。不过,明镜本无尘,尘灰也来惹。越是光明,越是有人要向你倾撒尘灰。因为你的光明照透了别人的黑暗呢!

简主任这么哲理了?哈。杜光辉一边收拾文件,一边瞟了眼简主任。简主任说,哈哈,没什么,没什么,只是说说,说说而已,而已,而已!

杜光辉并不是个喜欢听小报告的人,但现在他有种特别的想法,想听听简主任到底能吐出什么来,便顺势问了句,不是吧?简主任,我可都听出弦外之音了。

那好,我就说了。简主任大义凛然般的,又将办公室门关紧了,几乎是从喉咙里悠出声音,说,事出无常必有妖。还不是那个市长的位置在作怪!

这……?

当然有关。杜市长啊,你一直在京城,不太了解基层的情况。基层干部拼死拼活地干,想尽方法地跑,为了什么?不就是个位置嘛。这刘振兴市长调走了,市长的位置就像个大香饽饽,悬在上面,多少人在盯着,多少人流哈喇子。我可以说,这大楼里,还有三个以上的人在瞅着这位置。

……杜光辉没说话。

简主任咽了口唾沫,好像他虽然并没有觊觎市长的位置,但也能闻闻这位置的香气一样。他在室内绕了个小圈子,说,杜市长,你是读书人,做学问的,看不惯也看不得官场道道。纪委找你,难道就真的仅仅为着男女关系这么简单的事?

杜光辉望着简主任，他心想简主任都知道了纪委要调查的事，且这么清清楚楚，那其实就意味着南州还有更多的人知道。想想，他都有些后怕，甚至，还有些心寒。

简主任继续颤动着他脸上的褶皱，说，其实一切都不重要，重要的是市长这位置啊。杜市长，你对这个不在意，可是在意的人还是盯着你。你是他们的假想敌！当然，也可能就是真实的对手。他们盯着盯着，必须找出你的漏洞。那漏洞就成了举报的内容。男女关系现在是敏感话题，而且好入手。只要你真有了，一告就准。不过我是清楚的，杜市长那是正当的男女关系嘛！说着，简主任皮笑肉不笑地嗯嗯了几声，接着又分析开了。

简主任说着说着，发现杜光辉只是听，也没有任何表情，更不曾应答一句，便自觉没趣，哈哈两句，便离开了。

杜光辉看着窗外的明月湖，那一湖碧水，一定也在荡漾着清波。到底是水荡漾，还是水上的风在荡漾？都是，又都不是。想想刚才简主任的分析，有些也不无道理。自从挂职到南州这两年多来，杜光辉前前后后也还真的做了不少事情。洗衣机厂和冰箱厂的兼并重组，东方电子的落地并批量生产，现如今方兴未艾的科技创新。试验区化工园拆迁了，科创园建立起来了，企业也在一天天增多。依上半年的发展势头，南州的年GDP可望超过六千亿，财政收入将达到七百亿。这比两年多前他刚来时，翻了一番还多。而且，简主任还分析了唐铭书记之所以要一再请他留在南州，其实就是为着后来的市长人选考虑。只是，市长只有一个，他当，别人就当不了。所以嘛……杜光辉渐渐有些看清他现在的处境了。很多时候，你并没有把任何人当作自己的对手，却无法保证别人不将你列入他的对手行列。眼下，他或许就成了简主任所说的那些瞅着市长位置的人的对手。杜光辉叹了口气，心想如果能站出来公开表态，他一定会当众表态不会去竞争市长的位置。他对现在的位置很满足，他只想好好地将南州的科技创新抓到实处。然而，当他看着绿轴大道上那些向天空伸展的树枝，便想起导师当年跟他说过的话：家国情怀，君子担当。是君子，便要有担当。如果组织真的要求他杜光辉出来担起这份责任,他也会义不容辞、全力以赴的。

常委会之前,办公厅给每个常委发了一份《当前中国科技发展的新走向》。这是份来自十几位院士参加的一个讨论会的文章汇总,里面不仅仅分析了当前世界科技发展的新动态、新走向,而且特别对科技产业化进行了系列的探讨。唐铭在上面做了批示,说这份材料中的很多观点,对南州正在进行的科技创新,有极强的指导意义。

杜光辉翻着材料,其中的大部分,他之前已经看过了。他将材料放到一边,喝着茶,有些发呆。整个会议过程,他都没有主动发言。只是在涉及必须表态的议程时,他才说上两句。唐铭中间看了他几次,那眼神里有问询。他没回应,而是在笔记本上默写他最喜欢的《岳阳楼记》——

不以物喜,不以己悲。居庙堂之高,则忧其民;处江湖之远,则忧其君。是进亦忧,退亦忧,然则何时而乐耶?其必曰:先天下之忧而忧,后天下之乐而乐乎。噫,微斯人,吾谁与归?

范仲淹的《岳阳楼记》,是杜光辉记得最牢的一篇古典散文。他十来岁的时候,父亲就教他背诵。后来,便一直没有忘记。他喜欢文中的这最后一段,悲凉沉郁,这是他对这一段风格的总结。他每每读着这样的文字,就似乎看见范仲淹站在他想象中的岳阳楼上,那种忧国忧民的情怀,充溢在天地之间。一个人来到这个宇宙之间,虽然注定只是一粒微尘,但也必须发出自己的光,迸出自己的热。庙堂之高,江湖之远,无论哪种,只要有心,有情怀,便都能达到先天下之忧而忧;但这并非人生的最高境界。后天下之乐而乐,甚于先天下之忧而忧,倘若能达到如此境界,则是真正的化境、至境。然而,杜光辉一边写着,一边默诵,却禁不住有落日之悲。

甚至,在纪委找他谈话后,这一个月来,几乎除了工作上的接触外,他有意识地避开了孟春。孟春倒是给他打过电话,发过信息,说无论怎样,她都支持他。如果是他们的感情让他为难,或者说授人以柄,那么,她干脆退出。不能因为她,而让他心生悲凉;更不能因为她,而让南州有可能失去一位干实事的好市长。杜光辉心底里感动,但还是在信息中对孟春说这跟你没有关系,跟感情更没关系。完全是两码事。上周末孟春还问他,愿不愿意出去透透气,一道去山里走走?他没同意。孟春又说,我懂得你的心情,也希望能够用我的爱抚慰你。既然你一直让我坚定,那么,这个时候,你自己更要沉住气。

杜光辉想着这些,将手中的笔轻轻放下。他翻开笔记本,里面夹着他昨天晚上写好的请调报告。他决定回到中科院经济所,去继续他的宏观经济学研究了。这个决定,他没有跟任何人说,包括孟春。他觉得他调离南州,或许一切就会烟消云散,这对南州的发展也会有利。而且,他本质上还是个学者,他真的不太习惯这种暗地里的争斗。他将请调报告拿出来,揣在手里。他准备等一会儿亲自交给唐铭书记。

会议已经结束,常委们笑着收拾笔记本,然后端着杯子往外走。大家打着招呼,言笑晏晏,一派祥和。程市长走到杜光辉边上,本来正笑着的脸,突然瞬间凝固了,接着又瞬间解冻,继续笑着,出门去了。

杜光辉也笑着,他并没在意程市长表情的瞬间变化。他正要等唐铭书记过来,唐铭却喊住了他,两个人一道去了书记办公室。唐铭劈头就问,情绪不好?为纪委那事?我看你心事重重,啊!

杜光辉没有辩解,而是将请调报告递给唐铭。

唐铭问,这是……?

我准备调回经济所了。杜光辉说。

怎么,要撤退?唐铭看都没看,就将请调报告塞回给杜光辉,然后站在南州地图前,指着地图,说,以后不要再提这事了。南州这么大片热土,你真舍得走?

杜光辉说,走,这回是走定了。也许我当初挂职期满,本就不该留下来的。

你啊,你啊!这就是犯了知识分子的小个性了。纪委调查一下,就受不了?哪个干部没受过调查?调查了,没问题,就是组织上对你的最大肯定。唐铭摆了摆手,说这事到此为止。安心在南州干,组织上从来不会冤枉一个能干事的好干部。有则改之,无则加勉。相信组织,好好干!

唐铭书记话说到这份上,杜光辉觉得再也没理由还去坚持自己的意见了。他将请调报告放进口袋,说,书记啊,我来南州先是挂职,后是任职,说真话,对于什么位置问题,我考虑得很少。我只想力所能及地做点事情,特别是科技创新和工业经济方面。如果对我的工作有意见,有批评,可以通过正常的方式,我绝对欢迎。可是,对……而且还牵连到其他同志,这个,我真的很有想法,而且有些心寒。

有想法也是正常的,但不要心寒。毕竟是极个别人的行为。组织上已经调查清楚了,你还有什么顾虑?接下来更可以放下包袱,放手去干。不过……唐铭放缓了语气,问杜光辉,你跟孟春到底有没有可能?

我们很谈得来,但至少现在不行。杜光辉说。

我觉得你们都很难得,也挺好。既然现在大家都知道了,那就光明正大地谈嘛。唐铭说着,拿起桌上的一份明传电报,说这是北京方面有个领导让秘书传过来的。说有个项目,问问南州这边有没有兴趣。他将明传递给杜光辉,说,你看看,我们先议一议。

明传上写得很清楚,这是一个存储器项目,也就是所谓的内存芯片项目。项目内容主要是各种动态随机存取存储芯片(DRAM)的设计、研发、生产和销售。项目已经列入国家战略发展项目,总投资两百二十亿美元,分期投资。第一期投资八十亿美元。达产后,年产可达到一百五十万片高性能芯片,年产值可达两千亿元。

杜光辉放下明传,看着唐铭。唐铭问,怎么样?干不干?

杜光辉明白这的确是个十分好的项目。中国目前主要的内存芯片生产企业是SK海力士,但产量较低。与三星、台积电等国外及台湾地区芯片制造商相比,市场占有份额极低。三星目前市场占有最大,达到百分之四十五左右。台积电也超过了百分之二十。中国内地企业,长期在内存芯片上受制于国外企业和台积电。而且,随着国外对知识产权保护的政策越来越严厉,存储芯片技术产业或许将成为中国的卡脖子产业。如果这个大项目能在南州落地,达产后,无疑将给国内芯片制造业带来一片新的天地。不过……杜光辉也有些犹豫,说,看这明传上说的,一是技术要求极高。三星已经是7nm,国内目前最好的芯片是18nm,因此,研发将成为重点。这个投资不是一亿两亿的事。三星每年的研发投入是五十亿美元。同时,生产投资也很大,总投资两百多亿美元,人民币就是一千五百亿。第一期投资八十亿美元,也就是五百多亿人民币。这比起我们上一轮东方电子南州公司的投资,要多出近四百亿。

是啊,我也在考虑这些,所以,想先问问你。首先我们要确定:这个项目能不能干?南州要不要?唐铭说,如果不要,我就直接回复他们了。但是,我心有不甘啊!或许,这对南州来说,是一次难得的机遇呢。

杜光辉心里也明白,这种机遇,并非想有就有的。稍纵即逝,而且溜走了,你再追也不会回来了。南州在引进东方电子时,拿着南州的身家性命赌了一次。结果,南州成功了。如果再引进存储芯片,那又将是南州经济发展中的第二次对赌。是赌,就有风险。上一次,南州赌赢了,东方电子南州公司带来了千亿产值,形成了巨大的产业链,成了南州经济发展的一台重力引擎。这次如果要再赌,投入更大,风险也就会更大。说真话,他心里真的一点底也没有。因此,他建议唐铭再好好琢磨,集思广益,再做决策。

唐铭同意杜光辉的建议,说一定得反复琢磨。一切都要讲究科学。上一轮东方电子来南州之前,也是请了很多专家进行了多轮论证,是在确定了项目切实可行并且符合南州整体产业发展方向之后,才赌了一把,看起来孤注一掷,有些冒险,但那是有科学决策支撑的。这次这个存储芯片,投资是东方电子的四五倍,所以更得慎重再慎重。他要求杜光辉先去科大和物质院,找一些专家听听他们的意见。然后再去北京,找相关领域的专家进行论证。如果专家们都认为可以干,南州就再赌上一回。当然,如果专家都不倾向，或者有顾虑，那我们必须相信专家，尊重科学，放弃这个项目。

杜光辉就像一个战士一样，又有了临上战场的兴奋感。他说明天就开始去科大和物质院倾听专家们的意见。

唐铭笑着，叮嘱说一定要注意保密，尤其是现在。说罢，他意味深长地看着杜光辉，说，振兴市长调走也快半年了，省里正在考虑相关人选。这个时候，议论可能会很多。光辉啊，你尽管干你的事！尽管干！

临出门时，杜光辉折回来，说请书记尽快安排人到试验区，他一直兼着，事情太多，怕干不好。而且，随着科创园区的建设越来越快，会有大量的工作要做。还是尽早安排合适的同志去试验区吧！

这个，快了，快了！唐铭道。

杜光辉连着在科大和中直院所开了两个小规模的讨论会，他并没有正面提到存储芯片项目，而是将主题放在中国半导体存储产业现状与发展前景上。与会的专家们，几乎同时提到了中国半导体存储产业目前十分堪忧。至于原因，蒯校长一语中的：我们的技术还没有突破，存在着较大的卡脖子风险。同时，产业化水平太低。除了极个别企业外，几乎没有与台湾以及国外企业抗衡的能力。国产半导体芯片只占全国使用量的百分之十，另外，百分之九十依赖进口。从产业发展上看，这个产业具有巨大潜力。从安全风险上研究，也必须发展国产半导体芯片产业。芯片是智能化的核心，核心被别人控制在手里，这本身就是一个不可忽视的漏洞。

我已经在全国政协会议上呼吁要重点打造我国自主知识产权的存储芯片产业。科大的李博士是院士、全国政协委员，也是研究半导体方面的权威专家，他痛心疾首，说话时有些激动。他说半导体存储产业必须上升到国家战略层面。现在，国家把它列入了国家战略发展计划，关键是产业要跟上来。老先生讲到兴奋处，站起来，挥着手说，只争朝夕，只争朝夕。芯片产业就是朝夕之间的事情。要争啦，再不争，中国就更落后了。而落后除了挨打，还有什么？卡脖子，挨打，我们还能过这种日子吗？不能啦，不能！

杜光辉扶着李院士坐下,说,院士之心,其诚可感。院士这么一说,我也感到责任重大。存储芯片产业是国家的战略性产业,我们之所以请各位专家来讨论,就是想看看南州能不能在这个产业上做篇大块文章。

能做,绝对能做!蒯校长说,如果南州要做,科大将尽全力支持。我们有很多优秀的人才,同时,我们还有一些海内外校友,也是研究这个方向的。我们也可以请他们回来。

那就好。校长和专家们一说,我真的很有信心了。杜光辉道。

在物质院,杜光辉开宗明义,直奔主题。李敬第一个举手赞成。这个小规模的研讨会,李敬不仅邀请了研究电子产业的专家,同时还邀请了其他行业的一些专家。他的理由是:大家从不同角度不同专业不同领域,全方位地研讨这个问题,这个问题就会被研讨得全面、深入。事实证明,他的想法是对的。肖剑就直接指出:我们国家现在最被卡脖子的,其实正是芯片,当然,还有一块,就是高端仪器。这些看起来都不是特别大的东西,但它与国民经济和人民生活以及整个国家的科技发展、经济发展密不可分。大到航天飞机,小到微型家电,芯片其实就是大脑、核心、中枢。没有大脑、核心、中枢,你造出来的就是一堆废铁。有了大脑、核心、中枢,它才会活起来,真正地能为人所用。而现在我们国家使用的这些大脑、核心、中枢,绝大多数都是进口货。国内自给比例占不到百分之十。换句不好听的话说,我们长期用着国外的大脑。这细思极恐。我们为什么要回来搞肿瘤基因库?原因跟这个一样。我们要有自己民族的基因库,才能更好地为自己的国家服务。芯片也是。再不搞,就更没希望了。

杜光辉喜欢听知识分子说话,饱含深情,有理有据。他握着肖博士的手,说肖博士的话代表了很多人的心声,也是很多爱国的专家学者都想说的。最近,国家高层确定了大力发展存储芯片产业的战略思想,如果这个时候,我们来搞芯片……杜光辉问专家们,会有些什么问题?或者说前景如何?

专家们议论纷纷。首先是自主知识产权问题。其次,中国存储芯片研发人才相对缺少,一些高精尖人才因为国内以前对这个产业不太重视,流失到了国外。因此必须有人才,才能大规模地开展研发。当然,研发一定不是一年两年的事情。三星搞了近二十年,才从18nm搞到7nm。我们现在国内能做的,也就18nm,比他们迟了两到三代。不过,这不可怕。我们慢慢来,只要真正地开始干,就能够追上来。三年不行,五年。五年不行,十年。我们总能追上来的。托卡马克科学大装置的负责人现身说法,在建设托卡马克大装置之前,没有人相信中国能搞成。现在,不仅搞成了,还在全世界处于领先地位。连世界一流大学和一流实验室都来做实验。芯片产业也可以这样,关键是要行动迅速,尽快上马,抢占人才和技术的先机。

两场研讨会下来,杜光辉对存储芯片产业的状况基本上了解了,看到了这个产业发展的制约与艰难。但总体上,他觉得大家的意见趋向统一——存储芯片产业是个潜力巨大的产业,但同时也是个风险巨大的产业。潜力是广阔的市场,风险是艰难的研发。并且,很多专家都一再提到:存储芯片的研发,是一代接着一代的,几乎是永不停歇。一旦停歇,事实上就预示着产业的失败。因此,如果下定决心来做存储芯片产业,就必须有打攻坚战、持久战、人才战与市场战的信心与毅力……

杜光辉将两场研讨会的情况向唐铭做了汇报。唐铭听了,说,他们都说出了真话。这是专家学者应有的情怀。这些问题,我也一直在考虑。有些是意料中的问题,有些我们还真的不曾想到。存储芯片绝对是个大市场,大市场就意味着大风险。所以,我们首先得解决两个问题,一是研发问题,二是生产问题。但说到底,其实就是一个问题:人才问题。

杜光觉得唐铭将一切归纳为人才问题,这个点抓得准确。只要有了人才,研发就有了保证,有了研发,生产就不是问题。

唐铭让杜光辉准备一下,他已经跟国家发改委联系了,明天就去北京,找相关领域的专家再论证一次。同时,有必要的话,争取与这个项目的负责人直接见面。

第二天,唐铭和杜光辉去了北京。走之前,他们只说是去北京拜会国家发改委领导。孟春也随行。本来,按照杜光辉所列的名单,孟春是不在列的。但唐铭临时给加上了。唐铭加完后,对杜光辉说,还真避嫌了?工作嘛,怕什么?我倒还真的希望你们有点故事呢。

书记觉得我们能有故事吗?

怎么不能?牛郎织女,一个天上,一个人间,还生出故事了呢!

到了北京后,又是一番专家研讨,与科大和中直院所的专家们的意见差不多,只是从北京层面,他们对知识产权的关心,更大于产品的生产。研讨会之后,唐铭一行见到了项目的总负责人光总。

光总,剑桥博士,穿着一身休闲服,文质彬彬,看上去四十岁不到。一寒暄,果然才三十八岁。杜光辉说,我像博士这么大的时候,正在四川搞田野调查,然后出版了我的第一本宏观经济学著作。

光总说,不瞒杜市长,我特地查了下,杜市长可是著名的宏观经济学家。咱们都是搞研究的,所以,我希望咱们谈话直接些,不要拐弯抹角。我的项目,大概情况你们都了解了。我们有技术,有人才,最需要的是投资。第一期五百亿,我已经说服了一家企业集团同意参股,他们愿意出三分之一。另外一家风投公司,我们正在谈判。如果南州方面有意向合作,我们愿意去南州。南州现在是科技城市,有我们需要的人才和资源。南州方面可以以土地入股,同时,也给我们解决三分之一的资金,这样,我们就能争取在年内正式建厂,一年半到两年后,能够正式生产。

唐铭问,整个项目要多少地?

一千亩。光总答道。

杜光辉望了望唐铭,唐铭说,为什么是一千亩?一个存储芯片企业要这么多地?当然,我是指包括研发中心在内。

光总拿出一张规划图,指着图纸,说,唐书记,杜市长,我们现在谈的项目,看起来是单个的存储芯片研发与生产项目,其实项目一期建设的同时,就会有一条庞大的产业链开始同步建设。围绕着存储芯片研发与生产,会有上百家上下游企业集聚而来。按照我们的规划,企业三期工程建设完成后,整条产业链会有千亿以上的产值,吸纳员工二十万人,产业链上企业会有两百家左右。到时,三产等服务业也会跟来。那时,我们就不是一条单纯的存储芯片产业链了,而会建成像底特律那样的产业小镇了。

产业小镇？杜光辉说,这个规划不错。

晚上,唐铭和杜光辉请光总他们茶叙。孟春却请假了,她说她想去看个多年不见的老同学。等到杜光辉茶叙结束,给可心打电话时,可心跟他说,老爸,你猜猜晚上我和谁在一块吃饭？

谁啊？你妈？

不是。再猜。

猜不着。杜光辉说,本来我要到姥姥家看你,但这边事太多,明天早晨就要赶回南州。这次,就不回去了。

我都知道。有人告诉我啦。

有人告诉你了？谁啊？你这小丫头,难不成飞来看老爸了？

我又没长翅膀。可心说,不为难你了,是孟阿姨来了。她请我去吃了大餐。

啊。杜光辉这才想起孟春下午请假时那神情。原来……他心里涌过一股暖流,耳边居然回响起唐铭书记说的话:怎么不能？牛郎织女,一个天上,一个人间,还生出故事了呢！

也许,缘分真的注定了,他得跟孟春生出点故事来。假若上天真的有意,那么……杜光辉在这一瞬间,又切实地感到了人间温暖。他给孟春发了条短信,没有文字,只有一枝花和一个拥抱……

二十二

陆颖在电话里告诉杜光辉,他们正在做一个调查,是关于南州人才情况的。杜光辉问,情况怎么样？

不容乐观。陆颖道。

杜光辉吃了一惊,就他的层面上了解:这几年随着科技创新的坚持与深入,来南州的企业越来越多了,随之而来的人才应该也是越来越多。在日常工作中,他就经常接触到一些博士、硕士,还有院士,当然更多的是本科生。他一直以为,南州正在形成人才的积聚效应,而且这也正是他坚持南州必须走科技创新之路的底气所在。现在,陆颖这么一说,还真的让他有些放不下心来。他请陆颖过来,好好地谈谈这方面的情况。

陆颖很快就到了,进门后,她盯着杜光辉,绕了个圈子看了看,咂着嘴说,啊,杜市长,更清瘦了啊。大知识分子形象出来了。南州的水土不养人?

杜光辉笑着,问她啥叫大知识分子形象,就这么瘦得像棵树干?那可经不起风雨呢。

说到风雨,我还真想问问杜市长,最近的风雨怎么就扛过来了?陆颖说,我是调查记者,该知道的我知道,不该知道的我也知道。虽然谈不上眼观六路、耳听八方,但总是能及时汇聚各方信息。我们不在每一个现场,但我们能感觉到每一个现场。我当时听说还真有些担心。但后来了解了下,有人担心你,根本就用不着我来担心了啊!

杜光辉明白陆颖话的意思,但他有意识地岔开了,问陆颖,关于南州人才问题,到底是个什么状况?

陆颖恢复了记者的睿智,她报出了几个数字。南州市去年一年,城市人口净流入八万九千多人。看起来,这是个向好的指数,也说明了有大量的劳动力正向南州积聚。但如果仅仅看这个数字,那就是盲目乐观了。还有一个数字,更值得注意。这个数字是分社记者在南州试验区、科创园和其他企业通过抽样调查获取的。这些企业虽然劳动力增加了,但企业中的人才,特别是高层次人才流失率有百分之十五左右。这就意味着每一百个技术人才中,去年有十五个左右离开了南州。得知这个数字后,我们也很吃惊。我们反复追究造成这种状况的原因。主要是在政策,包括人才的住房、安家、收入等方面。一些高层次人才来南州后,囿于南州的高房价、低收入,难以安居、乐居,因此很快就被外地企业以更优惠的条件挖走了。更令人吃惊的是,去年南州增加的近九万劳动力中,来南州的本科以上人才,比前年少了将近一万人。这九万人,一部分是当地在外人员回来就业,另外有很大一部分是随着总部或者企业迁入南州而进来的。本科人才不愿意回南州,硕博以上人才流失率更是达到了百分之二十。这问题的严重程度,想必杜市长比我更清楚吧?

有这么严重?杜光辉皱着眉问。

这是事实。我们无法回避,也不应该回避。南州要搞科技创新,人才是根本。而人才不能安居,何以乐业?当然也还有其他理由。但加强服务,特别是人才安居的服务,已迫在眉睫,值得南州市委、市政府认真考虑。陆颖说她也了解了其他城市的一些情况与做法,新一轮竞争,说到底是人才的竞争。南州必须养人,只有养人,才能留人。

杜光辉让陆颖将相关材料留下来。

临走时,陆颖半真半假地问,杜市长,能请教个私人问题吗?

可以。

有人举报你与孟春主任,你们是在恋爱吗?

这……是的!

那真好。陆颖很爽朗地笑着说,孟春很有眼力。她是个能干的人。杜市长,祝福你们哪!

齐航行刚进办公室时,杜光辉还真差一点儿没认出来。他穿着西装,戴着眼镜,斯斯文文地站在那儿。杜光辉朝他看了眼,觉得有些眼熟。他又看了眼,那眉眼还是从前的样子,只是更多了几分自信。

杜市长,忙吧?齐航行道。

齐航行?杜光辉起身说,我以为是哪个海归呢。

杜市长笑话我了。不过,还真的是海归。不过,是"短期龟"。

出去了?

出去待了三个月,参加了洗衣机行业世界博览会,同时考察了一些国外市场。那可真是开了眼界,我们的南州牌洗衣机还获得了金奖。说着,齐航行从包里拿出一个小洗衣机的模型，金色的，放在桌上，说，这是我们获奖产品的模型。我特地送一个过来给杜市长。我们能有今天，杜市长功不可没啊！

主要是市委决策。杜光辉道。

两个人坐下来，齐航行说，我一直记得杜市长当时到厂里同工人们座谈，说的都是大实话。后来做的事也是大实事。现如今，厂子重新活了起来，也兴旺了，大家都记着杜市长您呢。只是您太忙，所以，我也一直不敢来打扰。今天，正好有个会，顺道。

杜光辉说，这值得祝贺，不容易。又问齐航行，今年是不是可以突破一百五十亿了？

齐航行很自信，说，差不多。上半年就有七十亿左右了。

杜光辉兴奋起来，说，太好了，南州的家电产业，包括你们，还有冰箱厂、智能家电公司，等等，现在已经真正地形成规模了。近千家的企业，链条越来越长，而且还在往精深和智能化方向发展。看来五百亿产业，也指日可待了。他拿起洗衣机模型，齐航行介绍说这是最新的白色智能化三代机。技术方面，可以说，目前在全球领先。集团还同步开拓欧洲市场，主要是高端市场。明年，南州就能生产世界最高端的全智能洗衣机了。

杜光辉想起第一次见到齐航行的情景，那是他刚来南州时，齐航行带着一班人来政府上访。那时候，齐航行一肚子牢骚，完全是个落魄样子。不想才过了两年，就完全变了个人似的，精气神，都昂扬向上，振奋着呢。他又想起第一次去洗衣机厂，老总工躺在床上，看着他的热切眼神……他问齐航行，老总工也还好吧？

挺好。天天推着轮椅，在厂子里转悠，精神着呢。

哈哈，人逢喜事精神爽，我巴望着南州天天都有这样的喜事啊。

两个人喝着茶，杜光辉又瞅了瞅齐航行的穿着，说，工装不穿了？当官了啊。

齐航行拍了拍上装，说，市长这是批评我了。不是不穿，而是看场合。

在外面，正式场合，穿这一身，毕竟我也是海归的人嘛。市长见笑了。不过，回到厂里，我都穿工装。穿上工装，觉得亲切，觉得就跟厂子融到了一起，有那种血肉相连的感觉。否则，就有些隔膜。

这就是主人翁意识。

大概是吧！

齐航行又聊了会儿，说到像南州洗衣机厂一样的东城老工业区。齐航行说，艰难着呢。

杜光辉皱着眉头，说东城那边，他曾去过两次。确实很艰难。那里很多企业都是当年迁移过来的三线厂。他们为这个城市最初的发展立下了汗马功劳。南州市对不起他们啦。如果让他们都像洗衣机厂、冰箱厂一样，也不太可能。所以，市里正打算在老城区即老工业区，重点搞文旅服务，盘活工业遗址和老城资源，打造集存史、文旅与消费于一体的新型业态。

这个好。没想到领导们都想到了，真不错。齐航行笑着说还要到发改委办点事。杜光辉送他到门口，说，等你们到了一百五十亿，我去祝贺你们！

简主任等齐航行走了，才走进来。他将搜集到的有关存储芯片技术和市场的材料，以及政研室连夜搞出来的综合分析报告递过来。杜光辉坐下，边看边用笔在上面做着记号。通篇看完，他抬起头，问，你们的意思是存储芯片制造产业，暂时不太乐观，其主要原因是技术还不完全成熟，是吧？

是这个意思。市长一下子就抓住了。

杜光辉觉得这观点并不完全正确。任何技术都有一个研发的过程、完善的过程、投向市场的过程。这三个过程，看起来分得很清，而且每个过程有每个过程的特点。很多人往往将注意力放在完善的过程，甚至完善后的过程上，而忽略了一点：真正的市场意识，往往就萌生于研发的过程，甚至是研发前的过程。这话虽然有点饶舌，但意思很明确，就是越是正在研发、正在完善的技术，从市场来判断，越具有竞争力。

是这个理。简主任依然慢条斯理，但是，他加重了语气，说越是这样，风险也就越大。存储芯片产业，不动则已，一动至少数百亿，甚至上千亿。南州上一轮大规模投资，除了造城运动之外，就是东方电子南州公司。那个项目政府投资了一百亿。当时在全国都引起了极大反响，说南州是在"赌"。现在看来，"赌"赢了。但不能因为那个项目的赢而再次启动"赌"。他脸上的皱纹似乎舒展了些，说我们也不知道领导这个时候提出存储芯片产业的用意，就我们政研室来讲，建议还是等技术成熟些，再来考虑。

有道理。这种判断和担心，都是有理由，且是必须的。杜光辉说，都再研究研究吧。

简主任攥着手，来回走了两步。杜光辉看出来他还想说什么，又好像不太好开口，便问，简主任，还有事吗？

啊，啊，是有点事，想向杜市长汇报下。简主任说，我在政研室干了十几年了，现在真的干不动了。能不能请杜市长跟唐书记说说，让我换个岗位？比如到人大、政协……有点空闲，我还想把我早些年文学创作的事捡起来，写点想写的东西。

简主任文笔好，又有思想，一定能写出好作品来的。不过人事上的事，我从不过问。你自己向书记汇报吧，我方便时也向书记建议建议，好吧？

那就非常好了。简主任说，其实我也觉得不该这个时候提出这个要求，可是最近身体吃不消了。我怕哪一天就倒在了电脑前啦。

杜光辉点点头，说还是得注意身体啊。简主任出去后，他站在窗前，想起有一天在水街看到的一句广告词，叫站立的明月湖。他当时还有些蒙，不理解，明月湖这样一个水波荡漾的大湖怎么站立？等到再往下看，他明白了，那是一个房地产的广告。从房地产角度看，明月湖就是站立的。一语双关，既说出了南州的站立，又说出了楼盘所在位置和品质。现在看来房地产就是把双刃剑，一方面刺激了经济发展，另一方面又刺伤了人才之心。确实要正视了。他将眼光收回到沙地。听孟春说，因为学业紧张，小鹏已经很少再去垒沙雕了。他在家里又建了一个沙雕，形状是一架无人机。环绕着无人机的，是那些越来越神奇和科幻的天线、发射塔，还有大装置。在最上面，他还特意建造了一个微型的托卡马克。孟春说，有时候，小鹏会关了电灯，在黑暗中让沙雕通电,那真是一种如梦如幻的感觉,神奇极了。杜光辉答应哪一天一定去看看小鹏建在家里的沙雕。

想到孟春,杜光辉觉得自己就像一把琴,被暗暗地拨动了其中的某一根弦。那种感觉,是轻微的、迅速的、深入的,而且持续。那就是爱情的感觉吧?一如他当年见到田忆一样。

坐回到桌前,杜光辉想起唐铭书记昨天问他的话,科创园区谁去最合适?

杜光辉心里有个人选,而且他以前已经跟市委常委会提名过孟春。那时,他完全是出于工作考虑。现在,情况不同了。纪委在调查他时,这也是其中一项。何况他同孟春又有了恋爱萌芽。所以,这次他没再说。他沉默着。唐铭笑了下,说,我知道了,我们想到的是同一个人。

杜光辉没再问。他怕自己会出于私心,要出言阻止。可是,从工作上看,他又有何理由阻止呢?

他转动着铅笔,在自己这两难的心情间盘桓着。

先进知识研究院紧邻着众听语音,隆重而简朴的奠基仪式后,已升任科大副校长的程建华,陪着省市领导,详细了解了先研院的规划设计。程建华说,不出两年,这里的研发项目将会达到五百项以上,我们的展示厅将会展出南州科技制造近千项。其中,在全国处于领先地位的至少一半以上,在世界处于前列的不会少于一百项。

唐铭说,要加紧建设。我们申报的全国科学中心下一步要迎来专家评审。怎么把南州的科学成就推到评审委员面前,是必须要动脑筋想办法的。光辉市长,还有孟春主任,你们要多协助程校长这边。

杜光辉说,南州这边一定尽力,将它作为科创园当前的首要任务来抓。

孟春点点头道,我们会全力支持的。

仪式之后,杜光辉到科创园区管委会去看了看。因为是刚刚建立,所以还很简陋,办公室就在一排标准化厂房里。杜光辉前前后后地转了转,说,难为你们了。虽然条件艰苦点,但是,工作不能打折扣。

孟春说,都是年轻人,吃得下来这个苦。目前,科创园区的班子里,三个人,三个博士。

那可能是全南州学历层次最高的班子了。

应该是吧。

到了孟春办公室,杜光辉看她似乎又瘦了些,便问,适应了吧?

没什么不适应的,以前其实也一直在干这方面的工作,所以没有什么阻隔。只是……孟春蹙着眉头,说,你可发现梁局长今天没来?按理说,他是一定要来的。给你请假了?

杜光辉还真没注意到这。刚才忙着奠基仪式,这会儿一想,是没看见梁大才。他含糊道,可能另外有工作安排吧。

不是。孟春说,我是觉得啊,他可能心里有些想法。

想法?

我说得也不一定对。孟春拢了下短头发,说她觉得梁局长对组织上安排她来科创园区有想法。据说梁局长向市委另外推荐了人选。同时,孟春顺手理了理杜光辉的西装领子,说,试验区那边,梁局长一直也是很期待。但我听说,他可能性不大。他自己也一定听说了。像他们这样的年龄,别的也不图什么了,就想着解决个副厅,好提高点待遇。

杜光辉说,可以理解,但这些都是集体研究的。个人得服从组织啊!

孟春将刚才虚掩的门打开,说,你没推荐我吧?

你说呢?杜光辉笑道。

孟春说,你如果没推荐,那就对了。你要是推荐了,我怎么着,心里都感觉不是太光明。不过,要真没推荐,我可能又……

杜光辉瞅了孟春一眼,说,还真是直性子,跟你姐一样。

孟春听杜光辉提到田忆,便说,我上周去我姐的墓上看了看,跟她说了许多话。结果,当天晚上,我姐就给我托梦了。

托梦?

我姐在梦里还提到你。我姐说她还记得你给她抄的席慕蓉的诗《一棵开花的树》。

　　真的？杜光辉有些激动,说,她还记得？那是大二的时候,她生日时,我抄着送给她的。说着,杜光辉轻轻吟道,

　　　　如何让你遇见我
　　　　在我最美丽的时刻

　　　　为这
　　　　我已在佛前求了五百年
　　　　求佛让我们结一段尘缘
　　　　佛于是把我化作一棵树
　　　　长在你必经的路旁

　　　　阳光下
　　　　慎重地开满了花
　　　　朵朵都是我前世的盼望

　　　　当你走近
　　　　请你细听
　　　　那颤抖的叶
　　　　是我等待的热情

　　　　而当你终于无视地走过
　　　　在你身后落了一地的
　　　　朋友啊
　　　　那不是花瓣

那是我凋零的心

　　杜光辉吟着,心疼不已,他转过头,看见孟春眼睛红着。孟春说她是在清理姐姐留下的东西时,发现了这首诗,被姐姐夹在笔记本里。诗后面有杜光辉的签名。姐姐去世后,家里人一直不愿意动她的东西,直到最近,她才将它拿出来,结果就看到了这个。

　　她当年读这首诗时,哭了。杜光辉道。

　　外面有人来找孟春主任,杜光辉便离开了。回到政府,王也斯正在走廊上捧着茶壶来回踱步。见了杜光辉,说,杜市长,奠基仪式结束了?

　　结束了。

　　很快嘛!王也斯侧着脸,从走廊尽头的窗子里射过来的阳光,正好照着,他两边脸一边明亮一边幽暗。他跟着杜光辉到了办公室,说,有个事情,想向杜市长报告下。

　　什么事?说吧。

　　王也斯却住了口,直到进了屋,才说,听说省里要来考察干部,杜市长知道吧?

　　不太清楚。杜光辉强调了句。

　　王也斯将茶壶从左手移到右手,呵呵笑了笑,说,啊,对,对,这人事的事得保密。如果是确有其事,我想请杜市长能不能关照关照我?整个南州,能公正待人,能在书记面前说上话的,就只有您了。以前,我要是有什么做得不妥的地方,还请市长别记着。我的期望也不高,到哪个职业学院去,或者到党校,反正……能解决问题就行!

　　杜光辉坐下,心想:越是到基层,对人事就越敏感。刚才,孟春提到梁大才,因为对人事有感觉,所以连先研院的奠基仪式都不参加。现在,王也斯这个杜光辉看来一向清高的人,也为着一个副厅来低声下气地说话,唉。不过,杜光辉想想:每个人有每个人的活法,每个人有每个人的奔头。杜光辉想的是做点事,对升迁并没有太多的心思。而像梁大才、王也斯他们,干了一辈子了,到头来,如果能解决个副厅,那也是正常且能让他们感到荣耀的事情。何况,到了市一级,副厅的待遇比较起处级来,还是很不一样。副厅是高干,正处却不是。水往低处流,人往高处走,也算是正常吧。

不过,杜光辉确实不太愿意为这事跟唐铭或者其他人说。他于是道,秘书长,这事,请相信组织。组织上会通盘考虑的。

啊,啊,好,好。王也斯说,杜市长很快就要扶正了。本来,老朽应该继续想着为您服务。可是,真的太老了,岁月不饶人啦!

杜光辉没应声。

王也斯将茶壶吸得咕噜一声响,边走边道,可靠消息,很快,很快的。

果然,省委考察组真的到了南州。杜光辉不得不佩服民间消息的灵通。或许正应了一句老话:当局者迷。何况像他这样的当局者,本身就对这个局没什么兴趣,那就只能是迷上加"迷"了。

推荐的对象主要是两个人选,一个是南州市市长人选,另外一个是南州市政协副主席人选。政协副主席要求是党外人士,所以推荐起来,就显得风平浪静。毕竟竞争的人少,符合条件的,也就那么几个。再加上考察组所列出的任职条件,那最后更是凤毛麟角。市长这位置却不同。符合条件的人虽然也不多,但都得过硬。副书记,常务副市长,包括人大、政协的领导,按条件按能力按资历,都有可能担任南州市市长。所以,推荐起来也就格外不同。看起来风平浪静,其实大家都心知肚明。杜光辉几乎想都没想,就填上了副书记的名字。他觉得这是常理,也是他内心真实的表达。

等他走出会场时,正好碰见程市长。他笑了下,程市长却忽地转了头,径直走了。他有些愣。但随即便是越来越多的干部,无论认识的,还是不认识的,都同他招呼着。他有些意外,他看见今天朝他笑着的干部特别多。那些笑,也与往日不太相同。他先是觉得那只是客套,看得多了,就觉得那笑容背后也许真的是另有含意呢。

刚刚送走光总的存储芯片项目考察团队,唐铭就把杜光辉找了过去。

唐铭神情严肃,请杜光辉坐下,又让小江泡了杯茶,喝了两口,才说,光辉啊,都知道了吧?

知道什么?

又有人举报你了。这回不仅仅到了省里,还告到了中央。中组部和中纪委都批转了下来,省纪委马上会找你谈话。

什么事?是不是还是上次那事?

我也不知道。

杜光辉有些生气地站起来,说,南州这地方,真的,哈,真是太有意思了。我来南州挂职,包括现在任职,我图什么?我什么都不图,只是想认真地做点事情。用得着他们一而再、再而三地举报吗?上次举报什么男女关系,不就是我和孟春嘛。现在,我可以公开地说,我们就是相爱了。除此以外,还有什么?东方电子?化工园?他们那都是睁着眼睛说瞎话嘛!有意见可以提,开诚布公地提,何必老是举报?杜光辉越说越激动,唐铭也没有打断他,尽管让他说。等他说得差不多了,唐铭才道,我是相信你的。能有什么事?相信组织吧。

杜光辉说,也只好这样了。

回到办公室后,杜光辉越想心里越是恼火,但这火,他知道不可能找到出口。同时伴随着这火,他又感到了心寒。他从电脑里调出上次写的请调报告。他反复地看了两遍,还是没有打印。他告诉小王,他出去走走。他一个人出了政府大门,沿着绿轴大道,往明月湖走去。中国古人创造了意境说,而所有的意境,其实都是人心的化境。明月湖无论何时,无论什么季节,都是同一个湖。湖上的风物,却随着四季的变化而变化。这些变化,观照到人心之中,便成了人与自然相统一的意境。此刻,这湖显得有些清寂,甚至落寞。人行步道上,居然只有杜光辉一人。那些树、水和湖岸边的芦苇并不曾像夏日般的意气风发,而是格外地沉静。水中的树影和云影,好像也藏着令人难以释然的秘密,不断地幻动、消失,又重现。如同一张张躲在暗处的面孔,半明半暗,忽隐忽现。杜光辉边走边想,三年多来在南州工作与生活的画面历历在目。他不明白自己在哪一个环节上,成为某些人的对手。他更不明白他一直恪守着父亲和导师的教导,低下头来兢兢业业地做事,又错在哪里。

他想了一遍,坐在湖岸上,又想了一遍。最后,杜光辉再一次决定了,还是回到经济所去。虽然那里也不是能成一统的小楼,但至少比南州要安静,要平和,要让他自在些。

既然决定了,杜光辉感到一身轻松。他打电话给孟春,约她晚上一道吃饭。孟春问是庆祝呢,还是……?杜光辉说,都不是,只是因为我们俩,所以要共进晚餐。

孟春说,浪漫了?好,我过去。

可是,很快,孟春又打来电话,说太抱歉了,科创园区这边事情太多,晚上看来不能一道吃饭了。杜光辉叹了口气,孟春说,别叹气,我晚上如果早,就去见你。

黄昏渐至,天色有些朦胧了。杜光辉坐在办公室里,心里有一种说不出来的烦躁。他甚至希望自己像个拳击运动员一样,猛烈地跃起,迅疾地出手,将对方打倒在地。可现在,他是在办公室里。门关着,一个人,对手看不见,摸不着。他拨通了李敬的电话。李敬一开口,就道,是不是要当市长了,请我喝酒啊?

什么市长?我只想喝酒。

怎么了?李敬听出了杜光辉话里的情绪。

喝酒,喝酒!

好。我让人过去接你。

李敬又约了程建华,三个人就在科学岛上的院食堂炒了几个菜,程建华带了一瓶从老家拎过来的老酒。三个人慢慢地喝,慢慢地说。杜光辉一直闷着头,李敬端了杯酒,说,听说省委到南州考察了,这是大好事啊。光辉你怎么一直有情绪啊?杜光辉说,我不关心省委的考察,我现在只关心怎么调回经济所了。

调回去？程建华也很吃惊，说，杜市长在南州不是干得风生水起的吗？怎么突然要调回北京？

李敬也没想到，杜光辉在这考察的关键时刻，竟然想调回北京。他觉得这里面一定有文章。杜光辉是个很有理想主义色彩的人，如果没有大挫折，他肯定不会现在想离开南州。一年多前，他挂职期满，如果要回所里，那是顺理成章的事情。可现在，已经有明确的消息，说杜光辉已经是南州市长的重要人选。杜光辉难道真的不清楚这事，还是清楚，却偏要装糊涂？他干脆直接问杜光辉，到底怎么了？能让一个理想主义者黯然神伤？

没什么，没什么。杜光辉喝了杯酒，接着又喝了一杯。平时，他可不是这样的喝酒风格。这明摆着就是胸中有事，心里有愁嘛！

李敬用手按住杜光辉的杯子，说，光辉，有什么事，尽管说。再不说，这酒，就不准喝了。

程建华也劝杜光辉有什么事别闷在心里，说出来，大家都来想办法。

杜光辉笑了下，他笑得有些勉强，说，其实也没什么事。真的，没什么事，就是有些烦躁。

既然烦躁，那肯定还是有事。是不是跟孟春的事？孩子不同意，还是孟春？李敬问。

杜光辉摇摇头。

李敬说，那还有什么事？纪委的事不是查清楚了吗？

杜光辉说，哪能查得清楚啊！旧的去了，新的又来了。这回不是说我跟孟春的事了，而是说我和同学串通，将东方电子引进到南州，说我在东方电子那边有暗股。你们说这……唉！不说了，不说了。且回罢，不蹚这浑水了。

啊！李敬说，还有这事？谁举报的？这怎么可能？

程建华倒是理性，说南州正在考察市长人选的关键时刻，有人出来举报一个即将成为市长的人，这是再自然不过的事。越是举报，越不能想着离开。就像我们搞科研的，遇到难题哪能绕着道走？他倒了杯酒，说，杜市长，既然纪委已经查了。心里有事,才怕查;心里无事,就希望查。查到底,查明白,这样等于给你一个清白的亮相。这是好事啊!真不是坏事。为这事,我觉得今晚上的酒,喝得值。

杜光辉知道李敬和程建华都是在劝他,不过,细一想,他们说的话也相当有道理。这个时候真的要提出调回北京,那说不定真让人觉得他屁股有屎,不敢再待在南州了。等纪委查清楚了,再离开,那至少也能给南州一个交代——我杜光辉是清清白白地来的,也是清清白白地离开的。

这样想着,杜光辉心里好过多了。三个人谈到南州正在申报全国科学中心的事。他们都认为一个城市就得有一个城市的特色,南州的特色,就是科技创新。搞科研的都知道,术业有专攻。城市发展也一样,要专攻特色。南州就是要打造科创城市、科创中心、科创枢纽。

杜光辉说起科学中心,马上换了个人似的,满脸红光。他敬了程建华一杯酒,说程校长的量子研究,"墨子号"发射成功,京沪干线即将开通,都为国家级科学中心申报增添了分量。当然,他又敬了李敬一杯,说如果没有科学岛上的三大科学装置,没有那一系列的科技成果,南州哪来申报的底气啊?没有这些,科学从何而来?创新更无从说起。而南州市做的,其实更多的是引导科学创新理念的推进、科技成果的转化、科技产业的拓展以及科技创新氛围的培育。杜光辉发现:一提起这些,他就成了一个话特别多的人。就连李敬都说他,与当年大学时的杜光辉,判若两人。

话题扯到最后,还是回到了南州市长考察这事上来了。李敬说,如果组织上真定了,光辉,那就干。在南州干好了,那就是在大地上写下了最得意的一篇大块文章。

杜光辉说,具体考察的情况,我真的不知道。我也不会主动去打听这事。我现在主要的工作,是配合纪委的调查。一切,等调查后再说吧。也许到那时,我就真的请调回京了。

程建华霍地站起来,说,杜市长,如果纪委这事查不清,我就去找纪委。明天,我就去向省委主要领导汇报。

这……程校长千万别去。再等等吧！杜光辉道。

不必等了。明天我就去。我是党员，有权利和责任向省委如实反映情况。程建华说，我就希望你来当南州市长。别再提什么调回北京的事了。

晚上，程建华因为还要去实验室指导一个实验，所以酒席散得早。杜光辉没有回宿舍，而是直接去了政务广场，在沙地那边，有一些小孩子正在垒各种各样的沙雕。有动物，有房子，也有人；有抽象的，也有具象的，更有两者结合的。孩子们心灵的丰富，在这些沙雕上完美地反映了出来，纯洁、纯粹、纯美。比起成人世界来，他们就像一湖水，他们是没有被污染的；而成人的世界，则掺杂了欲望、斗争与窥视。难怪，几乎所有的成人都喜欢童话。那是因为童话让成人重回到了儿童湖水一般的世界。

沿湖走了一圈，杜光辉的烦躁和酒气都已经没了。他一抬头，天上一片湛蓝，星星们仿佛就挂在眉睫边上，近得仿佛伸手就能摘到。但他知道，其实它很遥远。他猛然记起下午在唐铭书记面前说的话：我可以公开地说，我们就是相爱了。那是一时冲动脱口而出的话，还是心里早就想好了的话？都是，又似乎不是。他掏出手机，上面有孟春的好几条信息，问他回去没有。他想了想，还是给孟春打了电话。孟春有些焦急，说，我正在到处找你呢。你现在在哪？

政务广场。

好，我马上过去。

十分钟后，孟春开车过来了。一见杜光辉，孟春竟站在那儿，呆着似的望着他。杜光辉走近来，轻轻地拥了下她，说，怎么了？

孟春没说什么，而是用力地抱着杜光辉，说，我听说又有人举报你了？书记都找你谈话了？是不是很伤心？

消息真快。举报是真，书记谈话也是真。但都没事。你相信我？

我当然相信你。孟春说，我估计还是与考察有关。或者与我有关。你准备怎么办？是不是又想调回去了？

相信组织。等待调查结果。杜光辉说，刚开始，我还真的想调回北京了。南州这地方,有点让我……我连请调报告都准备好了。不过,晚上跟李敬程建华他们聊聊,又看到你,我觉得也许……不过请相信,这回,真的与你无关。

与我无关?那还有什么事?孟春拉着杜光辉的手,说,我真的想不出来,他们能造出什么事来。

杜光辉亲了下孟春的额头,月光里,那额头光洁、可爱。他看着孟春的眼睛,说,这回是东方电子的事。说我在东方电子南州公司吃干股了。简直就是无稽之谈嘛!

他们也是实在找不出什么了。就瞎猜呗。孟春说,你现在是任职,也并不是想调回去就能够调回去的。何况正在被调查的风头上,你调回去算什么?躲避?逃跑?我要是你,就理直气壮地待在南州。越是被举报,越是要大胆地干好工作。对于一个正直廉洁的好干部,举报不仅不会伤到他,反而会给他在老百姓心目中做了宣传。以后不要再提调回去的事了,好吗?

杜光辉沉思了会儿,点点头。孟春又问他调查的事,唐书记怎么说。杜光辉没有正面回答,而是又亲了下孟春的额头,说,我今天在书记面前擅自做主说了一句有关你我的话。

什么话?

下午唐铭书记问到我们的关系,我直接说了,我们就是相爱了。我当时也是……是不是太冲动了?你没意见吧?

你再说一遍!

我们相爱了,孟春,我们相爱了!

孟春拥抱住杜光辉,两个人站在广场上,头顶是辽阔的天空,脚下是广袤的大地,他们抱着、旋转着……整个天地间仿佛只有他们这相爱的一对人儿了。孟春流着泪问,我们真的相爱了?

真的相爱了!相爱了!杜光辉大声道。

二十三

杜光辉提议将存储芯片项目和老城区工业遗址改造项目列入党政联席会议讨论。特别是存储芯片项目，他有一种预感：随着这个项目的热度增加，很快将会有更多其他的城市参与这个项目的竞争。而目前，虽然它已经列入国家战略发展项目，但因为投资大，技术要求高，市场前景尚不明确，所以，大部分城市都在持观望态度。好比炒股。现在它正是潜力股。谁认定了它，看好它，支持它，也许将来就会是一支巨大的绩优股。事实上，刚开始唐铭在提到这个项目时，杜光辉也有过犹豫。东方电子引进到南州的事，让杜光辉着实看清了在招商引资之后的另外一场博弈。而存储芯片项目，比起东方电子来，体量更大，风险也更大。他将自己的想法跟唐铭说了，唐铭说我也考虑过这问题。但是，南州就要有一种迎难而上、弯道超车的勇气与胆识。当然，我们要对项目严肃认真地论证，要从科学决策的角度来最后确定。

杜光辉点点头，他心里有了底。他看好它，支持它，也认定了它。

他让办公厅将议题列上去，最后等唐铭书记决定。他以为唐铭一定会通过，但没想到的是，刚刚送上去，就传来消息：唐铭书记将存储芯片项目这条给删掉了。

删掉了？杜光辉有些疑惑。

这个项目，最初是由唐铭书记提供信息的，然后他们又一道去拜访了京城的一些专家学者，同时与光总进行了座谈。一个月前，光总带队来南州考察，也是经过唐铭同意的。而现在，唐铭书记怎么了？突然对这个项目失去了兴趣？还是他另外得到了什么信息？

一定得去问问。杜光辉心里装不下事，马上就去找唐铭，唐铭不在。秘书小江说唐书记画这条时，几乎连想都没有想，一看见就直接画了。这说明他心里早就有这想法，所以一点也没犹豫。

杜光辉问，书记到底什么意思？不搞了？

这个,就不知道了。

小江当然不知道。这完全可以理解。他只是一个秘书,只负责上传下达。杜光辉回到办公室,琢磨着唐铭为什么要拿掉存储芯片项目。而且,唐铭这次在拿掉之前也没有和他打个招呼。当然,书记审定党政联席会议的议程,那是必须的。可是……杜光辉起身踱到窗前,明月湖的湖水正闪动着波光。虽然隔着这么远的距离,但那波光依然晶莹跳跃,灵动无比。人心亦如湖水,纵然像唐铭书记,他内心最深处的思考,也是杜光辉难以明白的。回到桌子前,打开电脑,杜光辉调出请调报告,在理由那一块,又加了一条:从政经验不足,如履薄冰,深感艰难。写完,他很快就打印了一份,稍微犹豫了下,签上了自己的名字。在签名的那一瞬间,他想起了他给孟春的承诺。那是一种充满爱意的承诺,但在理性与现实面前,显得有些力不从心。他叹了口气。这时,手机邮箱提醒他有邮件,他扫了眼,居然是茹亚的。

茹亚在邮件中写道,听李敬说,你又被举报的了?是因为要当市长才被举报的吗?我一直觉得你不太适合干行政。如果不回所里,那就到美国来吧。我相信凭你的学识与才华,会很快获得理想的位置的。

杜光辉盯着电脑屏幕上的字,那些字晃动着,就像茹亚在面对着他,她那上下翕动的嘴唇,也正发出一闪一闪的光来。茹亚现在虽然身在美国,但杜光辉感觉到从去年以来,她似乎比以往任何时候都更关注他。上一次他曾听李敬不经意说了句:茹亚总是打他电话,而电话的主要内容则是打听杜光辉的事情。李敬曾问茹亚,是不是想破镜重圆?茹亚没回答,只是说,不管怎样,杜光辉是可心的爸,至少还是我的朋友。茹亚现在发这封邮件,倒是给杜光辉本来就不平静的心湖里,又投下了一颗石子。如果是从前,他可能也会将选择去美国作为他的一条路。但现在……他又想起孟春。昨天,他才正式向她表白,而今天……他如果真的去美国,那么,他们会是什么结局?没有多少爱情,会真正经得住时间与空间的双重考验。他再次站起来,关了电脑。他望着窗外那湖水,那些波光似乎更加闪烁了,而闪烁的深处,是否正隐藏着一场风暴?

在风暴的核心,现在已绝对不仅仅只是杜光辉一人,还有孟春,还有茹亚,还有其他的许多人。当然,杜光辉知道,站在最核心的,其实还有唐铭!

江南省高层一直有传闻,说唐铭可能会离开南州,调到外省任职。当然,这是好事,唐铭会有更大的空间和舞台。杜光辉回想了下,他来南州这么长时间,如果没有唐铭,包括当初的邀请,和后来的一系列的支持,或许他在挂职期满后,就直接打道回府了。从内心里来讲,他并不希望唐铭离开。南州的一切,都还仅仅只是开始。科技创新,城市建设,民生工程……遇到一个好的决策者,是这个城市的幸运,也是决策者本身的幸运。决策者与城市相互成就,就像科大与南州、科学岛与南州,只有在相互成就中,才能共同前进。是不是因为唐铭可能会离开南州,他才将存储芯片项目从党政联席会议议题中删掉呢?杜光辉想了想,觉得又似乎不太可能。他记得唐铭上次要他留在南州任职时,跟他谈话,还说道,能在南州这一片热土上,好好地干点事,尤其是科技创新这样具有开创性的大事,对于一个官员来说,也是一种幸福。

如果杜光辉与唐铭换了个位置,那么,一切会怎样呢?

他喝了两杯茶,也没琢磨出结果来。正好接到试验区那边电话,说东方电子南州公司有人来试验区了,正在等他。

到了试验区,杜光辉见到了等他的程总。看来,南州公司又换老总了。果然,乍一见,理着平头看起来爽爽快快的程总就道,杜市长不会忘了我吧?我们可是有约在先的。

有约在先?杜光辉真的蒙了,什么约?何时约的?他飞快地转动着脑子,只是觉得这程总似乎有些面熟。再细想,他想起了,这人应该是东方电子总部的那个程宏。当初他陪唐铭书记到东方电子考察时,程宏曾跟他说过:他是江南省人,将来想回到南州来工作。哈,还就真的回来了,而且是南州公司的老总。他握着程总的手,说,想起来了,确实有个约定。程总没爽约,南州欢迎您回来!

程总说,我前几天才到岗,今天过来,一是跟市长报到;二是想就南州公司的一些事情,请求市长支持。

好,好! 杜光辉请程总先喝茶,又问了问高董他们的情况。程总说现在高董太忙了,国外公司牵扯的精力太多。今年,东方电子主要的市场在欧盟国家。特别是高端产品,在欧盟广受欢迎。

关键还是靠的研发啊! 杜光辉说。

程总喝着茶,问杜光辉,杜市长也喝上了我老家的茶叶?

程总老家在……?

大别山里。三省交界。

杜光辉说,这就对了。我现在都喝这茶。这茶源自大别山里。大别山山深林茂,一年四季云雾缭绕,适于茶叶生长。而且,山上多生兰花,兰花香气沁入茶叶之中。因此,这茶才醇厚清香。看来,这茶是让程总更有了真实的归乡之感啦!

是啊。谢谢杜市长。

杜光辉问,刚才说有事,什么事?

是这样。程总将茶杯放下,说,两件事。一是省纪委派人到东方电子南州公司进行了调查。他们在我来之前就已经进驻了。查了一周。至于查什么问题,他们也没明说。但是,在后来的谈话中,我听说主要问到了杜市长与东方电子的关系,还反复追问南州公司的股权问题。昨天下午,纪委的人才正式离开。

啊。这事嘛! 应该是正常的调查程序。不瞒程总说,他们一定是得到了举报,所以才去东方电子南州公司调查的。他们不是针对南州公司,而是针对我。这个请你们放心。查是好事嘛。不调查,怎么能厘清事实呢? 杜光辉嘴上这样说着,其实心里还是有些愤怒的。他的愤怒自然不是指向纪委,而是指向那些举报的人。举报我杜光辉可以,何必要拉上东方电子南州公司? 他们的用心……唉!

程总说,我们倒是没什么不放心的。我们就是觉得这样的诬陷,别有用心,还请杜市长多注意。另外一件事,想必杜市长可能关注到了。我来之前,南州公司就有反映。我来了后,公司开会,我们又深入了解了一下,确实发现了这方面的问题。因为这不仅仅是我们一个企业的问题,可能将会是南州很多企业共同面对的问题。如果这个问题得不到解决,将来可能会影响企业发展,甚至整个南州的产业发展。

有这么严重?

现在看起来,才刚刚萌芽。可是,它要长大,那也是很快的啊。程总道。

说着,程总便详细地谈到东方电子南州公司的人才流失情况。公司从去年初开始,就陆续发现一些年轻技术人才开始外流。他们大都是近些年招聘进来的技术人员。很多都是硕士、博士。有些是从总公司那边调过来的。公司一开始也没注意,认为是人才的正常流动。但很快,走的人越来越多。仅仅去年下半年到现在,已经走了五十多人。这引起了南州公司和总公司的注意。随后,南州公司又调查了周边企业,发现也出现了类似情况。有些企业的人才流失情况比南州公司更为严重。企业研发到了要停顿的地步。那么,这些人去了哪里呢?是不是被南州的其他企业给挖去了?我们也做了调查,结果很让我们吃惊,他们都离开了南州,去别的城市了。我们经过分析,同时也联系了一些离开南州的年轻人,发现他们大都是在即将成家或者刚成家的年龄段,压走他们的最后一根稻草,原来是南州不断上涨的房价。

杜光辉听了,也着实焦虑,说,南州房价近年来确实增长得较快,新华社陆颖他们专门搞了个调查,市委、市政府也注意到了这一点,正在考虑出台相关政策,解决人才的实际问题。

确实要尽快解决啊。这么多人才流失,而且现在还在不断流失,对企业影响很大啊。别看他们只是一个人两个人,但通过他们,又影响了相当一大批人。今年我们招聘,应聘人数明显低于往年。程总说,我们有责任把这情况向市长汇报。南州正在创建全国科学中心,没有人才,怎么创?人才既是靠事业吸引来的,也要靠政策留得住。我们也分析了一下,房价过高,主要还是地价过高,中间成本过高。说到底,政府调控的手段还是有的。我们南州公司虽然走了不少人,但对企业研发影响还不是十分明显。可有些中小微企业,技术人员一走,就近乎瘫痪。没了技术,企业就没了生命啦。

杜光辉给程总续了茶水,说这事我们尽快研究。人才是南州科创之本,必须要想方设法地留住。

程宏走后,杜光辉又带人到试验区跑了几家企业,情况基本上和程总说的差不多,百分之十到百分之二十的青年人才离开了,个别企业研发中心处于关门状态。他越看越焦急,越听越觉得这事哪怕一天也不能再拖了。他回政府后就径直去了唐铭办公室。唐铭正站在地图前,用放大镜看着地图。杜光辉等他回过头来,说,书记,关于人才的事,我想马上给您汇报一下。

这么急?肯定是大事了。唐铭说,是不是有不少企业来反映了啊?

不仅反映了,我自己也跑了一圈。新华社的陆颖也写了个调查报告。百分之十到百分之二十的人才流失,太不正常了。以这样的流失速度,不出五年,南州将无人才可用。杜光辉攥着手,说,人才流失还会形成连锁效应。今年,来南州企业的本科以上学历人才,比去年少了百分之三十。

很严峻啊!唐铭在纸上写下百分之三十,又重重地画了道杠子,说,要立即开展调查研究,出台政策,稳定人才;南州不仅要建成国家科学中心,还要建成令人向往的人才高地。

杜光辉迟疑了下,还是问唐铭,您将存储芯片项目的汇报删掉了?

是的,删掉了。

有什么特殊原因吗?再不定,我怕……

唐铭转过身,眼光里既锐利,又含着关切,说,光辉啊,我比你还着急,发改委那边有消息说,南方某城市也正在跟光总他们洽谈。人家财大气粗,有很大的优势。我们有什么?不就是诚心和科技嘛。我昨天才跟光总通了电话,再次表明了南州的态度。不过,现在情况有些复杂,如果马上提交讨论,很可能会适得其反。

复杂?

是啊,复杂。他们向纪委的举报中,除了说你在东方电子有干股之外,还有一条，就是贪大求洋，不顾南州经济现状，盲目上大项目。说存储芯片这个项目投资上千亿，而且前途未卜。更将其上升到严重的官僚主义、个人主义高度，说这是置南州前途于不顾，以南州前途赌个人官场前途。当然，他们在举报的同时，也没忘了捎上我。说是我纵容了你，导致了南州现在这种以"赌"为荣的错误发展……

这与您有关系吗？当然，的确有关系。可是，这轮得上举报吗？杜光辉气得脸通红，他大着声说，这不是关着门说瞎话嘛！我们争这个项目，本身就是为了南州将来的发展。怎么叫……

唐铭按住他，说，坐，别激动嘛！他们举报，那是他们的事。纪委已经在全面调查，听取方方面面的意见。所以，这个时候很敏感，而且，省委对这个情况也了解了。省委主要领导指示：要审慎进行。一些老干部也在找我，说不要将南州变成了一个真正的赌城。既是赌，就会有输有赢。赢了，当然是好。皆大欢喜。但如果输了呢？南州输不起，一千亿呢。考虑到这方方面面，所以我就把这个项目暂时给删掉了。再等一等吧。

可是，杜光辉急着道，假如那边等不及呢？光总最近正在寻求人才。他们想找一个能统领整个项目的高端人才，也就是芯片行业的领军人才。他希望这人有较强的学术背景，又有强烈的爱国情怀。目前正在商谈，估计最近快达成协议了。他们在快马加鞭，我们却在犹犹豫豫。

这不是犹犹豫豫的问题。光辉，这样一个牵动着整个南州经济社会命脉的大项目，慎之又慎是对的。总体上，要往前走。但步骤上，要顾及社会各界的情绪。我昨天跟光总通电话，国内现在很多人还没有意识到芯片行业对国家将来的重大影响。这其实是个卡脖子项目，现在，全靠进口。一旦断供、封锁，后果不堪设想。所以，我也着急啊。我也想马上确定下来就干。就像东方电子那样，落地有声。可是……省委主要领导特别指示：经济发展一定要科学决策，要量力而行，不能搞求大求上的形式主义。

杜光辉道，我们这是形式主义吗？我们这是……这对于芯片行业来说，我们是突破。如果南州建起了芯片制造工厂，将来我们被卡脖子就少了一分。而且，这个项目的可行性，已经由专家组进行了论证。唉！好了，既然这个项目不搞了，我也得走了。书记，我想离开南州了。

离开南州？唐铭向杜光辉瞪着眼。

是的。或者回经济所，或者去美国。

瞎胡闹！唐铭骂了句，但又觉得不妥，回过头来望着杜光辉道，我理解你此刻的心情。但是，离开是弱者的选择。这不是你杜光辉的性格。就像我，我已经向省委报告，我不会离开南州。我要看到南州科技创新结出硕果，南州人民会因科技创新而获得更多的幸福。

您不离开了？我可听说……

听说我要走，是吧？确实有这传闻。但我的态度是明朗的。光辉啊，再等等，一切会好起来的。

唐铭推开窗，指着明月湖，说，湖水是不会一味地等待春天的。所以，我们仍然要主动。光总那边的工作不能等，要不断对接，做好项目落地的前期准备。他回到桌前，找出他给省委拟的关于南州引进存储芯片项目的专题报告，递给杜光辉。

杜光辉看了一遍，在报告中，唐铭详细介绍了项目的来由、可行性与风险分析，同时，一再强调，项目是由南州市委集体研究决定引进的，主要责任由他这个市委书记承担。报告中当然也提到了杜光辉，明确杜光辉是在书记的领导下，具体开展项目的对接与运作，并没有实际参与项目的最后决策。唐铭这个报告不长，却让杜光辉读出，胸襟、担当，和作为一个市委领导的果敢，让他禁不住地感动。他将报告放到桌上，说，书记，感谢！

唐铭豁然一笑，说，感谢什么？将项目拉到南州来，就是对南州人民的最大贡献。他有些动情，说存储芯片这个项目，只要他还在南州工作，就一定会坚持引进。当年，南州搞东方电子，也是冒了巨大风险的。结果现在成了五百亿产业，支柱产业。存储芯片也一样，如果引进来了，两三年以后，它将在南州再造一个千亿产业。经济发展，当然要稳。但稳中有进，适度的风投，也是必须的。何况我们这风投，本身就契合南州经济发展以科技创新为主导的思路,而且,我们在引进这些产业的同时,不断培育产业生态、政策生态,甚至人文生态。我们赌他们开花,是因为我们首先培植了能让花朵开放的沃土。

好! 我们会紧盯着。杜光辉道。

电话响了,唐铭正准备接电话,杜光辉便告辞出来。在走廊上,他碰见王也斯。王也斯居然没有托着小茶壶,而是笑着脸,对杜光辉道,树欲静而风不止。风不止又能怎样呢? 关键是树能不能真正地静下来。

什么? 树? 杜光辉问。

王也斯笑笑,说,瞎讲,瞎讲。市长忙! 说着,他又补充说,政协的钱老主席过来了,说一会儿去看您。

好。杜光辉回到办公室,站在窗前看了会儿明月湖。湖上一片澄澈。他刚坐下来,钱老主席来了。寒暄过后,钱老主席直接道,我也听说存储芯片项目的事了。本来我这早退下来的人,不该来多说。但杜市长,我还是想转达一些老干部的意见,这个项目比东方电子投资和风险要大得多。真的需要谨慎啊! 南州要发展,不过也得稳步前行。这是不是有点冒进了?

感谢钱老主席的关心。国家现在一再强调要发展创新产业,南州以前底子薄,基础不好。现在要发展,就必须实现弯道超越。存储芯片项目是创新产业,目前的情况是外国垄断了。中国每年必须从国外进口数千亿美元。而且还面临着卡脖子的可能。一旦卡了脖子,怎么办? 所以,钱老主席啊,唐铭书记主张引进存储芯片项目,一方面是为南州的发展,另一方面也是为着国家的重大战略考虑。

钱老主席说,我们不是反对你搞,而是不能这么激进,这么冒风险。南州底子薄,担当不起啊。还有那么多人要拿工资,那么多事要做。包括这些老干部,也都是反复权衡后才决定给省委写信,给市委提意见的。

还是得谢谢你们哪! 杜光辉明白了在省委要南州按下存储芯片项目引进暂停键的背后,除了对项目的风险与技术评估之外,也还有南州这些老干部们的"关心"。他笑了下,说,钱老主席当年是改革的先锋。南州现在也正处在改革和发展的关键节点,还请钱老主席多指点,多支持啊。

这期间,杜光辉一方面急着存储芯片项目的事;另一方面,他心里还存着一个疙瘩。纪委找他谈了两次话,话题涉及方方面面,他虽然尽力不愠不恼,但内心里十分难受,甚至有巨大的委屈。因为林总的PEF项目,他又陪着李博士去了一趟北京。李博士一路上感叹:民营企业现在搞科技创新,不仅仅难在技术,还难在对市场风险的承担上。事出有因,林先生投资的PEF项目,第一期试产,并没有取得预期的成效。产品虽然出来了,但几乎不能进入市场。李博士也为此邀请了多位专家前来南州会商,最后找出了原因,是其中的一份添加剂分量上没有把握好。一份小小的添加剂,让林先生损失了将近两千万。李博士对杜光辉道,其实我也很内疚。林总请了我,但我没做好。事情最严重的时候,林总几乎要撤资,打道回府了。我也是急啊,甚至将自己那点存款也搬出来了。当然,林总没要。他想另外再找项目干。这两千万,对一个民营企业,可是……唉,一笔巨大的包袱啊!

杜光辉听了也很吃惊。林总的PEF项目,他本来一直关注着。但最近事情确实太多,没想到这里面出了这样大的纰漏。他问李博士,最后林总怎么想通了?

一是没有找到新项目;二是我们找出了失败的原因,让他看到了曙光。李博士说,林总最近回福建去了,说要在石材上再加把劲,把这项目的缺失给补回来。我的确很内疚啊,我承诺林总,自罚一年薪酬,算是给林总一个补偿。他能投资我的项目,已经很了不起了。

杜光辉却说,哪有不犯错误的人和事?拿钱买了数据,总还是值得的。而且找出问题后,对这个产业,我还是充满希望的。

是啊,但这也让我想到,民营企业,特别是中小企业,真的受不住大风险啦!李博士道。

杜光辉皱着眉,说,李博士所想的问题,其实我也注意到了。扶持中小微企业的成长,任重道远。市场风险,人才风险,产品风险,等等,都容易成为压垮企业的稻草。我在想,应该有一种强大的容错机制。政府要能出面来替企业分担,给企业吃定心丸,让企业大胆干。这样,也不至于让李博士您自罚年薪,让林总回头去重操旧业。这事,我回头让办公厅再做调研,尽快设立政府性风险机制基金,为一些确实具有创新意义的"错误"埋单。

这太好了。杜市长如果真的建立起了这个基金,政府可以投入,企业也可以投入。只有宽容创新之错,才能更好地激励创新。李博士说,就我所知,这两年有一些小企业就因为一步错了,只好倒闭。太可惜了啊!

杜光辉其实也很担忧这种现象,他这次跟李博士进京,就是要上报他们的PEF项目,以争取支持。同时,他还想考察下个别高科技企业,看看他们在容错机制建立上的新举措。一个城市,既要有对创新发展的鼓励,更要有对探索失败的包容。这是城市的气度、风度,更是一个城市所能达到的高度。

在北京待了两天,事情基本办完后,杜光辉去岳母家,那天晚上,他特地陪老岳父喝了两杯。老岳父看杜光辉的神情有些忧郁,慢慢地抿着酒,问他,是不是有什么麻烦了?

没有,没有。他赶紧道。

我看得出来。你这孩子,有什么事,脸上都写着呢。岳父说,说说看。

杜光辉说,其实也没什么。纪委最近正在调查我。

调查?岳父放下杯子,瞪大了眼睛。

杜光辉解释说,是有人举报。但都是不实之词,我已经向纪委一一说明了。不过,摊上这事,太烦!我甚至想回经济所了,或者去美国。

岳母插话说,去美国不错。我听小亚的意思,也希望你去美国。你们……

岳父瞅了岳母一眼,岳母不再说了。岳父说,牢骚太盛防肠断,风物长宜放眼量!想开点,只要身正,还怕调查?喝!

晚上,杜光辉就睡在岳父家里。他反复地咀嚼着岳父的话,又想起唐铭对他的果敢与保护,甚至想起当年导师对他说过一个人最可贵的品质是坚持,他原来还在动摇的心之天平,又偏向了南州这一边。何况还有孟春,还有那么多他看着成长起来的企业……心思一旦定了,人就轻松了。可这时,茹亚发来了信息,只有两句话,我相信你。来美国吧,我在这边等你!

杜光辉想了想,回道,谢谢! 我已决定留在南州了。

二十四

秋天的第一个周一,省委在南州召开领导干部大会,正式宣布杜光辉任南州市委副书记、提名市长人选。与此同时,常务副市长程市长,被调任到省直部门任副职。

会后,南州人大召开会议,正式任命杜光辉为副市长,代理市长。

一切看似行云流水,但南州的很多干部都知道,在此之前,纪委在南州查了两个多月。主要查的就是后来任代理市长的杜光辉。据内部消息:查的内容主要是两项,一个是官僚主义,运用特别巨大的国有资产,为朋友的项目埋单;同时,在东方电子南州公司获得贿赂的干股。二是男女作风问题。一个多月的调查后,纪委临离开南州时向唐铭书记通报了情况,举报均不属实。而且根据座谈和了解,杜光辉同志是一个能干、敢干、善干、清廉、品质好的领导干部。唐铭说,既然这样,我建议通过适当方式,为光辉同志"平个反"。

纪委的同志说,可以,而且应该。

唐铭很快就在市委全会上,将纪委对杜光辉的调查情况进行了公布。他介绍过后,说,事实证明,一个好干部,一个想干事的干部,是会正确地对待举报的。举报是公民的权利,但是,我们不能任这种不实举报的风气蔓延。我们欢迎正常的有事实依据的举报,这有利于我们的工作,有利于干部的成长。然而,对于出于非公心,甚至出于个人不良欲望的举报,我们必须旗帜鲜明地反对。至于光辉同志个人感情问题,只要不违法违纪,我们理应真诚地祝福他。同时,唐铭又介绍了存储芯片项目的进展情况。说省委高度重视,专门听取了南州市关于存储芯片项目的报告,并且咨询了国家工信部专家组。省委认为,存储芯片作为国家战略性新型产业,前景广阔,时不我待。同时,省委建议成立相关项目监察组,全程跟踪项目进展,确保项目公开、透明、阳光、可持续。

人大会议通过后,杜光辉回到政府,办公室已经换了。来得真快啊!他甚至还没做好思想准备,就成了一市之长。王也斯捧着茶壶,站在市长办公室门口,说,市长,还行吧?有什么需要,再添置。

很好了。杜光辉道。

王也斯放下茶壶,嘿嘿笑了笑,说,市长可别忘了我的事啊!

杜光辉没说话,王也斯走后,他在办公室里转了转。这办公室的窗子,与明月湖是正对着的。绿轴大道和湖上风景,一览无余。他不知道刘振兴以前是不是也像他一样,经常站在窗前看风景。想到刘振兴,他权衡了下,还是打通了刘振兴的电话,感谢他的关照和培养。刘振兴大概怎么也没想到杜光辉会给他打这个电话,有些激动地说,不要感谢我。我只不过做到了一点,那就是没有反对你。

杜光辉放下电话,觉得刘振兴说得实在。没有反对,其实就是最大的支持。

李明叩门进来,上周,他刚刚到试验区任管委会主任。他一进门,就祝贺杜市长,说,您当市长,南州就更有希望了。南州走科技创新的路子,就一定会更坚定。

杜光辉说,到区里去了,还好吧?

李明憨厚地一笑,说,既好也不好。好,是试验区有市长在时打下的良好基础,现在,一切都走上了正轨;不好,是确实也还存在着诸多问题。比如人才的问题,还有化工园区拆迁的一些遗留问题。当然,也还有区内企业现代管理的缺失问题。

很好啊。看得准。试验区涉及的不仅仅是企业,还有周边群众。它就是一个小社会,必须强化管理,进一步优化试验区的发展环境。特别是一些真空地带,甚至三不管。有些地方,出现了黑恶势力死灰复燃。杜光辉说,这些都是硬骨头啊,李主任啦,一定要高度重视,不要让他们露头。一露头就打,狠狠地打。否则,他们就将是试验区的害群之马。

李明说,其他同志也给我汇报了,说市长已经做过布置。请市长放心,我们将按照原来的布置,把这事落实好。

想起来,时间过得真快,从杜光辉到南州挂职开始,李明作为经信委主任,就跟在杜光辉后面。这人早年北大毕业,一开始在工大任教。后来,调到地方工作。话少,办事实在,有主见,有分量,有思想,善于动脑筋,宏观把握能力较强,这是杜光辉对他的整体印象。因此,当初确立试验区主任人选时,唐铭征求杜光辉的意见,杜光辉毫不犹豫地就推荐了他。为这事,孟春还曾说他,医好了一个,耽误了一个。意思是杜光辉推荐了李明,而没有推荐梁大才,就像医生一样,将李明给医好了,而将同样需求的梁大才给耽误了。

我只从工作出发。何况就一个位子,总不能推荐两个吧?杜光辉说。

我当然知道。但是,我总感觉到梁局长对你有想法。他可是一直跟着你,尽心尽力地抓科技创新的。孟春说,不过,我也只是说说。我绝不会干涉这事。我作为一个党员干部,这点起码的觉悟还有。

杜光辉打趣道,如果为了工作,欢迎干涉。

孟春说,科创园的事我都忙不过来,还干涉你?

李明临走时,心事重重地跟杜光辉说到人才流失的事,说东方电子南州公司的程总又向他说了一次。他同时也到那些中小企业调研过,发现情况确实比想象的严重。很多中小企业,包括程宏他们,也都在思考怎么解决。他们参照外地做法,提出由政府出面,出台南州市关于人才的相关优惠政策,特别是以政府为主导,组织社会力量,兴建各类人才公寓,使来到南州的人才,都有房可居,解决他们的后顾之忧。

是个好办法!我跟书记也讨论过。不过,具体操作起来,还有个过程。杜光辉让李明他们从试验区开始试点,先外出考察,再结合试验区情况,征求方方面面的意见,拿出具体政策。如果可行,由试验区或市政府发文,尽快实施。

第二天,杜光辉就带队赶到北京,一方面与光总就存储芯片项目进行深入洽谈,另一方面邀请半导体晶圆研究的著名专家丁杨院士来南州讲课。光总向杜光辉介绍了叶凡博士,说如果芯片制造企业落户南州,叶博士将负责主抓企业研发与生产。这叶博士可了不得!光总有些神秘地告诉杜光辉,他可是花了大心血才请到的。

叶凡看起来文静、安静,有一股学者气。但一开口,杜光辉就觉出了他的分量。叶凡说,十几年前,在美国时,我就想着有一天回到祖国来打造我们中国自己的芯片企业。芯片是制造之心,是制造之魂;而我们国家,显然在这方面落后了。长期以来,过于依赖国外进口,如果将来有一天,国外稍稍卡一下,那么,整个中国的制造业将会受到致命打击。一想到这,我有时半夜就能惊醒。五年前,我回国后,也多次呼吁。只是芯片制造业投资大,风险大,后续投入大;而国内的很多企业,都有短平快心态。像光总这样,有远见有思想的企业家,太少了。当然,还有南州。举全市之力来投资芯片制造,这可是大见识大抱负!杜市长,我得感谢您!

哪里。应该感谢光总和叶博士啊。

光总说,原来,我一直急着两件事。一件是谁来负责制造工厂这一块。现在,叶博士来了,有着落了。那另一件最让我急的事,杜市长,是资金哪!我这边已经差不多了。南州那边怎么样?一千亿,对于一个市来说,也是大数目。我就怕开了头,将来后续跟不上啦。

这个请光总放心。杜光辉说,当年我们举全市之力,引进东方电子,资金当时也是最大的制约。我们挺过来了。现在,南州经济实力增强了,何况一千亿也并不是一年投入。我们看重的不仅仅是芯片制造这一块,而是整个产业。同时,如果我们南州率先造出了国产高端芯片,那也是站在了国家战略的前沿,为整个国家智能制造尽力了。这次回去后,我们就将尽快落实。

忙碌了一天,晚上,杜光辉抽空去了一趟岳母家。岳父岳母见了他,上下打量着,有些伤感地说,我以为你再不会到这里来了呢!

怎么会呢？你们这,就是我在北京的家。杜光辉打心眼里动情,说,虽然我跟小亚分开了,但你们永远是可心的外公外婆,我只要有空,就会来的。

岳父戴着老花镜,说他最近正在家写自传,写着写着,发现一个人一生的经历,真是太丰富了,又太难以描述了。写自传,虽然写的是自己,但无法脱离生命中经过的那些人和事。越写,越觉得评价一个人是世上最难的事,做好一个人,是世界上难中之难的事。尤其是写到那些正直光明的人时,写得就特别顺畅;而写到那些心地阴暗的人时,笔头都变得艰涩。古人说留取丹心照汗青,人到老了,写自传时,还能坦然地说一声:一生无愧,那是多么难得啊!

杜光辉觉得岳父就是个一生无愧的人,所以才能有如此感悟。岳父说,虽然你没告诉我,但已经有人给我打电话了,说你当市长了。我没有什么送给你,只送给你八个字:不忘初心,一心为民!

谢谢爸爸!杜光辉说,我一定时刻记着!

可心上晚自习去了,杜光辉在女儿的床边上坐了一会儿,又在她的记事板上画了一只大恐龙。在大恐龙的边上,正站着一只可爱的小白兔。这画的意思只有他和女儿明白。女儿小时候学画画时,画的第一张画就是这个。女儿说,爸爸就是大恐龙,而可心就是那只小白兔。

回到宾馆,杜光辉和其他人又商量了下第二天的行程。茹亚打电话来了。

茹亚说,听可心说你回北京了?

是的。正好过来出差。所以回去看看。可心上晚自习去了。

她刚回来。她都高三了,你也得多陪陪她。

我会尽力的。只是现在工作很忙。难为她外公外婆了。有时候真觉得对不起他们。

也没什么对不起的。我听说你当市长了,是吗?

也是刚刚才任命的。其实你也知道,我并不适合。

现在适合了啊。我可听你的同学说,你在南州干得相当不错。杜光辉,我还真没看出来你是个当市长的料。唉,三日不见,当刮目相看啊。

话不能这么说。杜光辉问,你现在都好吧?

都好。都好。

那就好。

似乎没有话再说了,杜光辉正等着茹亚挂电话,可是,茹亚又说了句:你生日很快就到了,我给你寄了点礼物过去,到时请查收吧。唉,真的很怀念以前的那些日子啊。光辉,你怀念吗?

我……怎么说呢?我珍惜,但那些,确实都已经彻底过去了。

我知道,不可能再回头。我听说你有了女朋友,可心说那个阿姨她也见过。她觉得你们有戏。是吧?

算是吧。也是缘分。

对,是缘分。祝福你们!茹亚说着便挂了。

杜光辉想弄明白茹亚打这个电话的意思,但想了想,也没有眉目,便不再想了。既然生活都翻开了新的篇章,何必还在往事的森林里寻觅呢?

这是杜光辉来南州后争论得最激烈的一次党政联席会议,争论的议题是关于存储芯片项目引进。几乎所有人都同意南州必须坚持走科技创新之路,要引进大项目、好项目,夯实南州经济发展基础。但对待具体项目,分成了三种意见。第一种自然是以杜光辉为主的坚持引进观点,这里面除了杜光辉,还有李明;第二种是反对意见,尤其是四位副市长和人大、政协的同志,都觉得项目不确定性太大,持续投资太多,很可能成为南州将来一个巨大的发展包袱,就目前南州的经济实力与基础,还不具备引进芯片产业的条件;第三种是观望。这是最大多数。而事实上,杜光辉和唐铭都清楚:观望就是一种反对。只是态度相对温和些而已。意见迟迟不能统一,唐铭只好宣布暂时休会。同时,安排所有联席会议人员,到科大、科学岛以及科创园区去调研三天。三天后,再来开会。

杜光辉觉得唐铭书记这个分寸把握得相当到位,会后,他跟唐铭书记一道到省委汇报。省委的主要领导说,勇气来源于底气,来源于对未来的准确判断。在接到南州市关于存储芯片项目的情况汇报后,省委十分重视,多次与相关领域专家进行商谈,同时向国务院发展研究中心、国家发改委等部门征求意见。最后认为芯片存储制造项目的确是个有风险的高科技项目。但更是一个好项目。省委现在在支持南州上这个项目,当初让项目停下来,一是对项目本身也没把握,二是南州正处在情况相对复杂的局面之中。现在,南州的班子稳定了,南州市又做了扎实细致的前期准备。因此,可以上,而且要尽快上。芯片制造产业将来一定是国家的重大的战略支撑性产业。南州要走在前面,为国家的战略发展考虑,争取形成高端完善的芯片制造产业链。当然,项目落地,南州市还必须做好方方面面的解释和宣传工作,让干部群众认识到这个项目到南州来的可行性、必要性和前瞻意义,从而支持和积极参与这个项目。

唐铭说,我们也正在做这事。南州最近有几项重要工作,一是存储芯片项目的落地;二是全面启动人才公寓建设,解决人才的后顾之忧。同时控制高房价,出台政策,引导房地产良性循环。当然,还有杜市长所提出来的政府性容错机制基金。

省委领导高度肯定,说不错。这些问题都与经济发展密切相关。做好了,就是南州经济发展的再生动力。要好好谋划,把这两件事都做好,做出成效,让广大干群真正拥护,让人民真正受益。特别是人才公寓与房地产长效机制建设,南州作为正在发展中的大城市,要有气魄,有力度;要在房地产开发上舍得小利,在为人才服务上争得大利。

三天后,党政联席会议再次召开。会前,杜光辉主持,专门请丁扬院士就存储芯片产业做了一场专题讨论。随后召开的联席会上,一大半人员的态度开始转变。人才公寓建设很快获得同意;会议提议由市政府相关部门参加,结合外地经验,制定出台适合于南州的房地产运行机制,目标就是稳房价,保民生;将最难啃的硬骨头存储芯片项目放在了最后。唐铭没做解释,杜光辉也没发言。只是让工作人员发票进行票决。十几分钟的寂静之后,工作人员宣布:存储芯片制造项目获得十二票,超过半数票,通过!

杜光辉松了口气。他下意识地望了望唐铭。唐铭面色也缓和了,而阳光,正透过窗帘,照射在会议室里。杜光辉轻轻地笑了笑,他的笑也和阳光融到了一起,成为阳光的一部分。

会后,唐铭问杜光辉,感觉如何?

很艰难。但通过了,就是好事。杜光辉道。

唐铭面对着墙上的书法,轻诵道,

长风破浪会有时,
直挂云帆济沧海!

是啊,党政联席会议能通过存储芯片项目,这是南州的进步,也是南州科技创新战略的重要成果。事实上,在这样重大的风险与机遇并存的项目问题上,不能强求百分之百的同意。有些人不同意,甚至反对,这才是正常的。这说明了这个项目本身有很多需要我们高度警惕和关注的问题,同时也说明了参加会议人员,是真正从南州的实际出发,从工作出发,经过了深思熟虑后才表达了各自的意见。其实,经过这几年的科技创新氛围的熏陶,南州干部自上至下,科技创新意识已今非昔比,有了质的提高。面对着科学大装置,面对着一项项的新技术、新专利、新发明,过去,南州的干部们只能知其然,而不知其所以然。能看得清葫芦是个什么样子,却解释不清葫芦到底是怎么生长的。现在,很多干部一步步地开始,了解"所以然"了。一些高科技项目刚到南州。项目人员与南州的干部一接触,往往都很惊讶——他们怎么也不会想到,这些南州干部会把他们的项目研究得透彻,说起项目中的科技也是头头是道。唐铭在大大小小的会上,也一再强调科技创新知识的学习与普及。全民科创意识增强了,才有凝聚力、向心力,才能真正地为项目落地做好服务。

唐铭看着杜光辉,有些感慨,说,光辉啊,你来南州,正好赶上南州的两次大的项目落地,都是不容易的啊。我看媒体都在说南州是个赌城,虽然不太准确,但也算是说出了事实。不过,我们不是单纯的赌,我们是立足南州科技创新的优势,立足国家科学中心的优势,根据南州经济和产业发展导向,来选择,来引进,来支持,来建设的。正因为如此,我们才有信心赌,而且有信心取得最后的胜利。这几年,你也不容易啊! 我都知道。

杜光辉其实也是有很多感慨的,但是书记一说,他倒觉得敞亮了。书记概括得全面。赌,当然只是一种表象,关键是科技,包括科技创新、科学决策、科学服务,等等。而且,南州这几年在政策创新、人文创新和服务创新上,都下了很大功夫。也正是这些年持续不断的努力,才有了今天南州创建国家级科学中心的共识。他对唐铭道,我一直在想,存储芯片整个项目的投资一千五百多亿,我们能不能想办法通过股份合作方式,募集资金,共同建设? 我这次去北京,光总说有跨国公司愿意加入,我说要考虑考虑。看来,这也是一条路,您看?

很好! 尽快谈。唐铭接着又和杜光辉商定了具体的合作方案。建议项目方以技术入股,南州和其他各方以资金入股,共同建设,共同获利。只要项目到了南州,南州更看重的是它带动的上下游产业,以及随之而兴起的配套服务业。按照项目规划,那将是一座人口不少于五十万的中等规模新兴产业城市。

杜光辉的眼前又幻现出小鹏在政务广场沙地上的沙雕,那未来的产业小镇正从那沙雕上,冉冉升起……

半年后,存储芯片项目正式落地南州空港区。按照规划,这里将用三到五年时间,投资两千亿以上,打造国内最大规模的存储芯片生产基地。同时配套建设上下游企业集群和存储芯片产业小镇。

杜光辉、梁大才、光总还有叶博士站在空港存储芯片项目工地前,看着红红火火的建设场面,杜光辉道,谁都不会想到,这空港会成为最高端的科技产业小镇,甚至会成为世界存储芯片制造业的核心。

这是我们的目标。光总说,虽然现在我们还只有18nm,但请相信:我们有最棒的研发队伍,有最强的实力支撑,我们会赶上世界最高水平的。现在国际上最高水平是7nm,我们计划用三年时间赶上。从学习到并行,最后的理想是赶超!南州的发展经验鼓舞了我们。南州现在是国家科学中心,南州走过的路其实也是学习、并行,现在进入了领跑。杜市长,是吧?

是啊,光总了解得很详细。学习,并行,领跑,这一路走下来,风风雨雨,酸甜苦辣,荣辱悲欢,仿佛一场梦,又实实在在,可摸可感。

光总笑道,那是奋斗的梦吧,而我们都注定是这追梦人。

尾　声

　　两年后,也是秋日,阳光很好,大地流金。在刚刚参加完中国声谷年产值突破八百亿座谈会后,杜光辉陪着唐铭来到长恒存储。当初的规划,都已经呈现在了大地之上。存储芯片已正式生产,月产晶圆量达到了五万片。由之带动的上下游两百多家企业,也已经在空港区落户,一座现代化规模的产业小镇正在崛起。

　　唐铭感慨道,当初还有很多人反对。应该让他们都来看看。刚刚听说科大的学生们写了一首歌,说学中文的文里文气,学外语的洋里洋气,学历史的古里古气,而南州现在是科里科气。多生动啊! 写得好嘛!

　　杜光辉说,确实写得好。形象生动,总结得到位。南州正在打造有国际影响力的科技之都,这产业小镇就是科技之都的骨骼、血肉。要是没有这些产业,我们的科技就永远停留在了实验室里。同样,我们应该为之感到欣喜的还有老城区的升级改造。一条条充满文化意味的老街、老巷、老工业遗址都重新焕发了光彩。再过两年,它们将是南州另一种亮丽的存在。同时,房价也稳定下来了。大批的人才公寓,让来南州创业的年轻人有了奔头。

　　光辉啊,我们必须用两条腿走路。一条腿搞科技创新,另一条腿坚定不移地抓民生。要让南州的老百姓有获得感、幸福感,这才是我们的最终目标啊。我们现在是"芯屏器合,集终生智"。将来……唐铭望着远处,说,我们还得再拼搏,再创新。要寻求新的发力点。最近,我正在研究新能源汽车制造产业。南州有基础,有实力,我们应该尽快上,尽早上,争取成为全国新能源汽车产业的重镇。

书记的确有前瞻性眼光。我们能不能就此做篇文章?

站在边上的梁大才插话道,书记提到新能源汽车,我们最近正在跟踪这方面的动态。南州有汽车工业基础,发展新能源汽车产业,有优势。已经有企业与我们接触了。但是……

但是什么?杜光辉问。

但是,梁大才说,他们有技术,有市场,但是没有资金。他们希望南州投资建厂,合作共赢。我们也算了一下,一期投资大概一百二十亿左右。

可以。唐铭说,让招商引资团队认真论证下。这样的百亿大投资,必须充分专业地进行论证。最近,我在回答记者采访时,专门提到南州的招商引资。我们走的是专业化招商、产业化引进、科学化决策。经过这些年的风雨锻打,我们已经有了一支高素质懂科学懂业务的专业招商队伍,要继续强化,不断提升。专业的事让专业人才去做,我们只是宏观引导和后期决策。光辉啊,这项目你得盯着点。

当然要盯。大才局长,你尽快搭个班子,立即谋划,争取在新能源汽车制造产业上,赶个早市!杜光辉道。

唐铭说,将来,我们要朝着新能源汽车产业城迈进。当然,同时,我们还要继续推进和落实链长制,南州的白色家电、智能机器人、显示屏、集成电路、生物制药、智能制造等每个重点产业链都要由市级领导负责,在拎住产业最前一千米的同时,彻底打通服务的最后一千米。还有科学大装置和量子国家实验室的建设,创新永无止境哪!

站在边上的陆颖说,这回,南州真是一篇大块文章了。她转头问杜光辉,杜市长,这就是你当初来南州时所说的答案吗?

国庆假期,孟春的儿子小鹏从北京回到了南州。

杜光辉提议说,咱们去城隍庙吧!

可心说，我知道，老爸又在馋那里的老鸡汤了。

是啊，确实有些馋。杜光辉似乎闻到那诱人的鸡汤香了。

孟春开车，四个人到了城隍庙。老鸡汤店的店面扩大了，但老板还是原来的老板。老板穿着白褂子，见了杜光辉，说，我认得你。你来我们店里吃过两次了。一次是一个人，一次是带着一班人。

好记性。确实是这样。杜光辉说，没想到店面扩成这样了，气派了，那鸡汤的味道没变吧？

没变。也不能变。这是根本。店面能扩，老鸡汤还得是原来正宗的老鸡汤。老板说着，又道，没想到，您是市长。我跟其他人说，市长来我们店里喝老鸡汤，他们都不信。

哈，只要做得好，谁都会来。杜光辉笑道。

老板回厨房准备老鸡汤了，孟春问可心，来南州快两年了，也没来过？这可是你爸爸的失职。

主要是我没时间。他倒是提起过。可心说，我跟同学来过。我现在，对南州，恐怕比我爸爸还要熟悉些了。

杜光辉说，那不一定。我们熟悉的范围不同而已。

孟春道，果真是做学问的，计较这个。

可心问小鹏，最近可又有什么雕塑作品了？有，发在圈里给大家看看嘛。

小鹏说，没有。都是理论。

杜光辉看着小鹏，孩子们长大仿佛一瞬间的事，小鹏现在是个帅小伙了。他说，你们两个有意思。一个从北京考到了科大，一个从南州考到了央美。

这就叫人才的合理流动。孟春道。

老鸡汤上来了，清亮，味道浓郁。香香的，醇醇的，有种亲切的家的味道。

孟春说，小时候，我们考试考得好的，最高的奖赏就是一口老鸡汤。

那我们这也是奖赏喽！可心俏皮地问。

小鹏望着她笑,孟春说,这得问你爸爸。

杜光辉放下汤匙,望着小鹏,说,我突然想起第一次见到小鹏的情形。其实我先见到的是你的沙雕。很让我惊奇。没想到现在成了一个雕塑系的学生。现在,还愿意去雕塑这个城市的未来吗?

愿意。小鹏说。

第二天,阳光之下,南州政务广场上很多人看到:一座巨大的沙雕耸立在沙地里。

沙雕上:城市纵横宽阔的道路,各种风格兼容的房屋,无数种奇异的发射装置,巨大的人造太阳,悬在空中的列车,穿行在城市地下的光缆、地铁与量子干线,质子医疗,在太空中飞转的卫星,神秘的科学符号,升腾的机器,奔跑的智造……

在沙雕的最左边,是广大的无人机方阵。

在沙雕的最右边,是闪着金光的芯片,以及飞升的各种新能源汽车……

而在沙雕的最上面,有一行字——

追风之城,未来之城!